TiNTA
SaNGue
IrMã
esCriBa

EMMA TÖRZS

TINTA
SANGUE
IRMÃ
ESCRIBA

Nem todos os livros devem ser abertos

Planeta minotauro

Copyright © Emma Törzs, 2023
Copyright © Editora Planeta do Brasil, 2024
Copyright da tradução © Isadora Prospero, 2024
Título original: *Ink Blood Sister Scribe: a novel*
Todos os direitos reservados.

Preparação: Ligia Alves
Revisão: Renato Ritto e Caroline Silva
Diagramação e projeto gráfico: Matheus Nagao
Capa: Jim Tierney
Imagens de miolo: Photographs of British Algae, de Anna Atkins, do acervo da Biblioteca Pública de Nova York
Adaptação de capa: Fabio Oliveira
Imagem de capa: Crispijn van de Passe/Rijksmuseum

Dados Internacionais de Catalogação na Publicação (CIP)
Angélica Ilacqua CRB-8/7057

Törzs, Emma
    Tinta sangue irmã escriba / Emma Törzs ; tradução de Isadora Prospero. – São Paulo : Planeta do Brasil, 2024.
    432 p. : il.

ISBN 978-85-422-2683-6
Título original: Ink Blood Sister Scribe: a novel

1. Literatura norte-americana 2. Literatura fantástica I. Título II. Prospero, Isadora

24-1441   CDD 813.6

Índice para catálogo sistemático:
1. Literatura norte-americana

Ao escolher este livro, você está apoiando o manejo responsável das florestas do mundo

2024
Todos os direitos desta edição reservados à
EDITORA PLANETA DO BRASIL LTDA.
Rua Bela Cintra, 986, 4º andar – Consolação
São Paulo – SP – 01415-002
www.planetadelivros.com.br
faleconosco@editoraplaneta.com.br

Acreditamos nos livros

Este livro foi composto em Dupincel VF e Gryphius MVB e impresso pela Geográfica para a Editora Planeta do Brasil em abril de 2024.

Para Jesse, minha irmã mágica

Abe Kalotay morreu no jardim da frente da casa no fim de fevereiro, sob um céu tão pálido que parecia enfermo. O ar parado de inverno estava úmido e cortante, e as páginas escancaradas do livro ao seu lado já estavam levemente úmidas quando sua filha Joanna chegou em casa e encontrou o corpo caído na grama junto à longa entrada de carros de chão batido.

Abe estava de costas, os olhos semiabertos fitando o céu cinza, a boca flácida, a língua já seca e azul, e uma das mãos com as unhas mordidas até o toco jogada sobre o estômago. A outra mão estava apoiada no livro, o dedo indicador ainda pressionado sobre a página como se marcasse o lugar na leitura. Uma última mancha vermelha vívida lentamente desbotava no papel, e o próprio Abe estava branco como um cogumelo e estranhamente murcho. Era uma visão contra a qual Joanna já sabia que teria que lutar pelo resto da vida, se quisesse impedi-la de suplantar os vinte e quatro anos de lembranças vivas que, no espaço de segundos, tinham se tornado mais preciosas para ela do que qualquer outra coisa no mundo. Ela não fez qualquer ruído quando o viu, simplesmente caiu de joelhos e começou a tremer.

Mais tarde, ela pensaria que ele provavelmente tinha saído de casa porque percebera o que o livro estava fazendo e tentado alcançar a estrada antes de sangrar até a morte, fosse para parar um motorista a fim de que chamasse uma ambulância, fosse para poupar Joanna de ter que erguer seu corpo até a traseira da caminhonete e levá-lo pela entrada de carros e além dos limites das proteções deles. Na hora, porém, ela não questionou por que ele estava lá fora.

Só questionou o motivo de ter levado o livro consigo.

Ela ainda não entendera que tinha sido o livro em si que o matara; só entendia que sua presença ali era a ruptura de uma das regras cardinais dele, uma regra que a própria Joanna sequer sonhara quebrar àquela altura – embora, no futuro, fosse acabar fazendo isso. Porém, mais inconcebível até do que o pai deixar um livro sair da segurança do lar era o fato de ser um livro que Joanna não reconhecia. Ela passara a vida toda cuidando da coleção deles e conhecia todo livro que a compunha tão intimamente quanto alguém conheceria um membro da família, mas aquele que jazia ao lado do pai era um completo desconhecido, tanto em aparência como em som. Os outros livros deles zumbiam como abelhas no verão. Aquele pulsava como um trovão preso em sua nuvem e, quando ela o abriu, as palavras manuscritas nadaram diante dos seus olhos, rearranjando-se toda vez que uma letra quase se tornava nítida. Em progresso; ilegível.

O recado que Abe tinha enfiado entre as páginas, porém, era perfeitamente legível, apesar da mão trêmula que o escrevera. Ele usara a esquerda. A direita estivera fixada no lugar enquanto o livro bebia.

Joanna, ele tinha escrito. *Desculpe. Não deixe sua mãe entrar. Mantenha este livro a salvo e longe do seu sangue. Eu te amo demais. Diga a Esther*

Terminava ali, sem pontuação. Joanna jamais saberia se ele pretendera escrever mais ou se só queria que ela transmitisse uma última mensagem de amor à filha que não via fazia anos. No entanto, ajoelhada ali na terra fria, com o livro nas mãos, ela ainda não tinha capacidade de pensar em nada disso.

Só conseguia encarar o corpo sem vida de Abe, tentar respirar e se preparar para os próximos passos.

PARTE UM

Magia de espelho

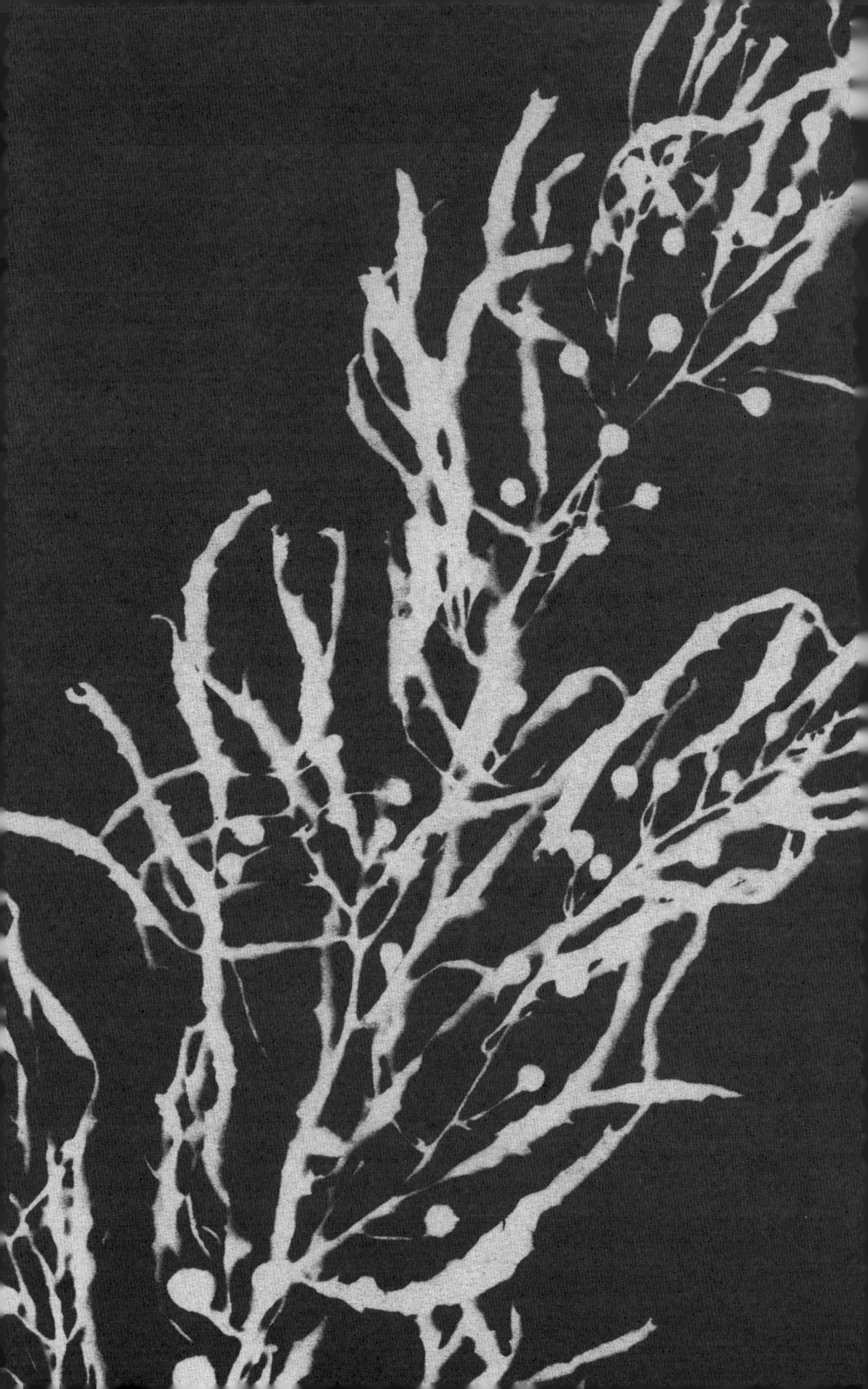

1

Esther não conseguia superar o azul do céu ensolarado.
Era um azul em diferentes tons, quase branco onde se encontrava com o horizonte coberto de neve, mas que escurecia conforme o olhar de Esther o seguia para cima: de azul-turquesa para cerúleo para um azul-celeste calmo e luminoso. Abaixo dele, o gelo antártico era ofuscantemente claro, e as esparsas construções externas que Esther podia ver da sua janela estreita no dormitório projetavam faixas de sombra índigo nos rastros de pneu brancos na estrada. Tudo reluzia. Eram oito da noite e não estava nem um pouquinho mais escuro do que às oito da manhã.

— Licença — pediu Pearl, dando um empurrãozinho nela com o quadril para encaixar um pedaço de papelão cortado no tamanho exato da moldura da janela. Esther caiu de costas na cama desarrumada e se apoiou nos cotovelos, observando Pearl se inclinar sobre a mesinha abarrotada para alcançar o vidro.

— Se você tivesse me contado há duas semanas que eu iria bloquear o sol assim que ele nascesse, eu iria rir tanto que você teria ido embora da estação — disse Esther.

Pearl rasgou a fita adesiva com os dentes.

— Bem, há duas semanas você dormia a noite toda. Nunca diga que a escuridão não te ajudou. — Ela colou o último pedaço e acrescentou: — Ou que eu não te ajudei.

— Obrigada, escuridão, e obrigada, Pearl — retrucou Esther.

Embora de fato estivesse dormindo mal desde que o sol reaparecera após seis meses de inverno, ainda era meio desanimador ver a luz e as montanhas distantes desaparecerem, mergulhando-a de volta na realidade do seu quarto, que era quase uma cela: a cama com os lençóis roxos amarrotados, iluminada por uma lâmpada triste no teto, o piso de ladrilhos arranhados e a mesa de compensado com pilhas de folhas espalhadas, a maioria com anotações sobre o romance mexicano que Esther estava traduzindo por diversão. O livro em si estava em cima da sua cômoda, seguramente fora do alcance da coleção de copos de água meio cheios que deixavam anéis nas folhas de caderno.

Pearl sentou-se do outro lado de Esther ao pé da cama e perguntou:
— Então. Preparada para enfrentar as massas imundas?

No inverno anterior, Esther e Pearl tinham sido duas de apenas trinta outras pessoas que tinham mantido a pequena estação no Polo Sul funcionando, mas novembro anunciara a chegada da temporada de verão, e, nos últimos dias, pequenos aviões de carga barulhentos tinham despejado quase cem pessoas novas nos corredores da estação. Agora, cientistas e astrônomos enchiam os dormitórios, o refeitório, a academia e as salas de trabalho nos andares superiores; estranhos que comiam todos os cookies feitos de madrugada e ligavam computadores que estavam em repouso havia muito tempo e faziam perguntas constantes e ansiosas sobre o horário em que o satélite da internet se conectava com a estação.

Esther tinha pensado que ficaria feliz em ver todos os rostos novos. Sempre fora naturalmente extrovertida, não a típica candidata a ficar presa no gelo em uma estação de pesquisa que se parecia muito com a pequena escola rural em que cursara o ensino médio. Ela tinha morado em Minneapolis por um ano antes de se mudar para a Antártica, e seus amigos de lá haviam reagido com verdadeiro horror quando ela contou que aceitara um emprego na estação polar como eletricista para a temporada de inverno. Todo mundo conhecia alguém que conhecia alguém que tinha tentado, odiado a experiência e voltado mais cedo para casa a fim de fugir do isolamento esmagador. Mas Esther não se preocupara.

Ela imaginara que a Antártica não podia ser muito pior que as condições isoladas e extremas nas quais crescera. O dinheiro era bom, seria uma aventura e – mais importante – o lugar seria completamente inacessível à maioria das outras pessoas no planeta.

Em algum momento durante o longo inverno, porém, a extroversão de Esther começara a atrofiar e, junto com ela, a máscara de bom humor que ela geralmente vestia toda manhã com o uniforme. Agora, ela fitou o teto, branco como as paredes brancas e os corredores brancos e seus colegas de trabalho brancos.

— Será que eu fui introvertida esse tempo todo? — perguntou ela. — Todos esses anos, estive me enganando? Os verdadeiros extrovertidos estão lá fora, tipo, eba, carne fresca, vamos farrear a noite toda, bem-vindos à Cidade da Trepada, Estados Unidos.

— Território Antártico Internacional da Trepada — corrigiu Pearl. Ela era australiana, com dupla cidadania.

— É — disse Esther. — Isso.

Pearl ficou de joelhos e rastejou sobre a cama até Esther.

— Eu imagino — disse ela — que seis meses de celibato indesejado mais um avião cheio de rostos novos poderia transformar qualquer um numa pessoa extrovertida.

— Hmm — ponderou Esther. — Então você está dizendo que eu me tornei introvertida só pelo poder do...

— Meu corpo incrível, sim, óbvio. — Os lábios de Pearl estavam agora subindo pela concha sensível da orelha de Esther.

Esther ergueu uma mão e agarrou um punhado do cabelo loiro de Pearl, que de algum jeito sempre parecia dourado pelo sol, apesar da total falta de sol. *Australianos.* Tão infatigavelmente praianos e sempre no clima. Ela entrelaçou os dedos naqueles fios emaranhados e puxou Pearl para um beijo, sentindo o sorriso dela contra a boca quando a trouxe mais para perto.

Na última década, desde que fizera dezoito anos, Esther tinha se mudado todo mês de novembro – de cidade, estado, país. Conhecera amigos e amantes com facilidade, coletando-os como outras pessoas pegavam delivery de comida e consumindo-os com a mesma rapidez. Todo mundo gostava dela, e, como muitas pessoas benquistas, ela se preocupava que, se as pessoas *realmente* a conhecessem, se conseguissem penetrar seu escudo refletor de simpatia, não gostariam nadinha dela, na verdade. Essa era a vantagem de nunca permanecer em um lugar.

A outra, imensamente mais importante, era não ser encontrada.

Ela enfiou uma mão sob a bainha do suéter de Pearl, os dedos encontrando a curva suave da cintura da outra enquanto Pearl encaixava uma das pernas longas entre as suas próprias coxas. Porém, mesmo enquanto movia os quadris com o instinto de buscar fricção, as velhas palavras do pai começaram a ecoar em sua cabeça contra sua vontade — um balde de água fria jogado no seu subconsciente.

— Dia 2 de novembro, às onze da noite, horário padrão oriental — dissera Abe no último dia em que ela o vira, dez anos antes, na casa dele em Vermont. — Onde quer que esteja, você tem que ir embora no dia 2 de novembro e continuar se movendo por vinte e quatro horas, senão as pessoas que mataram sua mãe virão atrás de você também.

A temporada de verão tinha começado oficialmente alguns dias antes: 5 de novembro. Três dias depois que Esther, de acordo com o mandato urgente do pai, já deveria estar bem longe.

Mas ela não fizera isso. Ainda estava ali.

Abe tinha morrido dois anos antes, e, pela primeira vez desde que começara a fugir, uma década antes, Esther tinha um motivo para ficar. Um motivo que era quente e sólido e no momento estava beijando seu pescoço.

Tecnicamente, Esther conhecera Pearl no aeroporto de Christchurch, em meio a um grande grupo de trabalhadores que esperavam seu voo para a Antártica. Ambas estavam bem escondidas sob as muitas camadas exigidas para embarcar no avião — gorro de lã, parca laranja enorme, luvas, botas pesadas e térmicas de borracha, óculos de proteção escuros erguidos na cabeça —, e Esther só tivera uma impressão brevíssima de olhos brilhantes e uma gargalhada alta antes que o grupo fosse levado para o avião e ela e Pearl se sentassem em pontas opostas do compartimento de carga.

Por causa de seus deveres e programações diferentes, elas só vieram a se cruzar de novo no fim do primeiro mês, quando Esther pendurou um cartaz na academia em busca de colegas para treinar. *Boxe, Muay Thai, Jiu-Jítsu Brasileiro, MMA, Krav Maga, venha lutar! :) :) :)* Ela acrescentara as carinhas sorridentes para balancear a agressão da palavra "lutar", mas imediatamente se arrependeu quando outro eletricista – um cara branco alto e irritantemente de Washington que insistia que todos o chamassem de "J-Dog" – viu e começou a zoá-la por isso sem parar.

— A matadora da carinha feliz! — exclamava ele quando ela entrava na reunião de turno. Se eles se cruzavam no refeitório no almoço, ele fingia se amedrontar. — Vai me dar um golpe na cabeça com esse sorrisão? — Mas a gota-d'água foi quando o cara começou a falar para todo mundo, numa voz bem alta, que era faixa preta no caratê e adoraria encontrar um parceiro de luta que levasse o esporte "a sério pra valer".

Sinceramente, ele não deu escolha a Esther. Após uma semana disso, ele foi até ela um dia no refeitório e se plantou no seu caminho para que não conseguisse chegar à pizza, sorrindo tão largo que Esther conseguia ver seus molares.

— O que você está fazendo? — perguntou ela.

— Lutando com você! — disse ele.

— Não. — Ela abaixou a bandeja. — *Isso* é lutar comigo.

Alguns minutos depois, J-Dog estava caído e retido em um mata-leão, um dos braços preso no aperto de Esther, o outro tentando arranhar o rosto dela, suas pernas longas chutando o chão de ladrilhos em vão enquanto os espectadores riam e torciam.

— Só vou te soltar depois que você der um sorrisinho — disse ela, e ele choramingou, puxando os lábios em uma aproximação forçada do sorriso de antes.

Assim que ela o libertou, ele se ergueu com um pulo, tirando a poeira da roupa e dizendo:

— Mancada, cara, mancada!

Quando Esther se virou para sua bandeja de almoço abandonada, reprimindo um sorriso próprio e muito real, deu de cara – exceto por alguns centímetros – com Pearl. Sem as camadas do avião, Pearl era alta e rija, uma pilha de cabelo dourado de sol presa em um coque precário que parecia correr o risco de deslizar da cabeça. Seus olhos castanhos eram tão reluzentes quanto Esther se lembrava. Ainda mais porque agora estavam reluzindo direto para Esther.

— Foi a coisa mais mágica que eu já vi — disse Pearl, apoiando uma mão esguia, com dedos longos, no braço de Esther. — Você não pensaria em dar aula, por acaso?

Pearl era terrível em autodefesa. Não tinha nenhum instinto implacável e sempre duvidava de si mesma, se defendendo dos socos e se desviando dos chutes, rindo tanto que perdia a força no aperto de Esther. Após três lições, as "sessões de treino" se tornaram sessões de amasso, e elas correram da academia para o quarto. Na primeira vez que dormiram juntas, Pearl tinha perguntado, erguendo os quadris enquanto Esther começava a puxar sua calça jeans:

— Já ficou com uma mulher?

Esther ergueu os olhos de entre as pernas dela, revoltada.

— Várias vezes! Por quê?

— Calma, Don Juan — disse Pearl, rindo. — Não estou questionando sua técnica. Você só parece meio ansiosa.

Foi aí que Esther percebeu que poderia estar encrencada. Porque não só era verdade – ela *estava* ansiosa, com um friozinho na barriga que não sentia fazia anos – como Pearl tinha notado. De algum jeito, lera isso no rosto bem treinado, ou no corpo bem treinado, de Esther. Ela não estava acostumada a lidar com pessoas vendo o que não queria que vissem, e o jeito como Pearl olhava para ela, o jeito como a *via*, era perturbador. Em resposta, ela dera seu sorriso mais confiante e reconfortante, e então mordera com muita gentileza o interior da coxa nua da outra mulher, o que fora distração suficiente para a conversa acabar por ali. Mas mesmo então, bem no começo, ela suspeitara de que seria difícil deixar Pearl.

Agora, uma temporada inteira depois, pensar nisso – em ir embora, em permanecer, no eco remanescente do alerta do pai – teve o efeito desagradável de acabar com seu bom humor. Ela rolou Pearl para o lado e cuidadosamente encerrou o beijo, deitando-se de costas nos travesseiros, e Pearl se acomodou contra o seu ombro.

— Vou ficar tão bêbada hoje — disse Pearl.

— Antes ou depois de a gente tocar?

— Antes, depois, durante.

— Eu também — decidiu Esther.

Esther e Pearl estavam em uma banda cover de Pat Benatar que tocaria na festa naquela noite. Durante todo o longo inverno, elas ensaiaram e fizeram shows exclusivamente para as mesmas trinta e cinco pessoas já cansadas de apoiá-las, e a essa altura era como tocar flauta doce na frente de um pai ou mãe cujo orgulho não podia compensar o quanto estavam exaustos de ouvir "Hot Cross Buns". Esther estava tão nervosa por se apresentar para novos ouvidos e olhos quanto ficaria se fosse subir no palco do Madison Square Garden.

— A gente devia beber água pra se preparar — apontou Pearl —, pra não acabar vomitando que nem os cientistas.

Ela pegou dois copos e Esther apoiou-se nos cotovelos para não derrubar tudo em si enquanto bebia. Aquele era o lugar mais seco onde já estivera; cada pingo de umidade no ar congelava. Era fácil ficar desidratada.

— Você acha que os cientistas bebem tanto porque estão compensando todos os anos que passaram estudando? — perguntou Esther.

— Não — respondeu Pearl, sem hesitar. Ela trabalhava com os carpinteiros. — Os nerds são sempre doidos por uma festa. Eu ia a umas noites de fetiche em Sydney e você só via cirurgiões, engenheiros, ortodontistas. Sabia que pessoas que curtem BDSM têm QI mais alto que gente que faz sexo baunilha?

— Acho que essa não é uma hipótese testável.

Pearl deu um sorriso malandro. Ela tinha caninos incomumente afiados na boca suave, uma incongruência que fazia coisas esquisitas com o fluxo sanguíneo de Esther.

— Consegue imaginar as variáveis?

— Eu gostaria — disse Esther —, mas não agora. Precisamos ir.

Pearl conferiu o relógio de pulso e deu um pulo.

— Merda! É mesmo.

Elas estavam enfurnadas naquele quarto minúsculo desde o jantar, algumas horas antes, e Esther ergueu-se para se alongar antes de enfiar os pés com meias nas botas.

— Deus, estou tão feliz que você concordou em ficar — disse Pearl. — Não consigo imaginar enfrentar isso aqui sem você.

Esther queria responder, mas descobriu que não conseguia olhar diretamente para a mulher diante dela, uma pessoa de quem gostava mais do que gostara de qualquer outra em muito tempo. Sentiu um anseio intenso espalhar-se pelo peito; não era desejo, era algo mais familiar, algo que estava sempre com ela. Ela sentia *saudade* de Pearl, apesar de sua presença. Uma antecipação da falta, como se suas emoções ainda não tivessem se habituado à ideia de que dessa vez era diferente, dessa vez ela ia ficar.

A paranoia do pai tinha começado a sibilar de novo em seu ouvido, mandando-a ir, dizendo que ela estava cometendo um erro abominável e egoísta, que estava colocando Pearl em perigo, e Pearl ainda olhava para ela, o rosto aberto e afetuoso, mas começando a se fechar um pouco diante da falta de resposta de Esther.

— Também estou feliz — disse Esther. Já tinha prática em falar com Pearl e podia confiar no próprio rosto para não trair nada de seu humor melancólico súbito. Viu a outra relaxar com o sorriso. — Venha me pegar depois que se vestir — acrescentou. — Podemos dar uma fortalecida com uma dose de tequila.

Pearl ergueu a mão, cujos longos dedos se envolveram no pé de uma taça imaginária.

— Viva a plateia. Que eles nos amem!

A plateia as amou. Todos os quatro membros da banda levavam os ensaios muito a sério e até conseguiram arranjar figurinos razoáveis para interpretar uma daquelas bandas dos anos oitenta com integrantes de cabelo comprido – calças jeans pretas e jaquetas de couro. Esther e Pearl ergueram o cabelo bem alto; teria sido mais convincente com spray, mas ninguém na base tinha. O visual deles era legal, o som também, e eram ajudados pelo fato de que, quando conectaram os amplificadores e começaram a tocar, todo mundo já estava a meio caminho de se embebedar e disposto a aplaudir.

Esther era a cantora de apoio e baixista, e sua garganta estava rouca e os dedos doloridos quando elas terminaram "Hell Is For Children" e chegaram ao fim do setlist. A festa era no refeitório, que de dia parecia um daqueles de ensino médio, incluindo mesas compridas de plástico cinza que tinham sido empurradas contra as paredes para abrir espaço. Mesmo sem as lâmpadas fluorescentes no teto ou um conjunto de luzinhas de festa vermelhas e roxas piscando, havia uma evidente atmosfera de ensino fundamental que fazia Esther se sentir jovem e boba de um jeito agradavelmente imaturo. A banda tinha tocado na frente do salão sob uma rede de pisca-pisca brancos, e, quando o set acabou, música pop começou a explodir dos alto-falantes novos que a própria Esther havia instalado nos cantos do salão alguns meses antes.

O grande piso de ladrilhos estava abarrotado de gente circulando, a maioria desconhecida tanto de Esther como uns dos outros, e mais ainda se sentavam na fileira de cadeiras que bloqueavam as portas vaivém atrás do bufê de comida que levavam à cozinha escura de inox. Esther notou que a nova equipe de verão parecia incrivelmente bronzeada e saudável, se comparada com seus colegas antarticamente pálidos. Os novos odores também a sobrecarregavam de tanta variação. Quando alguém morava com as mesmas pessoas, comendo as mesmas comidas, respirando o mesmo ar reciclado, todos começavam a cheirar igual – mesmo para um nariz tão aguçado quanto o de Esther. Aquelas pessoas eram, literalmente, uma lufada de ar fresco.

E uma lufada de alguma outra coisa.

Esther estava no meio de uma conversa com um carpinteiro do Colorado chamado Trev, um homem que Pearl descrevera como "um cara que se esforça para agradar", quando de repente ergueu a cabeça como um cão de caça, as narinas inflando.

— Você passou perfume? — perguntou. Tinha captado algo sob o cheiro de bebida e plástico da festa, algo que a fez lembrar, com um choque, de casa.

— Não — disse Trev, sorrindo divertido enquanto ela se inclinava sem o menor pudor e dava uma fungada no seu pescoço.

— Hmm — grunhiu ela.

— Talvez seja meu desodorante — disse ele. — Cedro. Masculino.

— É gostoso — elogiou ela. — Mas não, eu achei que... bem, deixa pra lá.

Eles estavam mais próximos do que antes, e os olhos simpáticos de Trev tinham se tornado abertamente sedutores, claramente encarando a fungada no pescoço como uma declaração de interesse. Esther recuou um passo. Mesmo se não estivesse comprometida, ele parecia o tipo de homem que tinha muitos equipamentos recreacionais para uso na natureza e que gostaria de ensiná-la a usá-los. No entanto, admirava o jeito controlado como ele movia o corpo; ele a lembrava dos instrutores que conhecera nas academias de artes marciais que frequentara por anos.

Ela abriu a boca para flertar, porque não queria enferrujar, mas então seu nariz sensível captou aquele outro odor, o que a tinha distraído um momento antes. Deus, o que *era*? Ele a mandou de volta à cozinha de sua infância; ela via a geladeira verde arredondada e ineficiente, os arranhões e mossas dos armários de madeira de bordo, a sensação do linóleo empenado sob os pés. Era um legume, mas não era um legume, algo quase apimentado, e tinha um cheiro *fresco*, que não era comum naquelas bandas. Alecrim? Crisântemo? Couve?

Milefólio.

A resposta surgiu na mente, as palavras tombando de volta garganta abaixo após se empoleirarem na ponta da língua. Milefólio, aquileia, mil--folhas, *plumajillo*.

— Licença — disse Esther, dispensando o decoro social, e deu as costas para o carpinteiro confuso. Ela abriu caminho entre um grupo de pessoas que comparavam tatuagens no cantinho dos cereais e abaixou-se sob as serpentinas azuis que alguém tinha prendido no teto, aparentemente de forma aleatória, puxando o ar rápido pelo nariz. Estava rastreando o aroma inconfundível da erva, o aroma da sua infância, mas mesmo enquanto se empenhava sabia que era inútil. Já era uma lembrança de novo, suplantada pelo aroma de pizza, cerveja e corpos.

Ela parou no meio do salão, cercada por música e desconhecidos conversando, espantada ao perceber a força com que a fragrância atingira seu coração. Será que alguém estava usando como perfume? E, sim, ela queria jogar os braços ao redor da pessoa e enterrar o rosto em sua pele. Em geral, Esther mantinha suas perdas a uma distância segura; não pensava em todas as pessoas que deixara para trás ao longo dos anos, não pensava em nenhum dos lugares que já chamara de lar, e, exceto pelos cartões-postais que enviava à irmã e à madrasta uma vez por mês, não pensava na família. Era uma ação constante e exaustiva, esse não pensar, como manter um músculo flexionado o tempo todo. Mas o aroma de milefólio tinha relaxado aquele músculo rígido, e com o relaxamento veio um parente daquela mesma tristeza que a tinha inundado à porta de Pearl mais cedo.

A própria Pearl estava do outro lado do salão, com o rosto corado e o cabelo volumoso emaranhado como se tivesse acabado de descer da garupa ou da cama de alguém. Estava usando um batom roxo escuro que fazia seus olhos parecerem frutos do bosque, e conversava com uma mulher quase tão alta quanto ela. Esther marchou na direção delas, determinada a fugir daquele humor tão rápido quanto caíra nele.

— Tequila — pediu ela a Pearl.

— Essa é Esther — disse Pearl à mulher com quem estava falando. — Ela é eletricista. Esther, essa é Abby, da manutenção. Ela morou na Austrália no ano passado!

Abby e Pearl estavam dando risadinhas uma para a outra, alegremente bêbadas. Pearl serviu uma dose para as três e depois uma dose extra para Esther quando ela virou a primeira. Já estava se sentindo melhor, livrando-se do mal-estar que vinha arranhando a garganta. Ela era uma pessoa feita para o presente, não para o passado. Não podia se dar ao luxo de esquecer isso.

A festa tinha cumprido sua função de começar a erodir o isolamento protetor da equipe invernal, e logo as pessoas começaram a dançar, beber, fazer uma brincadeira estranha que envolvia gritar o nome de pássaros, e beber mais um pouco. Previsivelmente, um cientista vomitou. Pearl e Abby passaram um tempo gritando felizes na cara uma da outra sobre alguém que de alguma forma ambas conheciam de Sydney, alguém que tinha um cachorro muito malcomportado, depois Pearl arrastou Esther para a pista de dança improvisada e envolveu seu corpo comprido e belas pernas ao redor do de Esther, mais curto. A música era grave e pulsante e em pouco tempo as duas estavam se esfregando como se estivessem em uma boate de verdade, não em uma caixinha aquecida em uma vasta extensão de gelo, a muitos milhares de quilômetros de qualquer coisa que pudesse ser chamada de civilização.

Esther afastou o cabelo de Pearl do rosto suado dela e tentou não pensar em sua família ou nos alertas do pai ou nos dias que tinham se passado desde 2 de novembro. Em vez disso, concentrou-se no presente, na batida do baixo e na sensação do corpo de Pearl junto ao dela. Pensou: *Eu queria fazer isso para sempre.*

Mas não existia "para sempre" quando se tratava de corpos, e por fim ela precisou ir ao banheiro urinar.

Em contraste com a barulheira da festa, o banheiro no fim do corredor estava quase sinistramente silencioso quando Esther abriu a porta com força e se atrapalhou com o jeans. O som de urina ecoou alto no vaso de inox e ela conseguia ouvir sua própria respiração bêbada, ofegante de dançar e rouca de falar. A descarga foi um rugido. Na pia, ela enrolou as mangas e parou na frente do espelho. Alisou uma sobrancelha escura com um dedo, bateu os cílios para si mesma, enrolou algumas mechas ao redor do dedo para dar aos cachos murchos mais definição. Então parou. Estreitou os olhos.

Havia uma série de pequenas marcas ao longo do perímetro do espelho, manchas vermelho-amarronzadas sobre o vidro. Eram simétricas, mas não idênticas, uma em cada canto, como se alguém tivesse passado um pincel ou dedão ali. Ela se inclinou para perto, examinando, e umedeceu um pedaço de papel-toalha para esfregá-las. Não adiantou nada, nem quando ela acrescentou sabonete, o coração subindo para a garganta. Tentou arranhar as marcas. Elas ficaram do mesmo jeito.

Ela recuou tão depressa que quase caiu.

Uma pessoa não crescia como Esther sem reconhecer a visão de sangue seco, muito menos um padrão que não podia ser removido, e ninguém podia crescer como ela sem reconhecer o que o padrão de sangue poderia insinuar. O aroma de milefólio voltou, mas, se estava na sua cabeça ou ali no banheiro, ela não tinha certeza.

Sangue. Ervas.

Alguém ali tinha um livro.

Alguém ali estava praticando magia.

— Não — disse Esther em voz alta. Estava bêbada, paranoica, trancada em uma caixa de cimento havia seis meses, e agora estava vendo coisas.

Ela também estava se afastando do espelho, os olhos ainda fixos no próprio rosto aterrorizado, com medo de dar as costas para o vidro. Quando esbarrou na porta do banheiro, girou o corpo e a escancarou, depois correu pelo corredor estreito até a academia. A sala de cárdio estava tão iluminada que parecia zumbir, os equipamentos dispostos em fileiras mecânicas no piso cinza acolchoado e as paredes verdes fazendo tudo parecer doentiamente pálido. Um casal estava se pegando em um dos bancos de supino, e os dois deram gritinhos de susto quando Esther passou correndo por eles e entrou no banheiro branco da academia, onde havia uma única cabine.

As mesmas marcas vermelho-amarronzadas estavam naquele espelho, o mesmo padrão. Também se viam no espelho do banheiro da sala de recreação, e naquele perto do laboratório, e no outro perto da cozinha. Esther andou aos tropeços até seu quarto, com o coração na garganta, mas graças a Deus seu próprio espelho estava intocado. Provavelmente só os públicos tinham sido marcados – um parco conforto. Ela não podia quebrar todos os espelhos da estação sem chamar atenção para si mesma ou se meter em problemas.

Fechou a porta atrás de si e parou na frente do seu espelho com as mãos no topo da cômoda baixa, apoiando o peso na madeira para poder pensar. Claramente aquilo era algum tipo de magia de espelho, mas ela estava assustada e bêbada demais para lembrar o que isso poderia significar. Um dos livros da família era capaz de transformar um espelho em um tipo de anel de humor, fazendo o vidro refletir as emoções verdadeiras da pessoa por cerca de uma hora, e também havia o espelho da Branca de Neve, que contou à rainha má sobre a mulher mais bela do mundo... Mas esse tipo de magia era só coisa de contos de fadas ou era vida real?

Ela precisava de sobriedade, clareza. Curvou a cabeça e acalmou a respiração. Na cômoda, emoldurado entre as mãos, estava o romance que vinha traduzindo do espanhol para o inglês, e ela encarou sua capa verde familiar, a borda decorada e o rascunho estilizado de uma porta escura sob o título. *La Ruta Nos Aportó Otro Paso Natural*, de Alejandra Gil, 1937. Até onde Esther tinha conseguido descobrir, esse romance era a primeira e a única publicação de Gil – e também a única coisa que Esther possuía que pertencera à sua mãe, Isabel.

Do lado de dentro da capa havia uma anotação em letra cursiva apertada: uma tradução do título na caligrafia perfeita da mãe. "Lembre-se", a mãe tinha escrito para si mesma em inglês, "o caminho fornece o próximo passo natural."

A madrasta de Esther, Cecily, lhe dera aquele livro quando ela completara dezoito anos, um dia antes de ela sair de casa para sempre, e na época Esther precisara da tradução. O espanhol deveria ter sido sua língua materna, mas Isabel morrera quando Esther era jovem demais para aprender, sendo, portanto, apenas a língua da mãe. Mas tinha sido o título em espanhol que ela tatuara na clavícula vários meses depois: "la ruta nos aportó" na direita, "otro paso natural" na esquerda. Um palíndromo, por isso, legível no espelho.

A festa parecia ter acontecido horas antes, embora o suor da dança ainda estivesse secando na pele dela. Esther tinha tirado a roupa até ficar só de regata preta; agora estava tremendo. No espelho, via as palavras da tatuagem ao redor das alças da camiseta. Quando fizera a tatuagem, havia acabado de fugir de casa e da família e se sentia perdida e assustada em um mundo que subitamente não tinha nenhum tipo de estrutura, então a mera sugestão de um caminho, que dirá um próximo passo natural, fora infinitamente tranquilizadora. Mas agora, quando estava se aproximando dos trinta, falava um espanhol excelente e, mais importante, havia lido o romance de fato, ela entendia que o título de Gil não tinha a menor intenção de ser reconfortante. Em vez disso, tratava de um tipo de movimento preordenado, uma trilha socialmente construída que forçava as pessoas, especialmente as mulheres, a dar uma série de passos que foram levadas a acreditar que haviam escolhido para si mesmas.

Ultimamente, as palavras lhe pareciam um grito de guerra: não para seguir o caminho, mas para desviar dele. Na verdade, aquela exata frase a ajudara a tomar a decisão de ignorar as antigas ordens do pai e permanecer na Antártica para a temporada de verão.

Uma decisão da qual agora temia que viesse a se arrepender.

"Vá embora todo ano no dia 2 de novembro", ele dissera, "senão as pessoas que mataram sua mãe virão atrás de você também. E não só de você, Esther. Elas virão atrás da sua irmã."

Nos últimos dez anos, ela ouvira e obedecera. Todo 1º de novembro tinha feito as malas, e todo 2 de novembro começara a se afastar, às vezes dirigindo durante todo o longo dia e a noite, às vezes pegando ônibus, aviões e trens, sem dormir. De Vancouver à Cidade do México. De Paris a Berlim. De Minneapolis à Antártica. Todo ano, como uma engrenagem de relógio, exceto esse. Esse ano ela ignorara o alerta dele. Esse ano ela tinha ficado.

E agora era dia 5 e novembro, a estação estava cheia de desconhecidos e um deles trouxera um livro.

2

O gato estava de volta.

Joanna o ouvia arranhar a porta da frente, um som lamentoso como galhos derrapando num telhado. Eram cinco da tarde e já estava escurecendo, a faixa de céu do lado de fora da janela da cozinha desbotando de branco para um cinza-chumbo manchado. A previsão no rádio naquela manhã tinha dito que poderia nevar, e ela tinha torcido por isso o dia todo; adorava a primeira neve da estação, quando todos os marrons desbotados da terra adormecida eram despertados para uma nova espécie de vivacidade, tudo que era grosseiro de repente ficava delicado, tudo que era sólido tornava-se translúcido e insubstancial. Magia que não precisava de palavras para se realizar ano após ano.

O gato arranhou de novo, e o coração de Joanna deu um pulo. Ela o vira rondando seu jardim morto na semana anterior, um macho jovem de cabeça quadrada, magrelo e rajado, e tinha deixado uma tigela de atum lá fora uma noite e uma tigela de sardinhas na noite seguinte, e agora ele estava ousado. Mas ela não podia atendê-lo no momento: o fogão estava ligado, ervas estavam queimando em uma panela, e suas mãos estavam cobertas de sangue.

Essa última parte era culpa dela. Ela tinha cortado fundo demais as costas da mão esquerda e, em vez de um fiozinho, extraíra uma enchente. Mesmo depois de medir os quinze mililitros de que precisava, a mão continuou sangrando lentamente através da atadura, e doía mais do que ela tinha antecipado. Valeria a pena se funcionasse – mas era sua trigésima sétima tentativa desde que começara, um ano e meio antes, e até agora tudo que conseguira em troca de seus esforços era uma coleção crescente de cicatrizes finas brancas nas mãos. Ela não tinha nenhuma expectativa real de que dessa vez seria diferente.

Mesmo assim, tinha que tentar. *Queria* tentar.

Essa noite, estava experimentando com a lua nova, depois que as últimas luas cheias não tinham produzido resultados – nem quando ela tivera o que pensara ser uma sacada de gênio e conseguira reunir meia xícara de sangue menstrual. Estava tão esperançosa de que isso pudesse ser a chave. De acordo com sua pesquisa, que ela tinha que admitir ser superficial, sangue periférico era quase indistinguível de sangue menstrual em termos forenses, e de um jeito ou de outro ela só conseguira levar três dos seus muitos livros para serem analisados – então era perfeitamente possível que os testes que haviam listado "sangue" como o principal ingrediente da tinta a tivessem enganado em termos da origem de onde aquele sangue poderia ter vindo.

Mas não. O livro que ela tinha escrito com seu sangue menstrual fora tão ineficaz quanto todos os outros que tentara fazer.

Tão ineficaz quanto ela sabia que esse seria.

Ainda assim, esperança e curiosidade a mantiveram no fogão, triturando as ervas escurecidas em um pilão e então misturando-as ao seu sangue, uma gema de ovo, uma pitada de goma-arábica e mel. O resultado foi uma pasta espessa e escura que daria uma bela tinta quando misturada com água, mas provavelmente não faria mais nada. Ela manteve seu terceiro ouvido atento para qualquer som que pudesse sugerir que a tinta era mais do que um mero pigmento caseiro, tentando escutar o zumbido corporal que corria como xarope através das veias sempre que estava perto de um livro... mas a tinta permaneceu preta e silenciosa.

Ela planejara escrever o livro naquela noite, copiando o texto de um dos menores feitiços de sua coleção, um encantamento persa do século XVI de dez páginas que agora estava desbotado, mas outrora evocara um fogo que ardia sem queimar por cerca de dez minutos. "O cozedor de ovos", o pai chamava, de brincadeira. No entanto, olhando para a pasta silenciosa, a mão ainda ardendo, ela soube instintivamente que o ato da escrita seria inútil.

Piscando para conter lágrimas frustradas, Joanna deixou a bagunça no fogão e se moveu pela cozinha, o linóleo verde e branco dos anos setenta vez ou outra se curvando sob os pés. O piso sempre a fazia lembrar da voz do pai, grave e alegre e da qual ela sentia uma saudade terrível. "Vou trocar esse piso em breve" era uma frase tão repetida que tinha assumido a cadência de um ritual, mas ele não trocara o piso e ninguém jamais faria isso. Ela abriu uma lata de atum e a esvaziou numa tigela, mas, quando saiu na varanda, tremendo no ar com aroma de neve, o gato não estava em lugar nenhum.

Era noite plena agora, sem lua para iluminar o céu, mas as nuvens transmitiam um brilho destilado prateado que refletia nos galhos das bétulas, parecidos com dedos esqueléticos, que cercavam seu jardim limpo de folhas. Entre as bétulas peroladas, os abetos e os pinheiros eram pouco mais do que sombras farfalhantes que se dissolviam na escuridão da floresta além. Joanna estreitou os olhos para as árvores, procurando movimento, mas, exceto por uma brisa leve, a noite estava imóvel.

A decepção cresceu nela, preta como a tinta de sangue esfriando em sua xícara, e ela se livrou do sentimento com uma risada. O que estava fazendo, afinal? Tentando atrair um animal selvagem para a sua porta, e então o quê? Convidá-lo para entrar? Oferecer a ele uma cama junto ao fogo, acariciar seu pelo macio, falar com ele, torná-lo seu amigo?

Sim.

Ela deixou a tigela de atum no degrau de cima e voltou para dentro de casa.

Joanna tinha nascido naquela casa e morado ali a vida inteira; primeiro com toda a família, e então, depois que a irmã fugiu e a mãe se mudou logo em seguida, só com o pai. Por oito anos foram só Joanna e Abe ali, e, desde a morte de Abe, dois anos antes, era só Joanna. A casa era vitoriana e antiga, grande demais para uma pessoa, sua tinta branca agora um cinza manchado como um dente velho, e os acabamentos em madeira envelhecidos até passar da elegante cor de biscoito de gengibre a uma exaustão estagnada. Mesmo os arcos pontiagudos do telhado e das janelas tinham ficado arredondados, como facas usadas em excesso. A porta rangeu nas dobradiças quando ela a fechou.

Lá dentro estava tão silencioso quanto a floresta. Sempre estava. A madeira escura do hall de entrada dava lugar à claridade artificial da cozinha, tingida pelo âmbar esmaecido da cúpula de vidro ao redor da lâmpada no teto, enquanto a janela sobre a pia – que durante o dia olhava para o jardim de ervas de Joanna – era um espelho preto e turvo. Joanna percebeu que involuntariamente adequava seus passos ao silêncio ao redor, como se tentando não perturbar sua própria casa vazia.

Cada vez mais, esse silêncio onipresente parecia uma função das proteções atrás das quais Joanna tinha vivido toda a sua vida; outro tipo de bolha invisível que a separava do resto do mundo, protetora e asfixiante. Por um ano depois que Abe morreu, ela o imaginava atrás de cada canto, ouvia sua voz enquanto preparava o jantar ("Espaguete de novo? Você vai se transformar num macarrão"), treinando músicas pop no piano ("Fiona Apple, *isso* sim é voz") ou sentado na varanda com as aquarelas que ele comprara para ela ("Você herdou esse talento da sua mãe, eu não sei desenhar nem um urso-polar numa tempestade de neve"). Mas pouco a pouco até mesmo a voz imaginária do pai tinha se esvaído, e agora ela precisava se esforçar para conjurá-la na mente.

Às vezes Joanna não conseguia evitar e tentava imaginar outra pessoa na casa com ela, uma figura masculina onírica e mutável, alto, forte e gentil. Ela já lera romances suficientes para uma vida toda e não tinha dificuldade em imaginar as possibilidades físicas: a boca dele no seu pescoço, seus ombros largos a pressionando contra uma parede, suas mãos erguendo a saia dela ao redor da cintura. Não que ela usasse saias, mas o closet do seu subconsciente sexual estava cheio de anáguas. Eram as outras partes da fantasia que impunham dificuldades. As partes em que ela tentava imaginar qualquer outra pessoa além de sua família naquela casa com ela. Forçava a imaginação sem sequer pensar no gatinho rajado nos seus calcanhares, embora ela estivesse melhorando nisso. Agora quase conseguia vê-lo pulando na bancada de azulejo branco para brincar com um dos ramos de ervas secas pendurados na janela.

O pai tinha sido alérgico à maioria dos animais, mas mesmo agora ela não conseguia adotar um bichinho – embora, quando criança, tivesse chorado pedindo por um animal de estimação. A irmã mais velha capturava sapos para ela, montava armadilhas para cobras e colecionava jarros de lesmas, mas não era a mesma coisa. Ela queria algo macio que aceitasse e retribuísse o seu amor. Agora havia algo doloroso na ideia de deixar um animal dentro de casa e tornar a casa de Abe inóspita a ele, ou a qualquer resquício do seu espírito que restasse.

Isso se a pessoa acreditasse em espíritos, o que não era o caso de Joanna. Das centenas de livros manuscritos que o pai tinha reunido, livros que, quando lidos em voz alta, podiam fazer qualquer coisa, desde afinar um piano até reunir nuvens de chuva em plena seca, nenhum continha feitiços para falar com fantasmas ou se conectar com o reino da morte de qualquer maneira. Isso teria sido a primeira coisa que os primeiros escritores teriam tentado – quem quer que fossem, como quer que escrevessem.

— Não cabe a nós perguntar como — dizia o pai, vez após vez. — Estamos aqui para proteger os livros, dar um lar a eles, respeitá-los. Não para os interrogar.

Mas como é que Joanna podia não fazer perguntas?

Especialmente depois que um dos livros que Abe tinha protegido a vida toda se voltara contra ele.

Ela só precisara de seis meses após a morte do pai para quebrar uma das regras mais rígidas dele e levar três livros – embora todos com a tinta desbotada, seus feitiços esgotados – para fora das proteções da casa até um laboratório de restauração em Boston. Até mesmo para os restauradores que não sabiam o que estavam vendo de verdade, os livros eram objetos fascinantes, antigos e raros, e Joanna doara os três em troca de acesso aos relatórios do laboratório, depois que o DNA e as amostras de proteína foram analisadas.

Se ela finalmente pudesse aprender como haviam sido escritos, talvez entendesse por que e como o pai fora morto por um deles. E, se aprendesse como tinham sido escritos, bem, seria plausível que poderia escrevê-los ela mesma, não?

Aparentemente não.

Os resultados do laboratório a tinham empolgado e depois assustado, embora, pensando melhor, agora ela achasse que deveria ter suspeitado do que descobriu. A magia dentro dos livros precisava de sangue e ervas para ser ativada, então fazia sentido que a própria tinta fosse baseada na mesma coisa. Mas isso lançava uma luz aterrorizante em alguns dos seus livros mais longos. Quanto sangue havia naquelas páginas? E de quem?

Ela estendeu um pedaço de filme plástico sobre a tigela de pasta de tinta, depois refez o curativo na mão, que tinha finalmente parado de sangrar. Com o fogão desligado a cozinha ficou fria, então ela preparou uma xícara de chá e a levou para a sala de estar. Só um abajur estava aceso, o alto com a cúpula verde franjada, e sob a luz baça e esverdeada o cômodo parecia ainda mais com um ninho abarrotado do que de costume: cobertores de lã empilhados no sofá vermelho desbotado, xícaras de chá inacabadas e abandonadas junto aos livros nas estantes que iam do chão ao teto, e suéteres emaranhados nas pernas pretas lustrosas do piano no canto, suas mangas esticadas sobre o tapete persa puído. O fogão a lenha, que Abe tinha instalado no nicho de tijolos onde já houvera uma lareira, brilhava com calor. Joanna sentiu-se, não de modo desagradável, como um rato retornando à sua toca.

Ela vinha dormindo ali embaixo, perto do fogão, desde meados de outubro, tentando conservar o calor na casa. As janelas altas e estreitas, com suas molduras empenadas, já estavam firmemente seladas com plástico, e ela pregara cobertores grossos de lã ao teto e às paredes da escadaria, para proteger o andar de baixo das correntes de ar do andar de cima – que permaneceria frio e intocado até março. Funcionalmente, seu mundo fora reduzido a quatro cômodos: cozinha, sala de jantar, sala de estar, banheiro. E o porão, claro. Ela começara esse hábito no inverno em que o pai morrera e descobriu que era econômico não só em termos de propano e madeira, mas de conforto. Uma só pessoa não precisava de toda uma casa fria e escura.

Ela abasteceu o fogão e olhou para a face empoeirada do relógio de pêndulo tiquetaqueando junto à poltrona de couro rachada – eram seis e quarenta e cinco, o que significava que tinha quinze minutos antes que as proteções precisassem ser renovadas, então se sentou à mesa de centro com um caderno e uma caneta para fazer uma lista de tarefas para a ida à cidade no dia seguinte.

A lista era curta.

Correio.

Comprar pão e ver mamãe na loja.

Ver e-mails na biblioteca.

Como um animal de estimação, a internet era algo que ela teria gostado de receber em casa, mas as proteções embaralhavam a maior parte das tecnologias de comunicação – telefones fritavam, sinais se misturavam, e assim por diante. O rádio funcionava e walkie-talkies também, que era como a família se comunicava quando a casa abrigava todos eles, antes que Esther e depois Cecily fossem embora. A trilha sonora da infância de Joanna era a voz entusiasmada da irmã no seu ouvido: "Esther chamando Joanna! Está me ouvindo? Recebido e entendido! Câmbio, desligo!".

Ela olhou de novo para o relógio. Era hora.

De volta à cozinha, ela pegou a faquinha prateada do escorredor em que a deixara para secar. Não olhou para a geladeira quando passou por ela a caminho do porão, mas via sua face colorida pelo canto do olho, cartões-postais presos com ímãs em toda a superfície disponível. Um para cada mês que a irmã passara longe. Dez anos de cartões-postais. Em breve chegaria mais um. Todo mês Joanna ia buscar o cartão de Esther no correio, e todo mês dizia a si mesma para não o prender na geladeira, mas não conseguia se impedir de aumentar a coleção, embora não falasse com Esther desde que o pai delas morrera.

Esther tinha um e-mail, mas parecia abri-lo raramente, e, depois da morte de Abe, Joanna tinha precisado mandar cinco variações de *Esther, precisamos conversar* antes de a irmã responder mandando um número de telefone. Joanna tinha ido à casa da mãe, fora da cidade, e ligado do chão da cozinha de Cecily, uma mão pressionada aos ladrilhos frios e o celular da mãe apertado ao ouvido. Quando Joanna lhe contou o que acontecera, Esther começou a soluçar alta e imediatamente; seus gritos roucos e sua respiração embargada na garganta eram tão idênticos ao modo como chorava quando criança que por um momento Joanna se sentiu próxima dela.

Então, ela pediu a Esther que voltasse para casa.

Implorou, na verdade. Gritou, frenética de luto, enquanto Esther chorava, repetindo *não posso, não posso, não posso*, até Cecily tirar o aparelho da mão dela e se afastar para falar com Esther também, a voz baixa e tranquilizadora.

Joanna tentara perdoar a irmã por ter ido embora, desaparecendo sem explicação, mas nunca conseguira perdoá-la por isso: recusar-se a voltar quando Joanna mais precisava dela, quando ela era a única pessoa viva que seria capaz de ler o livro que matara o pai delas, a única pessoa que poderia ter oferecido respostas a Joanna. A única pessoa que poderia ter oferecido conforto.

Joanna nunca mais entrara em contato.

Apesar disso, os cartões continuavam chegando, um para Cecily e um para Joanna, constantes como a lua.

Um horizonte iluminado com uma velha placa neon da Farinha Gold Medal: "Querida Jo, aqui em Minnesota todo mundo tem uma sauna no jardim. Acho que Vermont devia adotar essa ideia. Seu sangue do norte vai agradecer. Um beijo da sua irmã suada, Esther".

Uma reprodução de *As duas Fridas*, os dois corações da pintora conectados por veias delicadas e ensanguentadas: "*Querida Jo, si quieres entender este postal en total, tendrés que aprender español*. Estou aqui na Cidade do México, errando conjugações verbais e sem conseguir encontrar nenhuma informação sobre a família da minha mãe. *Un beso muy fuerte de tu hermana errante*, Esther".

O último tinha pinguins. "Querida Jo, sabia que a palavra 'ártico' vem da palavra grega para ursos? *Ant*ártico significa *sem* ursos. Então lembre-se de não me imaginar entre ursos-polares, se é que você chega a me imaginar. Um beijo da sua irmã congelada, Esther."

Quantas noites insones Joanna passara encarando aqueles cartões, relendo palavras que já conhecia de cor? Quantas horas passara na biblioteca ou no computador da mãe, procurando todas aquelas paisagens distantes que nunca veria? Ela era especialista em todos os lugares onde a irmã já estivera. Especialista em montanhas que nunca escalaria, mares que nunca navegaria, cidades cujas ruas ela nunca percorreria.

Não se deu ao trabalho de acender a luz quando abriu a porta do porão. Mesmo que não tivesse anos de memória sensorial para guiar os pés, o zumbido dourado crescente a guiaria. Na escuridão, ela desceu os degraus de madeira rangentes até o local úmido com cheiro embolorado, passando pela forma pálida da máquina de lavar e seguindo até onde a lona estava esticada no chão, segurada por blocos de cimento, o alçapão esperando por baixo. Ela o abriu com um bocejo de madeira velha e desceu o segundo lance de escadas.

O zumbido encheu sua cabeça.

No primeiro degrau, parou para tatear a parede de cimento em busca do interruptor, e um instante depois o pequeno corredor foi iluminado. A porta da coleção era feita de aço nu com um veda-porta de vinil embaixo e uma lingueta de segurança acima da maçaneta. A chave, presa com uma fita vermelha, pendia de um prego à esquerda de Joanna, e ela a virou na fechadura com um estampido familiar.

Levou um momento, como sempre, para se aclimatar ao rugido que se ergueu dentro dos ouvidos, um som que tinha tentado descrever para a irmã e a mãe mais de uma vez, mas nunca conseguira. Era como ser preenchida por abelhas douradas que eram todas na verdade uma única abelha, que era na verdade um campo de trigo reluzente farfalhando sob um sol escaldante. Era um som, mas não era. Estava nos ouvidos dela, mas na sua cabeça. Era como sentir o gosto de um sentimento, e o sentimento era poder.

— Parece desconfortável — tinha dito Esther.

Era.

Também era magnífico.

A porta se fechou atrás de Joanna e ela se encostou ali, os olhos fechados, esperando o som ficar menos fisicamente avassalador. Então acendeu a luz no teto. Fazia calor ali embaixo, cerca de dezoito graus Celsius com quarenta e cinco por cento de umidade – era ali que toda a sua eletricidade e seu gás iam parar. Na frente da sala quadrada – no que Abe chamava de "o cantinho dos negócios", embora nenhum negócio real jamais tivesse sido conduzido ali – havia uma pequena pia de inox, vários armários enormes, um conjunto de prateleiras de carvalho altas que guardavam vidros e vidros de ervas e uma escrivaninha de imbuia larga que eles haviam encontrado em um leilão em uma casa à venda em Burlington muitos anos antes.

O resto da sala era ocupado pelos livros propriamente ditos.

Havia cinco estantes de madeira, cada uma com mais de um metro e oitenta e mais altas que Joanna, cada uma com portas de vidro herméticas. Elas ficavam enfileiradas sobre um velho tapete de lã vermelho, um substituto para outro tapete vermelho que a mãe de Joanna tinha queimado uma década antes, embora Joanna não gostasse de pensar naquele dia. Colada com fita na ponta de cada prateleira, como uma placa do Sistema Decimal Dewey, ficava uma lista de quais livros poderiam ser encontrados em qual prateleira e em que ordem.

Alguns dos fólios maiores ficavam na horizontal, mas a maioria dos livros era mantida em suportes, e Joanna tirava o pó toda manhã com um pincel e os examinava em busca de sinais de danos, traças e ratos, embora o porão fosse perfeitamente vedado e pragas não tivessem sido um problema em anos. Ela fazia isso desde que o pai tinha testado seus talentos aos cinco anos de idade.

Os livros eram organizados por data aproximada, embora todos fossem antigos. O mais velho na coleção de Joanna era de cerca de 1100 e o mais novo, de 1730. Ela não sabia o que fora perdido nos últimos séculos. Era o conhecimento de como escrever os livros ou a magia que já os preenchera? Era uma pergunta que a atormentava desde criança, uma questão sobre a qual Abe alegara não só ignorância, mas também falta de curiosidade.

Não cabe a nós perguntar como.

Abe parecia pensar que proteção entrava em conflito com conhecimento, como se eles não pudessem proteger os livros adequadamente se soubessem demais sobre eles. Essa crença – no silêncio, na ignorância – estendia-se além dos livros e invadia outros aspectos da vida dele, especialmente naquilo que se referia às filhas. Mantê-las na ignorância, ele parecia acreditar, equivalia a mantê-las a salvo.

— É uma resposta ao trauma — Esther tinha dito a Joanna uma vez, com aquele ar de sabedoria superior que assumira na adolescência. — Ele acha que, se falar sobre as coisas ruins que aconteceram, mais coisas ruins vão acontecer.

Essa análise desapegada veio após os muitos anos nada desapegados que Esther passara implorando para saber mais sobre sua mãe, Isabel, sobre cuja morte Abe só compartilhava os mesmos detalhes escassos: ele tinha voltado para casa um dia, no apartamento deles na Cidade do México, e encontrado Esther gritando no berço, todos os livros deles desparecidos e Isabel morta por um tiro no chão.

Isabel fora assassinada, disse Abe, por pessoas que viam os livros como uma *commodity*, tal qual diamantes ou petróleo – produtos para serem comprados e vendidos e pelos quais se podia matar, em vez de um fenômeno a ser resguardado. Tais pessoas existiam desde o surgimento dos próprios livros e, como tantos que negociavam *commodities*, caçadores de livros muitas vezes aproveitavam comoções sociais e opressões para lucrar. Abe sabia disso melhor que a maioria das pessoas. Seus avós paternos tinham a mesma habilidade de ouvir magia que Abe passara a Joanna, e eram donos de um pequeno teatro em Budapeste, renomado por seus incríveis efeitos de palco – atores atravessando objetos sólidos, acessórios flutuando sem qualquer cabo visível, cortinas engolfadas por chamas que não soltavam fumaça... até 1939, quando haviam sido invadidos sob os auspícios de uma lei que limitava o número de atores judeus permitidos num teatro.

Marido e mulher desapareceram ambos na devassa – assim como todos os livros que tornavam possíveis seus efeitos especiais. Todos exceto os poucos volumes que os Kalotay tinham mantido escondidos em casa; volumes que tinham chegado aos Estados Unidos com o avô de Joanna quando ele viera num navio porta-contêineres em 1940 para morar com um tio em Nova York. Três livros, escondidos no fundo falso de um baú.

Esses três livros ainda estavam atrás de um vidro no porão de Joanna, heranças familiares duramente conquistadas – e evidências do perigo de usar magia abertamente demais.

De acordo com Abe, pelo menos. Para Cecily, o perigo não era usar magia; o perigo estava em viver sob um regime fascista. Os livros roubados, argumentava ela, eram simplesmente mais espólios de guerra nazistas, mais coisas preciosas às quais eles sentiam ter direito, como pinturas, joias, obturações de ouro, vidas. Era verdade que Abe tinha uma tendência frustrante a atribuir a culpa de atrocidades históricas a uma caçada subjacente por livros: uma vez, quando Esther trouxe *As bruxas de Salém* para casa no oitavo ano, ele tentou sugerir que os julgamentos das bruxas tinham sido orquestrados por caçadores de livros, o que exasperou Cecily quase ao ponto das lágrimas.

— É nesse tipo de lógica que os intolerantes prosperam — dissera ela. — Faz parecer que as acusações eram verdadeiras, que as pessoas mortas por bruxaria estavam de fato praticando magia. Mas não, era ódio e medo, só isso. É sempre só isso. Pense nas mentiras contadas sobre o povo judeu, mentiras sobre rituais de sangue e sacrifício humano... Ódio, medo e o desejo de controle. Chame as coisas pelo nome, Abe.

Entretanto, diante da história familiar e do que tinha acontecido com a mãe de Esther, Joanna achava que não podia culpá-lo pela paranoia.

Era espantoso que ele tivesse continuado a colecionar livros após a morte de Isabel, reconstruindo a biblioteca até que as estantes de Joanna contivessem os atuais duzentos e vinte oito volumes mágicos.

Duzentos e vinte e nove, se ela contasse o livro de couro marrom que Abe levara consigo até o jardim quando tinha morrido.

Mas Joanna não estava contando.

Esse livro era uma anomalia em quase todos os aspectos. Todos os livros exigiam magia para se ativar, mas aquele não tinha simplesmente aceitado o sangue do pai – sugara-o até a morte. E era o livro mais grosso que ela já tinha visto, suas páginas repletas de texto, o que significava que fora escrito com tanto sangue que fazia o sangue *dela* gelar. Joanna também estava relativamente confiante de que os fios unindo as folhas eram cabelo. Humano. Era também um dos únicos dois livros na coleção deles que estava, para usar as palavras do pai, "em progresso" – um livro cujo feitiço ainda estava sendo realizado.

Joanna não sabia o que o livro fazia, porque não conseguia lê-lo. A única imagem clara era uma pequena gravura dourada de um livro em relevo na quarta capa. As palavras em si fugiam de seus olhos; nadavam e disparavam como as cores em um caleidoscópio. Era esse o aspecto que os livros em progresso tinham para qualquer um exceto o leitor, mas Esther poderia tê-lo lido. Poderia, mas não leu. Um livro em progresso também não podia ser destruído, rasgado, queimado ou afogado. Só a pessoa que tinha lido o feitiço pela primeira vez podia destruí-lo. Por escolha – ou pela morte.

Além disso, livros em progresso soavam sutilmente diferentes de livros em repouso, seu zumbido parecendo mais um enxame, e esse livro, que o pai tinha escondido por anos e carregado até sua morte, tinha o som mais estranho de todos. Profundo, como um dente apodrecido.

Logo que Abe morreu, ela presumiu que o livro era novo, recém-adquirido. E, criada à sombra da paranoia dele, também tinha presumido que a morte não fora acidental. Parecia certo que alguém dera a ele aquele livro de propósito; alguém o tinha matado para poder tomar seus livros para si. O mesmo destino que sobreveio a Isabel e aos bisavós de Joanna.

O pai tinha reunido a coleção deles de várias formas: vasculhando sebos e vendas de objetos que guarneciam propriedades, comparecendo a convenções de livros raros, regularmente encomendando caixas enormes de obras antigas no Ebay e torcendo que as caixas chegassem zumbindo, e comprando diretamente de pessoas que sabiam o que estavam vendendo. Abe tinha mantido registros detalhados de cada transação, e, nos dias após sua morte, Joanna havia estudado cada anotação que ele fizera em busca de suspeitos – mas então encontrara um registro diferente. Um caderno que nunca vira antes, escondido sob as meias dele na primeira gaveta da cômoda.

Era um caderno velho, com as páginas amareladas e as datas remontando a vinte e sete anos antes. Abe tomava notas naquele caderno desde antes de Joanna nascer. Não havia muitas entradas, talvez uma ou duas por ano, mas conforme lia ficou muito claro que o livro em progresso não era nada novo para Abe.

Sem o conhecimento de Joanna, ele o mantivera a vida toda, e durante toda a vida dela vinha tentando destruí-lo. Ele o encharcara de terebintina e ateara fogo a ele; tentara cortá-lo com uma motosserra; afogara-o em alvejante. Sua última entrada, feita no dia antes de morrer, dizia: *Curioso sobre o que vai acontecer se acrescentar meu próprio sangue à mistura. Vai negar ou interromper o feitiço? Vale a pena tentar amanhã.*

Abe pelejava para dar um fim a qualquer que fosse o feitiço em progresso entre as páginas do livro. Em vez disso, o livro tinha acabado com ele.

Agora ele ficava sobre a mesa na frente da coleção, e Joanna tomava cuidado para nunca o tocar com as mãos nuas. Também não o deixava perto demais do seu próprio livro de proteções, que eram preciosas demais para macular.

(A voz de Abe em sua cabeça, testando-a como fazia quando ela era jovem: "Não é um livro, tecnicamente. Como chamamos esses antigos manuscritos?"

Um códice. *Semântica, pai.*

Precisão de linguagem, Jo.)

O livro de proteções – o códice de proteções – era escrito em latim, e apesar das pequenas dimensões era o mais poderoso e raro na coleção; não só por causa do que podia fazer, o que era considerável, mas porque, ao contrário de qualquer outro, cuja tinta uma hora desbotaria, levando consigo a magia, a tinta das proteções podia ser recarregada. O códice pertencera a Isabel e, na época de sua morte, estava em um depósito com uma centena de outros livros, ficando intocado por quem quer que a tivesse matado. Três dias após sua morte, Abe havia pegado a filha e dirigido sem parar através da fronteira, através do continente, até a antiga casa da sua família em Vermont. Naquela noite ele usara as proteções pela primeira vez e não as deixara cair pelo resto da sua vida. Joanna também não deixaria.

Ela foi até a pia e lavou as mãos com cuidado, então as segurou por um longo momento sob o ar quente do secador elétrico, até sentir cada gotinha de umidade remanescente desaparecer. Em seguida, foi ao armário de ervas e colocou uma pitada de milefólio seco e verbena em uma pequena tigela, que levou de volta à mesa.

Ervas e plantas não eram estritamente necessárias para ler os feitiços – só o sangue já seria suficiente –, mas amplificavam todos os efeitos mágicos, fortalecendo a potência e aumentando a duração. Nunca havia só uma resposta "correta", mas sim muitos fatores possíveis, e Joanna tinha memorizado tudo, desde propriedades mágicas inatas (verbena para proteção, figueira-do-inferno para conhecimento e comunicação, beladona para ilusão) até correspondência física (ervas delicadas para magia delicada) e especificidades geográficas (camomila para feitiços poloneses, chincho para os peruanos). Essas últimas só eram úteis quando Joanna tinha uma ideia de onde viera um livro, e milefólio era uma de suas ervas mais usadas porque era circumboreal e abundante em várias partes do mundo.

Ela deixou o milefólio e a verbena de lado por enquanto, pegou o pequeno códice com capa de couro de quinze páginas e o abriu em um suporte de madeira com asas que Abe fizera. Deixou a capa virar com cuidado. Com a faca prateada na mão, considerou reabrir o corte de antes, mas isso iria doer desnecessariamente, então usou o ponto usual no dedo e o furou com a ponta afiada até uma gota de sangue brotar obedientemente na superfície. Era a cor mais forte na sala, mais forte até do que o corpo do qual saíra. Ela ergueu o dedo ensanguentado sobre as ervas trituradas e deixou o líquido vermelho vivo deslizar pela pele. Então abaixou o dedo que sangrava na mistura e pressionou o corte no próprio códice.

Ao contrário da maioria dos livros, que simplesmente absorviam a gota de sangue que lhes era oferecida, as proteções o bebiam. Assim que ela encostou o dedo na página, o livro começou avidamente a engolir o seu sangue. Seu dedo ardeu com a leve sucção, como se uma boquinha estivesse afixada nele, e a tinta ficou mais forte, mais preta, mais feroz na página de linho. Ela renovara aquelas proteções a vida toda e sempre tinha achado aquela sucção reconfortante, mas, depois da morte de Abe, passara meses com medo de que as proteções se voltassem contra ela, como o outro livro fizera com o pai. No entanto, elas nunca tinham feito isso, e agora Joanna estava acostumada com elas de novo. Enquanto alimentava as palavras, o latim — uma língua que ela não falava bem — começou a se reorganizar diante de seus olhos até virar algo que ela entendia. Ela inspirou fundo, devagar, e começou a ler.

— Que a Palavra todo-poderosa conceda a este lar um silêncio nascido do silêncio, e o que o silêncio faça ascender aos céus uma revoada de anjos que ninguém mal-intencionado verá, pois, assim como o céu se fecha com um manto de nuvens, os anjos obscurecerão este lar dos olhos perscrutadores do mundo cruel. Que a vida escureça as ervas e a vida escureça estas palavras, que tornam a Palavra...

Ela leu e leu, quinze páginas de anjos e asas e olhares maliciosos, até que a última frase soou, e, com um farfalhar como o bater de um milhão de penas, Joanna sentiu as proteções se reassentarem. Um leve estalo soou em seus ouvidos que já zumbiam, como se o selo ao redor da casa fosse hermético no âmbito da ciência além da etimologia e da magia.

A casa estava de novo, como sempre, fora dos mapas e impossível de ser localizada. Ninguém com más intenções poderia encontrá-la.

Na verdade, *ninguém* poderia encontrá-la. As proteções – renovadas toda noite na mesma hora – certificavam-se disso, cercando a fronteira da propriedade de modo que a entrada de carros e a casa além dela ficassem essencialmente invisíveis a qualquer um cujo sangue não estivesse no livro de proteções. Era uma invisibilidade não só dos olhos, mas também dos sentidos e da mente: a localização da propriedade não podia sequer ser cogitada, muito menos buscada e encontrada. As pessoas na cidade conheciam Abe e Joanna havia quase três décadas, mas, se alguém perguntasse onde os dois moravam, um olhar turvo tomaria o rosto dos seus vizinhos e eles dariam de ombros, sorrindo, perplexos. "Na montanha?", sugeririam. Ou, às vezes, "No sopé da montanha?".

Nem mesmo a mãe de Joanna poderia encontrá-la se tentasse procurar; não depois que saíra de casa e parara de acrescentar seu próprio sangue às proteções toda noite. Se Cecily quisesse visitá-la, Joanna teria que ir pegá-la e trazê-la de carro, o que Abe a obrigara a jurar que nunca faria.

Essa promessa, pelo menos, ela nunca tinha quebrado.

Somente Esther, a quem a magia nunca fora capaz de tocar, teria sido capaz de encontrar a casa se tentasse. Só Esther poderia chegar ali, na porta da frente, empurrá-la e chamar o nome de Joanna.

Mas Esther não faria isso.

Com as proteções renovadas, Joanna deslizou o códice de volta em seu estojo protetor. Ela se ergueu da mesa e arrumou as coisas, apagou a luz e fechou a porta. Atrás dela, os livros zumbiam, ressonantes, doces e seguros em seu lar subterrâneo.

3

Na manhã seguinte, a tigela de atum na varanda tinha sido lambida até ficar limpa. Joanna vestiu seu casaco longo de lã vermelha e bebeu seu café matinal lá fora, nos degraus da varanda, tremendo e olhando para as árvores e torcendo por um vislumbre de pelugem escura antes de ir à cidade.

O dia estava frio, mas úmido, o que dava uma impressão de um falso calor no ar; o tipo de tempo que a lembrava do dia em que encontrara o pai morto no jardim. A essa altura, porém, ela tinha prática em superar a recordação e se concentrar, em vez disso, na paisagem familiar. Sua caminhonete vermelha era uma faixa de cor brilhante contra a lama esburacada pela geada na entrada de carros, e, a distância, os flancos verdes da montanha ficavam azuis ao ascender para a névoa. Tudo tinha um cheiro metálico que enchia a boca, como agulhas de pinheiro e o inverno iminente.

Um pequeno movimento chamou sua atenção na beira da linha de árvores, mas era só um esquilo disparando sobre o velho balanço de madeira. Quando ela e Esther eram crianças, os pais mantinham o jardim da frente diligentemente aparado e limpo de folhas caídas, mas ao longo dos anos a floresta tinha invadido a área e agora os dois balanços de plástico amarelo estavam praticamente ocultos pelos arbustos e espinheiros.

Joanna teve uma lembrança sensorial vívida de se sentar naqueles balanços, o corpo inteiro engajado na tarefa: o vento agitando o cabelo, os punhos apertados ao redor das cordas enquanto ela recuava com todo o seu peso, as pernas estendidas, os dedos dos pés esticados, Esther no balanço ao seu lado gritando: "Chute o céu!".

No seu sétimo aniversário, como presente, o pai a deixara ler um feitiço que lhe dava a habilidade de flutuar de alturas modestas, e ela passara a hora inteira da duração do feitiço naquele balanço, empurrando-se o mais alto que podia e depois pulando e flutuando até o chão com a leveza de um dente-de-leão soprado. Cecily e Abe tinham assistido da varanda, comendo o bolo de aniversário de Joanna e rindo, e a Esther de dez anos havia balançado ao seu lado o tempo todo gritando de alegria. Se tinha ficado com inveja, não demonstrara.

Geralmente os pais tomavam cuidado para só dar magia às filhas que Esther pudesse aproveitar também, magia que alterava o ambiente ou objetos físicos; o feitiço de flutuar tinha sido uma anomalia. Talvez por isso, como compensação, as garotas tinham acordado poucos dias depois no quarto que dividiam e encontrado a mãe sentada junto à cama de Esther, e o pai de pernas cruzadas no tapetinho aos pés dela com um livro encadernado em tecido azul nas mãos.

Joanna o reconheceu de imediato. Era o livro que juntara seus pais, o livro que Cecily tinha vendido para Abe em uma exposição de antiquários em Boston cerca de um ano depois que ele e Esther tinham se mudado do México para Vermont. Era uma história muito repetida na família: como a atenção de Abe fora capturada tanto pela linda mulher belga atrás de um estande de livros usados quanto pelo livrinho azul que ela vendera por apenas sete dólares, sem saber como sua magia zumbia na cabeça de Abe; e como, embora Cecily tivesse sentido uma atração pelo modo como a intensidade das sobrancelhas grossas de Abe contrastava com sua risada fácil e retumbante, ela ficara igualmente interessada pela criança de dois anos no quadril dele, que ria junto com o pai toda vez, jogando para trás a cabecinha com cachos escuros em imitação do seu bom humor.

— Eu me apaixonei por você primeiro — Cecily sempre dizia a Esther. — Seu pai foi um bônus.

Na manhã seguinte ao sétimo aniversário de Joanna, quando ela e Esther acordaram, Abe já estava na última página do feitiço, o ar vibrando com sua voz ressonante enquanto as garotas se sentavam na cama. Elas já tinham ouvido o que o livro azul fazia, mas nunca o haviam visto ser lido, e Esther soltou um gritinho de deleite quando as primeiras videiras começaram a subir pelas paredes, verdes e brilhantes, e delas brotaram botões gordos que incharam rapidamente e, com a mesma rapidez, irromperam em flores com pétalas de veludo.

As flores eram rosa como o pôr do sol e grandes como a cabeça de Joanna, e tinham um odor tão doce que haviam feito lágrimas brotarem em seus olhos. Cecily se inclinou para a frente na cadeira para passar os braços ao redor dos ombros de Abe, e Esther ficou em pé na cama, mas Joanna permaneceu perfeitamente imóvel, assistindo enquanto as videiras e suas enormes flores cobriam o teto e enchiam o quarto com seu aroma incrível – como rosas caramelizadas e o núcleo azedo de uma laranja. Mesmo depois que as pétalas tinham murchado e caído, e as videiras secado, a casa ficou com um cheiro doce por dias.

A lembrança era tão forte que Joanna quase conseguia captar o aroma agora, uma nota de algo rico e florescente erguendo-se da terra fria em hibernação. Livros como o pequeno volume azul, que não serviam a nenhum propósito além da beleza, eram raros. Cecily o levara consigo quando deixara Abe muitos anos depois, junto com alguns outros: um feitiço que consertava objetos quebrados, um feitiço que fazia crescer tomates vermelhos e suculentos, perfeitamente esféricos, a partir de qualquer planta viva, e um feitiço para prender alguém dentro de uma barreira invisível.

Joanna achava que era hipócrita de sua parte mantê-los, considerando quão veementemente – e violentamente – ela se opusera à coleção no fim, mas ainda era reconfortada pela ideia de que o ressentimento de Cecily pelos livros não conseguia eclipsar por inteiro o amor e o assombro que ela já sentira por eles.

Joanna deixou sua xícara de café vazia no degrau de cima da varanda, e, dos balanços, virou na direção da velha caminhonete vermelha do pai.

Ela pegou o trajeto mais longo para a cidade, evitando a rodovia e seguindo a estrada ladeada por pinheiros que serpenteava junto ao rio verde. Depois que Esther tirara a carteira de motorista, tinha começado a levar Joanna nessa caminhonete nos finais de semana, só para dirigir, ouvir música e conversar, as duas mais falantes e abertas quando os olhos estavam voltados para a frente. E quando Esther foi embora, na época em que Abe ainda era vivo e Joanna não era a única responsável pelas proteções noturnas, ela saía em longos passeios solitários com bastante frequência, procurando volumes para acrescentar à coleção – fuçando leilões de propriedades rurais, vasculhando estantes abarrotadas em livrarias de pequenas cidades, buscando livros manuscritos, sinonimicamente repetitivos, categorizados erroneamente como diários históricos ou livros-razão. Atenta, sempre, ao raro sussurro da magia. Na grande tradição estadunidense, ela ainda associava o carro com uma sensação inebriante de liberdade baseada em movimento, e quando estava atrás do volante sentia uma espécie de otimismo irrefreado, uma sensação de que talvez sua vida fosse sua e de que a qualquer momento poderia sofrer uma guinada súbita e inesperada.

Quando imaginava um mapa, porém, era sempre como uma rede de veias com sua casa como o coração. Ela poderia ser levada para longe de tempos em tempos, poderia sentir que estava se afastando do centro, mas inexoravelmente era atraída de volta, um ciclo fechado, e não um caminho aberto.

Não pela primeira vez, ela se perguntou como Esther conceitualizava o mundo. O que ela pensava do pedacinho de terra onde tinha vivido – e sido feliz, Joanna acreditava na época – por dezoito anos? Até Esther ir embora sem aviso, existiam poucos segredos entre elas, especialmente naquela caminhonete, mas Joanna não sabia nem por que a irmã estava planejando partir, nem o motivo para ela ter ido embora. Nem conseguia imaginar como Esther se sentia ao pensar em casa – se ela sequer ainda pensava em Vermont como sua casa. Se sequer pensava no conceito de casa.

A cidade, se era possível chamá-la assim, era descrita de modo otimista em panfletos turísticos como "pitoresca", o que nesse caso significava que os velhos prédios eram todos de tijolos esfarelados ou tábuas pintadas de branco, com placas de madeira escritas a mão que balançavam ao vento. Uma ponte de mão dupla cobria o riozinho pedregoso, agora com gelo nas margens, e separava os dois blocos que constituíam o centro da cidade, conhecidos coloquialmente como "cidade velha" e "cidade nova".

A cidade velha abrigava a loja de ferramentas, o correio com sua parede da frente de vidro e o bar e grill com sua porta vaivém. Também ostentava o "parque da cidade", que era uma pracinha gramada à margem do rio com um banco de pedra e uma bandeira dos Estados Unidos. Do outro lado da ponte, a cidade nova era voltada a turistas que vinham esquiar, com uma cafeteria com tema alce e borboleta e uma loja de roupas para trilha de um lado da rua, e a loja de utilidades de Cecily e o sebo do outro.

Joanna estacionou na cidade velha na frente do correio, a caminhonete soluçando até parar atrás de um Subaru tão enferrujado que ela conseguia ver o motor através do chassi. A pequena sala da frente, com fileiras de caixas postais de metal, estava vazia, mas a de Joanna não estava. Havia dois cartões-postais lá dentro. Seu coração imediatamente acelerou, mas ela esperou até estar fora e sentada no banco de pedra frio na pracinha para olhá-los – para olhar para a letra que era tão familiar a ela quanto a voz da irmã já fora.

O cartão endereçado a ela exibia um céu noturno estriado com pinceladas de luz verde e as palavras "Aurora Australis" escritas em uma fonte cursiva na parte de baixo.

Querida Jo, decidi passar mais uma temporada na estação. É verão, o que significa que o sol nunca se põe. Não tem árvores para florescer aqui, e sinto saudade delas e de você. Um beijo da sua irmã trabalhadeira, Esther.

O cartão enviado para Cecily era parecido, como muitas vezes era o caso. Outra foto da aurora austral, embora esse céu fosse mais rosa e a fonte mais quadrada.

Querida mamãe, vou ficar mais uma temporada aqui na neve. Estou gostando das pessoas e do trabalho, embora a comida deixe a desejar. Sinto saudade do xarope de bordo – e de você. Um beijo, Esther.

Joanna encarou a mensagem da irmã até que as letras começaram a se borrar. *Sinto saudade de você.* As palavras e sua mentira açucarada embrulharam seu estômago. Se Esther realmente sentisse falta delas, podia voltar para casa e vê-las, mas não voltava. Se recusava.

Ela se ergueu do banco, desejando ter coragem de jogar os cartões no lixo. Em vez disso, cuidadosamente os guardou no bolso do casaco e partiu pela ponte estreita, perturbando um bando de corvos empoleirados na amurada de metal. Eles alçaram voo com um coro evanescente de grasnados irritados, e uma pena flutuou até os pés dela, preta como petróleo contra o concreto.

Enquanto a cidade velha era quase toda feita de madeira branca, os poucos prédios da cidade nova eram de tijolos. Ela parou no sebo por hábito, primeiro para tentar ouvir o potencial zumbido da magia (nada), depois para ir até o balcão e examinar a pilha de romances históricos que Madge, a proprietária, tinha separado para ela. Aos setenta e três anos, Madge era magra e enérgica, e, apesar do fato de ter passado boa parte da juventude no movimento separatista lésbico, era amante autodeclarada dos romances nauseantemente heterossexuais que Joanna adorava, nos quais duques taciturnos tinham o coração derretido pelo charme fogoso de mulheres anacronicamente feministas.

— Esse é ótimo — disse Madge, batendo numa capa que retratava um homem de cabelo espesso montado a cavalo, sua camisa branca esvoaçante aberta quase até o umbigo. — E eu aprendi muito sobre a febre amarela.

Joanna o comprou. Já tinha tentado ler romances modernos, mas nada depois de 1900 capturava seu interesse, talvez porque ela própria vivesse uma espécie de vida pré-1900, embora com a benção do encanamento em casa. Era difícil se imaginar usando calcinha de renda e mandando "nudes", mas fácil se imaginar com muitas camadas complicadas e rolando na frente de uma lareira.

Não que ela jamais tivesse feito algo assim. Até então, suas únicas experiências sexuais (com um parceiro) tinham sido com os garotos das festas para onde Esther a tinha arrastado nos primeiros anos do ensino médio. Aqueles amassos e carícias desajeitados não tinham exigido nada dela além de sua disposição no momento, e procurar algo real parecia não ter sentido. Não havia como explicar nada sobre ela mesma – não havia como realmente conhecer outra pessoa ou deixar outra pessoa conhecê-la – sem explicar sobre os livros. E isso ela não podia fazer.

A loja da mãe ficava no mesmo prédio de tijolos comprido do sebo. Joanna espiou seu toldo no fim da rua e parou junto a uma caminhonete estacionada para dar uma olhada no espelho retrovisor. A mãe tendia a se preocupar menos se ela estava com uma boa aparência, mas o melhor que Joanna conseguiu no momento foi desfazer a longa trança com pontas soltas e espalhar o cabelo ao redor dos ombros. Era espesso e um pouco encaracolado, castanho-claro como mel, e imediatamente começou a flutuar com estática ao redor dos ombros cobertos de lã. Ela cogitou vestir o gorro verde que Cecily sempre dizia destacar seus olhos castanhos, mas decidiu não fazer isso; no momento, achou que provavelmente só faria enfatizar as olheiras embaixo deles. Suas próprias covinhas a surpreendiam sempre que as via – faziam-na se parecer com Esther.

Um sininho tocou quando Joanna entrou na loja de utilidades. Como sempre, o lugar cheirava a incenso e vitaminas, um cheiro de giz no fundo da garganta que Joanna não apreciava, necessariamente, mas do qual se via sentindo falta quando estava longe. Era o aroma da própria Cecily, potente, caloroso, saudável. Cecily tinha trabalhado ali ao longo de toda a infância de Joanna e sido promovida a gerente alguns anos depois de deixar Abe, e, embora o lugar tivesse começado como uma cooperativa de alimentos saudáveis a granel, aos poucos se transformara em algo mais próximo do tipo de loja de quinquilharias New Age que se via nas cidades turísticas mais ricas da Nova Inglaterra: cristais e cartas de tarô invadindo os cestos de aveia orgânica; oficinas de astrologia além de aulas de fermentação; "blends de ervas espirituais" dominando o corredor de chá.

Joanna só viu um cliente ao entrar, um homem desconhecido olhando luvas de pele de alpaca, provavelmente um turista, embora a temporada de ski ainda não tivesse chegado. A própria Cecily estava perto da geladeira dos vegetais, cuidadosamente molhando a salsinha e o coentro com um borrifador. Como Joanna, ela era alta, embora ao contrário da filha tivesse uma postura excelente e parecesse ter a altura que tinha. Suas maçãs do rosto eram planas e altas, e ela ainda falava com traços de um sotaque germânico, embora não morasse na Bélgica fazia mais de quarenta anos.

— Meu bebezinho! — exclamou ela quando viu a filha, deixando o borrifador ao lado dos brócolis para jogar os braços ao redor dela.

O cliente virou-se das luvas para dar um olhar de soslaio para Joanna, que não parecia muito o bebê de ninguém, que dirá um bebezinho. Joanna não ligava para sobrancelhas erguidas; ela deixara a vergonha para trás fazia uns dez mil termos carinhosos. Retribuiu o abraço da mãe e então se desvencilhou, deixando Cecily enrolar uma mecha do seu cabelo e soltar um *tsc* por causa das pontas duplas.

— Eu podia cortar pra você em cinco segundos — declarou Cecily. — Quatro! — Então arquejou. — Meu amor, o que aconteceu com a sua mão?

— Ah, nada. Eu cortei abrindo uma lata.

— Você limpou bem?

— Sim, está tudo bem. Toma, eu peguei os cartões de Esther.

A expressão de Cecily não mudou, mas ela se virou para pegar o borrifador e se dedicar novamente aos vegetais.

— Onde ela está agora? Algum lugar quente com palmeiras? Em Barcelona, comendo nozes?

— Eles comem muitas nozes em Barcelona?

— Eu comia quando estava lá — disse Cecily —, mas os anos oitenta eram assim.

Joanna ignorou a observação.

— Não, ela não está em Barcelona. Vai ficar na estação.

Cecily girou no meio de borrifo e atingiu a bainha do casaco de Joanna com o spray.

— Quê? Que estação?

— A mesma onde ficou no último ano — disse Joanna, alarmada com a reação da mãe.

— Na Antártica?

— Sim, onde mais?

— Não, você deve ter lido errado — disse Cecily. — Deixa eu ver.

— Quando a senhora puder — chamou o cliente no caixa.

Cecily hesitou, então enfiou o borrifador nas mãos de Joanna e correu até a frente da loja, evitando por um triz uma colisão com um mostrador giratório de óleos essenciais. Joanna a seguiu mais devagar. Normalmente Cecily exalava charme de vendedora, *o senhor encontrou o que estava procurando, a senhora viu nosso novo hidratante de leite de cabra,* mas agora se limitou a embalar as luvas e cobrar o homem sem um sorriso sequer, como se estivesse impaciente para que ele fosse embora. Quando ele saiu, o sino da porta tocando em seu encalço, Cecily estendeu a mão.

— Os cartões, bebê.

Joanna os deu a ela e Cecily pôs ambos no caixa, murmurando sozinha enquanto lia um e depois o outro. Ela empurrou o cabelo lustroso para trás das orelhas, balançou a cabeça e os leu de novo, como se procurasse algo que tinha perdido.

— O que foi? — perguntou Joanna. Ela não via a mãe tão agitada em anos, e sentiu um pulso de medo no próprio peito em resposta, embora não entendesse por que deveria estar preocupada. — Qual é o problema?

— Ela sabe que não pode — murmurou Cecily —, ela sabe que não pode ficar, ela precisa... — ela se interrompeu, engasgando. Joanna se obrigou a ficar parada enquanto Cecily virava a cabeça e tossia com força contra o ombro, uma tosse de longa data que no começo a preocupara imensamente. Agora, porém, ela suspeitava de que era fingimento. Tendia a surgir unicamente quando elas falavam sobre Esther ou outras coisas que Cecily não queria discutir. Por fim, Cecily recuperou o fôlego e parou com os olhos fechados, as mãos nos cartões-postais.

— O que está te incomodando? — perguntou Joanna e, quando a mãe não respondeu: — É por ela estar tão longe? Ela sempre está longe. Antártica, Barcelona, dá na mesma em termos de distância, na verdade.

— É tão remoto — disse Cecily, tocando a garganta. — Talvez isso seja bom? Talvez seja uma coisa boa. — Ela pareceu se recompor, relaxando os ombros e sorrindo para Joanna. — E se eu for jantar com você hoje, hein? Levo uma lasanha, uma garrafa de vinho, corto seu cabelo na varanda como quando você era menina...

Joanna sentiu um nó fechar a garganta.

— Mãe — disse ela. — Não faça isso.

— Joanna, você está me olhando como se eu estivesse pedindo para cortar sua garganta em vez de visitar sua casa. Que já foi a *minha* casa, aliás. Você não entende como isso é bobo?

O que Joanna via era o bilhete que o pai tinha rabiscado nos seus últimos momentos de vida. *Não deixe sua mãe entrar.* Era o pedido mais difícil que ele já fizera e o que mais lhe custara atender, especialmente nos meses após a morte dele, em que ela ficara sozinha na casa grande e ecoante, chorando nos próprios braços em vez de nos da mãe. A mãe, que estava a poucos quilômetros dali, e que teria chegado lá em minutos se Joanna a tivesse convidado.

Mas Cecily tinha cedido seu direito a um convite dez anos antes, uma semana após Esther ir embora, quando Joanna acordara com gritos abafados. Era o pai, seu barítono normalmente grave erguido a um timbre que ela nunca ouvira antes, raiva misturada com um terror real, e ela havia saído da cama e descido as escadas aos tropeços, seguindo o som até o corredor dos fundos, o coração martelando no peito. Os pais estavam no porão com os livros – e da porta ela sentiu o cheiro acre inconfundível de fumaça.

Ela havia corrido e encontrado Cecily com uma expressão desafiadora e o rosto manchado de lágrimas, parada sobre Abe, que estava de joelhos na frente do livro de proteções, jogando água freneticamente sobre o fogo que ainda deixava marcas de queimadura no tapete entre os corredores. A fogueira tinha sido cuidadosamente construída, vários troncos e um triângulo de galhos arqueados sobre o pequeno códice e então encharcados de gasolina, mas, embora o tapete e o piso sob ele estivessem chamuscados, as proteções propriamente ditas estavam intocadas pelo fogo ou pela água. Foram salvas pelo seu próprio estado em progresso, que as tornava indestrutíveis, mas alguns dos livros ao redor não tiveram tanta sorte — entre o dano da fumaça e o papel queimado, muitos estavam arruinados e não tinham salvação. Era óbvio que, embora o principal objetivo de Cecily fossem as proteções, ela estava feliz por qualquer destruição que conseguisse causar, e quando se virou para Joanna, que tinha parado horrorizada à porta, não havia qualquer traço de arrependimento em seu rosto.

— Seu pai deixou claro que se importa mais com esses livros do que com a família dele — dissera Cecily. — Eu não posso continuar assim. Estou indo embora. Por favor, venha comigo, Joanna. Por favor. Há todo um mundo lá fora para você.

Abe tinha erguido a cabeça do fogo que acabara de apagar, segurando um dos livros arruinados nas mãos como um pássaro com as asas quebradas. Com uma clareza aguda nascida do choque, Joanna tinha encarado as beiradas escurecidas das páginas, a capa de couro empenada e com bolhas, a cola da lombada derretendo. Era um livro que ela conhecia bem, o livro que um dia a fizera voar de um balanço amarelo para um céu azul perfeito. Seus olhos se moveram para o rosto do pai, sombrio com uma desolação que ela sentia nos ossos. Quando olhou de volta para a mãe, lágrimas escorriam pelas bochechas de Cecily. Ela já sabia que não havia dúvida quanto a qual dos pais Joanna escolheria.

Agora, na loja, os olhos de Cecily estavam secos, embora seu rosto estivesse desafiador.

— Não posso te deixar entrar — disse Joanna. — Você sabe que não posso. E não vou.

Cecily se afastou do balcão, piscando depressa.

— Você é uma prisioneira, Joanna. Uma prisioneira de sua própria paranoia, como seu pai. Eu vejo no seu rosto, vejo as grades, e isso acaba comigo.

Joanna afastou o olhar. Estava cansada demais para aquela conversa hoje.

— Os livros governavam Abe — disse Cecily, tentando agarrá-la —, mas não têm que governar você. Você pode dar as costas para tudo isso, sair para o mundo, pode ter uma vida de verdade...

— Essa *é* a minha vida de verdade — disse Joanna. — E não sou uma prisioneira, estou *escolhendo* isso, assim como você escolheu ficar aqui nessa cidade embora pudesse fazer qualquer coisa, ir para qualquer lugar, por mais que eu tenha te dito um milhão de vezes que não ligo se você for embora. Se estou acorrentada aos livros, então, bem, você está acorrentada a mim. Ambas estamos tomando decisões. Eu respeito a sua, por que você não pode respeitar a minha?

A expressão de Cecily, que estivera feroz e convicta, subitamente desabou, e ela esfregou as mãos pelo rosto, borrando o batom vermelho sem o qual nunca saía de casa.

— Você tem razão, Joanna — disse ela, soando quase formal. — Desculpe. A vida é sua.

— Sim — respondeu Joanna, sem saber se a mãe estava sendo condescendente, mas só querendo acabar com a briga. — Obrigada.

— Eu te amo. — Cecily apertou a mão dela, e Joanna apertou de volta.

— Eu também te amo. — Por algum motivo, falar em voz alta a deixou cansada e triste, porque era verdade.

Cecily ajeitou o batom com um dedo confiante, apagando os traços vermelhos que tinham manchado o queixo.

— Você vem almoçar comigo amanhã, querida? Vou assar um pão e nós podemos tomar aquela sopa de cenoura de que você gosta.

Um meio-termo.

— Tudo bem — disse ela.

— À uma? Duas?

As proteções tinham que ser renovadas todo dia às sete, mas isso lhe dava mais do que tempo suficiente.

— Às duas — disse ela. — Talvez eu até deixe você cortar meu cabelo.

Ela pegou seu cartão no caixa e Cecily o acompanhou com os olhos enquanto desaparecia no seu bolso. Um último abraço e Joanna estava livre.

Em casa, ela foi até o porão e encheu um pedaço de papel-alumínio com erva-gato, acônito e morugem, depois puxou um livro das estantes. Era do século XVII e escrito em francês, e Joanna lembrava do dia em que Abe o trouxera para casa. Ela tinha dez anos. Havia se debruçado sobre ele com um dicionário para os dois entenderem o que o feitiço poderia fazer antes de testarem em voz alta. A tinta estava desbotando, mas ainda restavam alguns usos, e agora Joanna o levou para o andar de cima, tirou a faca prateada do seu lugar cativo na pia e então voltou para fora.

Ela saiu na varanda, atravessou a longa entrada de carros e seguiu para as árvores. Havia uma rocha plana a alguns metros dali onde ela se sentou, a superfície fria através do seu jeans preto. Abriu o papel-alumínio, alfinetou o dedo e baixou a ponta ensanguentada nas ervas. Em seguida, abriu o livro no colo. Pressionou o dedo ensanguentado na página, esperou o francês se rearranjar em uma língua que entendia e começou a ler.

— Que minha voz seja levada por qualquer vento que esteja soprando e deixe-os me ouvir e vir com calma...

O livro era longo e poderoso – levava quase meia hora para lê-lo por completo. Enquanto lia, ela sentia que a energia ao redor começava a mudar, sinistra e específica, como a sensação de pelos se arrepiando em um membro que ela nem sabia ter. O zumbido e o enxame do feitiço a envolveram e os sons da floresta ao redor começaram a vibrar e ampliar-se em reação à sua voz; os corvos grasnaram mais alto, o vento assobiou entre as árvores, e seus próprios batimentos cardíacos criavam um ritmo.

Naqueles trinta minutos, ela leu com os olhos fixos na página, todos os seus sentidos alertas aos sons que mudavam ao seu redor, mas o olhar focado inteiramente nas palavras. Ouviu o som de folhas sendo pisoteadas e gravetos sendo quebrados enquanto patas se moviam através da floresta na sua direção, ouviu galhos estalarem nas árvores, ouviu o som lento e quente de respiração, mas não ergueu os olhos. Se os erguesse, o feitiço se interromperia e ela teria que começar de novo. Sua voz ficou forte e ela não se apressou quando chegou à última página, só deixou as palavras caírem da língua e ressoarem no ar frio como batidas em vidro.

Ela fechou o livro. Só então ergueu os olhos.

Havia animais ao seu redor. Imóveis, como peças em um tabuleiro de xadrez, esperando que uma mão os movesse. Vários cervos posavam como estátuas, com suas pernas longas e sua pelugem de inverno abundante, a pulsação batendo na pele de veludo do pescoço. Uma ursa estava sentada sobre as enormes pernas traseiras peludas com as narinas úmidas abrindo e fechando, as patas do tamanho de uma cabeça dóceis sobre as folhas. Um alce castanho-avermelhado, tão grande que era assustador, e tão próximo que Joanna podia ver a penugem cobrindo sua galhada, lambeu os lábios com a língua rosa delicada. Um coiote desgrenhado esfregou lenta e despreocupadamente uma orelha cheia de tufos. As árvores estavam pesadas com pássaros silenciosos sentados como enfeites em seus galhos. Havia uma raposa e incontáveis esquilos.

Mas nenhum gato rajado.

Joanna conteve a decepção, desdobrou os membros e seguiu até os animais.

Esse foi o primeiro livro que o pai a deixara ler em voz alta sozinha, quando completara seis anos, e ela ainda experimentava o mesmo senso de assombro e maravilha avassalador que sentira quando criança. O livro, explicou Abe, fora escrito como um feitiço de caça, um modo de rápida e facilmente abater animais antes que voltassem para onde quer que tivessem estado, mas a família jamais o usaria com esse propósito.

A orelha da ursa estremeceu quando Joanna passou uma mão pelo seu rosto e peito, o pelo tão espesso e macio que era quase pegajoso. Ela ergueu um lábio e correu os dedos pelos dentes amarelados expostos, sentindo o cheiro de almíscar e maçãs azedas. A ursa a encarou com seus olhinhos pretos cintilantes, com certa curiosidade, mas total ausência de interesse ou intenção. Joanna tocou o osso saliente no topo do crânio do animal e afundou os dedos no pelo viscoso. Pôs as duas mãos no seu pescoço peludo.

Ficar tão perto de um animal daqueles era eletrizante de um jeito que ela sentia no corpo todo: a ponta dos dedos formigando, o coração acelerando, a cabeça zumbindo com uma estática alegre. Os cervos a deixaram jogar os braços ao redor do seu pescoço e pressionar a bochecha em seu pelo quente. O alce não se afastou enquanto ela se erguia na ponta dos pés para tocar sua galhada, só exalou uma lufada quente de hálito animal no rosto dela. Um coelhinho sentou-se nas palmas dela, o nariz tremendo, o corpo todo vibrando com as batidas do coração.

Dentro de casa, cercada pelos resquícios da vida do pai, com livros zunindo sob os pés, às vezes ela se sentia tão sozinha que se preocupava que pudesse desaparecer como a tinta em um livro usado demais. Mas ali, com a vida selvagem ao seu redor e a magia doce no ar como boa cidra, sentia as cores retornando, as bordas escurecendo, seu âmago preenchido.

Ela segurou o lindo rosto do coiote e encarou seus belos olhos, que a olharam de volta, o verde-claro da última folha a mudar de cor. Quantas outras pessoas podiam dizer que tinham feito tais coisas? Quantas pessoas já tinham exercido aquele tipo de poder?

Como ela ousava ansiar por uma vida diferente?

4

Apesar das aparências, Esther era uma criatura de rotinas. Nesse sentido, ainda que em nenhum outro, ela era perfeitamente a filha de seu pai, e aprendera ao longo dos anos que a adaptabilidade era, em si mesma, uma rotina que podia ser aprendida. Estabelecer hábitos era algo que ela fazia automaticamente, e ali na estação ela vivia segundo uma disciplina que teria surpreendido seus amigos e colegas se tivessem notado. Toda manhã, fazia as mesmas coisas: acordava exatamente na mesma hora, vestia as roupas exatamente na mesma ordem e usava exatamente a mesma cabine no banheiro compartilhado, chegando a se demorar junto às pias, fingindo mexer no cabelo, se a sua preferida estivesse ocupada. Comia mingau de aveia toda manhã no café, e toda manhã, enquanto media sua colher de sopa de açúcar mascavo, comparava-o desfavoravelmente ao mingau da sua infância, que nadava em piscinas espessas de xarope de bordo.

Aquela manhã era igual a todas as outras, exceto que a ansiedade deixara seu mingau com gosto de cola e olhar nos espelhos marcados com sangue acima das pias era como encarar a porra do olho de Sauron. Além disso, ela estava de ressaca. Ao seu redor, colegas novos e antigos estavam conversando entre si ou encarando com frustração notebooks abertos, tentando em vão conseguir uma conexão boa o suficiente para ligar para a família ou mandar um e-mail.

Fazia dois anos que Esther não ouvia a voz de um membro da sua família. Quando não voltou para casa depois que o pai morreu, Joanna tinha jurado nunca mais falar com ela, e, embora Esther soubesse que a madrasta, Cecily, teria adorado ouvir notícias dela, achava mais fácil pensar que a família estava fora de alcance.

Tudo que importava era que Joanna estava segura atrás das proteções.

O homem que tinha flertado com Esther na noite anterior, o carpinteiro do Colorado, sentou-se à frente dela, o prato tão cheio que ela o teria provocado se estivesse no clima para provocar alguém. Ele sorriu para ela com a boca cheia de ovos em pó.

— Ei — disse ele. — Esther, né?

— Oi. E você é... Trevor.

— Trev — corrigiu ele. — Então, o que está na sua programação hoje?

Bem, Trev, eu vou passar a manhã de ressaca, sentindo um pânico nauseante, até meu senso de determinação férrea assumir o controle e eu conseguir descobrir quem caralhos trouxe um livro para a base e se essa pessoa quer me matar ou não.

— Ainda não sei. — Ela deixou a colher cair no mingau que mal tocara. — Estou indo pra oficina receber minhas tarefas de hoje. Na verdade, eu devia ir.

— Ah — disse ele, parecendo decepcionado antes de forçar um sorriso. — Tá. Legal. Te vejo por aí?

Ela lhe deu o que esperava ser um sorriso simpático. Enquanto deixava os pratos na esteira rolante da cozinha, captou um vislumbre do cabelo loiro exuberante de Pearl na fila da comida, e o que tinha sido uma falsa expressão amável no seu rosto imediatamente se tornou real. Pearl também a viu e veio direto até ela.

— Achei você! — exclamou ela. — Fiquei preocupada, aonde você foi ontem?

— Peguei pesado com a bebida — disse Esther, sentindo-se culpada pela mentira. — As coisas começaram a girar e fui pra cama.

— Ah — respondeu Pearl. — Devia ter me falado. Eu teria cuidado de você.

— Não foi bonito — argumentou Esther.

— E isso é? — perguntou Pearl, gesticulando para os macacões idênticos delas.

— Em você? — retrucou Esther. — Cem por cento sim.

Pearl balançou a cabeça.

— Enfim, está se sentindo melhor?

— Muito. Posso recomendar que você beba água? Galões.

— Anotado.

Pearl se inclinou para beijá-la, e Esther – ciente demais do bater de garfos em pratos, das conversas, dos olhos observadores – se afastou antes que pudesse se conter. Mesmo enquanto recuava a cabeça, soube que tinha sido um erro; a mágoa se espalhou como um hematoma pelo rosto de Pearl.

— Desculpa — pediu Esther —, desculpa, eu... eu ainda estou um nojo depois de ontem.

Mesmo na melhor das circunstâncias, Esther não ficava à vontade com afeto público, mas não porque sentisse vergonha. Era a declaração aberta de sentimentos que a assustava. Sentimentos expostos eram uma vulnerabilidade facilmente explorada, e mesmo agora alguém poderia estar observando e planejando algo.

— Tudo bem — disse Pearl, a voz atipicamente monótona. Ela recuou um passo e Esther imediatamente lamentou a distância. — Bom. Te vejo no jantar?

— No jantar — repetiu Esther, o peito oco. Hesitou na porta e viu Pearl atravessar o refeitório, parando uma ou duas vezes para falar com alguém. A mecânica, Abby, tinha tomado o lugar vazio de Esther ao lado de Trev, e acenou para Pearl se juntar a eles, enquanto Trev assentia com a cabeça em boas-vindas.

Esther deixou o refeitório.

Fazia menos vinte e três graus Celsius naquela manhã, e o vento estava brutal na caminhada dos dormitórios até a oficina elétrica, a neve tão seca que rangia sob as botas. Ela teve que apertar os olhos contra o brilho potente do sol que refletia do chão branco e das paredes das construções atarracadas, e sabia que Pearl estaria usando seus enormes Ray-Bans falsificados rosa para proteger os olhos de ressaca, parecendo uma mistura de uma supermodelo dos anos setenta com uma mecânica de carros. Se existia uma estética mais atraente, Esther ainda não tinha encontrado.

Ela devia ter aceitado aquele beijo.

A oficina elétrica ficava em um prédio com teto de domo que era pouco mais que um armário de ferramentas glamourizado, repleta de tantos equipamentos que o queixo de Esther caiu quando viu o lugar pela primeira vez. Fios e cabos de toda espessura e cor se enrolavam em carretéis pendurados nas paredes, e as próprias paredes eram revestidas de imensos armários cheios de conectores coaxiais, juntas de conexão, abraçadeiras e painéis exibindo todo tipo de alicate conhecido ao ser humano.

Naquele dia, a loja estava abarrotada de gente, a reunião matinal cheia de rostos desconhecidos que ela normalmente estaria muito interessada em olhar, mas Esther estava tão distraída que pareceu que só tinham se passado poucos minutos antes de receber sua tarefa do dia e sair de novo no vento enregelante, dirigindo-se a um dos laboratórios para trocar a fiação.

O trabalho era fácil, mas desconfortável – ela teria que passar horas espremida sob o piso, boa parte do tempo de bruços ou de costas, perfurando uma série de buracos acima e abaixo, com frio porque tinha tirado o macacão e ficado só de jeans para ter mais mobilidade. Normalmente ela não era claustrofóbica, mas hoje o espaço estreito a afetou – o fato de não haver para onde ir se alguém a trancasse ali –, e o trabalho levou mais tempo que o normal porque ela ficava saindo para o espaço aberto do laboratório a fim de esquentar as mãos, pegar o nível ou trocar uma broca, ou então simplesmente ficar sentada lá em cima, assegurando-se de que tudo ficaria bem.

Ela queria que o trabalho fosse mais complicado para que pudesse distraí-la dos seus pensamentos. Pensar em livros, em magia, era inextricavelmente pensar em sua família – em especial na irmã, morando sozinha naquela casa gelada só com seus livros como companhia. Toda vez que a mente de Esther vagava, ia para uma de duas direções: medo ou Joanna, e às vezes os dois caminhos se cruzavam.

Sua primeira lembrança era do dia em que Joanna tinha nascido, quando Esther tinha dois anos e meio. Também foi o dia em que ela descobriu – ou pelo menos absorveu – a verdade de que Cecily não era sua mãe biológica, que ela tinha nascido de uma mulher totalmente diferente, e que essa mulher estava morta. Ela não sabia com certeza se realmente se lembrava desse dia ou só das histórias sobre ele – porém, quer as lembranças fossem fabricadas, quer não, Esther as tinha.

Jo tinha nascido em casa, no banheiro do andar de baixo, na enorme banheira de ferro fundido com pés em garra, porque Cecily disse que um bebê de Peixes deveria vir ao mundo na água. Abe tinha passado nove meses estudando obstetrícia e fizera o parto ele mesmo, não só porque Cecily queria ter a criança em casa, mas também porque a paranoia de Abe não permitiria que fossem a um hospital. Não que Esther soubesse disso na época.

O que ela se lembrava daquele dia era: o gosto amanteigado dos biscoitos que Abe assara para distraí-la; a visão de uma nuvem vermelha flutuante subindo por entre as pernas submergidas de Cecily; o som de Cecily gritando mais alto do que Esther imaginava que uma pessoa seria capaz de gritar. E a voz do pai, respondendo a uma pergunta e criando muitas outras: "Não, querida, a *sua* mãe teve você num hospital". E aí Joanna, amarrotada e rosa como um Band-Aid descartado, mas com mãozinhas humanas perfeitas e luminosos olhinhos humanos perfeitos.

Mais tarde, conforme cresciam, Esther se concentrou mais nas diferenças entre elas, mas quando criança ficava muito mais hipnotizada pelas semelhanças. Ambas amavam mastigar casca de limão e melancia; amavam fotos de cabras, mas não as cabras em si; amavam pôr areia no cabelo para batê-la depois; amavam assistir ao pais dançando devagar na sala ao som de discos da Motown. Amavam o som do vento, o som do gelo quebrando, o som dos coiotes chamando na montanha.

Odiavam zíperes, presunto, a palavra "leite", música de flauta, o som gorgolejante da geladeira, os longos fins de semana que Cecily passava fora de casa, a insistência de Abe em jogar partidas de xadrez regulares e dias sem nuvens. Odiavam as caixas de livros que chegavam diariamente à porta da casa ou eram carregadas para dentro pelo pai, odiavam seu cheiro empoeirado e solitário e o quanto elas consumiam a atenção de Abe. Odiavam quando os pais fechavam a porta do quarto e brigavam aos sussurros. Odiavam a expressão "meia-irmã". Não havia nada de *meio* nelas.

Não até o dia em que Esther tinha oito anos e Joanna quase seis, quando Abe fez Joanna sentar na sala de estar, Cecily pairando sobre o ombro dele com uma expressão tranquilizadora, mas um ar agitado que não conseguia esconder. Joanna estava no sofá diante da mesa de centro, e na mesa de centro havia sete livros. Eles, como a maioria dos que interessavam o pai, eram muito velhos.

— Vamos só testar uma coisa — disse Abe, o que não era inesperado; estava sempre testando alguma coisa.

Poucos dias antes, tinha posto um livro nas mãos de Esther, um livro muito antigo com uma capa de couro macia e páginas como folhas secas, e perguntara a ela: "Você consegue rasgar?". Ela o olhara com desconfiança, pensando que era uma pegadinha – ele lhe dissera tantas vezes para tomar cuidado com os livros, e agora queria que ela estragasse um deles? "Tente", dissera ele. Então ela dera o seu máximo, mas, embora o papel parecesse frágil entre os dedos, não conseguira rasgar uma única página. Não conseguira nem sequer vincar. Sob o olhar atento do pai, ela tentou atear fogo ao livro, depois destruí-lo na água, em vão; ele permaneceu perfeitamente intacto. Abe ficou frustrado, mas não com ela, e Esther gostara da atenção.

Então ela disse:

— Posso tentar também?

— Dessa vez não, querida — disse ele. — Sabe os meus livros importantes, os livros que fazem as coisas acontecerem? Sabe como eles não funcionam com você?

Sim, Esther sabia.

— Bem, isso é uma coisa especial. É alguma coisa especial só com você. Eu vou ver se tem alguma coisa especial com Joanna também.

— Você já é especial — disse Cecily a Joanna, que pareceu alarmada.

— É claro — disse Abe —, é claro. Vocês duas são as terraqueazinhas mais incríveis. — (Eles estavam em meio a uma obsessão com alienígenas na época.) — Agora, Jo. — Ele se agachou na frente dela, a barba se encrespando de empolgação contida. — Está vendo esses livros? Quero que me diga se tem alguma coisa fora do comum em algum deles.

Joanna aceitou a tarefa com sua solenidade costumeira. Um segundo depois, disse:

— Esse aqui é muito feio.

Abe olhou para o livro que ela estava apontando, um volume de capa dura encadernado em tecido marrom manchado e que era mais grosso que os outros. Esther percebeu que o pai estava decepcionado, mas sentiu uma pontada de alegria. Qualquer que fosse o teste que estava acontecendo, ela queria que Joanna falhasse. Era um sentimento novo – e nada agradável.

— Certo — disse ele. — Justo. Concordo. Algo mais?

Joanna balançou a cabeça e Abe se recostou, suspirando. Cecily pareceu profundamente aliviada. Mas um segundo depois Joanna disse:

— Tirando que um deles faz um som engraçado.

A atmosfera mudou no mesmo instante. Abe endireitou a coluna e Cecily inspirou o ar com força. Ambos estavam totalmente focados em Joanna.

— Como é o som, querida? — perguntou Abe.

— Um zumbido — disse Joanna. Ela deu de ombros, um gesto que aprendera recentemente e repetia sempre que tinha a chance. — Um zumbido com glitter. E tem gosto de... panqueca.

— Qual livro faz o zumbido? — perguntou Abe. Ele estava quase gritando, o que significava que estava ficando empolgado. Raramente gritava de raiva.

— Aquele — disse Joanna, apontando para o mais fino do grupo, encadernado em couro vermelho esfarrapado. — Posso comer uma bolacha?

— Não! — gritou Abe, encantado. — Bolacha só depois do jantar! Ah, eu sabia! Eu sabia! — Ele puxou Joanna para seus braços e beijou o topo da cabeça dela várias vezes, exuberante de um jeito que Esther nunca vira. Ela olhou para Cecily querendo entender o que estava acontecendo, mas Cecily encarava Joanna com uma mão na garganta e lágrimas nos olhos. Parecia tão triste que Esther ficou assustada.

— Mamãe — disse ela. — O que está acontecendo?

Mas, o que quer que fosse, não incluía Esther. Cecily ficou encarando Joanna e Abe, Joanna encantada com a atenção, embora confusa sobre a causa, e Abe radiante.

Naquele dia, Esther parou de se concentrar nas semelhanças e começou a notar as diferenças.

Na época ela não entendia isso, claro. Não sabia que tinha passado por um ponto de virada na vida, uma linha desenhada entre ela e a irmã – Joanna, que conseguia não só ler magia como também ouvi-la, e a própria Esther, que não conseguia. Era uma linha que se tornou um muro com o tempo, um muro de pedra como aqueles que serpenteavam pelas florestas ao redor da sua casa de infância em Vermont, relíquias de uma época em que as árvores ainda não tinham reivindicado os campos e os muros não eram divisões entre propriedades, entre famílias.

Em retrospecto, era bobo ela não ter percebido antes. As proteções eram magia; Esther era imune à magia; Esther era imune às proteções. Só que, até o pai explicar a ela quando completou dezoito anos, Esther não entendia inteiramente as ramificações disso.

Enquanto ela morasse na casa, as proteções não funcionariam para ninguém, nem Abe, nem Cecily... nem Joanna. Qualquer um que quisesse encontrar a família de Esther só precisava encontrar Esther.

Ela suspirou. Não era uma pessoa dada a introspecção ou nostalgia – ou, melhor dizendo, qualquer tendência natural que ela pudesse ter a tais coisas tinha sido pisoteada fazia anos. Não serviam a uma vida como a dela. Mas naquele dia ela estava simplesmente chafurdando na autopiedade.

Normalmente tratava o mau humor com socialização ou sexo, mas marcas de sangue em todos os espelhos comunitários a tinham deixado desconfiada demais para procurar companhia, e ela não conseguiu encontrar

Pearl. Assim, depois que terminou o trabalho do dia, voltou para o quarto e começou a se lembrar de tudo que conseguia sobre magia de espelhos.

Havia dois tipos que ela conhecia, dois que a família tinha em sua coleção: magia que afetava um espelho e magia que conectava dois deles. A magia de um único espelho, que podia alterar o reflexo que alguém via na superfície e provavelmente fazer outras coisas que Esther não sabia, exigia só uma pessoa para ler o feitiço e ativá-lo com sangue. Feitiços de dois espelhos, porém, exigiam duas pessoas: uma em cada espelho. E aí eles podiam ser usados para comunicação, como uma espécie de videochamada esotérica, e para passar coisas de um lado ao outro.

Mas não coisas *vivas*. Ela se lembrou – e queria não ter se lembrado – de uma tarde em que o pai e a irmã tinham feito experimentos com marmotas. Joanna acabou chorando, e Esther ouvira Abe dizendo a Cecily, ele mesmo parecendo meio traumatizado: "Elas destruíram os nossos pepinos, mas nenhuma criatura merece *isso*".

Fora isso, ela não sabia muito. Afinal, para Esther a magia era irrelevante. Seu sangue era singularmente inútil na ativação de feitiços e a magia não tinha qualquer efeito sobre ela. Quando criança, era fascinada pelo trabalho da família – que criança não seria? –, mas, com o passar dos anos, tinha se afastado firmemente dos livros, do sangue e dos feitiços, voltando-se para coisas tangíveis: coisas que podia tocar, ver, manipular, consertar. A magia parecia uma extensão monótona do próprio mundo, um mundo de pessoas buscando, guardando e perdendo um poder que ela mesma nunca poderia acessar.

Ela se esticou na cama e jogou a caneta no teto, pegando-a quando desceu. Tinha deixado um pontinho preto quase imperceptível lá em cima, que se juntou a todos os outros pontinhos de todas as outras vezes que ela jogara todas as outras canetas. Uma criatura de hábitos, de fato.

Uma única pessoa com um livro ali na base era surpreendente, mas não necessariamente alarmante. Duas pessoas, porém, duas pessoas em lugares separados operando dois espelhos que funcionavam em conjunto...

Isso sugeriria intenção. Um motivo. Um plano.

Esther tinha tentado limpar o sangue e não tinha conseguido. Então, qualquer que fosse o feitiço, ainda estava em progresso. O que significava que, se *houvesse* alguém observando do outro lado, teria visto que Esther notou.

Saberia que *ela* sabia.

A porta de repente chacoalhou com um tranco, e ela se sentou tão depressa que sentiu o coração bater nos ouvidos. A claridade fluorescente do quarto se reassentou, como se ela tivesse estado em algum lugar escuro, e Esther se levantou, assumindo automaticamente uma postura de luta que tinha aperfeiçoado após anos de treinamento em academias de artes marciais.

— Oi? — chamou ela.

— Sou eu — respondeu Pearl, e o pulso de Esther imediatamente reagiu à voz familiar e se acalmou. Ela abriu a porta e Pearl sorriu para ela. — Quer ir jantar?

Ela tinha perdido a noção do tempo.

— Ah, sim, deixa eu pegar meu suéter.

Pearl rodou pelo quarto minúsculo enquanto Esther vestia o suéter de lã vermelha, tirando o cabelo de baixo do colarinho com um emaranhado de estática. Ela não sabia muito sobre sua mãe, Isabel, mas, na única foto que vira, a mulher tinha um cabelo lindo, liso e lustroso. Parecia injusto que, de todos os traços que Esther podia ter herdado do pai, como, ah, por exemplo, a habilidade de ouvir magia, ela tivesse herdado, em vez disso, seus cachos com tendência ao frizz e a intolerância à lactose.

— Como vai a tradução? — quis saber Pearl, pegando o romance de Gil da mesa de cabeceira de Esther e espiando um dos Post-its coloridos.

— Amadora, como sempre — disse Esther.

Pearl se jogou na cama.

— Eu procurei esse livro na internet — disse ela. — Sabia que vale tipo milhares de dólares?

— É — disse Esther. — Podia ter pagado minha faculdade, se eu tivesse feito faculdade.

Assim que as palavras saíram, ela quis poder pegá-las de volta; sabia que a faculdade era um assunto delicado para Pearl, mesmo que ela não admitisse. Pearl só disse, casual como sempre:

— Ah, curso superior é um negócio superestimado.

Esther abaixou-se e apertou o pé com meia dela. Os pais de Pearl tinham se separado quando ela era bebê, e ambos bebiam muito, mas, enquanto o pai americano mal tinha estado presente na sua vida, a mãe tinha ficado determinada a manter as coisas sob controle pela filha. Ela havia trabalhado por vinte anos como recepcionista no mesmo consultório odontológico de Sydney, economizado para mandar Pearl para a universidade, e só bebia de noite. Esther sabia que Pearl passara muitas manhãs se esgueirando na ponta dos pés ao redor da mãe desmaiada, geralmente no sofá, mas às vezes no chão, recolhendo garrafas e as manchas pegajosas de bebida da noite anterior, para que a mãe não acordasse e chorasse de vergonha ao ver a bagunça que tinha feito.

Elas eram muito próximas e, quando Pearl saiu do país para estudar na Califórnia, a mãe sentiu uma falta terrível dela. Sem alguém de quem cuidar, alguém para quem desempenhar a estabilidade que ela havia mantido bravamente por tanto tempo, o pouco controle que tivera sobre o álcool rapidamente erodiu. Pearl voltou para casa no verão após seu primeiro ano e encontrou a mãe em um declínio tão agudo que acabou ficando em Sydney e nunca retomou os estudos, mesmo depois que a mãe morreu, seis anos depois. Para Pearl, a faculdade era sinônimo de culpa e luto profundos, enquanto para Esther era só mais uma conta amarga no seu rosário de oportunidades perdidas.

— Onde você encontrou esse livro, afinal? — perguntou Pearl, virando as páginas com muito cuidado.

Esther podia ter contado a verdade sobre isso sem revelar nenhuma outra. Era um presente da madrasta, que o encontrara no sótão; não havia nada de estranho nisso. Mas falar sobre sua família não era algo que ela fazia, nem quando teria gostado, embora, ao responder, tenha sentido o estômago embrulhar com a injustiça da situação. Pearl lhe oferecia livremente todas as alegrias e feiuras do seu passado, e, em troca, Esther lhe dava mentiras.

— Num sebo na Cidade do México — mentiu ela.

— Lê um trecho pra mim? — pediu Pearl. — Em inglês, quero dizer. Da sua tradução.

Esther corou.

— Não, não está nada boa.

— Não me interessa se está boa ou não — disse Pearl, e estendeu uma mão para acariciar a única parte de Esther que conseguia alcançar, o joelho. Que truque sujo. Pearl sabia que Esther era mais receptiva às coisas quando estava sendo tocada. — Por favor? Um parágrafo?

— Se você insiste — disse Esther, porque pelo menos podia dar isso a Pearl, e a outra se acomodou na cama, sentando-se contra a parede e parecendo atenta. Esther foi até seu notebook antigo e pesado e o ligou com um resmungo, depois se sentou à mesa e rolou o arquivo. — Está ruim — avisou de novo. — Meu espanhol não é perfeito e eu não sou escritora.

— Eu sou sua fã ardorosa — disse Pearl. — Vou ficar orgulhosa mesmo assim.

Esther limpou a garganta, sentindo-se tímida, e começou a ler.

— "Depois que o espelho que você me deu quebrou, Doña Marcela exigiu que fosse coberto. Ninguém sabe como o vidro estilhaçou, mas ela está convencida de que olhar num espelho quebrado traz azar. Como ficaria horrorizada se soubesse que ontem à noite eu perdi o controle e o desvelei. Estava na cama, sem sono, encarando-o na parede, coberto com um cachecol branco, quando de repente não aguentei mais. Levantei-me e atravessei o quarto na ponta dos pés, mas, quando retirei o tecido, descobri que o espelho não estava mais quebrado. Ou talvez as rachaduras fossem invisíveis sob a luz baça das velas. Olhando para ele, senti o mesmo calafrio que senti naquele dia no pavilhão. Era como se você estivesse me encarando através do livro. E, quando o toquei, juro que ele estremeceu e cedeu sob meus dedos como a superfície de um lago."

Pearl aplaudiu quando ela terminou, mas Esther encarou o arquivo mais um tempo antes de fechar o notebook. Ela lera o livro uma centena de vezes, mas nunca sentira o frisson de inquietude que a percorrera agora ao ler as palavras.

Era magia de espelho.

— Você me fisgou — disse Pearl. — Quem deu o espelho pra ela? Tem que ter sido um amante.

— Sim — disse Esther. — Ele chama o nome dela de noite, e ela tenta ir atrás dele através do espelho.

Pearl sorriu.

— Então é uma história de amor.

— Não exatamente — disse Esther. — O espelho não a leva até ele, e sim para um mundo diferente, onde ele não pode segui-la.

— Ah — disse Pearl, a alegria esmorecendo.

Esther queria explicar que isso era uma coisa boa; que a narradora não era destinada a estar no mundo do amante, para começo de conversa; que o romance era uma história de libertação. Entretanto, apesar das horas que tinha passado debruçada sobre o livro tentando encontrar todas as palavras certas em inglês, nenhuma lhe ocorreu naquele momento.

Tarde naquela noite, horas depois que a refeição da madrugada para o terceiro turno tinha acabado e a estação finalmente tinha se assentado no ritmo do sono, Esther se desenroscou do corpo quente de Pearl e saiu cuidadosamente da cama. Pearl acordou, os olhos cintilando na escuridão, mas Esther fez um barulho tranquilizador e um segundo depois ela adormeceu de novo. Esther enfiou os pés em botas sem amarrá-las e apalpou sua mesa no escuro até achar a caneta e o caderno. Segurou-os nas mãos, forçando-se a confrontar o que estava planejando fazer. Vezes demais ela fazia escolhas sem encará-las direito, deixando as escolhas fazerem o que quisessem dela, para que depois pudesse pensar: *Bem, eu não tive escolha, tive? Simplesmente aconteceu. Não foi culpa minha.* Infelizmente, saber que tinha essa tendência e reconhecê-la quando se manifestava geralmente eram duas coisas diferentes. Agora, porém, ela se obrigou a encarar a verdade.

Estou fazendo isso de propósito.

O banheiro no fim do corredor, como a maioria dos banheiros, era de uso comum, compartilhado pelas seis outras pessoas que tinham quartos naquele corredor, e Esther muito suavemente perguntou se tinha alguém quando entrou. Abriu cada uma das três cabines para se certificar de que não havia ninguém lá dentro, depois trancou a porta e encarou o espelho sobre a pia. Tinha uma visão da sua cabeça e dos ombros, um matiz pálido na pele marrom-clara, os olhos escuros com a pupila apesar da luz no teto. Medo. Ela umedeceu um dedo e o encostou no padrão de sangue do lado direito do espelho, uma última tentativa de apagar o feitiço, mas era tão teimoso quanto verniz seco e não cedeu mesmo quando ela arranhou com a unha. Ela se perguntou se os outros tinham notado e que explicação teriam se dado. Esmalte de unha; uma falha na pintura do verso; uma mensagem codificada para a equipe de limpeza?

— Olá — disse Esther para o espelho. Viu sua boca se mexer. Tocou a superfície com cuidado. Parecia um espelho, frio e suave. — Se tem alguém aí, eu gostaria de falar com você.

Longos minutos se passaram ao som das batidas do seu coração. Nada. Nem um ruído, nem um som. O reflexo permaneceu exato, Esther e o banheiro perfeitamente reversos. Esther pegou a caneta e o caderno. Em grandes letras de forma, tão legível quanto sua letra desleixada permitia, ela escreveu (tanto normal como ao contrário, sem saber como era a lógica de reflexo de um espelho mágico):

QUEM É VOCÊ?
¿ǝɔoʌ ǝ̀ wǝnΌ?

Ela ergueu o caderno para o espelho, segurando-o contra o peito como um número numa foto de fichamento de polícia, e novamente esperou, sentindo a pulsação em todo lugar: garganta, têmporas, pulso, barriga. Era como ser uma criança dormindo na casa de um amigo, entoando *Loira do Banheiro, Loira do Banheiro, Loira do Banheiro*, e temendo o rosto horripilante que poderia aparecer, sabendo, em certo nível, que a *Loira do Banheiro* não iria – não podia – aparecer, mas sabendo em outro que ela certamente poderia.

Mas os minutos se passaram e... nada.

Esther soltou o ar com força. Estava aliviada. Estava decepcionada. Estava furiosa. Se fosse o tipo de pessoa que socava coisas, esse era o momento em que os nós de seus dedos estariam sangrando após estilhaçar cacos prateados. Em vez disso, ela bateu o caderno contra o espelho com força suficiente para o baque ecoar nos azulejos, mas não para causar qualquer dano. Deu batidinhas como um pássaro que confundira o espelho com o céu.

QUEM É VOCÊ? QUEM É VOCÊ? QUEM É VOCÊ?

Nada, nada, nada.

— Tá bom — cuspiu Esther, pegando o caderno. Ela não esperava uma resposta, não de verdade, mas a impenetrabilidade a enfureceu.

Estava se virando para ir embora quando viu.

Uma distorção. Uma ondulação como uma pedrinha lançada em uma lagoa, as ondas irradiando para fora, o reflexo no espelho ainda intacto, mas tremulando. O ar ficou preso na garganta. Ela se virou de volta.

Alguma coisa plana e cor de creme emergia pelo vidro. Era papel. Um papel muito bonito, espesso, áspero e caro. Ele veio através do espelho e caiu na pia, onde gotas remanescentes de água imediatamente começaram a enrolar suas bordas. Esther o pegou antes que a tinta borrasse e viu algumas frases em uma letra cursiva bela e antiquada, embora parecessem ter sido escritas às pressas. Na parte de baixo havia o que parecia ser uma impressão digital ensanguentada. Ela leu com as mãos trêmulas.

Esther: imploro que confie em mim. Você e as pessoas que ama estão em perigo. Vá para casa ver sua irmã imediatamente. Um avião de carga partirá em três dias e você deve embarcar nele. Pegue isso e não se comunique através do espelho de novo. Eu não sou a única pessoa que está observando.

Antes que tivesse absorvido inteiramente as palavras, outra coisa estava saindo pelo espelho: um envelope bege, também ensanguentado em um canto. Esther o abriu, a respiração tão rápida que podia ouvi-la ecoar nas paredes revestidas de azulejos, e puxou uma brochura pequena, com capa azul-marinho, e vários cartões impressos de papel reluzente.

Ela virou a brochurinha e a encarou. Era um passaporte. Um passaporte americano e uma pilha de passagens de avião. Elas também tinham manchas minúsculas de sangue que lhes permitiram atravessar o espelho.

Ela virou para a primeira página do passaporte e viu seu próprio rosto a encarando de volta – seu rosto como estivera na noite anterior, inquisitivo, fitando o espelho, mas sobreposto a um fundo cinza. Alguém tirara uma foto dela no espelho. Alguém tinha feito um passaporte para ela sob o nome de *Emily Madison,* um fac-símile sinistro, ao estilo de gente branca e rica, de *Esther Kalotay*. As passagens também estavam no nome de Emily Madison e eram para dali a três dias. Elas traçavam uma rota para fora da Antártica, passando pela Nova Zelândia, Los Angeles e Boston até finalmente chegar a Brattleboro.

O pequeno aeroporto mais próximo da sua casa de infância.

Ela desabou no chão, as passagens estremecendo nas mãos, a mente girando. Estava tão atordoada e confusa que quase perdeu a última coisa que veio através do espelho, mas o som de plástico batendo em porcelana a alertou de que algo tinha caído na pia. Ela se levantou e encontrou um frasco de plástico com medidas em milímetros do lado, selado firmemente. Dentro havia três milímetros de líquido vermelho.

Sangue.

Tinha uma etiqueta no frasco, preenchida com uma letra apertada. A mesma letra elegante em miniatura.

Esse é o caminho. Vai fornecer o próximo passo natural.

5

A água na taça de Nicholas estava começando a borbulhar. Ao redor dele, os outros convidados – cada um segurando uma taça idêntica – irromperam em murmúrios empolgados, e Nicholas apreciou por um momento a estranheza da cena como se a visse de cima: um grupo de vinte pessoas usando ternos e vestidos de festa, paradas entre os sofás de couro branco lustrosos e as mesinhas de centro de verniz preto na sala de estar daquela cobertura, as paredes de damasco vermelhas ostentando um Rothko, um Auerbach e uma vista esplêndida da noite londrina cintilante lá fora – mas todos os presentes estavam encarando com atenção extasiada não a arte, nem a vista pela janela, nem uns aos outros, e sim suas taças.

Todos menos Nicholas.

Na frente da sala, posando dramaticamente diante da lareira de mármore preto, o anfitrião da noite, sir Edward Deacon, estava parado com um livro nas mãos, entoando o texto sem parar em sua voz afetada e fleumática. Os murmúrios dos convidados tornaram-se arquejos de deleite e assombro quando as bolhas claras na água ficaram turvas, assumindo primeiro um matiz amarronzado e mineral e depois escurecendo conforme o anfitrião continuava a ler. As pessoas tinham começado a abaixar o nariz para as taças, inalando o aroma agora tânico e sussurrando coisas tolas como "Vermelho! Está ficando vermelho mesmo!" e "Meu Deus, tem cheiro de vinho!".

Logo atrás do ombro de Nicholas, veio uma bufada longa e deselegante, e ele virou-se para ver seu guarda-costas inclinado para inalar a própria taça, claramente imitando os outros convidados – e fazendo um péssimo trabalho. Em primeiro lugar, Collins era a única pessoa na sala segurando a taça pelo bojo e não pela haste. Em segundo, apesar do terno decente que Nicholas escolhera para ele, ainda parecia um ator contratado no último minuto para fazer uma ponta num filme sobre a máfia irlandesa de Boston, talvez o namorado pugilista da filha de alguém. Totalmente em contraste com o ambiente refinado.

Sir Edward finalmente concluiu a leitura, deixando a última palavra ressoar em uma espécie de grasnado triunfante, e os convidados se acalmaram, tirando os olhos do líquido em suas taças – agora um vermelho muito escuro, quase violeta – e erguendo-as para seu anfitrião. Sir Edward fechou o livro devagar, claramente saboreando a expectativa da plateia, e ergueu o volume em uma mão. Seu mordomo, que estava esperando ao lado carregando um pratinho levemente ensanguentado com ervas trituradas e uma taça de vinho cheia em uma bandeja, deu um passo à frente. Sir Edward pegou a taça, substituiu-a pelo livro e o mordomo deu outro passo para trás.

— Meus caros amigos — disse sir Edward. — Vocês têm nas mãos a safra inaugural de um dos melhores vinicultores no mundo; uma taça de vinho que ninguém vivo hoje pode dizer ter provado. — Ele fez uma pausa, os olhos varrendo a sala. — Ninguém, isto é, tirando nós. Tenho absoluto prazer em dividir com vocês esta noite este Domaine de la Romanée-Conti de 1869. — Ele parou de novo e todos aplaudiram discretamente, tomando cuidado com as taças. — Como muitos de vocês sabem, esse projeto levou anos para ser concretizado, desde que eu sonhei com ele pela primeira vez nas vinícolas de calcário da Borgonha; e é um sonho que eu jamais teria realizado sem a cooperação e a colaboração de Richard Maxwell e da dra. Maram Ebla.

Richard estava do outro lado da sala, mas era fácil localizá-lo pela altura, e Nicholas sentiu a mandíbula cerrar ao ver o tio inclinar a cabeça, sorrindo, para aceitar os leves aplausos. Maram provavelmente estava fazendo o mesmo ao lado dele, mas estava oculta de Nicholas por um homem especialmente largo usando um paletó Tom Ford da temporada passada.

— E, agora, vamos erguer nossas taças em um brinde.

Ao redor de Nicholas, braços elegantes foram levantados, mas ele não conseguiu se mover. *Cooperação e colaboração* – que piada. Sir Edward podia ter tido a ideia, assim como Richard podia ter fechado o acordo e Maram podia ter enviado pessoas à França para reunir folhas de videira e o solo da vinícola, mas tinha sido Nicholas quem passara quase seis meses escrevendo o livro de fato; era ele quem tinha a cicatriz ainda não fechada inteiramente repuxando a curva do cotovelo; era ele quem tinha perdido mais de um litro de sangue.

O brinde terminou e todos giraram o vinho e ergueram as taças aos lábios, bebericando, exclamando, parabenizando, batendo nas costas de Richard, apertando a mão de sir Edward – e nenhum deles estaria naquela sala se não fosse Nicholas, e nenhum deles sabia disso.

Ele se virou para Collins, que tinha bebido um gole de vinho e não parecia feliz com isso.

— Vou tomar um ar — disse ele. — Não me siga.

Collins cuspiu o vinho de volta na taça.

— Que nojo — disse Nicholas.

— Concordo — respondeu Collins. — Tem gosto de meia.

A mulher mais próxima dele ouviu e virou seu longo pescoço envolto por pérolas para lhe dar um olhar de absoluto horror. Ele fez uma careta apologética e disse a Nicholas em uma voz muito mais baixa:

— Você sabe que te seguir é meio que o meu trabalho, certo?

Nicholas revirou os olhos e se afastou, contornando uma escultura de metal pontiaguda e vários convidados sorvendo ruidosamente o vinho, então seguiu para a porta de vidro de deslizar que levava à sacada. Ouviu os passos pesados de Collins atrás de si quando abriu a porta e saiu no ar frio e úmido de novembro, mas, para o crédito do guarda-costas, ele ficou lá dentro. Através do vidro, Nicholas pôde vê-lo assumir sua posição desconfortável na frente da porta. Collins enfiou uma mão grande num bolso, tirou-a, depois encostou-se com um ar casual estudado contra a parede e provou o vinho de novo, crispando os lábios.

Nicholas deu as costas para a porta, para Collins, para a festa e para todas aquelas taças de granada cintilante. Uma garoa fina tocou seu rosto e umedeceu seu cabelo, e ele estava tremendo um pouco sob o paletó verde-escuro, mas o ar gélido era agradável depois do calor da festa. A sacada tinha dois sofás, uma mesinha com tampo de vidro e algumas cadeiras. Nicholas ficou de pé, apoiando os braços na amurada de metal e olhando para as luzes fortes da noite na cidade. Podia ver o domo e as colunas da Catedral de St. Paul's e, a distância, o círculo iluminado da London Eye brilhava azul contra o céu monótono de carvão.

Ele ainda não provara sua própria criação e ergueu a taça aos lábios. Apesar de sua irritação com sir Edward e o tio – e, bem, com tudo, na verdade –, tinha que admitir que esse trabalho em particular fora interessante. Ele tinha gostado da pesquisa, que exigira escrever a um historiador de botânica em Cambridge para descobrir quais ervas poderiam ter crescido em uma vinícola de Côte de Nuits em 1869 e quais eventos climáticos poderiam ter impactado as uvas (uma primavera particularmente quente, ele descobriu) – e a escrita em si fora um desafio raro, uma manipulação tortuosa da linguagem para replicar não só o gosto do vinho, mas também sua cor e seus efeitos intoxicantes. Ele estava curioso para ver o resultado.

O sabor atingiu seu nariz primeiro, uma explosão escura e vívida de frutinhas antes de um deslizar pétreo e sedoso na língua, um eco de minerais empoeirados e frutas vermelhas maduras, e do término lânguido de um longo dia de verão, como a canção de pássaros no fim da tarde. Uma nota amadeirada levava a uma finalização longa e maravilhosamente estruturada.

— Caralho, então tá — disse em voz alta. Deu outro gole, e mais um. No fundo, esperara sentir gosto de sangue, mas não sentiu. Tinha gosto de vinho; um vinho excepcional, doce e terroso. (Nada a ver com meias, *Collins*.) Ele sentiu uma pontada de orgulho que, por um momento, conseguiu suplantar a amargura. Não havia como saber de fato se era uma cópia perfeita da safra que sir Edward pedira, mas Nicholas sentiu-se confiante na proximidade da ilusão.

No entanto, era só isso que era: uma ilusão.

Já bebera metade da taça e podia sentir a queimação suave do álcool começando a embotar as bordas afiadas do seu mau humor, mas isso também era uma espécie de ilusão. Quando o feitiço passasse, como faria em cerca de uma hora, o vinho no seu corpo se transformaria em água de novo.

Quando era jovem e estava começando suas aulas de história e atualidades, Nicholas tinha imaginado escrever livros que poderiam transformar pedras em pão e lama em maçãs, um futuro heroico no qual ele poria fim à fome mundial para sempre. Maram rapidamente dissipou essas ideias grandiosas. Pedras e lama enfeitiçadas, não importava quanto tivessem o gosto de pão ou frutas, se transformariam de volta em pedras e lama antes de poderem ser processadas pelo corpo. Seria o mesmo que comer terra.

Ele ouviu o deslizar da porta de vidro atrás de si e uma explosão de conversas da festa antes que a porta as abafasse de novo, e a voz de Maram veio de algum ponto à sua esquerda.

— Aproveitando os frutos do seu trabalho duro?

Nicholas não gostava quando as pessoas chegavam pelo seu lado cego. Ele não se virou para olhar para ela, só continuou observando a cidade.

— Eu preferiria beber um vinho real horrível a um vinho falso excelente — disse ele.

Maram se moveu deliberadamente para entrar em seu campo de visão e ergueu uma única sobrancelha escura. Era uma mulher pequena e robusta, de pele marrom-dourada e cabelo preto com fios grisalhos, que muitas vezes se vestia em tons parecidos – blusas de seda douradas, longos casacos bege, brincos de ônix e prata. Naquela noite ela estava usando um vestido de brocado ocre e um xale de seda preto. Essa paleta de cores dava a impressão geral de uma fotografia em tons sépia, uma pessoa em uma pose perpétua, e seu rosto estava agora arranjado em um instantâneo que Nicholas conhecia bem: a ruga entalhada acima da sobrancelha erguida com frequência, o leve sorriso, o olhar firme.

— "Falso" é impreciso — disse ela, sempre chata com semântica.

— Fugaz, então — retrucou Nicholas.

— Tudo na vida é fugaz — declarou ela, mas Nicholas podia ouvir o sorriso em sua voz; ela sabia como ele desprezava filosofias baratas.

— Como está a cena lá dentro? — perguntou ele. — Sir Edward ainda está interpretando Jesus para as massas adoradoras? Já começaram a beijar os pés dele?

— Por quê? — perguntou ela. — Preferiria que beijassem os seus?

Isso o magoou um pouco. Ele queria crédito, não genuflexão.

— E estragar meus sapatos com batom? — disse ele. — Não.

— Richard está se divertindo, pelo menos — objetou Maram, e Nicholas seguiu o olhar dela através das portas de vidro. Além da vaga distorção das luzes da cidade e do seu próprio reflexo, ele podia ver a maior parte da festa, e era fácil avistar o rosto bonito e sempre jovem do tio, uma cabeça acima da maioria dos presentes, rindo. O pai de Nicholas, irmão mais novo de Richard, supostamente também era alto, então quando criança Nicholas esperava que um dia também seria, mas ele fora roubado dessa promessa familiar específica e tinha se acomodado em um discreto um metro e setenta e cinco.

— Ele fica à vontade nesse ambiente — disse Maram, o que era verdade. A lista de convidados consistia em pessoas ricas que se imaginavam patronas das artes, e Richard não era exceção. Ele era menos patrono e mais colecionador – a arte era, na verdade, a coisa menos valiosa que colecionava –, mas adorava qualquer chance de socializar com outros entusiastas.

Nicholas tentou erguer uma única sobrancelha também, embora pudesse sentir que fora um fiasco. Anos praticando a intriga típica de Maram no espelho e ele só conseguia parecer comicamente surpreso.

— Queria que ele tivesse me deixado ir àquela festa de elenco no West End na semana passada em vez disso — comentou Nicholas. — Eu gosto de atores. — A mãe dele tinha sido uma atriz de teatro escocesa cujos programas Nicholas ainda guardava em sua mesa de cabeceira.

— É claro que você gosta de atores. — Maram puxou o xale com mais força ao redor do corpo. O cabelo estava cintilando com a garoa. — Narciso no lago.

Nicholas ignorou a cutucada.

— Só estou dizendo que não era isso que eu tinha em mente quando pedi para vir aqui, e você sabe.

Outra sobrancelha erguida.

— Você queria o quê, Nicholas? Uma boate? Com a música tão alta que você não poderia gritar por ajuda se algo acontecesse? Uma pista de dança tão lotada que Collins não conseguiria chegar até você a tempo?

— Eu não preciso de uma boate — rebateu Nicholas. — Um pub serviria. Com, sabe, pessoas com menos de trinta anos, pra variar?

— Collins tem menos de trinta.

— Pessoas que não são pagas para estar perto de mim.

Assim que disse as palavras ele se arrependeu, porque o rosto de Maram – em geral tão sagaz e controlado – suavizou-se subitamente com pena. Ele se sentiu corar e virou para longe. Tinha se deixado esquecer de que ela estava entre os funcionários pagos.

Maram trabalhava para Richard e a Biblioteca desde antes do que ele conseguia se lembrar, primeiro como secretária encarregada de organizar as notas do falecido pai de Nicholas, depois como tutora principal dele, e agora como bibliotecária chefe e... bem, namorada de Richard, provavelmente, embora parecesse um jeito infantil de definir sua relação. Parceira, melhor dizendo, em todos os sentidos da palavra. Maram sempre deixava claro que não tinha interesse em ser sua madrasta ou sequer tia, porém ainda era a pessoa mais próxima de qualquer uma das duas coisas que Nicholas já tivera; e, agora que ele estava mais ou menos crescido, às vezes escorregava e a considerava uma amiga.

Mas ela não era uma amiga. Era uma funcionária da Biblioteca, assim como Collins, assim como o médico dele e seu chef e as pessoas que lhe traziam o café da manhã e lavavam sua roupa. Assim como todos os outros na sua vida exceto pelo tio, porque Richard *era* a Biblioteca. Podia-se até argumentar que Nicholas tecnicamente era funcionário *dele*, além de seu sobrinho e herdeiro da Biblioteca.

— Eu sei que você tem estado solitário — começou Maram. Nicholas se desvencilhou da mão apoiada em seu braço, o restinho do vinho fugaz girando na taça.

— Estou *entediado* — corrigiu ele —, não solitário.

Ela agarrou seu pulso, porém, as unhas vermelhas cravaram-se em sua pele mesmo através da lã do paletó, e ele percebeu que o toque não era de consolo, mas de aviso. Um homem estava abrindo a porta de deslizar e se juntou a eles na sacada – alguém que Nicholas não conhecia. Ele viu Collins emergir das sombras perto da porta, o cenho franzido, claramente decidindo se devia segui-lo ou não. Maram balançou a cabeça para ele, sutil e breve, e o guarda-costas fundiu-se de volta às sombras.

— Brrr — disse o homem, fechando a porta. — Frio feito a teta de uma bruxa. — Ele era branco, passara da meia-idade e tinha um sotaque americano carregado e um conjunto de dentes perfeitos que sem dúvida haviam sido fabricados para fazê-lo parecer mais jovem, mas tinham o efeito reverso, envelhecendo o restante do rosto ao redor da juventude falsa.

— Sr. Welch! — cumprimentou Maram, dando o sorriso que reservava a pessoas de que não gostava, todo nas bochechas e nada nos olhos. — Faz um tempo, não é?

— Cinco anos — disse ele, apertando a mão dela. Segurou-a por um segundo além do necessário. — Eu devia saber que veria você aqui. Deus sabe que há pessoas suficientes nesse grupo que podem bancar o seu... — Ele engasgou, tossiu, limpou a garganta e encontrou um jeito de contornar o que ia dizer. — Seu produto.

Maram graciosamente puxou a mão.

— E *eu* pensava que os americanos considerassem deselegante falar de finanças numa festa.

O sr. Welch riu de um jeito que ele provavelmente imaginava que fosse "bonachão".

81

— Bem, você pode tirar o texano do Texas, mas mesmo depois de uns anos na velha Inglaterra eu gosto de ser franco.

Nicholas estava tentando situar o sujeito e devia ter parecido interessado demais, porque o sr. Welch olhou em sua direção.

— Você é o sobrinho de Richard, não é? É parte do... — Outra tosse, essa tão forte que pareceu doer. — Uma parte do... do...

Mesmo que o sr. Welch não tivesse se anunciado como um ex-cliente, Nicholas saberia pelas pausas forçadas no discurso do homem que ele estava sob um dos feitiços de confidencialidade da Biblioteca.

— O negócio da família? — terminou Nicholas por ele. — Céus, não. Não tenho cabeça pra isso. — Ele estendeu a própria mão, já bastante úmida de garoa, e apertou a do sr. Welch, sacudindo um pouco vigorosamente demais. — Estudo em Oxford, St. John's, teologia.

Ele estava, de fato, matriculado na faculdade – pelo menos, seu nome apareceria em todas as listas, se alguém procurasse.

— Teologia — repetiu o sr. Welch.

— Admito que atormentei a dra. Ebla para me oferecer uma orientação independente na minha tese. Ela conseguiu para mim acesso a paramentos anglicanos com uma costura extraordinária. O senhor já teve chance de vê-los?

— Não posso dizer que sim — respondeu o sr. Welch, claramente entediado pela mentira, como Nicholas esperava que ficasse. Ele voltou a olhar para Maram. — Oxford deve ser onde você conseguiu o "doutora" na frente do seu nome.

— Isso mesmo — disse Maram.

— Mas não é inglesa, originalmente — disse o sr. Welch; uma pergunta aberta que teria atiçado o interesse do próprio Nicholas se ele já não a tivesse visto se desviar dela mil vezes antes.

— Não sou — respondeu ela, ainda sorrindo, embora o teor do sorriso tivesse mudado sutilmente.

— Não teria imaginado, pelo jeito como você fala — disse o sr. Welch. — Parece a própria rainha.

— O que o senhor *imaginou*, então? — perguntou Maram, agradavelmente, e acrescentou: — Imagino que poderíamos comparar meu sotaque a... ah, a uma boa falsificação, digamos.

Nicholas ficou interessado ao ver o rosto corado do sr. Welch empalidecer.

— Bem — ele recuou —, é melhor eu ir antes que minha mulher venha me procurar. Prazer em conhecê-lo, meu jovem. Dra. Ebla, é sempre um prazer.

Ele voltou à festa, e Maram apontou:

— Devíamos voltar lá para dentro também. Você está tremendo.

— Não estou. — Nicholas fez uma careta ao perceber como soava infantil. — Bem, estou — emendou ele —, mas prefiro estar aqui fora tremendo do que lá dentro fazendo média com... ah, pelo amor de Deus.

Ele avistou Richard passando pelo sr. Welch lá fora, ambos assentindo um para o outro enquanto Richard seguia até a sacada. Um segundo depois, o tio estava deslizando a porta. Lá se fora o sonho de ficar ali sozinho.

— O que o sr. Welch queria? — perguntou Richard imediatamente, inclinando-se sobre Nicholas com preocupação. — Queria falar com você?

— Ele estava interessado em Maram, não em mim — respondeu Nicholas. — E só uma ideia: talvez me perseguir até aqui fora não seja o jeito mais esperto de desviar a atenção que parece te preocupar tanto? Pelo menos Collins teve o bom senso de ficar lá dentro.

Richard pareceu surpreso, depois constrangido, e fez um esforço visível para relaxar. Lançou um olhar para Maram, que lhe deu um aceno tranquilizador.

— Está tudo bem, querido — disse ela.

— Como você está se sentindo? — perguntou Richard, pondo uma mão no ombro de Nicholas e examinando seu rosto. — Está um gelo aqui fora, e você parece um pouco...

— Fantástico — respondeu Nicholas. — Obrigado por notar. A gravata é vintage.

Richard sorriu, mas não conseguiu esconder inteiramente sua preocupação. Preocupado, preocupado, pensou Nicholas – ele estava sempre tão preocupado. Era exaustivo suportar o fardo constante de toda aquela preocupação gentil. O próprio Richard nunca adoecia e nunca parecia saber como exatamente lidar com a saúde de Nicholas – ou a falta dela.

— Talvez seja melhor tirar você daqui — sugeriu Richard.

Nicholas franziu o cenho.

— O sr. Welch era um cliente curioso, mas e daí?

— Primeiro de tudo — disse Maram —, foi ele quem encomendou aquele glamour de falsificação que aborreceu você, para vender um De Kooning falso...

— Nossa, aquele trabalho foi indigno.

— ...e é possível, até provável, que algumas das falsificações mágicas com as quais ele lucrou tenham sido vendidas para pessoas que estão neste evento aqui.

Nicholas não conseguiu segurar o riso. Isso colocava em perspectiva o comentário de Maram sobre seu próprio sotaque e a retirada apressada do homem.

— Em segundo lugar — continuou Maram —, você não está se divertindo. Você mesmo disse.

— Estou me divertindo mais do que se estivesse trancado na Biblioteca com Sir Kiwi!

Mas ela apoiara uma mão no seu cotovelo e o conduzia para fora da sacada, o que ele permitiu apenas porque, a bem da verdade, estava com muito frio. Voltaram para a sala de estar calorosa, que cheirava a perfume e vinho e aos terríveis canapés que haviam sido servidos antes da leitura e agora estavam sendo distribuídos pelos empregados da casa, todos vestidos de preto. Quando retornaram, Collins estava comendo um miniquiche como se a comida o estivesse atacando.

— Collins — disse Maram. — O carro.

Collins assentiu e se abaixou para passar pela porta da cozinha.

— Isso é ridículo — disse Nicholas. — Se vocês me mandassem pra casa toda vez que alguém me fizesse uma pergunta, eu nunca sairia da Biblioteca. Ah, espera. Eu *nunca* saio da Biblioteca.

— Trazer você aqui foi um risco, de toda forma — observou Richard. — Já ouvi várias perguntas sobre você.

— As pessoas só estão interessadas em mim porque estão interessadas em vocês dois, na Biblioteca — disse Nicholas.

— Não — refutou Maram. — Você atrai atenção por conta própria.

Nicholas deu de ombros. Objetivamente, ele não era diferente de nenhum outro homem branco comum com vinte e poucos anos; talvez um pouco mais bonito e mais bem-vestido, mas mesmo ele, um suposto narcisista, admitiria que isso se devia principalmente ao dinheiro. Mas ele estava acostumado a ver pessoas – completos desconhecidos – olhando para ele e depois examinando com mais atenção, apertando os olhos como se pensassem que deviam reconhecê-lo.

Os únicos traços que poderiam fazê-lo se destacar eram suas inúmeras e precisas cicatrizes, geralmente ocultas pelas roupas, e o olho esquerdo protético que combinava perfeitamente com o direito funcional, em aparência, ainda que não em movimento. Mas ambos eram difíceis de notar a não ser que a pessoa estivesse procurando por eles, o que poucas pessoas jamais estavam. No entanto, de alguma forma, embora Richard e Maram devessem chamar mais atenção no geral, era sempre para Nicholas que as pessoas olhavam, como se pudessem, de alguma forma, sentir o poder em seu sangue.

— Não é culpa minha — disse ele.

— Não — concordou Richard. — É culpa *minha* por te deixar vir aqui esta noite, pra começo de conversa.

Nicholas respirou fundo e devagar, tentando, sem sucesso, conter a raiva crescente.

— Sabe, as escolhas do meu pai fazem mais sentido para mim a cada dia.

Os três estavam à margem da reunião, virados para a sala de estar como atores se apresentando para uma plateia, mas a essas palavras

Richard se virou na direção dele, mal se contendo. Parecia mais angustiado do que furioso, e Nicholas sentiu uma pontada de culpa.

— As escolhas do seu pai fizeram ele e sua mãe serem mortos — disse Richard, a voz muito baixa. — E eu passei minha vida toda fazendo de tudo para que o mesmo não acontecesse com você.

— Você passou a *minha* vida toda, quer dizer.

— E vou passar o resto dela do mesmo jeito — rebateu Richard.

Por um momento, Nicholas não conseguiu falar. Era uma discussão antiga que tinha emergido muitas vezes ao longo dos anos, e até recentemente os protestos de Nicholas haviam sido displicentes, mais para flexionar o músculo da independência do que para usá-lo de fato – porém, nos últimos tempos, o simples fato de pensar no "resto da sua vida" o fazia mergulhar numa espiral de impotência frustrada e desesperada que ele não conseguia articular.

O problema era que ele sabia exatamente como seria o resto da sua vida: uma monotonia contínua de corredores de mármore, agulhas, caldeirões ferventes de sangue, ervas malcheirosas, papel novo e caro, câimbras nos dedos, consultas médicas, suplementos de ferro, os mesmos rostos todos os dias. De vez em quando, como naquela noite, ele seria puxado na sua coleira curta e teria permissão para farejar alguns calcanhares antes de ser levado para casa outra vez.

A última vez que se sentira tão asfixiado, tão desesperado por uma mudança, fora uma década antes em San Francisco, quando tinha treze anos. Na época, ele passara semanas enfurecido com Richard, alternadamente implorando e exigindo mais liberdade. E o que acontecera? Todos os medos de Richard tinham se concretizado. Nicholas perdera um olho – e por pouco não perdera a vida, como os pais antes dele.

Um tremor de pânico o percorreu com a recordação, e sua raiva esmoreceu subitamente, como se um cabo tivesse sido cortado.

— Entendo como você se sente. — Richard o encarou com tanto afeto e pena que Nicholas não conseguiu retribuir o olhar. — Mas estar em perigo é uma espécie de prisão em si. Há liberdade na segurança, Nicholas. Lembre-se disso.

— Richard! — gritou Sir Edward do outro lado da sala, acenando para que ele fosse até lá. — Quero que conheça uma pessoa!

Um cliente em potencial, provavelmente, o que sem dúvida era o motivo de Richard ter se dignado a comparecer àquela festa ridícula, e o motivo de ter ficado ali. Para promover seu produto. O produto sendo Nicholas, que Richard dispensou com uma batidinha compreensiva no ombro antes de pisar no tapete e desaparecer entre a multidão.

— Vamos — chamou Maram. — O carro vai estar esperando.

Um empregado trouxe os casacos deles e os resquícios da raiva de Nicholas desapareceram enquanto acomodava seu peso nos ombros. Ele vinha constantemente lutando contra esses acessos nos últimos tempos, pequenos surtos de fúria seguidos por momentos de exaustão, um alimentando o outro em looping. Precisava dormir mais, provavelmente. Fazer mais exercício. (Tomar mais ferro, entoou a voz do médico em sua cabeça.)

Em vez disso, ganhou um trajeto de elevador longo e silencioso até uma rua úmida e escura de Londres e uma chuva leve de novembro, os faróis dos carros refletindo no asfalto. Collins estava esperando por eles com os braços cruzados. Um dos carros da Biblioteca, um Lexus elegantemente anônimo, parou na frente de Nicholas e Maram, e o manobrista saiu e deixou as chaves na mão esticada de Maram, parecendo hesitante. Ele sem dúvida esperava um motorista profissional, não uma mulher usando um vestido longo. Mas motoristas estavam fora de questão: apenas o sangue de Richard e o de Maram manchavam as proteções antigas da Biblioteca, então somente Richard e Maram sequer podiam encontrar o lugar – e Nicholas, claro, porque a magia não podia tocá-lo como tocava outras pessoas, mas ele não sabia dirigir.

Nicholas sentou-se no assento de couro limpíssimo e Collins entrou ao seu lado, seus ombros largos fazendo o espaço parecer subitamente menor.

— Se divertiu hoje? — perguntou Collins com um sorrisinho.

— Não tanto quanto você — disse Nicholas. — Guardando o tesouro mais precioso da festa.

— Você quer dizer sendo babá.

Collins fora contratado seis meses antes, e, embora provavelmente não fosse o primeiro dos guarda-costas de Nicholas a desprezá-lo, era o primeiro a fazê-lo abertamente – o que, por algum motivo, Nicholas achava relaxante. Seu último guarda-costas, Tretheway, outro americano, era todo olhos arregalados e deferência a Nicholas, mas tão casualmente cruel com os outros empregados que ele pedira a Richard que o demitisse, incomodado com a falsidade. Collins só tinha uma expressão: uma careta. Era evidente que se ressentia de receber ordens de um jovem da sua idade, um jovem que considerava mimado e fraco. Isso só fazia Nicholas querer dar ordens a ele ainda mais.

— Ponha o cinto de segurança — disse ele.

Collins o ignorou, ocupado em afrouxar a gravata e abrir o primeiro botão da camisa.

— Fortinbras — tentou Nicholas.

Isso lhe rendeu uma reação. Os lábios de Collins estremeceram minimamente e ele sacudiu a cabeça.

— Bem perto — respondeu ele. — Qualquer dia desses.

— Pena. Fortinbras Collins soa tão bem.

Os pneus deslizaram ruidosamente no asfalto molhado e Nicholas olhou pela janela de trás escura enquanto o prédio se tornava indistinguível dos outros, só mais uma luz em uma cidade feita delas. Ele pensou no trabalho desagradável do sr. Welch; e então em como a maioria dos seus trabalhos era desagradável, não contendo nada de artístico, só demandas vulgares. Mesmo o livro mais recente, apesar de todos os seus desafios interessantes, no fim não era nada senão uma bobagem pretensiosa, somente hedonismo e status.

Tinha sido assim sempre? Cansativo? Ou Nicholas só estava ficando mais velho? Recentemente estava mais difícil se recuperar depois que escrevia um livro, seu sangue parecendo se reabastecer mais devagar, deixando-o fraco e trêmulo e lento por dias. E em troca de quê? Dinheiro? Ele não precisava de mais dinheiro. Também não precisava que as pessoas beijassem seus pés, obviamente – mas seria legar receber um "obrigado", ou mesmo um aceno curto de reconhecimento de alguém que não fosse Maram ou o tio. Só uma vez ele queria que alguém olhasse para ele e visse o que podia fazer. E visse, talvez, o que lhe custava.

Maram captou seu olhar no retrovisor e lhe lançou um sorriso pequeno e compreensivo.

— Que tal isso? — disse ela. — Eu te levo para jantar amanhã. Podemos voltar mais cedo para a cidade, ir àquela loja de botas de que você gosta, observar as pessoas até você se cansar e, se você escolher o restaurante, eu garanto que a gente consiga uma reserva. Tudo menos macarrão.

O chef deles era italiano e deixava isso claro, embora as refeições de Nicholas tendessem a ser diferentes de todas as outras.

— Tudo menos a porra de um bife — retrucou ele.

Maram parou em um sinal vermelho.

— E se for bem passado?

Nicholas abriu a boca para responder, mas de repente, sem absolutamente nenhum aviso, a porta do passageiro se abriu e um homem se lançou para dentro do carro, batendo a porta e virando em um único movimento fluido até estar ajoelhado no assento ao lado de Maram, a mão esticada para os fundos. Nicholas teve um vislumbre de pele pálida, um pescoço grosso, ombros largos e um rosto desconhecido, antes de ver que ele segurava uma arma e que a arma estava apontada para a cabeça dele.

Houve um momento de silêncio absoluto.

Collins disse:

— Largue.

— Se atirar em mim, eu atiro nele — disse o homem. Collins tinha puxado a própria arma, mas não sacara rápido o bastante para mirar; ela pairava sobre seu colo, e seu corpo inteiro estava retesado. Através do para-brisa molhado, Nicholas viu um borrão verde quando o sinal abriu.

— Dirija — ordenou o homem a Maram.

— Ai, meu Deus — ganiu Maram, soando tão diferente do seu normal que a mente congelada de Nicholas finalmente despertou para o terror.

— Ai, meu De...

— Eu mandei dirigir.

A visão de Nicholas escureceu e se estreitou, e algo rugia em seus ouvidos: sua própria pulsação disparada.

— Por favor — pediu ele, rouco. Era a única coisa que conseguiu pensar em dizer. Tivera que implorar pela vida uma vez antes e também dissera por favor naquela ocasião. *Por favor* e, mais tarde, *não*. — Não — tentou ele.

Maram estava dirigindo agora, lançando olhares aterrorizados da rua para o estranho no banco do passageiro e para Nicholas no banco de trás.

— O que você quer? — perguntou ela.

— O que acha que eu quero? — devolveu o homem. Ele era galês e falava com um rosnado baixo que parecia feito sob medida para intimidar. — Quero que você me leve até a Biblioteca.

Maram, sempre tão sob controle, tão calma, agora tremia.

— E depois?

— Calma, não é você que eu quero. É ele. — Não tirara os olhos de Nicholas. — Estamos procurando você há muito tempo, garoto. O que a Biblioteca vai fazer sem o seu Escriba de estimação?

O sangue de Nicholas ferveu, depois congelou. Aquilo não podia estar acontecendo. Ninguém sabia o que ele era, o que podia fazer. Ele queria negar, mas era San Francisco de novo, o terror, a descrença, e a voz dele estava presa em algum lugar no fundo da garganta.

— Você precisa dele vivo — desafiou Collins. — Não vai machucá-lo.

— Quer pagar pra ver? — disse o homem.

Então tudo explodiu.

Pelo menos foi o que pareceu: um estalo ensurdecedor percorreu o carro e a dor estourou na cabeça de Nicholas. Alguém gritou no banco da frente, e Nicholas tinha certeza de que levara um tiro, certeza de que já estava morto, mas um segundo depois viu que a arma de Collins estava erguida e o homem no banco do passageiro tinha sido jogado para trás e estava caído contra o painel, o rosto obscurecido pelo apoio de cabeça do assento.

Collins saltou para fora, deixando a porta aberta, as luzes no interior piscando, e um segundo depois estava na frente do carro, puxando o corpo do homem do banco e entrando depressa no lugar dele.

— Nicholas, feche a porta — disse Maram. O medo tinha sumido da sua voz e em seu lugar havia só determinação fria. Ela já estava pisando no acelerador, e Nicholas, habituado a fazer o que ela mandava, se inclinou entorpecido para fechar a porta de Collins. Antes que as luzes se apagassem de novo, ele viu que havia um buraco no assento ao lado da cabeça dele – o tiro não o acertara por dois centímetros. Seus ouvidos estavam zumbindo e ele tinha dificuldade para focar a visão. Parecia haver pequenas formas flutuando no interior do carro e ele piscou, zonzo e confuso.

— Abelhas? — perguntou ele.

— Quê? — disse Maram rispidamente. — Você foi atingido? Collins, veja se ele...

— Ele está bem — respondeu Collins.

— Ar fresco — disse Maram, baixando seu vidro. Algumas das pequenas formas saíram flutuando.

— Você... você atirou nele? — perguntou Nicholas. Ele não conseguia entender o que tinha acabado de acontecer. Não parecia haver sangue.

— É — disse Collins.

— *Matou* ele?

Geralmente Collins falava com um desdém mal disfarçado como se fosse o único adulto em um mundo de crianças. Mas pela primeira vez ele pareceu o que era: jovem. Sua voz falhou quando disse:

— Acho que sim.

— Obrigado — disse Nicholas, porque parecia a resposta apropriada. Então baixou seu vidro, inclinou-se e vomitou no vento, o vinho ilusório queimando como ácido ao subir pela garganta. Ele podia ter jurado que uma abelha redonda e felpuda passou zunindo por ele e saiu para a noite.

Quando terminou, Collins estava no telefone, a voz sob controle agora.

— Entendido — dizia ele. — Entendido.

Nicholas ouvia a voz metálica de Richard através do aparelho.

— Ele quer saber se você o reconheceu — disse Collins a Maram.

— Não — respondeu Maram. — Me dê aqui.

Ela e Richard continuaram falando, uma conversa tensa, mas Nicholas não conseguia se concentrar nas palavras. Ainda estava abalado, as mãos estremecendo no colo como ratos presos numa armadilha. Do lado de fora dos vidros escuros, Londres passava como um borrão de aquarela.

Fazia dez anos que acordara em uma cama de hospital em San Francisco com o rosto coberto de ataduras. Dez anos que o tio se agachara ao seu lado, lágrimas escorrendo pelas bochechas, então apertara a mão flácida de Nicholas e dissera: "Prometo que nunca mais vou deixar qualquer coisa acontecer com você". Dez anos que Nicholas acreditara nele.

Richard tinha razão. A segurança era seu próprio tipo de liberdade, e Nicholas estivera a salvo por tanto tempo que passara a dar essa liberdade como certa. Ele se inclinou para a frente com a cabeça entre as pernas e deixou-se ser dirigido – como sempre era, nunca atrás do volante, sempre enfiado no banco traseiro da própria vida.

— E eu que pensava que nada podia ser pior que os canapés naquela porra de festa — comentou Nicholas com seus joelhos.

E Collins, provavelmente porque também estava em choque, pareceu se esquecer de sua promessa pessoal de nunca achar graça de nada que Nicholas dizia, e riu.

6

Não era uma decisão pequena, uma coisa fácil, sair do polo Sul – aviões não chegavam nem partiam no inverno, e ir embora no verão envolvia conseguir um assento em uma aeronave minúscula que pararia ali para deixar suprimentos, um avião cujo peso com frequência era calibrado até o mililitro; Esther teria sorte se encontrassem espaço para cinquenta e nove quilos de eletricista agitada.

Não que ela fosse partir.

Ou ia?

Outro café da manhã no refeitório, outra tigela de mingau cujo gosto ela não sentiu. Pearl estava sentada à frente dela, conversando com Trev, o carpinteiro, mas lhe dando olhares de esguelha suficientes para Esther saber que a outra via que tinha algo errado. Uma rápida investigação mostrara que o recado que viera através do espelho estava correto – um avião de carga estava programado para chegar e partir com tempo suficiente para ela embarcar nos voos listados nas passagens sob seu nome falso. Mas usar essas passagens, o passaporte... seria loucura. Obviamente, a coisa toda era uma armadilha.

Esther percebeu que Pearl estava falando com ela e ergueu o olhar da tigela.

— Desculpa, o que foi?

— Eu perguntei se você quer esquiar amanhã. Parece que o tempo vai estar bom.

Amanhã. Esquiar. Esther não conseguia manter o foco.

— Talvez.

— Bem, me avise e eu reservo um par de esquis. — Pearl a examinou. — Você está bem?

— Talvez esteja ficando meio doente — disse Esther, finalmente abandonando a ideia de trabalhar nesse dia. — Acho que vou me deitar.

Para seu horror, Pearl se ergueu e a seguiu até o corredor, onde agarrou o pulso de Esther.

— Você não está doente. — Ela perscrutou o rosto de Esther, embora esta tivesse se certificado de que Pearl não encontraria nada ali exceto interesse neutro. — Alguma coisa está te incomodando.

Esther se desvencilhou gentilmente do toque e tentou não reparar na mágoa que cruzou os olhos de Pearl.

— Sim — disse ela —, meu estômago.

Sem deixar a resposta desencorajá-la, Pearl a prensou contra a parede, apoiando os braços longos de cada lado do seu corpo de modo que Esther fosse obrigada a olhar para ela. Era uma demonstração de poder, mas quando Pearl falou, soou tudo, menos poderosa.

— Eu fiz alguma coisa?

— Quê? Não, claro que não.

— Sua energia está diferente desde a festa — apontou Pearl. — Estranha. Distante. Como se você estivesse se afastando.

Embora tecnicamente estivessem em público, o corredor estava vazio e não havia espelhos próximos através dos quais olhos espreitadores pudessem vê-las, então Esther se permitiu encostar um dedão no lábio inferior de Pearl, o qual tremia de leve.

— Qualquer energia que você esteja sentindo de mim, não tem nada a ver com você — declarou ela. — Pode acreditar.

— Tem a ver com o quê, então?

Alguém estava vindo pelo corredor, e Esther abaixou a mão.

— Talvez eu só esteja percebendo que nós aceitamos passar mais seis meses sem árvores.

— Você não está... você não se arrependeu, né?

— Não — disse Esther, carregando a voz e o rosto com uma convicção que não sentia. Mas a ruga de preocupação entre as sobrancelhas de Pearl se suavizou ao seu tom. — E não estou me sentindo bem, é verdade — acrescentou Esther. — Então tem isso também. Por favor, não se preocupe.

Pearl a encarou com a preocupação ainda nítida no rosto bonito e, por um segundo insano, Esther imaginou contar tudo a ela, sobre livros e magia e espelhos e o assassinato da mãe e as regras do pai – mas uma porta bateu em algum lugar no fim do corredor e a fantasia estourou como uma bolha. Desde a primeira frase a explicação seria risível. Ela sentiu uma pontada de raiva inflamar-se inesperadamente: raiva do pai, por não ter achado um jeito de protegê-la; raiva da pessoa no espelho, que era mais uma voz lhe dizendo para *fugir*; e raiva até mesmo de sua pobre mãe assassinada, que morrera pelos livros em vez de viver pela filha. Com um esforço, ela abafou a chama de fúria, cortando todo o seu oxigênio até estar calma de novo. Sentimentos não a ajudariam a decidir o que devia fazer.

— Pelo menos você vai me avisar se eu puder fazer alguma coisa? — quis saber Pearl.

— Vou. Prometo.

Ela mandou um recado à supervisora avisando que estava doente e se enfiou de novo na cama para pensar. O espelho havia dito para não falar com ele de novo, mas provavelmente não estava muito preocupado com o bem dela.

Será que ela deveria encontrar outro espelho marcado, parar diante dele e exigir respostas outra vez?

Eu não sou a única pessoa que está observando.

Se isso fosse verdade, então havia mais de uma pessoa atrás do vidro. E, se ela decidisse *confiar* no espelho, provavelmente estaria confiando em uma única pessoa entre várias, ou muitas. E havia pelo menos uma ali na base, também, com o livro que ativava os espelhos desse lado. Eles estavam se comunicando, passando coisas de um lado para o outro.

Então o primeiro passo de Esther deveria ser encontrar a pessoa desse lado – a pessoa que estava com o livro.

De repente, ela desejou intensamente que a irmã estivesse ali, não só porque Joanna era um cão de caça quando se tratava de livros e teria farejado a magia em dez minutos, mas porque Joanna era, se nada mais, uma especialista nesses assuntos. E Esther precisava desesperadamente de um especialista.

Haveria evidências físicas do feitiço marcando o corpo de alguém, mas cortes e arranhões eram comuns por ali – a própria Esther tinha um corte recém-cicatrizado no dedo anelar feito por uma chave de fenda que escorregara, e a maioria dos livros não exigia nada mais que uma alfinetada e uma gotinha de sangue. Procurar ferimentos não ajudaria. Ela abriu o notebook e esperou sua caixa de e-mails de trabalho carregar, então abriu a lista de todos os novos funcionários que tinha circulado algumas semanas antes. Mas não sabia o que estava procurando e a fechou de novo, frustrada.

A única ação que pareciam lhe permitir era uma decisão.

Usar as passagens ou não. Confiar na pessoa no espelho ou não. Tinham feito uma citação de Gil, o que, de algum modo, significava que a *conheciam*, para além até do seu nome. Mas uma pessoa podia ser conhecida pelo seu inimigo.

Ou quem quer que estivesse do outro lado tinha simplesmente visto suas tatuagens e as usado contra ela.

Parecia tão injusto que, bem quando ela decidira ficar, outra pessoa lhe mandasse partir. E ela não podia mais fingir que os espelhos não tinham nada a ver com ela, o que significava que a paranoia do pai fora justificada aquele tempo todo.

Mas ela sempre soube disso. No fundo.

Tinha testado só uma vez antes, aos vinte e dois anos, depois de três anos fazendo aulas em quatro instituições diferentes para obter uma licença de eletricista. Sua última escola havia sido em Spokane, Washington, onde ela namorara um homem de quem gostava, embora não tanto quanto gostava agora de Pearl: um estudante de jornalismo chamado Reggie que se mudara para Spokane simplesmente porque aquela cidade amava basquete e ele também.

No fim de outubro, ela tinha rescindido seu contrato de aluguel mensal e empacotado as poucas coisas que levaria consigo, como fazia todo ano, dessa vez em um pequeno Honda que planejara dirigir através da fronteira até Vancouver. Reggie tinha chorado quando ela lhe contara que ia embora e, inesperadamente, ela chorara também, e deixara-o convencê-la a ter um último jantar no dia em que ela deveria partir às onze da noite. Ela ficaria até as dez e meia, pensou, e então iria embora.

Em vez disso, às dez, pós-coito e exausta, tinha se aconchegado no círculo dos braços dele e adormecido. Não havia exatamente tomado a decisão de testar os alertas do pai e ficar; simplesmente não tinha partido. Era uma não escolha, um ato realizado na voz passiva, então ela não precisava pensar sobre isso ou encarar de frente o que estava fazendo.

Acordara com o som de alguém gritando no seu ouvido.

Levou um momento de pânico para perceber que não era um grito, mas o sistema de alarme de incêndio do prédio – e outro momento para ver que havia alguém parado ao lado da cama. Com os olhos ainda embaçados de sono interrompido, ela olhou para baixo, mas Reggie estava ali ao lado dela, piscando em confusão lenta. A pessoa no quarto deles era um homem, grande, branco, loiro e segurando uma arma.

A essa altura ela vinha se mudando fazia quase quatro anos e adquirira algumas habilidades ao longo do caminho. Uma delas era ler pessoas – algo em que sempre tinha sido boa, mas que desde então aperfeiçoara como uma arte após perceber que, se não fizesse amigos depressa, nunca os teria. E ela viu, no rosto do homem, fracamente iluminado através da janela por um poste de luz distante, que ele ficara assustado com o alarme e o fato de ela ter acordado. A janela estava escancarada; ar frio entrava no quarto. Era logo antes da aurora.

— O que é isso? — perguntou Reggie. Ele era um cara grande com uma voz grave, e ela viu o estranho se tensionar. O alarme de incêndio continuava berrando, e, ao lado dela, Reggie tinha ficado muito imóvel. — Tá querendo dinheiro, cara? O que está procurando?

O homem ergueu a arma.

— Saia da cama — disse ele, gesticulando para Reggie. — Não quero dinheiro, quero a sua namorada. Se você levantar e sair daqui, não vai se machucar.

— Você conhece ele? — perguntou Reggie. Esther balançou a cabeça. Sua voz ainda estava na terra dos sonhos, inacessível, mas ela tinha certeza de que o rosto do homem era totalmente desconhecido. Ela teria se lembrado dele, com a covinha no queixo e as sobrancelhas loiras quase invisíveis. Pensou ter visto o contorno de algo enfiado no bolso da frente do moletom preto fino dele; o contorno de algo que podia ser um livro. Mas ela estava vendo coisas; tinha que estar.

— Levanta — ordenou o cara loiro outra vez, e então, quando nenhum dos dois se moveu, golpeou a arma com força na cabeça de Reggie. Esther gritou e Reggie caiu contra o travesseiro, sangue escorrendo pelo rosto como uma costura arrebentada. Ele tentou se sentar e o homem bateu nele de novo. Dessa vez Esther viu o branco dos seus olhos quando rolaram para trás e ele não se mexeu mais, caindo inconsciente. Ela tremia incontrolavelmente e ergueu as mãos no alto.

— Bom — disse o homem, agarrando-a pelo pulso. Seu toque parecia uma algema. — Agora venha comigo.

De repente, alguém começou a bater com força na porta do apartamento.

— Corpo de bombeiros! — berrou a voz de um homem, abafada mas audível. — Abram a porta! Tem alguém em casa?

Esther encontrou o olhar do homem.

— Fique quieta — disse ele, apertando seu pulso com mais força e mirando a arma contra o corpo inconsciente de Reggie —, senão eu atiro nele.

— Vamos entrar! — berrou o bombeiro lá fora. — Fiquem longe da porta!

Um segundo depois houve um estrondo de algo quebrando e o estranho disse:

— Ah, puta que pariu.

Ele hesitou, mas o som de passos pesados vinha em direção à porta do quarto, e aí xingou de novo, largou o braço de Esther, enfiou a arma atrás da calça e pulou de cabeça pela janela aberta. Um segundo depois o quarto estava cheio de bombeiros, que esperavam chamas e em vez disso encontraram um homem sangrando de um ferimento na cabeça e uma mulher gritando o nome dele.

No fim, ela descobriu que alguém tinha ligado para a emergência e relatado um incêndio no apartamento de Reggie, talvez como uma pegadinha, talvez por engano – mas, qualquer que fosse o caso, provavelmente salvou a vida deles. Os paramédicos na cena garantiram a Esther que Reggie ficaria bem, mas ela nunca esqueceria a visão do rosto atordoado e chocado dele, coberto de sangue, enquanto o erguiam para a ambulância.

Mais tarde, ela meio que se convenceria de que tinha sido coincidência, de que o cara loiro quisera roubá-los, ou pior, agredi-los, mas não estava atrás dela especificamente. Porém, quando finalmente persuadiu a si mesma de que seu pânico inicial fora exagerado, muitos meses tinham se passado e Esther já estava morando em uma fazenda orgânica no norte da British Columbia, tão isolada que ela defecava em baldes de serragem. A cada poucos dias, dirigia cinquenta e seis quilômetros até a cidade de tamanho decente mais próxima para fazer aulas de autodefesa para mulheres, porque nunca mais queria se sentir tão fisicamente impotente diante do perigo.

O curso durou oito semanas, e, quando acabou, ela se matriculou em outro, e quando esse acabou inscreveu-se numa academia de boxe. Quando se mudou de Vancouver para a Cidade do México, trocou pelo jiu-jítsu; em Oaxaca, muay thai; em Los Angeles, MMA, que combinava com ela. Fazia-a se sentir brutal, poderosa e no controle, e ela treinou por anos antes de voltar ao boxe. A lembrança sensorial do corpo inconsciente de Reggie na cama ao seu lado e da mão do homem fechada no seu pulso tinha desbotado com os anos, mas ainda era forte o bastante para que, em todas as rotinas subsequentes de exercício, ela preferisse sacos de pancada a tapetes de ioga.

Agora, na estação, parecia Spokane de novo, só que dessa vez ela havia ficado mais do que deveria de propósito, confundindo propósito com deliberação e deliberação com lógica. Mas sua escolha de ficar nunca tinha sido baseada na lógica. Baseava-se na sensação vertiginosa e exultante que varria seu corpo sempre que Pearl a tocava, o modo como sua mera presença fazia a pulsação de Esther latejar entre as pernas. Tesão, paixão, fraqueza, não importava como ela chamasse. Quaisquer outros sentimentos incidentais... bem, a mente e o coração de Esther sempre tinham se submetido ao seu corpo.

Como tinha sido idiota de pensar que podia ter isso, algo real. Se ela mesma não pusesse um fim ao relacionamento, terminaria como acontecera com Reggie: em derramamento de sangue. Ela não podia colocar Pearl em perigo.

Sem pensar, ela pulou da cama e começou a amarrar as botas. Seu corpo estava tomando uma decisão enquanto a mente ainda tentava alcançá-la, e ela o seguiu enquanto a levava pelos corredores labirínticos que conhecia tão bem, passando pelo refeitório, a academia, a clínica médica e a área de escritórios onde ela podia contar que encontraria alguém sentado atrás da mesa de metal na frente do enorme computador, carimbando a proverbial papelada e aprovando pedidos.

Hoje era Harry, um homem mais velho com o rosto gentil e curtido, que ouviu, horrorizado, quando Esther explicou sua situação: o pai tinha morrido e a família pedira que ela voltasse para casa, ambas declarações verdadeiras o suficiente para ser fácil apresentá-las com emoção real. As lágrimas nos olhos também não foram difíceis de conjurar.

Era só uma medida de segurança, Esther disse a si mesma, depois de garantir um lugar no próximo avião de carga rumo a Auckland. Ela tinha dois dias para entender o que estava acontecendo ali, averiguar o nível real de perigo e lidar com a situação adequadamente. Harry tinha enviado a documentação para sua caixa de entrada, um encerramento de contrato, mas até ela assinar não ia partir oficialmente. Ainda havia tempo. Ela ainda podia ficar.

Mais tarde, apenas porque não sabia o que mais fazer, ela foi se sentar na estufa. Tinha passado muitas pausas de almoço ali, lendo no sofá puído e sempre úmido que alguém arrastara entre vasos de pimenta e tomate. A estufa era pequena e quadrada e sempre tinha um cheiro delicioso que reavivava sua alma, como terra saudável e a promessa de um mundo autorregulador, embora o sofá em si cheirasse a porão bolorento. Misturados, os aromas a reconfortavam. Se os humanos um dia vivessem no espaço sideral, caixas brilhantes como aquela os manteriam vivos, como tinham mantido parte dela viva nos últimos meses. Ela jogou um pedacinho de alface na boca e se esticou no sofá para encarar o teto. As luzes eram uma coleção de sóis aproximados.

A própria Esther fora responsável por aquelas lâmpadas, por manter a estação, pelo menos ocasionalmente, com gosto de vida. Ela se lembrava das suas primeiras semanas ali, arrastando cabos por centenas de metros congelados do gerador até o prédio principal, tropeçando em gelo e pedras soltas, desengonçada e desconfortável em seu traje térmico como uma criança usando uma jaqueta apertada demais. Lembrava-se dos dias passados no bege opressivo dos corredores subterrâneos, a bagunça da fiação nas paredes, uma parte instalada fazia uma semana e uma parte que não era trocada desde 1968. De se deitar no seu quarto do tamanho de uma caixa de sapato e ver as luzes no teto tremeluzirem, sabendo que seria ela a consertá-las. Um senso de isolamento tão completo que era quase um som, um zumbido sombrio, como ela imaginava que a magia soava.

Era espantoso como, quando o que já fora desconhecido se tornava familiar, você nunca podia voltar atrás. Como seria não conhecer o uivo de sucção de uma porta se abrindo para uma tempestade de neve Condição 1? A textura de borracha congelada, o fedor de cigarro inconfundível que tem a merda de pinguim? Como seria não entender visceralmente a emoção específica de dirigir por estradas entalhadas na neve, sabendo que, se o sensor do seu radar falhasse, você afundaria no gelo? Se ela partisse – quando ela partisse –, a Antártica seria uma lembrança, depois uma lembrança de uma lembrança, e por fim só uma história. Pearl seria só uma história, um redemoinho de sentimentos lembrados, alguém que ela mencionaria em bares a estranhos que se tornariam amigos e depois estranhos de novo.

Todas essas histórias consistiam em quê?

Uma vida?

Ela ficou na estufa até depois do almoço, esperando.

Esperando pelo quê? Não se deixou articular a resposta inteiramente, não se deixou tomar uma decisão, porque se a confrontasse poderia descobrir que era uma ideia ruim. Ela estava ali em busca de calma, disse a si mesma. Estava ali porque a estufa era quieta, isolada. Poucas pessoas passavam por ali naquela hora.

Se alguém quisesse falar com ela, digamos, ou confrontá-la... ou mesmo atacá-la... bem, essa seria a oportunidade perfeita. Uma chance excelente para uma ameaça mostrar seu rosto e deixá-la enfrentá-la, despachá-la, seguir em frente.

Mas ninguém veio.

Por fim ela se ergueu, esticando os músculos rígidos, e voltou para o prédio principal da estação. Seguiu pelos corredores, passando a mão pelos painéis bege. O lugar era um sistema tão ordenado e fechado de necessidades humanas. Cada trabalho apoiava todos os outros, e cada trabalho apoiava o funcionamento contínuo da vida. Era tão mais bagunçado lá fora, no resto do mundo.

Mas não tinha problema. Esther sabia lidar com bagunça.

Perdida em pensamentos, tensa com a adrenalina acumulada, ela virou no canto do corredor a tempo de ver Pearl recuando devagar do seu quarto. Quase disse oi, mas algo a impediu. O rosto de Pearl estava virado para o lado, encarando o fim do corredor de um jeito peculiar e quase furtivo que a deixou desconfiada. Não, Esther disse a si mesma, você está sendo paranoica, só está nervosa, Pearl não tem nada a ver com isso.

Pearl se virou e então a viu, o rosto alternando entre surpresa e alívio.

— Aí está você — disse ela.

— Oi. — Esther sorriu apesar de si mesma, apesar de tudo. Geralmente seu rosto ficava como suas mãos confiáveis, completamente sob controle, mas a presença de Pearl parecia estar conectada aos pequenos músculos nas suas bochechas que repuxavam os cantos da boca.

— Você não foi almoçar — explicou Pearl —, então eu te trouxe uma tigela de sopa. Mas esqueci a colher, então você vai ter que beber, desculpe.

— Foi atencioso da sua parte — disse Esther. Ambas estavam paradas na frente da porta fechada dela. Pearl usava um macacão e um moletom grosso. Seu cabelo estava preso no alto, então o pescoço estava visível, longo, esguio e expressivo como o resto do seu corpo. Esther conteve o impulso de tocá-lo.

— Você sabe como eu sou — comentou Pearl —, sempre atenta. Onde você estava?

— Banheiro — respondeu Esther, e Pearl olhou confusa na direção do banheiro, que ficava do outro lado. — Esse estava cheio — disse Esther, fingindo um bocejo. — Vou dormir mais um pouco até melhorar, mas obrigada pela sopa.

Pearl estendeu a mão e enganchou dois dedos na gola do suéter de Esther, puxando-a para perto.

— Acha que você é contagiosa?

Esther sentiu a amargura subir pela garganta. Certamente era um jeito de defini-la.

— Melhor sermos precavidas — lançou ela, emaranhando os dedos nos de Pearl para suavizar o gesto de afastar a mão dela da garganta. Não funcionou. Pearl recuou, assentindo.

— Certo — concluiu ela. — Vou te deixar em paz, então.

Todos os instintos de Esther gritaram para ela dizer ou fazer algo para relaxar a linha rígida da boca de Pearl, uma palavra gentil, um beijo, mas, até saber se ia ficar ou não, esses instintos tinham que ser suprimidos. Se ela ia embora, era melhor para Pearl que o processo começasse agora.

— Obrigada de novo pela sopa.

Ela só voltou para o quarto quando viu Pearl desaparecer no corredor. Como prometido, uma tigela de sopa aguardava na mesa de cabeceira, e, embora estivesse com fome, sentou-se na cama e a encarou, sem conseguir comer. No escritório, tinha se obrigado a chorar, e olhos e peito pareciam querer repetir a performance. E talvez tivessem feito isso, se algo não tivesse alertado seus sentidos.

Alguma coisa na configuração da mesa de cabeceira — com sua bagunça de livros, cremes, elásticos de cabelo — parecia diferente, como se os objetos tivessem sido rearranjados.

Ou como se algo estivesse faltando.

Ela soube o que era imediatamente e pulou tão rápido que balançou a tigela. A sopa transbordou pela beirada e se acumulou na placa de aglomerado branca. Ela se apoiou nas mãos e nos joelhos para olhar embaixo da cama, depois começou a revirar desesperadamente a pilha descartada de roupas junto à cômoda, pânico embrulhando seu estômago. Esther era bagunceira, mas não irresponsável ou esquecida, e definitivamente não com algo tão precioso quando o romance de Alejandra Gil. O valor monetário era só uma fração do que ele significava para ela.

Mas não importava onde, ou quão freneticamente ela procurasse — o livro de Gil, com sua distinta capa de brochura verde forte, não apareceu. O sangue estava subindo para o seu rosto, e, apesar do frio no quarto, ela estava suando, o cabelo escapando do rabo de cavalo e voando ao redor do rosto enquanto procurava. Ela revirou o quarto já revirado. As lágrimas que suprimira brotaram em seus olhos. Estava ali, estava ali, tinha que estar ali.

Não estava.

Finalmente, depois do que pareceram horas, ela parou. Sentou-se nos calcanhares e entregou-se a alguns segundos de puro desespero incontido, com o rosto nas mãos. Então enxugou as bochechas e analisou a situação. O livro tinha sumido. Não — sumido não. Tinha sido levado. Alguém havia entrado ali e pegado.

Só podia ser uma pessoa. Só havia uma pessoa que sabia que o romance estava ali e conhecia seu valor, e a única pessoa que Esther tinha certeza de que estivera ali enquanto ela estava fora.

Pearl.

7

Nicholas acordou arquejando e chutando as pernas contra os juncos emaranhados de um pesadelo. O cabelo estava grudado à cabeça com suor, seus sentidos submersos, o coração disparando como um trem-bala enquanto ele ficava deitado, imóvel, piscando para clarear a visão turva de sono e se concentrar no quarto ao redor. A luz entrando por uma fresta nas cortinas de linho era pegajosa e cinzenta, e as videiras no papel de parede entravam e saíam de foco, mas os latidos agudos de Sir Kiwi eram altos e nítidos e o trouxeram de volta à realidade. Ele estendeu a mão e agarrou um punhado do pelo dela, sentiu a linguinha na sua palma, e o vácuo do pânico começou a abandoná-lo.

— Tudo bem — disse Nicholas, segurando a cabecinha teimosa e barulhenta da cachorra. — Tudo bem, tudo bem, estou acordado.

Sir Kiwi se acalmou junto com ele, apoiando as patinhas nos seus ombros e encarando seu rosto com a cabeça inclinada. Ele rolou de lado e apalpou a mesa de cabeceira em busca do livro que sempre mantinha ali, uma edição dourada de 1978 de *Os três mosqueteiros*. Abriu-a aleatoriamente e deixou seu olhar cair no meio da página.

"Para obter vingança, ela precisava ser livre. E, para ser livre, um prisioneiro precisa atravessar paredes, remover grades, cavar pisos – todas elas, tarefas que um homem paciente e forte pode realizar, mas diante dos quais as irritações febris de uma mulher precisavam ceder."

Ele leu alguns parágrafos, regulando a respiração ao ritmo da fúria familiar de Milady, até que os últimos resquícios do pesadelo esvaneceram.

Quando criança, ele tivera pesadelos frequentes, e uma de suas primeiras lembranças era do rosto azedo e impaciente de sua governanta assomando-se sobre ele no escuro, sua voz rouca repetindo: "Acorde, acorde, não é real". Durante anos, as únicas noites em que ele dormira sem acordar tinham sido quando Richard lera para ele. Tinham passado por todo tipo de romances juntos, mas Nicholas amava *Os três mosqueteiros*, de Alexandre Dumas, acima de todos. Tinha oito anos quando Richard lera o livro para ele pela primeira vez, e desde então o lera provavelmente uma dúzia de vezes. O livro parecia crescer com ele, novas piadas e insinuações revelando-se a cada ano, o mundo mais rico, as amizades mais profundas. Como ele quisera viver naquele mundo! Até convencera o tio a contratar um instrutor de esgrima por um tempo, mas os exercícios e estocadas infinitos não eram nada como os duelos do romance. De que adiantava lutar se não havia nada e ninguém *pelo que* lutar?

Recentemente, os pesadelos tinham aumentado em frequência, e ele passara a manter Dumas na cabeceira para ler alguns parágrafos sempre que acordava; um remédio para acalmar os nervos.

Largou o livro de volta na mesinha e olhou para o pequeno relógio de cobre ao seu lado. Nove horas, mais tarde do que ele geralmente acordava. Quando bocejou, Sir Kiwi veio tentar lamber o interior da sua boca, um hábito realmente asqueroso que ele mal conseguiu evitar no último segundo.

— Sim — disse ele —, eu sei o que você quer, me dê um minuto e a gente já vai.

Empurrou a cachorra de lado e sentou-se para se dedicar à tarefa nojenta, mas satisfatória, de descolar os cílios gosmentos do olho prostético. Os cílios do lado esquerdo eram mais escassos que os do direito devido a essa rotina matinal, mas ele gostava demais do processo de descolamento para terceirizá-lo a um pano morno que poderia salvá-los.

Pouco depois, afastou as camadas de cobertores e se ergueu, esperando uma onda de tontura passar enquanto tremia nos pijamas de seda. Tontura e frio constante: deliciosos efeitos colaterais da perda regular de sangue. Ele se vestiu depressa, então amarrou um par de botas Brioni de solado firme. Seus pés, pelo menos, pareciam estáveis.

Graças às proteções especializadas da Biblioteca, aquele era o único lugar no mundo onde Nicholas não precisava ter um guarda-costas postado fora do seu quarto enquanto dormia, então ficou surpreso ao ver Collins em posição de sentido no corredor. Seu corpo grande e quadrado não vestia o terno da festa, exibindo agora seu uniforme – que não era um uniforme – padrão: calça de corrida preta com vários bolsos, camiseta branca, tênis de cano alto americano feio e a jaqueta bomber Gucci de feltro e couro que Nicholas comprara para ele no mês anterior porque não suportava mais olhar para sua coleção rotativa de jaquetas esportivas baratas.

— O que está fazendo aqui? — perguntou Nicholas.

— Guardando costas — respondeu Collins em sua voz arrastada, apoiando-se pesadamente no sotaque bostoniano. Curvou-se para estender uma mão a Sir Kiwi. — E aí, sua malcriada? Bate aqui. — Sir Kiwi bateu a pata contra a palma dele, e ele enfiou a mão no bolso para pegar um petisco.

— Mas estamos em casa.

Collins se endireitou enquanto Sir Kiwi mastigava o biscoitinho.

— Você não lembra o que aconteceu ontem à noite? — Ele clicou numa lanterninha no seu chaveiro e o mirou no olho direito de Nicholas. — Deixa eu ver sua pupila.

— Não, eu lembro — disse Nicholas, desviando da luz. — Eu só... Richard acha que não estou seguro aqui? — Ele tentou não deixar a voz trair seu nervosismo.

— Melhor prevenir que remediar — conjecturou Collins, levando uma mão ao fone de ouvido. — Quer café da manhã?

— Café — disse Nicholas.

— Vou me encrencar se te der cafeína.

— Você é o herói do momento, não vai se encrencar. Além disso, até onde eu sei, minha dieta não está sob sua jurisdição.

Collins apontou para ele.

— Costas. — Apontou para si mesmo. — Guarda. — Mas então apertou os olhos e completou: — Tudo bem, você parece estar precisando.

Collins ligou para a cozinha e pediu dois cafés, depois partiu pelo corredor sem dizer mais nada.

Os aposentos de Nicholas ficavam no segundo andar da mansão, na Ala Oeste, no fim de um longo corredor com janelas que iam do chão ao teto, no meio das quais ficavam dispostos bancos de veludo baixos e vasos decorativos que chegavam à cintura dele e não continham flores. Tinha chovido a noite toda, e os vidros exibiam rastros de água, o céu de um tom madrepérola luminoso que preenchia o corredor com uma luz estranha e lânguida, destacando os vermelhos vivos no tapete sob os pés de Nicholas, mas fazendo todas as outras cores parecerem desbotadas.

A casa fora construída no início do século XVII por um duque, antepassado de Nicholas, e reformada no fim do século XVIII, então o interior era cheio de colunas dóricas neoclássicas e pilastras revestidas de ouro, com cornijas de estuco ornamentadas e tetos de gesso esculpidos. Por fora, as paredes eram de pedra simples, cercadas por jardins extensos e sinuosos que Richard chamava de "parque dos cervos", embora fizesse anos que ninguém caçava ali. A decoração era um testemunho da sucessão de séculos que a casa vira passar: tapetes azul-escuros e vermelhos Savonnerie do período Stuart, mesas Boulle do século XIX com incrustações de cobre e casco de tartaruga, papel de parede chinês de seda, espelhos no estilo rococó de moldura dourada... uma curadoria de camadas temporais de luxo.

Nicholas desceu a escadaria principal, Sir Kiwi pulando à sua frente. A cachorra era uma lulu-da-pomerânia cujo pelo castanho-avermelhado combinava perfeitamente com o cabelo de Nicholas, como se fossem da mesma ninhada. Tinha nove anos e a forma de uma bola de algodão, e pesava quase o mesmo que uma. Fora um prêmio de consolação do tio quando ele perdera o olho, uma capitulação após anos implorando por um cachorro. Ele sempre se imaginara com um pastor-alemão imponente ou um pit bull de cabeça grande, algo perigoso e leal. Em vez disso, tinha recebido Sir Kiwi. Talvez tivesse sido uma espécie de piada do tio, mas a piada se voltara contra ele, porque Sir Kiwi era uma criatura excelente. Não perigosa, talvez, mas feroz, devotada e esperta, além de fonte infinita de bom humor. Era a melhor amiga que Nicholas já tivera. Sua única amiga, na verdade.

A grande escadaria e o saguão inferior eram forrados de retratos a óleo de personagens mortos, todos ancestrais de Nicholas, alguns de forma bastante óbvia. Havia a prima viúva com o nariz comprido dele; um tio-avô com seu queixo firme; e o pai, John, imortalizado no retrato de um homem com olhos castanhos risonhos. Nicholas sabia que seu próprio retrato seria acrescentado um dia.

Richard não estava na parede. Ele alegara modéstia quando Nicholas tinha perguntado, mas a única vez que Nicholas recebera permissão para entrar no seu escritório privado, para comemorar a conclusão do seu primeiro livro aos oito anos de idade, vira que Richard mantinha em um lugar de destaque um retrato do bisavô do seu avô – o tataravô de Nicholas, fundador da Biblioteca –, que se parecia tanto com Richard que Nicholas pensara, a princípio, que fossem a mesma pessoa. A pintura o assustara quando criança porque esse ancestral fundador, um cirurgião conhecido por sua rapidez com uma serra de amputação, tinha sido pintado em um avental cirúrgico ensanguentado e segurando uma faca, e Nicholas notara que a moldura de marfim só tinha marfim em três lados: o suporte inferior era inconfundivelmente o osso de uma perna humana. Foi perturbador ver alguém que parecia com seu atencioso tio tão completamente encharcado de sangue e cercado de ossos.

Quando criança, Nicholas ocasionalmente supervisionava brincadeiras com os filhos dos clientes da Biblioteca, mas nunca em sua própria casa, e exceto pelas aulas, geralmente passava os dias sozinho. A casa em si tinha se tornado uma espécie de amiga para ele, que passara incontáveis horas fazendo brincadeiras com ela: apostando corrida com o eco retumbante dos próprios passos através do piso de mármore xadrez branco e preto do Salão de Banquetes vazio; deitando-se sob o piano Steinway branco na Sala de Estar verde, que nunca era usada, e encarando as costelas de madeira silenciosas que ficavam embaixo dele, brincando de esconde-esconde com seu próprio hálito. As crianças nos romances que Richard lhe trazia aos montes estavam sempre tropeçando, encantadas, em mansões antigas e misteriosas em busca de magia – e Nicholas tinha a sorte de ter nascido na magia, de estar cercado por ela, de ser feito dela. No passado, isso tinha sido uma fonte de encantamento para ele.

Durante a maior parte da década anterior, porém, os corredores infinitos, a decoração rebuscada e antiquada e a ornamentação intrincada das paredes e tetos pareciam não encantadores, mas sombrios e opressivos. No entanto, às vezes ele achava a casa bela de novo, como agora. Era reconfortante estar dentro daquelas paredes de pedra familiares, aconchegado atrás de proteções à prova de falhas.

Ao pé da escada, Collins parou para ouvir algo no seu fone.

— Richard e Maram querem você na Sala de Inverno.

— Sir Kiwi precisa passear primeiro.

Collins revirou os olhos, mas transmitiu a informação pelo fone.

— Richard disse dez minutos no máximo.

— Não posso mais sair no jardim agora? — perguntou Nicholas.

— Só estou repetindo o que me disseram — respondeu Collins, então hesitou. — É melhor você saber: o resto dos empregados foi confinado a seus postos hoje. Eu sou o único com permissão para andar por aí.

Nicholas girou depressa.

— Por quê?

— Precaução de segurança até seu tio poder entrevistar todo mundo com um feitiço de confissão. Para garantir que não haja nenhum... sei lá, informante, espião, o que seja.

Nicholas grunhiu.

— Imagino que é isso que vou fazer pelo resto do dia, então. Escrever feitiços de confissão. — Ele mal tinha se recuperado do último livro. — E você é a exceção por causa do que fez ontem à noite?

Collins franziu o cenho.

— Acho que sim.

Collins parecia tão cansado quanto Nicholas se sentia, seus olhos azuis normalmente vivazes embotados pela exaustão, e Nicholas sem querer se lembrou da falha inesperada na voz do guarda-costas quando a arma tinha disparado. Queria perguntar como ele estava se sentindo, se estava bem, mas ficou sem jeito.

— Doug — disse em vez disso, retornando ao velho hábito de adivinhar o nome de Collins.

Collins revirou os olhos exageradamente outra vez e se virou na direção da entrada principal.

— Vamos passear com a cachorra.

— Dougie, então? Douglas?

Somente Nicholas, Richard e Maram podiam andar no parque dos cervos; o terreno da Biblioteca também estava incluído nas proteções, e Collins teria sido inútil ali, aturdido e atordoado devido à magia protetora, incapaz de se manter de pé quando saísse pela porta da frente. Com certeza mais ninguém conseguiria também, então, de modo geral, o nível de ameaça era baixo. Apesar disso, Collins parou na porta aberta, com os braços cruzados, e viu Sir Kiwi sair correndo pela grama molhada com Nicholas a segui-la de perto.

Nicholas levara certo tempo para entender como as outras pessoas viam a casa e a terra circundante. Quer dizer: elas não viam. Mesmo aqueles que sabiam que a enorme mansão estava lá não conseguiam se lembrar de como vê-la; tinham que focar de novo e de novo, e lutar contra seus próprios sentidos, até que esses sentidos falhavam. Era por isso que o escasso e cuidadosamente selecionado pessoal da Biblioteca morava ali; se deixassem o local, nunca lembrariam como voltar.

Para Nicholas, porém, que era imune à magia, e para Maram e Richard, cujo sangue estava incluído no feitiço de proteção que eles renovavam toda noite, a casa parecia perfeitamente sólida e extremamente óbvia, uma mansão de pedra gigante acomodada complacentemente nas colinas verdes suaves de West Berkshire. Arbustos espinhosos cercavam a base da casa, mas no verão aqueles galhos nus estariam pendendo com botões de rosa, amarelas, cor-de-rosa e vermelho-veludo, e o que parecia agora rachaduras pretas nas paredes de pedra seria hera verde delicadamente se esgueirando para cima.

Os jardineiros não conseguiam suportar a pressão mental de lembrar do terreno no qual trabalhavam, então o jardim mal era mantido sob controle por um pequeno rebanho de cabras de olhos felinos, várias das quais estavam vagando pelos gramados, mastigando, sem se importar com Sir Kiwi, que investia contra elas e então se afastava com latidos alegres.

Nicholas foi até o lago artificial e sentou-se em um dos bancos de pedra úmidos, tomando grandes sorvos do ar frio e úmido. Fingiu que estava só apreciando o aroma fresco e saudável, e não recuperando o fôlego após a caminhada ridiculamente curta, mas não conseguiu ignorar como sua visão estava nadando. Fechou os olhos por um tempo e ouviu o som da água se movendo na brisa. Escrever um feitiço de confissão provavelmente o deixaria de cama por dias, mas não havia por que dar atenção a isso agora. Em vez disso, concentrou-se em como era bom estar ali fora. Não tinha notado o quanto vinha se sentindo espremido e claustrofóbico até a sensação aliviar um pouco.

Quando abriu os olhos de novo, pousou-os no caminho de cascalho molhado que se estendia pelo terreno ondulante e as colinas enevoadas a distância. A estrada mais próxima ficava a menos de um quilômetro, e por um momento a imaginação experiente de Nicholas tomou conta e ele imaginou a cena: seguir por aquele caminho, alcançar o asfalto preto liso, pegar carona com o dedão erguido, desaparecer.

Mas essa fantasia tinha menos apelo do que antes de alguém apontar uma arma para sua cabeça. De um jeito ou de outro, ele não tinha outro lugar para onde ir.

Levantou-se e assoviou para chamar Sir Kiwi, então a deixou guiá-lo de volta para casa e o calor asfixiante da segurança.

Na Sala de Inverno, Maram e Richard estavam sentados juntos no sofá creme e dourado, com uma resma de papéis espalhados na mesa de centro baixa à sua frente, junto com um pacotinho curioso bem embrulhado em lona encerada. A fileira de janelas era coberta por cortinas de veludo pesadas que tinham sido abertas o suficiente para Nicholas ver os jardins enevoados que tinha acabado de deixar, e um fogo tremeluzia na lareira de pedra branca.

Ambos usavam roupas confortáveis – Richard, um cardigã grosso, e Maram, uma blusa de seda bege. Havia um jarro de prata com um bico arqueado em uma bandeja, junto com uma xícara vazia e um jarrinho de creme. Nicholas foi até ele, ávido.

— Só uma xícara — disse Richard.

Nicholas sentou-se do outro lado da mesa baixa em uma poltrona rosa, com os braços entalhados como a cabeça de leões, e abaixou o rosto para o café. Richard se reclinou no sofá com o calcanhar apoiado no joelho, mas, apesar da postura casual, seu cenho estava franzido com preocupação silenciosa.

— Como você dormiu? — perguntou Maram.

— Como os mortos — respondeu Nicholas. — Desculpe, como os *quase* mortos.

— Se está conseguindo fazer piadas, então não entende o perigo que correu ontem à noite — disse Richard.

— Eu tive uma arma apontada para a minha cara — retrucou Nicholas. — Arrisco dizer que entendo, sim.

— Se Collins não estivesse lá...

— Sim, estou plenamente ciente, obrigado.

— Como está se sentindo? — perguntou Richard.

Na verdade, Nicholas não se sentia inteiramente como ele mesmo; continuava vendo o cano de metal apontado para ele, ouvindo o disparo alto, sentindo o coração martelar no peito, e ainda havia aquelas abelhas que ele provavelmente tinha imaginado (deviam ser só o estofamento arrebentado do banco, ele decidira).

Ele ignorou a pergunta e fez outra.

— Isso teve alguma coisa a ver com o que aconteceu em San Francisco?

— Não sabemos — respondeu Richard, em um tom cuidadoso. — Estamos tentando descobrir. Independentemente de quem estava envolvido, a intenção provavelmente era a mesma.

Causar graves danos corporais, então. Fantástico.

— Você sabe o que aconteceu com o homem depois que Collins atirou nele?

Richard fez uma careta.

Maram respondeu com franqueza:

— Ele morreu.

— E o corpo?

— Com alguns dos nossos, na polícia — explicou Maram. — Estão tentando identificar, mas ainda não conseguiram nada.

— Teria sido bom — disse Richard — se Collins não tivesse sido tão ansioso. Se tivesse pensado que poderíamos fazer algumas perguntas antes de atirar no sujeito.

— Não houve muito tempo para pensar — alegou Maram.

Richard esfregou os olhos com uma mão elegante.

— Mesmo assim.

Nicholas se viu na posição curiosa de querer defender o homem contratado para defendê-lo.

— Collins salvou minha vida.

— Com certeza — concordou Richard. — E ele vai ganhar um bônus por isso.

— Ótimo — disse Nicholas. — Qual é o bônus pela vida de uma pessoa, ultimamente?

O tio cerrou a mandíbula.

— A *sua* vida não tem preço.

Nicholas teria ficado mais comovido se não estivesse agudamente ciente da verdade financeira por trás da declaração. Desde que o pai morrera, quando ele mal tinha dois anos, ele era o último Escriba vivo. Essa certeza decorria de um feitiço herdado por Richard e que vasculhava o mundo em busca de pessoas como Nicholas – vasculhava, ano após ano, mas nunca encontrava ninguém. A coleção da Biblioteca era a maior do mundo, sua vasta reserva de livros emprestada àqueles que conheciam a verdade da magia, a altos custos e com extremo sigilo, e culturalmente Richard mantinha sua influência ao fazer parcerias com universidades e museus pela Europa.

Financeiramente, porém, emprestar os antigos livros não era nem de longe tão lucrativo quanto oferecer novos livros customizados. Então, enquanto Nicholas continuasse vivo, escrevendo e sob os cuidados da Biblioteca, a Biblioteca continuaria rica; e, enquanto continuassem ricos, continuariam poderosos. O ataque da noite anterior tinha ocorrido porque alguém rastreara a fonte desse poder até Nicholas.

— Mistério cria intriga, que cria desejo, que cria *commodity* — disse Nicholas. — Talvez se você não me mantivesse como um segredo tão grande eu não tivesse um alvo desenhado nas costas.

— Eu não tenho energia para essa discussão hoje — declarou Richard, mas claramente não conseguiu se segurar e acrescentou: — Além disso, essa lógica é absurda. Uma pessoa não vai tentar roubar as Joias da Coroa se não souber que elas existem.

— Por favor — pediu Maram —, vamos nos ater ao assunto em questão, sim?

— Algum dos nossos livros está faltando? — perguntou Nicholas. Se o homem fosse um ladrão, além de aspirante a assassino, eles conseguiriam encontrá-lo com bastante facilidade. Todo livro da Biblioteca tinha um "prazo de validade", um feitiço recarregável remontando ao fim do século xx que fora afixado a cada título da coleção e era acrescentado a cada livro novo assim que Nicholas o escrevia, na forma do pequeno símbolo de um livro em relevo na quarta capa. Era na verdade um feitiço de rastreamento que se ativava automaticamente no caso de um livro não ser devolvido à Biblioteca após o período de empréstimo de quarenta e oito horas; o feitiço alertava Richard da exata localização do livro e tinha salvado não só várias obras ao longo dos anos mas, uma vez, a vida de Nicholas também.

Maram, entretanto, estava balançando a cabeça, aborrecida com a mera sugestão de que alguém poderia ter afanado um livro sob seus cuidados amorosos.

— Não está faltando nada — disse ela.

— Não seria fácil, se fosse o caso? — disse Richard. — Mas não, no momento não temos nenhuma pista, então você vai ficar aqui na casa pelo futuro próximo. Pelo menos até obtermos as respostas para algumas perguntas... por exemplo, como aquele homem sabia onde você estava. Como sabia o que você pode fazer.

— E quanto tempo isso vai levar? — perguntou Nicholas, o coração desabando.

— O necessário.

— E vocês? Vão se trancafiar também?

— Não, não vamos — disse Richard. — Temos coisas demais para resolver.

— O que me lembra — interveio Maram — de que agendei aquela reunião com a Conservação e Pesquisa Científica na sexta no Museu Britânico. Eles têm um *emakimono* do século onze que querem que eu examine, mas...

— Vocês esperam me manter aqui dentro por dias? Semanas? — cortou Nicholas, no tom mais educado que conseguiu. Mesmo a ameaça de morte não conseguia conter o pânico que se ergueu nele ao pensar em ficar preso ali indefinidamente, naquela enorme mansão ecoante no interior inglês no inverno. — Meses?

Nesse instante, a porta da sala se abriu e Collins apareceu com outra bandeja, essa com duas xícaras fumegantes.

— Chá — disse ele, apoiando a bandeja na frente de Richard e Maram bruscamente, fazendo tudo chacoalhar. Não parecia gostar de ter sido forçado a realizar serviços de criada.

A xícara de café de Nicholas estava quase vazia; ele tinha bebido tudo sem apreciar inteiramente o gosto raro, embora conseguisse sentir a cafeína zunindo pelo sangue.

— Você nem vai notar a passagem do tempo — esclareceu Richard, com um aceno de agradecimento para Collins enquanto pegava o chá. — Vamos entrevistar todos os empregados da Biblioteca ao longo dos próximos dias e só resta uma ou duas leituras no seu último feitiço de confissão, então você vai precisar escrever outro assim que possível. Amanhã seria o ideal.

— Então está me dizendo que vou estar atordoado demais pela perda de sangue para ficar entediado.

— Melhor atordoado e seguro do que alerta e em perigo.

— Richard, ele não pode — lembrou Maram antes que Nicholas pudesse responder. — O doutor falou que devemos esperar pelo menos quatro meses, e ele acabou de concluir o trabalho para sir Edward.

— Uma anemia leve não vai matá-lo — argumentou Richard. — Um traidor entre nós talvez sim.

— Vou ficar bem — disse Nicholas a Maram, tentando não ceder à irritação pelo modo como ela falara por ele e por cima dele. — Estou me sentindo bem. De um jeito ou de outro, Richard tem razão. Para que eu preciso de energia se estou preso aqui?

Ela o encarou com os seus olhos castanhos grandes e ilegíveis. Então se voltou para Richard.

— Os interrogatórios podem esperar — tentou de novo. — A saúde de Nicholas...

— Você não pode estar sugerindo que não estou pensando no que é melhor para ele — cortou Richard.

Era uma ordem, e tanto Nicholas como Maram sabiam disso. No passado, Nicholas já tinha admirado a sutileza das ordens do tio, embora nunca gostasse de vê-las dirigidas a Maram; em parte porque não gostava de ser lembrado de que o afeto dela por Nicholas era sujeito a um salário, mas também porque o afeto dele por ela não era remunerado nem regulado, e ele nunca tinha certeza de quanto podia sentir. Especialmente quando ficava preso entre os dois; cada um, à sua própria maneira, a família dele, com ou sem salário.

— Claro que não — respondeu Maram por fim, e Richard virou-se para Nicholas outra vez.

— Enfim — disse ele —, antes dos feitiços de confissão, tenho uma tarefa que você vai apreciar de fato. — Ele deu um tapinha no embrulho de lona que Nicholas notara antes.

Nicholas se animou.

— Um vampiro?

— Acertou! — disse Richard. De dentro do bolso do paletó, tirou uma faca prateada de uma bainha de couro, e Nicholas não pôde evitar uma risada. A faca era inteiramente desnecessária, mas ele apreciava a dramaticidade. "Vampiro" era o termo da Biblioteca para uma subcategoria muito específica de feitiços de proteção que remontavam à Romênia do século XV, bem na época do governo de Vlad III – ou, como era coloquialmente conhecido, Vlad, o Empalador, o Drácula original. O feitiço de vampiro era afixado a livros cujos próprios feitiços já tinham sido ativados, como uma espécie de punição sádica pela tentativa de adulterá-los. Qualquer pessoa que acrescentasse seu sangue a um desses livros ativados era completamente drenada – sangrava, efetivamente, até a morte. Era um negócio feio. Tão feio, na verdade, que os vampiros eram os únicos livros que a Biblioteca destruía.

Pelo menos, Nicholas os destruía. Apenas um Escriba podia destruir um livro cujo feitiço estava em progresso, e Nicholas sempre achava essa destruição intensamente satisfatória. Passava tanto tempo criando livros que havia algo perversamente delicioso em fazer o exato oposto.

Ele removeu o vampiro do embrulho apertado e folheou as páginas, curioso como sempre sobre o feitiço ainda ativo que se encontrava dentro delas. Richard e Maram o observaram ler, igualmente curiosos.

— Em algum lugar — anunciou ele após alguns minutos —, há um cobertor de lã que nenhuma traça pode tocar.

— Um feitiço para repelir traças? — disse Richard. — Meu Deus, isso é muita proteção para um cobertor.

— Deve ser um belo cobertor. — Maram estendeu a mão para o livro antes de pensar melhor, embora continuasse a olhar com avidez. Ia contra sua natureza ter um livro bem à sua frente e não o examinar.

Nicholas desembainhou a faca prateada e a apoiou sobre a capa gasta de couro, sentindo uma pontada de arrependimento. Assim que o feitiço fosse destruído, as traças cairiam sobre o cobertor. Onde quer que estivesse, o objeto que alguém tinha se dado tanto trabalho para proteger sucumbiria às ruínas do tempo como tudo mais. Quando Nicholas abaixou a faca, ela cortou as páginas tão facilmente como se fossem massa de pão, mas, após a primeira punhalada cerimonial, ele destruiu o resto do livro com as mãos, arrancando as páginas e quebrando a lombada com uma espécie de prazer selvagem. Richard assistiu, divertindo-se com a diversão dele. Maram pareceu enjoada e desviou os olhos após um tempo. Não gostava de ver violência contra livros, nem mesmo os vampiros.

Quando o livro tinha sido inteiramente eviscerado, Nicholas se ergueu e jogou os restos no fogo, onde eles começaram sua segunda vida como cinzas e âmbar.

— *Bravo* — disse Richard. — O vampiro levou uma estacada.

Nicholas esboçou uma mesura – devagar, para não ficar atordoado e aumentar a preocupação de Maram.

— Suponho que é melhor eu começar a escrever, então — disse ele.

Collins podia ressentir-se dele o quanto quisesse por gostar de luxos, mas mesmo ele nunca acusara Nicholas de ser preguiçoso; não que importasse o que Collins, um empregado, pensava dele. Mas Nicholas apreciava luxos pelo mesmo motivo que apreciava trabalho e estudo – era tudo que tinha.

— Bom garoto. — Richard ergueu-se. — Collins, eu adoraria te dar o dia de folga, Deus sabe que você merece. Mas você entende que, até que falemos com todos na casa, precisamos que fique a postos. Você, pelo menos, mais do que provou sua lealdade.

— Sim, senhor — disse Collins, mas os olhos do guarda-costas não estavam focados em Richard. Estavam focados em Nicholas. A expressão de

Collins era estranha, o retorcer de sua boca mais suave que a careta usual, o queixo um pouco abaixado, e, quando ele captou o olhar de Nicholas, desviou o rosto como se tivesse sido pego. Não era um olhar irritado. Não era divertimento. Não era nem mesmo pena.

Era culpa.

Mas que possível motivo Collins teria para se sentir culpado?

— Maram, querida — chamou Richard. — Meu escritório.

Maram tocou o ombro de Nicholas e seguiu Richard para fora, deixando Nicholas e Collins sozinhos na sala.

— O quê... — começou Nicholas, mas qualquer que fosse a expressão que achasse ter visto no rosto de Collins tinha sumido, e seus olhos estavam fixos no chão. Ele parecia entediado, cansado, emburrado. Normal.

— O quê? — repetiu Collins.

— Nada — disse Nicholas, e virou-se para sair.

8

Joanna gostava de espanar os livros. Era satisfatório passar o pincel macio e delicado sobre as capas, as lombadas. O ato a lembrava de escovar o cabelo de Esther, algo que Esther, ávida por contato físico, sempre lhe implorava para fazer quando elas eram pequenas. Cada um dos volumes na coleção parecia um velho amigo de Joanna, todas as suas rachaduras e manchas familiares e perdoadas, e, exceto pelo livro com o qual Abe morrera, ela conhecia a história por trás de todos eles. Este, costurado frouxamente com fio de seda e encadernado em algodão vermelho, tinha sido encontrado por sua falecida avó paterna em um mercado em Montreal nos anos 1960; este outro, com uma capa de couro rígida, fora rastreado pelo pai a partir de um anúncio nos classificados no início da década de 1990; este, um pergaminho em árabe da Palestina, pertencera à mãe de Esther, Isabel, desde antes de conhecer Abe. Alguns dos feitiços da coleção estavam exauridos, mas seus livros soavam iguais a qualquer um com a tinta ainda escura, como se o poder que outrora os tinha preenchido ainda estivesse enrodilhado em seu interior.

Ela não espanava o livro que tinha matado seu pai.

Tinha perguntado à mãe sobre ele muitas vezes. Cecily se mantivera em silêncio, porém, ou se recusando terminantemente a responder a qualquer pergunta de Joanna ou caindo naquela tosse irritante que ela afetava sempre que não queria falar sobre alguma coisa. Talvez Joanna tentasse de novo hoje, no almoço na casa da mãe. Provavelmente terminaria em briga, mas pelo menos seria uma mudança agradável da velha discussão que elas tinham reencenado no dia anterior.

O bilhete que o pai deixara ainda estava ao lado do livro, e ela o encarou brevemente antes de passar para o códice de proteções, embora o códice mal precisasse de atenção; Joanna o usava com frequência demais para que acumulasse poeira.

Quando emergiu do porão para a cozinha, ela ouviu um longo som de arranhar no saguão, e um pulso de esperança bateu em sua garganta. Rapidamente, esvaziou uma lata de atum numa tigela e atravessou a cozinha às pressas, na ponta dos pés, conseguindo abrir a porta da frente com tanto cuidado que não fez som algum. Lá na varanda, como um convidado à espera, estava o gato. Ele tinha uma pata estendida como se estivesse prestes a bater, mas a retraiu ao vê-la e recuou alguns passos.

Devagar, muito devagar, ela se agachou e abaixou a tigela de atum. Colocou-a a meio caminho entre ela mesma e o gato, e esperou, segurando o fôlego, enquanto ele esticava a cabeça minimamente e farejava o ar. Ele se virou para os degraus da varanda e o coração dela afundou; ele se virou de volta, e o coração dela pulou. Um momento depois ele estava com a cara enfiada na tigela, fazendo barulhinhos úmidos de mastigação, e Joanna se pôs de joelhos para observá-lo comer. Ele tinha a cor do outono, listras prateadas e marrons rodopiantes, e seus olhos, com as pupilas estreitadas de prazer enquanto comia, eram âmbar como suco de maçã.

Era uma manhã fria. A temperatura tinha caído na noite anterior, e Joanna acordara tremendo, o borralho do fogão quase coberto de cinzas. Onde o gatinho tinha dormido? Seu pelo parecia grosso, mas seria quente o bastante para o inverno que se aproximava? Ela queria tanto afagá-lo. Ele terminou de comer e sentou-se, lambendo os bigodes e olhando para ela.

Joanna estendeu um dedo com cuidado, apontando para o focinho dele. Tinha lido uma vez que os gatos gostavam disso porque a ponta de um dedo humano parecia o nariz de um gato, e o gato esticou o próprio nariz para farejar, o rabo balançando. Então, como se tivesse decidido alguma coisa, deu um passo ligeiro para a frente e bateu a cabeça contra a mão dela.

O deleite que sentiu com o toque inesperado foi tão completo que era quase doloroso. Ela acariciou as bochechas dele, coçou atrás das orelhas.

Ele era tão quente e macio, tão presente, seus olhos inquisitivos, e ela se viu sorrindo largo quando ele veio mais para perto, o rabo passando por seus joelhos no chão. Joanna sentiu um zumbido sob a mão e por um momento achou que fossem os livros, aquele mesmo murmúrio de muitos timbres, mas então percebeu que ele estava ronronando. Por algum motivo, isso trouxe lágrimas aos seus olhos.

Ela o afagou o máximo que ele permitiu e, quando ele foi embora, ergueu-se com a tigela inacabada de atum. Estendendo-a à frente, andou de costas para a casa, tentando persuadi-lo a segui-la.

— Venha, gatinho — disse ela. — Venha pra dentro, onde está quente.

Mas ele virou a cabeça bruscamente para algum som que ela não tinha ouvido, pulou dos degraus da varanda e disparou através do jardim enlameado até as árvores.

Ela o viu se afastar, sentindo um orgulho exultante e bizarro por ele a ter deixado tocá-lo. O sentimento foi rapidamente substituído por preocupação. Preocupação de que ele pudesse ser pego por um coiote, ou atropelado por um carro, ou que nevasse durante a noite e ele fosse enterrado na neve, congelado, antes de eles terem uma chance de se conhecer, antes de ela ter uma chance de cuidar dele.

Havia um edredom puído no antigo quarto de Esther – talvez, se ela o colocasse na varanda, ele pudesse fazer uma espécie de ninho para si, um lugar para se aquecer. Associaria a varanda com comida e conforto e, por extensão, com Joanna, e logo se dignaria a entrar na casa.

Ela deixou a porta da frente levemente entreaberta para o caso de ele mudar de ideia e correu de volta para dentro. Na sala de estar, afastou o cobertor de lã pesado que usara para cobrir a escadaria e subiu os degraus que rangiam até o segundo andar, que estava perceptivelmente mais frio e mais escuro. No quarto de Esther, descobriu que a lâmpada no teto estava queimada, mas não importava. Ainda era o meio da manhã e pela janela grande entrava uma luz leitosa, então ela conseguiu achar o caminho até o guarda-roupa sem dificuldade. A cama de Esther continuava igual a quando ela morava ali, arrumada com a primeira e última colcha que

Cecily fizera na vida antes de decidir que isso não era hobby para ela, e um pôster do Nirvana na parede com uma das pontas enrolada. Exceto por isso, parecia o que era agora: um depósito.

Às vezes era difícil se lembrar da época em que a família toda morava sob um único telhado, quando a irmã fazia parte de sua vida e seus pais se davam bem. Nos meses antes de Esther sair de casa sem aviso, Abe e Cecily brigavam quase todo dia, e por um tempo Joanna culpara essas brigas pela partida da irmã. Abe e Cecily faziam um esforço para esconder seus desentendimentos das filhas, às vezes indo até a floresta para gritar longe de ouvidos humanos, mas a tensão entre eles era tão espessa e pegajosa que era quase visível, como camadas de teias de aranha.

Pelo que Joanna e Esther conseguiam entreouvir, o cerne do conflito era o seguinte: Cecily estava cansada de viver atrás das proteções. Ela estava cansada de viver em função dos livros de Abe. Queria abaixar as proteções, vender os livros e abrir as portas deles para o mundo. Abe achava que isso era simplesmente insano.

Esther e Joanna conversavam sobre as brigas dos pais, mas cuidadosamente evitavam mencionar suas próprias opiniões, em parte porque não era necessário – cada uma sabia do lado de quem a outra estava. Embora o assassinato da mãe pudesse ter sido evitado pelas proteções, Esther sempre deixara claro que não pretendia ficar em Vermont para sempre.

Quando partiu, ela já vinha falando sobre matricular-se numa faculdade – em algum lugar em Massachusetts ou em Nova York, prometia a Joanna, em algum lugar próximo. Ela compraria um carro usado e viria visitar, ou pegaria Joanna nos feriados e a levaria junto com ela.

— Você pode ignorar sua *vocação* por alguns dias, sem dúvida — dissera Esther. — O suficiente para uma ou duas festas.

Mas então, no início de novembro, algumas semanas depois de completar dezoito anos, Esther entrou no quarto de Joanna. Era tarde da noite, e Joanna lembrava de ter pensado que era estranho Esther estar toda vestida, com jeans preto e coturnos, e o cabelo preso. Joanna já estava aconchegada sob as cobertas, lendo um romance sobre ilhas enevoadas distantes e uma magia que nenhum dos livros do pai jamais pôde conjurar.

— Perdão, você não bateu — disse Joanna, tão adolescente que a lembrança ainda a fazia se encolher de vergonha.

Esther veio e se sentou na beirada da cama. Seu rosto estava sinistramente imóvel. Joanna apoiou o livro virado para baixo na colcha sobre o colo. O ar ao redor da irmã parecia carregado.

— Esther, o que foi?

— Nada — disse Esther. — Só queria desejar boa noite.

— Boa noite — disse Joanna, metade eco, metade pergunta.

Esther se inclinou para a frente e a envolveu num abraço, desconfortável por causa do ângulo, seu queixo pontiagudo fincando-se no ombro de Joanna.

— Eu te amo, Joanna.

— Eu também te amo — respondeu Joanna, confusa, batendo nas costas dela. — Você está bem?

— Sim, sim, sim — disse Esther.

Na manhã seguinte ela não estava mais lá. Todas as suas roupas preferidas e a caminhonete de Abe também não. Nada de bilhetes nem explicações. Na esteira de sua partida, a casa se transformou num campo de batalha. Abe andava de um lado para o outro com os olhos injetados, a mandíbula cerrada contra as lágrimas, enquanto Cecily o seguia, defendendo um argumento incessante que variava em volume e tom, mas tinha um único tema central: abaixar as proteções.

— Isso não é jeito de viver — dizia Cecily, a voz rouca de tanto gritar, implorar, chorar. — Uma filha perdida, vagando pelo mundo, sem lar, e a outra trancada nessa masmorra para sempre. Isso não é vida, Abe! Deixe-os vir, deixe-os vir e levar o que quiserem, qualquer coisa é melhor que esse inferno!

Nessa época, Joanna parou de ir à escola. Teria sido seu segundo ano do ensino médio, mas ela não conseguia reunir a energia para se importar ou sair de casa. Parecia que algo invadira seu peito, transformara seu coração em cimento frio. Havia um peso esmagador em seus pulmões e ela não conseguia recuperar o fôlego. Ficava ofegante só de descer as escadas, então passava a maior parte do tempo no quarto, encarando o teto, repassando aquela última conversa com a irmã, tentando em vão encontrar pistas.

No caos que Esther deixara para trás, ninguém notou as faltas de Joanna até que fosse tarde demais para ela compensar as aulas que tinha perdido, e a essa altura ela decidira não voltar. Nem Cecily nem Abe conseguiram convencê-la do contrário, e mais tarde naquele ano ela fez o pai assinar a permissão parental para que fizesse a prova de conclusão do ensino médio em Burlington. No entanto, naquelas longas semanas depois que Esther foi embora, a escola – e o futuro em geral – tinham sido a última coisa na sua cabeça.

Agora, presente apenas pela metade, Joanna abriu a porta do guarda-roupa de Esther. Deu um salto violento quando alguma coisa se moveu lá dentro, mas um segundo depois riu, com a mão no coração. Era seu próprio reflexo. Ela tinha esquecido que enfiara o velho espelho de Esther ali, um negócio enorme, de corpo inteiro, com uma moldura de madeira pesada entalhada com videiras. Cecily amava esse espelho, polindo o vidro regularmente e lustrando a madeira até brilhar. Agora, estava opaco pela falta de uso. Joanna correu uma mão sobre a poeira e viu que o sorriso induzido pelo gato ainda permanecia no seu rosto, as covinhas saindo do esconderijo. Elas a faziam parecer jovem de um jeito que normalmente achava inquietante, mas hoje não se importou muito. Deixou-as ali enquanto fuçava em busca do edredom.

Com os braços cheios do tecido de plumas, ela parou no patamar da escada. Seu próprio quarto ficava em uma ponta daquele corredor, o do pai na outra. A única vez que ela entrara no quarto dele desde sua morte tinha sido para procurar seus cadernos. Raramente entrava ali quando ele estava vivo, na verdade, embora parasse na porta com frequência para dizer boa noite, Abe quase sempre acordado não importava a hora, apoiado na cama com seu notebook pesado ou uma pilha de documentos ou às vezes um romance – um livro com um tipo muito diferente de poder. Joanna empurrava a porta, inclinava-se e lhe soprava um beijo.

— Durma bem, pai.

— Você também, Jo.

Se o gato entrasse na casa, o pai nunca entraria.

Era um pensamento ridículo, mas ela o teve mesmo assim.

Quando estendeu o edredom na varanda, enrolando-o para que parecesse convidativo, ela sentiu que estava fazendo uma escolha. Fazendo, quem sabe, uma mudança.

Tinha acabado de passar das duas quando Joanna estacionou na frente da casa da mãe. Quando Cecily se mudara, mais de uma década antes, tinha ido morar num duplex no térreo que era escuro independentemente da hora e cheirava sempre a vinagre. Agora morava em uma pequena e bonita casa de fazenda em dois acres de terra aberta. Geralmente o terreno – e a casa localizada nele – pareciam encenados pela secretaria de turismo de Vermont, tão perfeita era a cena: a extensão plana de campos estendendo-se até as montanhas, uma casinha branca como açúcar, com uma varanda com colunas e um teto de ardósia, além de um pequeno celeiro vermelho e perfeito.

Hoje, entretanto, o cinza uniforme das nuvens baixas acima fazia a casa parecer solitária e nua, o celeiro uma mancha vermelha à deriva em um mar acromático. Uma única alpaca estava parada no pasto, a cabeça abaixada na grama marrom. O resto do rebanho devia estar no celeiro.

A alpaca não pertencia a Cecily – ela alugava o celeiro e o pasto delimitado por cercas para o departamento de pecuária de uma pequena faculdade a duas cidades de distância, e ocasionalmente Joanna chegava e encontrava estudantes ali, jovens com olhos espertos e vozes altas e autoritárias que papeavam sobre vacinas de camelídeos e corte de unhas e outros assuntos incompreensíveis. Eles tratavam tanto a alpaca e uns aos outros com um afeto competente e familiar, e estavam sempre rindo, embora Joanna nunca conseguisse entender de quê. Cecily vivia convidando os estudantes para entrar em casa quando Joanna estava lá, especialmente os rapazes de cabelo desgrenhado, mas nem eles nem as garotas exerciam qualquer apelo; todos pareciam, por algum motivo, muito mais jovens que ela, e muito mais velhos ao mesmo tempo, e olhavam para Joanna como se estivessem classificando-a em uma taxonomia.

Não havia carros estacionados hoje.

Gretchen veio correndo para encontrá-la, latindo exuberantemente, e Joanna afagou suas orelhas castanhas, sorrindo com a empolgação da cachorra. Cecily não tinha perdido tempo para adotar um animal quando se mudara, e, embora Gretchen estivesse avançada em anos, a border-lata ainda se movia como um filhote, preparando-se para atacar de brincadeira e saltando de animação. Ela correu em volta de Joanna enquanto seguiam até a varanda juntas, e Joanna abriu a porta para ambas após uma batida rápida.

— Aqui! — gritou Cecily, e Joanna seguiu a voz dela até a cozinha, onde Cecily estava curvada sobre o forno, espiando o interior. O cômodo todo estava quente e com um cheiro delicioso de pão, uma mudança bem-vinda do frio austero de fora. — Está quase pronto — disse Cecily, endireitando-se, então veio beijá-la e enxugou as marcas do seu batom da bochecha de Joanna. — Tire o casaco, meu anjinho.

Joanna tirou o casaco e o cachecol do pescoço, pendurando-os numa cadeira. Os livros de Cecily zumbiam à beira de sua consciência, como sempre faziam, embora hoje parecessem mais altos. Talvez Cecily os tivesse tirado do seu posto costumeiro em seu quarto no andar de cima.

— Café? — perguntou Cecily, já servindo uma xícara e então completando a sua própria.

Joanna achou que a mãe talvez já tivesse ingerido cafeína suficiente – ela parecia agitada, batendo o creme com força demais na mesa, chacoalhando a xícara no pires, olhando repetidamente por cima do ombro enquanto se movia na cozinha. A cachorra também parecia ansiosa, e deu algumas voltas antes de desabar pesadamente aos pés de Joanna, o corpo enrodilhado, mas a cabeça ainda erguida e alerta.

A energia esquisita era contagiosa, e Joanna lutou contra uma inquietação súbita. Tomou um gole de café e se ordenou a relaxar.

Anos antes, era espantoso ver a mãe ali, espantoso ver qualquer membro da família em uma vida comum e à vista de todos, mas agora ela mal conseguia evocar a imagem de Cecily na cozinha da casa de Abe. Suas lembranças de morar com a mãe estavam esvanecidas, ou talvez a mãe tivesse sido esvanecida por aquela vida. Agora Cecily tinha um emprego, amigos e uma cachorra carinhosa e estava namorando um horticultor da universidade. Muitas vezes Joanna sentia-se como uma relíquia da antiga vida da mãe, uma peça ambulante da casa que Cecily tinha ficado tão feliz em guardar.

— O que você fez hoje? — perguntou Cecily, sentando-se à frente de Joanna. Ela olhava para o rosto da filha, mas Joanna sentiu sua atenção dispersa, uma das pernas balançando de leve.

Joanna pensou na sua manhã, que tinha sido bem agradável, na verdade. Tão agradável que ela ficava cansada só de pensar em explicá-la para a mãe. Mas uma coisa deixaria Cecily feliz, então ela lhe contou sobre o gato. Cecily acreditava piamente no poder dos animais para fazer bem à alma.

— Acho que ele não estava esperando gostar tanto de ser afagado — disse Joanna. — Hoje à noite quero ver se ele entra em casa.

Cecily sorriu, mas parecia distraída, erguendo-se para conferir o pão.

— Como você vai chamá-lo?

— Não sei — disse Joanna. — É macho, marrom e meio rajado, com uns olhos cor de âmbar lindos. Tem alguma ideia?

— Bem, eu adoraria conhecê-lo. — Cecily falou de modo casual, mas as defesas de Joanna começaram a se erguer. Cecily serviu duas tigelas de sopa de cenoura e completou a xícara de Joanna outra vez, e as duas ficaram em silêncio para comer.

— Está uma delícia — elogiou Joanna por fim, numa tentativa de distrair a mãe de qualquer que fosse o motivo do seu estresse. — Tentei fazer em casa, mas ficou aguada.

— Eu ponho uma batata amassada — disse Cecily.

— Eu li na internet que os chefs na Antártica só recebem um carregamento de legumes frescos por estação — comentou ela. — No inverno é frio demais para os aviões voarem; o combustível congela. Então, se o verão começou agora, Esther provavelmente está comendo legumes frescos pela primeira vez em meses.

Cecily claramente parou, a colher erguida a meio caminho da boca.

— Sim — disse ela. A monossílaba estava tão saturada de ansiedade que Joanna também parou de comer.

— O que foi? — perguntou, deixando a voz gentil. Não gostava de ver a mãe tão agitada, especialmente quando não entendia o motivo. — Você está sempre dizendo que te deixa triste ver Esther se mudar toda hora, ela não criar raízes. Pensei que fosse ficar feliz em vê-la continuar num lugar pela primeira vez.

Cecily abaixou a colher ao lado da tigela. Seus lábios vermelhos estavam tão apertados que a pele ao redor tinha ficado branca, rugas finas destacando-se em nítido relevo. Ela balançou a cabeça com força.

Joanna sentiu uma pontada de alarme.

— Por favor, me conte.

— Eu quero ir à casa — disse Cecily, o que pela primeira vez não era o que Joanna estava esperando. — Só esta noite.

— O que isso tem a ver com Esther?

Cecily começou a falar, mas em vez disso tossiu, aquela mesma tosse horrível. Joanna se ergueu, mas Cecily abanou a mão, balançando a cabeça.

— Estou bem. Eu só... — Ela fez uma pausa e pareceu se recobrar. — Faz dez anos que eu não vejo uma das minhas meninas, e só Deus sabe quando vou vê-la de novo. E a outra... às vezes eu sinto que você está tão longe quanto Esther.

— Eu estou bem aqui.

— Seu corpo está na minha cozinha — disse Cecily. — Sim. Você vem, nós conversamos, você me visita na cidade, a gente passeia... e fico feliz de te ver toda vez. A qualquer hora, de qualquer modo que posso. Mas você é minha filha e eu não piso na sua casa desde que você tinha dezesseis anos. — A voz de Cecily estava tremendo de leve. — Não sei como você vive de verdade. Não sei como é sua vida ou como você se sente sobre isso. E mesmo quando está aqui, onde eu posso te ver, te tocar, sei que não tenho você por completo. Uma parte sua está naquele porão, com seus livros, trancada naquela casa, e você nunca vai me deixar entrar. Nunca.

Joanna ficou sentada, a ponta dos dedos queimando contra a xícara de café. Aquelas não eram as reclamações costumeiras de Cecily. Estavam esvaziadas de censura, de acusação, e repletas de uma angústia real. Os olhos da mãe estavam marejados.

— Mamãe — disse ela. — Você pôs fogo nas proteções.

— Sim.

— O papai me disse que você faria de novo. E você faria, não faria? Se tivesse a chance?

Cecily ficou quieta. Era resposta suficiente.

— Não posso deixar isso acontecer — disse Joanna. — Ele me fez prometer.

— Ele está *morto*, Joanna — argumentou Cecily. — Ele está morto e eu ainda estou aqui.

Joanna pensou na língua seca do pai. Pensou no livro que ele estava segurando.

— Quando você me contar sobre o livro que ele deixou para trás — disse Joanna —, talvez eu te deixe entrar na casa.

Cecily jogou o guardanapo no chão como uma criança dando um chilique, mas, assim como todas as vezes que Joanna perguntara sobre o livro, não disse nada. Ficou completamente em silêncio, os olhos ardendo de fúria e frustração.

Joanna fechou os próprios olhos por um segundo e engoliu com força o nó quente na garganta.

— Eu não posso te deixar entrar se não puder confiar em você — declarou ela. — Você quer as proteções abaixadas, você mesma admitiu, e papai morreu segurando um livro que você se recusa a discutir comigo. Eu sei que está escondendo alguma coisa de mim. Está escondendo há anos. Talvez a minha vida toda.

— E então você esconde coisas de mim em troca? — perguntou Cecily. — É isso? Você está me punindo?

— Sinto muito se parece uma punição.

— Quando foi que você se tornou tão fria? — perguntou Cecily, e Joanna se encolheu.

Por um longo momento torturante, nenhuma das duas se moveu, Cecily encarando a mesa fixamente, as mãos de Joanna retorcidas no colo. Então, de repente, Cecily soltou um suspiro forte e demorado. Foi quase o começo de um soluço, mas quando ela ergueu o rosto seus olhos estavam secos, a expressão calma.

— Tudo bem — disse ela. — Você quer saber sobre aquele livro?

Joanna se endireitou na cadeira, o coração saltando.

— Quero!

— Vá para a sala — pediu Cecily. Seu tom era monótono, sem vida. — Sente no sofá. Me espere lá. Eu já te encontro.

O almoço, inacabado, ficou esquecido. Joanna se ergueu, assustando Gretchen, que estivera descansando no piso quente de azulejo. E então, apesar de sua avidez, apesar da promessa de finalmente obter as respostas que procurava havia tanto tempo, Joanna hesitou. Os ombros da mãe estavam curvados, a cabeça abaixada. Sua expressão era tão sombria que mal era uma expressão, apenas uma coleção de feições que criavam um rosto. Pela primeira vez, Joanna pensou que talvez fosse melhor não saber certas coisas.

Mas era tarde demais para duvidar de si, e sua curiosidade era poderosa demais, então ela se virou e foi fazer o que a mãe tinha mandado. Atravessou o saguão até a sala de estar aconchegante e sentou-se no sofá de couro arranhado com as pernas cruzadas. Da cozinha, ouviu os sons baixos da mãe se movendo, o arranhar de uma cadeira contra o chão, a batida de uma porta. E, à margem de tudo, o zumbido dos livros de Cecily, recobrindo as beiradas de sua consciência em um xarope doce.

Então ela notou que o som estava ficando mais alto.

Os lugares abertos em sua mente que estavam sintonizados com essa sensação específica estavam lentamente sendo preenchidos, como mel sendo vertido nas células de uma colmeia, o zumbido aumentando. Ela se virou na direção do som, na direção da porta da sala de estar, e encontrou a mãe agachada ali, com uma mão no chão.

No começo, Joanna não entendeu o que estava vendo.

Cecily estava correndo os dedos pelo dintel, e quando se levantou, com lágrimas no rosto, Joanna viu uma mancha vermelho vivo na sua mão, e algo vermelho reluzindo molhado no chão de madeira. Um livro estava enfiado sob o braço dela e o zumbido tinha crescido, estava *ativo*, um enxame de abelhas soltas em um campo de flores.

Um feitiço em progresso.

Quando Joanna e Esther dividiam um quarto na infância, Joanna às vezes acordava de pesadelos aterrorizada e querendo os pais, mas sem conseguir fazer qualquer som. Ela não tinha fôlego, não tinha força, não conseguia nada exceto um sibilo rachado, mas de alguma forma Esther sempre sabia — sempre acordava e gritava em nome dela, despertando os pais na cama no fim do corredor. Ela se sentia assim agora, congelada. A voz, sempre quieta, estava presa na garganta, mas Esther não estava ali para ajudar.

— Meu bebê, me perdoe — sussurrou Cecily.

Joanna já tinha se erguido do sofá e estava cruzando a sala aos tropeços na direção dela, mas atingiu a linha desenhada com o sangue da mãe e bateu com força contra o que parecia uma parede, tão inflexível quanto madeira. Recuou por onde tinha vindo, agora mais devagar, as mãos estendidas, já sabendo o que encontraria: sangue seco desenhado nos peitoris, nas portas, uma resistência invisível por todos os lados, um círculo de magia e sangue que a prenderia tão seguramente quanto uma cerca evitaria que uma ovelha fugisse.

Ela já vira Cecily usar esse feitiço uma vez, muitos anos antes, para prender um coiote com raiva que invadira a propriedade rosnando, para que Abe pudesse atirar nele.

— É só por algumas horas — disse Cecily, lágrimas escorrendo para o colarinho. — Eu não tive escolha. Você não... eu tenho que... eu não posso te fazer entender.

As palavras fizeram um baque seco nos ouvidos de Joanna como as batidas de um coração, barulho sem sentido. Não tivera escolha. Entender. Algumas horas. Então ela compreendeu.

— As proteções — disse ela. — Você me prendeu aqui para eu não poder renovar as proteções.

— Sinto muito — disse Cecily de novo, e Joanna desabou no chão com um grito.

9

A suíte de aposentos de Nicholas originalmente fora construída para um secretário pessoal, e como tal era constituída a partir de uma antessala que levava tanto ao seu quarto como a um escritório anexado. Essa disposição repetia-se nos aposentos de Maram na Ala Leste, embora os dela tivessem sido projetados para damas de visita, então o que agora era o escritório dela já fora um quarto de vestir. Alguns resquícios da vida pregressa do escritório permaneciam na forma de um armário de imbuia e um espelho Louis Philippe de corpo inteiro com moldura dourada, embora o armário hoje estivesse repleto de documentos, não roupas.

Nicholas gesticulou para que Collins entrasse em sua pequena antessala e apontou para o sofá baixo de veludo cinza-esverdeado e as poltronas combinando.

— Não precisa ficar no corredor — disse ele. — Pode esperar por aqui. Jogue paciência ou o que quer que você faça para se manter ocupado.

Collins trazia uma bandeja que lhe tinham dado na cozinha e esperou enquanto Nicholas destrancava a porta do seu escritório, lançando um olhar curioso por sobre os ombros de Nicholas para o cômodo escuro até Nicholas pegar a bandeja e fechar a porta com ênfase.

Nicholas aprendera ao longo dos anos que a privacidade era o mais raro dos muitos luxos da vida, e, seguindo o exemplo do tio, não deixava outras pessoas entrarem em seu escritório. Ao contrário de Richard, porém, que tinha um sistema elaborado de fechaduras e feitiços para manter as pessoas afastadas, a porta de Nicholas se fechava com uma chave simples, da qual tanto Richard como Maram tinham cópias. *Só por precaução,* eles sempre diziam. Ele deixou a bandeja de comida na escrivaninha e trancou a porta atrás de si, Sir Kiwi seguindo nos seus calcanhares, embora no momento estivesse mais interessada no almoço de Nicholas do que em Nicholas em si.

O almoço era um bule de chá de urtiga, uma salada de espinafre e um prato de rosbife frio com uma tigelinha de mostarda. Rico em ferro e, de modo geral, não muito apetitoso no humor atual dele. Nicholas teria preferido carboidratos – doces. Ele acendeu a lareira de mármore para cortar o ar frio e úmido, então se sentou à mesa, movendo a cadeira para manter seu olho funcional virado para a porta.

Quando era uma criança pequena, era naquele cômodo que sua governanta dormia, mas, quando a sra. Dampett foi embora e ele começou a escrever livros para valer, Nicholas o reivindicara. As estantes estavam cheias de romances completamente inúteis, sem um feitiço sequer entre eles, e ele posicionara a escrivaninha de mogno com uma cobertura de couro bem entre as três janelas salientes que descortinavam uma vista do lago.

Podia vê-lo agora, a água escura ondulando ao vento enquanto Sir Kiwi se enrodilhava em sua posição preferida, bem em cima dos pés dele. Ele sorriu para a cachorra e comeu um bocado relutante da salada de espinafre, depois abriu o notebook e o caderno e os arranjou do jeitinho que gostava à sua frente. O notebook, como tudo mais que pertencia a ele, era de última geração, embora certamente muitas de suas funções mais avançadas fossem desperdiçadas em uma casa sem conexão com a internet. Ele o usava, de forma geral, para escrever rascunhos das palavras que mais tarde escreveria no papel, ou para assistir aos filmes de ação que baixava às dúzias sempre que estava fora das proteções e conectado a uma rede wi-fi.

Nicholas escrevera muitos, muitos feitiços de confissão na vida, portanto o trabalho em geral envolvia revisar seus rascunhos passados e ver se alguma coisa precisava ser aperfeiçoada ou customizada. Um feitiço de confissão tinha sido o primeiro livro que ele escrevera sozinho, um trabalho que Richard lhe dera quando Nicholas tinha oito anos. O tio guardara o volume concluído atrás de um vidro, e ele ficava apoiado em um pedestal no fim de um dos corredores estreitos da Biblioteca, junto de uma placa inscrita com sua data de conclusão. De acordo com Richard, o primeiro livro do pai dele tinha sido um feitiço de confissão também. Na época, Nicholas se sentira orgulhoso demais. Talvez nunca mais tivesse se sentido assim desde então.

Ele era praticamente um bebê quando os pais foram assassinados e não tinha lembranças de nenhum dos dois. De acordo com Richard, depois que Nicholas nasceu, eles decidiram deixar a segurança das proteções da Biblioteca em favor de "brincar de independência" em Edimburgo, e foi lá que eles haviam sido mortos. Nicholas sabia que Richard ainda estava bravo com o irmão caçula por partir, e era uma raiva que Nicholas tinha herdado, em certo grau. Se os pais dele tivessem simplesmente feito o que ele fizera – o que estava fazendo – e se resignado a uma vida na Biblioteca, estariam vivos hoje.

Embora o pai fosse um Escriba, a mãe tinha sido como Richard e Maram – capaz de sentir magia, mas não de criá-la, como os próprios pais dela, mortos também: uma das famílias mágicas tradicionais criadas quando o tataravô de Nicholas tinha fundado a Biblioteca no fim do século XVIII e encomendado o feitiço que confinava toda a magia a determinadas linhagens.

Era difícil para Nicholas imaginar como era o mundo dos livros antes disso, com talentos mágicos surgindo em uma pessoa mesmo se não houvesse qualquer membro da família com habilidades similares. Ele vira o livro que continha o feitiço das linhagens só uma vez, quase quinze anos antes, no escritório de Richard: um volume tão espesso e complicado que ele imediatamente soube que fora necessária a vida de mais de um Escriba para escrevê-lo. Três, o tio contaria mais tarde.

Quase mais difícil do que imaginar um mundo de magia aleatória era imaginar um mundo em que havia tantos Escribas que três deles podiam sangrar até a morte para que um quarto escrevesse um feitiço.

Richard defendia que o ancestral de Nicholas encomendara o feitiço das linhagens para garantir que o conhecimento mágico fosse transmitido em vez de perdido entre um populacho disperso e desconectado, mas Maram uma vez contara a Nicholas reservadamente que o ancestral dele pretendia que o feitiço funcionasse de um jeito um pouco diferente. Ele queria confinar todas as habilidades mágicas exclusivamente à *sua* linhagem, a seus próprios filhos e aos filhos dele pelas gerações, mas o feitiço tinha burlado essa intenção e se tornado generalizado.

Nicholas achava a meta original do feitiço absolutamente brutal, se Maram estivesse dizendo a verdade – e ele achava que estava. Tudo que sabia sobre seu ancestral o fazia parecer distintamente desagradável, embora tivesse que admitir que aquele avental manchado de sangue no retrato que viu uma vez não fizesse nenhum favor ao homem na imaginação hiperativa dele.

De toda forma, o sujeito tinha atingido seu objetivo no fim, não tinha? Só restava um Escriba vivo, e era seu próprio descendente longínquo. Um avô autoritário e uma pena para Nicholas, que tivera que aprender tudo sobre escrita de magia das resmas e resmas de notas em busca das quais a Biblioteca passara os últimos séculos esquadrinhando o mundo, pagando valores exorbitantes tanto para negociantes privados como para instituições.

Tinha sido para a coleta e preservação dessas notas que Maram fora contratada originalmente, vários anos depois de se formar em Oxford com um doutorado em teologia. Em seguida ela planificara toda a educação de Nicholas, contratara todos os tutores necessários, e de modo geral se tornara tão indispensável que agora era uma parte quase tão intrínseca da Biblioteca quanto o próprio Richard. Provavelmente sabia mais sobre as particularidades dos Escribas do que qualquer outra pessoa viva.

Repassando suas próprias notas e bocejando, Nicholas se perguntou, não pela primeira vez, quem organizaria suas notas quando ele mesmo morresse. Talvez o seu filho, embora fosse difícil imaginar como essa criança surgiria, considerando o pouco tempo que ele passava na companhia de pessoas fora da casa. Era um testemunho da sua trágica vida social que seus únicos *crushes* reais até agora tivessem sido fictícios, a saber, os Mosqueteiros e as mulheres que os amavam.

Ele bocejou de novo. Apesar do café, estava quase dormindo sobre o notebook, e depois de um tempo se obrigou a levantar e sacudir do corpo o torpor e a rigidez da tarde. Estava se alongando quando Sir Kiwi ergueu-se com um salto e começou a latir, e alguém bateu na porta.

— Nicholas? — Era Maram.

Ele entreabriu a porta.

— Sim?

Ela sorriu, chacoalhando um jarrinho para ele.

— Trouxe paracetamol pra você — disse ela. — Posso entrar?

Ela sabia como ele se sentia em relação à privacidade. Não pediria para entrar se não tivesse um motivo. Cauteloso, ele deu um passo para trás. Ela se curvou para afagar a cabeça de Sir Kiwi e então foi ficar ao lado da impressora, vendo as páginas deslizarem da abertura quase silenciosa. Nicholas, porque de fato estava com dor de cabeça, jogou alguns comprimidos na mão e os engoliu com o resto do chá de urtiga. Ergueu os olhos para os de Maram.

Havia uma intensidade estranha no modo como ela olhava para ele, uma imobilidade no seu rosto geralmente expressivo. A luz branca da janela iluminava as rugas em sua testa, as linhas da sua boca, e a fizeram parecer de repente velha e infeliz.

— O quê? — disse ele. — O que aconteceu?

— Não aconteceu nada — disse ela. — Só vim te avisar que Richard e eu estaremos na Sala de Inverno entre as oito e a meia-noite aproximadamente, resolvendo algumas coisas para as próximas semanas. Não devemos ser perturbados.

— Anotado.

Ela pegou um peso de papel de bronze na forma de um pardal e o examinou.

— Até a meia-noite — repetiu ela. — E você talvez queira dormir cedo hoje. Richard vai ajudá-lo a fazer a tinta amanhã às sete.

— Às *sete* — grunhiu Nicholas.

— Ele tem uma reunião em Londres às dez.

— Eu sou perfeitamente capaz de fazer a tinta sozinho, especialmente se isso significar que não preciso acordar com o sol.

— Richard quer que você espere por ele. — Maram o examinou com uma expressão que alguém que não a conhecesse talvez tomasse por irritação. Nicholas, porém, a reconhecia como preocupação. — Eu tentei convencê-lo de novo a não o obrigar a fazer isso tão cedo, mas vocês dois parecem achar que vai ficar tudo bem.

— E vai — disse Nicholas. — Se vai ser agradável, é outra história...

Maram soltou um suspiro ríspido e infeliz, e Nicholas a observou com mais cuidado, notando as sobrancelhas franzidas e a flacidez da pele cansada. A noite anterior a tinha afetado quase tanto quanto a Nicholas.

— Quero que você descanse um pouco — disse ela, virando-se. — Vai precisar da sua energia.

— Para quê? — perguntou Nicholas. — Passear com Sir Kiwi até o lago e depois voltar? Ficar deitado lendo romances de espionagem? Você também precisa de repouso. Não gaste toda a sua energia se preocupando comigo.

Maram balançou a cabeça.

— Em todo caso, Richard e eu estaremos na Sala de Inverno das oito à meia-noite.

— Conforme você tinha dito.

— Então você e Collins vão ficar sozinhos durante essas quatro horas, já que Richard e eu vamos estar ocupados. Muito ocupados.

Ela estava falando devagar, uma firmeza nas palavras como se estivesse relatando algo mais importante do que mera logística. Era inquietante.

— Os adultos precisam de um tempo sozinhos — disse Nicholas, erguendo as mãos. — Entendido.

Ela abaixou o peso de papel na mesa com um baque alto e deu um sorriso breve e tenso a ele.

E então foi embora.

— Isso foi esquisito — disse Nicholas a Sir Kiwi, curvando-se para coçar as orelhas levantadas dela. — Não foi esquisito? Não foi? É. Quase tanto quanto você. Você é um bebê esquisi... — Mas, antes que pudesse se dissolver completamente numa vozinha fina, viu algo que o fez se endireitar.

O peso de papel de bronze estava apoiado na madeira nua da escrivaninha, mas agora havia algo preso embaixo dele. Um pedacinho de papel. Nicholas o puxou e o encarou, ainda mais confuso do que antes.

A nota estava escrita na letra de Maram. Uma série de números e letras que não faziam sentido até ele perceber que eram o equivalente de um número de chamada da Biblioteca; seu próprio Sistema Decimal Dewey especializado.

PR1500tt.

Era a localização de um livro na coleção.

Nicholas leu o número duas vezes, então ergueu os olhos para a janela acima da escrivaninha. Olhou para a névoa que se acomodara nas dobras das colinas sem vê-la de fato, amarrotando o papel entre o dedão e o indicador. Maram queria que ele fosse à Biblioteca e encontrasse esse livro, e queria que fizesse isso enquanto ela e Richard estivessem ocupados – até aqui, era óbvio. Ela lhe dizia com frequência para revisitar certos feitiços e depois lhe fazia perguntas a respeito deles. O que ele não entendia era por que ela simplesmente não lhe dissera isso. Não entendia o motivo de tal tarefa exigir sigilo.

Ele conferiu o relógio. Era pouco depois das cinco. Não podia começar a escrever o feitiço de confissão até fazer a tinta, de toda forma, o que aparentemente só aconteceria na manhã seguinte, então, se começasse às oito, teria tempo mais que suficiente para caçar esse livro e tentar entender o comportamento bizarro de Maram. Por enquanto, ele terminaria de digitar o seu rascunho e talvez até conseguisse encaixar uma soneca.

Ele se recostou na cadeira da escrivaninha e deixou o bilhete de Maram de lado, mas achou difícil recuperar o foco. Lá fora, o céu cinza parecia liso como uma concha, madrepérola cintilante em alguns pontos conforme as nuvens se afinavam sobre o pôr do sol. Um pássaro disparou diante da janela. Era tão encantador quanto Nicholas já pensara que a magia seria.

Quanto tempo fazia que ele não escrevia um livro puramente pelo prazer de escrevê-lo, não a serviço da Biblioteca ou dos sonhos de algum bilionário? Quando era mais novo, antes de começar a aceitar trabalhos, ele fazia isso com frequência; era encorajado, na verdade, a bolar alguma ideia extravagante e ver se conseguia torná-la realidade com a escrita. Isso era considerado parte de suas lições. Como a maioria das crianças, Nicholas tinha amado mitos e contos de fadas, mas, ao contrário da maioria das crianças, ele nunca se vira nos heróis e heroínas valentes que cuspiam joias de bocas abençoadas ou transformavam palha em ouro ou tropeçavam em feijões mágicos, lâmpadas mágicas, gansos mágicos. O seu lugar era fora das histórias, onde alguém, imaginava ele, estava escrevendo todos os feitiços que tornavam a magia possível. Então ele baseara muitos dos seus primeiros livros experimentais nos contos de que gostava: um encantamento para uma harpa que fazia todos que a ouviam chorar; um feitiço para roubar a voz de uma pessoa e escondê-la em uma concha.

Ele não podia ler os próprios livros e tinha que pedir ao seu guarda-costas ou aos tutores que os lessem por ele, assistindo sem fôlego de tanta ansiedade para ver se a magia tinha funcionado. Tivera alguns fracassos, o que imaginou que era o motivo de lhe permitirem o exercício – aprendera sozinho, por exemplo, que a magia não podia transformar diretamente um corpo vivo, não importava quantas vezes tentasse escrever um par de asas ou fazer um animal falar –, mas os sucessos lhe subiram à cabeça. Por um tempo, ele sentira que poderia fazer qualquer coisa.

Esse sentimento tinha desbotado ao longo dos anos, junto com o deleite que ele já experimentara com as próprias habilidades. Infinitas encomendas haviam sugado qualquer senso de diversão da escrita, e conforme crescia, ficou mais difícil convencer seus tutores a ler os poucos feitiços que ele escrevia por prazer. Nicholas tinha a sensação de que eles até sentiam um pouco de medo dele, embora o mais perto que já havia chegado de acidentalmente machucar alguém fora quando escrevera um encantamento que levava um par de sapatos a fazer o usuário dançar; um feitiço relutantemente lido pela sua então professora de literatura clássica, uma mulher de setenta e dois anos em uma forma menos que ideal para meia hora de valsa frenética.

Houve um dia particularmente deprimente quando tinha cerca de dez anos, depois de compor de forma obsessiva, por mais de um mês, um livro para criar um tapete mágico de verdade. Ele o escrevera com cuidado para ser o tipo de magia que só agia sobre o objeto em si e não sobre o leitor, de forma que pudesse experimentar seu próprio livro pela primeira vez; conseguiria subir no tapete e voar. Sobre os campos, sobre a lagoa, longe da Biblioteca.

Só precisava que alguém o lesse para ele.

Sabia muito bem que, embora Maram ou Richard talvez se dignassem a ler o feitiço, era improvável que qualquer um dos dois o deixasse subir no tapete para testá-lo. Mas eles estavam numa viagem de coleta de livros no Chile e ele esperava contornar sua cautela convencendo outra pessoa, alguém que pudesse ser menos draconiano quanto a barrar o que Richard chamava de "comportamentos de alto risco", o que incluía nadar, escalar, correr depressa demais, deslizar por corrimões, andar em carros com qualquer um menos Richard ou Maram atrás do volante e passar tempo com outras crianças, exceto os filhos de cara fechada e olhos apagados dos clientes da Biblioteca que às vezes vinham visitar.

Seu tutor na época, o sr. Oxley, tinha se aposentado recentemente de Eton, e confidenciara com firmeza a Nicholas que assumira a posição na Biblioteca não pela alegria de lecionar, mas pela remuneração considerável. O homem riu abertamente quando Nicholas lhe pediu para ler o feitiço do tapete mágico.

— O quê, pra você poder voar e quebrar o pescoço? — disse o sr. Oxley. — Um pescoço que vale muitas vezes mais que minha própria vida, aliás. Pelo menos para algumas pessoas, embora minha esposa, filhos e netos possam argumentar o contrário, e portanto, pelo bem deles, obrigado, mas tenho que recusar.

Nicholas foi então à cozinha, onde o chef estava fatiando alho-poró e dois outros empregados bebiam café à mesa. Eles se ergueram depressa quando Nicholas entrou, alisando os aventais e sorrindo para ele. Ele gostava disso, como todos tinham que assumir posição de atenção quando ele entrava num cômodo, mas ultimamente começara a notar o que acontecia com seus rostos ao fazerem isso – como a expressão natural que tinham era apagada e substituída pelo mesmo sorriso insípido e obsequioso. Começara a se perguntar como seria ter alguém sorrindo para ele só porque queria.

— Preciso que um de vocês leia um feitiço para mim — disse ele. Fez seu melhor para imitar a voz grave do tio, com sua nota de comando natural, mas em vez disso saiu reclamão e infantil. Ele limpou a garganta. — Vocês não precisam saber o que ele faz. Só precisam ler.

— Com todo o prazer — prontificou-se o chef —, assim que seu tio e a dra. Ebla voltarem e nós recebermos permissão deles.

— *Eu* estou dando permissão!

O chef era um homem esguio de pele escura com a cabeça tão careca quanto um caroço de abacate, e trabalhava na Biblioteca havia mais tempo do que qualquer uma das criadas. Abaixou a faca e fitou Nicholas com seriedade.

— Você sabe o que "cadeia de comando" significa, Nicholas?

— Sim — disse Nicholas, e aí se arrependeu de admitir. Era fácil ver aonde o homem queria chegar com aquilo.

— Seu tio e a dra. Ebla estão no topo da cadeia aqui. Então, assim como você mesmo, eu não posso fazer nada sem a permissão deles.

— Onde eu estou na cadeia, então? — perguntou Nicholas.

— Ah, isso é complicado — disse o chef, erguendo a faca de novo. — Tem algumas coisas que você pode me ordenar a fazer. Por exemplo, se você entrasse aqui exigindo que eu lhe desse um dos biscoitos de chocolate que acabei de assar, aqueles grandões que estão esfriando ali, bem...

Nicholas sabia reconhecer uma distração – mas também queria um biscoito de chocolate. Exigiu um, ganhou, e foi comê-lo na escrivaninha do andar de cima. Enquanto mastigava, encarou o livro no qual passara tanto tempo trabalhando, preenchido com semanas de pesquisa e dias de escrita e muitos mililitros de sangue. Pensou em como os biscoitos tinham um gosto muito bom enquanto você os comia, mas, assim que engolia o último bocado, o prazer acabava. Provavelmente voar num tapete mágico seria igual; maravilhoso enquanto acontecia, mas aí acabaria e a maravilha não existiria mais. Então, de que adiantava? A magia era estúpida e inútil. Seus talentos eram estúpidos e inúteis. Provavelmente ele, Nicholas, também era estúpido e inútil.

Agora, muito mais velho, ele estava sentado à mesma escrivaninha, embora sem biscoito. Olhou do rascunho do feitiço de confissão, que mal diferia do mesmo feitiço cansativo que escrevera muitas vezes, para o bilhete estranho de Maram. *PR1500tt*. Um livro em inglês, magia transformacional.

Curioso, de fato.

10

Às oito da noite, Nicholas se levantou com esforço de sua soneca e partiu para a Biblioteca, Collins seguindo-o pela grande escadaria e através do Salão Principal.

No passado, a coleção já estivera contida apenas dentro dos limites da biblioteca original da mansão, que fora um espaço modesto adjacente à capela e à sala de jantar formal. No fim do século XIX, porém, o bisavô de Nick tinha derrubado as paredes e expandido a Biblioteca para dois outros cômodos, e agora ela ocupava quase metade do térreo, com um controle de temperatura e umidade ajustado minuciosamente segundo especificações arquivísticas. A entrada era uma porta de metal que exigia tanto um escaneamento de retina como uma impressão digital, e só Richard, Maram e Nicholas tinham acesso, embora empregados entrassem regularmente sob supervisão para limpar.

Collins ficou parado de lado, com os braços cruzados, enquanto Nicholas alinhava seu olho funcional ao escâner.

— O que estamos fazendo aqui?

— Estou procurando uma coisa — disse Nicholas. — Você não precisa entrar comigo.

Collins assentiu, e Nicholas não percebera que o guarda-costas estava tenso até ver seus ombros relaxarem.

— Por que você odeia tanto os livros? — perguntou ele, curioso. Sempre encarara a aversão óbvia de Collins à magia como uma parte intrínseca de sua natureza, mas se perguntou de repente se havia algo mais do que simples hostilidade.

Collins limpou a garganta. Pareceu prestes a dizer alguma coisa, os lábios se movendo sem som, e então parou, limpou a garganta de novo e engoliu com força. Soltou uma tosse dura e rouca e balançou a cabeça.

Nicholas o encarou, espantado. Ele sabia que Collins estava sob um contrato de confidencialidade, é claro, e reconhecia as marcas inconfundíveis de tentar contornar a ordem de sigilo mágica. Não entendia, porém, por que o contrato impediria Collins de explicar uma opinião. O próprio Nicholas escrevia todos os acordos de confidencialidade, embora fossem Richard e Maram que os liam em voz alta, e era uma magia complicadinha que permitia que o leitor incluísse os termos exatos do silêncio imposto. Até onde ele sabia, os empregados podiam ser proibidos de dizer a palavra "esquisito", uma palavra que Nicholas sabia que Maram não apreciava.

Finalmente, Collins disse:

— Todos os livros são escritos com sangue.

Bem, isso certamente era verdade. Nicholas esquecia às vezes que nem todo mundo estava intimamente familiarizado com o sangue em todas as suas muitas formas quanto ele.

— Justo — disse ele. Pressionando o dedão no teclado, a porta de metal se abriu com um zunido. Ele entrou e apertou o dedão outra vez para fechar a porta, então pegou um par de luvas de algodão brancas da mesa redonda alta que ficava logo além dela e as calçou enquanto as engrenagens se fechavam com um grunhido. No último segundo, olhou de volta para Collins e teve um vislumbre da expressão desgostosa do guarda-costas antes que o metal espesso os separasse.

As luzes na Biblioteca eram sensíveis ao movimento e se acenderam conforme Nicholas avançava pelo espaço, iluminando as estantes uma a uma até ele bater palmas alto e os três enormes lustres de cristal expulsarem a escuridão remanescente. As paredes tinham muitos ângulos, curvando-se onde a biblioteca original ficava e seguindo direto até a antiga sala de jantar, depois se curvando e ficando mais altas na parte que já fora a capela, e cada centímetro de parede estava revestido de estantes.

Algumas tinham portas de vidro, outras não, mas todas eram de carvalho inglês escuro e ricamente entalhado, os redemoinhos intricados de flores e hera na madeira brilhando sob as lâmpadas de cobre afixadas ao topo de cada estante. Havia estantes de dois lados no meio do espaço também, igualmente altas e entalhadas da mesma forma, algumas arranjadas em linhas retas e algumas espiraladas para se adequar à curva das paredes, dando ao lugar uma sensação apertada e labiríntica. Cá e lá havia conjuntos móveis de escadas de mogno em espiral com remates de cobre, a parte de baixo de cada degrau pintada de um carmesim lustroso que entrava e saía de vista enquanto Nicholas caminhava pelos corredores, como um cardeal alçando voo pelo canto do olho.

Os livros em si eram organizados de acordo com um sistema de classificação concebido pelo bisavô de Nicholas, que os separava por idade, lugar de origem e função. Havia mais de dez mil, abrangendo a mesma quantidade de anos e ainda mais, e nem todos eram livros no sentido estrito; algumas das estantes com porta de vidro continham pergaminhos, alguns fólios, e um dos "livros" mais antigos da coleção na verdade eram fragmentos de um papiro de três mil anos escrito em aramaico, as letras tão esmaecidas pelo uso que eram legíveis somente sob um microscópio específico. No passado, fora um feitiço para fazer a força de um burro dobrar por um dia inteiro.

— De que adianta ter isso? — perguntara Nicholas uma vez, espiando os fragmentos frágeis e amarelados preservados atrás do vidro. Tinha uns nove anos, talvez. — Se não faz mais nada, você não pode emprestar. Por que guardamos livros que não fazem nada?

— Tudo que pudermos aprender sobre um livro é valioso, não só o que ele pode fazer — dissera Maram. — Os resquícios de tinta. Os métodos de encadernação. A composição do papel. A Biblioteca é a única portadora de uma linha de conhecimento muito antiga: como fazer essa tinta especial, fazer esses livros especiais. Temos uma grande responsabilidade, tanto de preservar esse conhecimento como de mantê-lo a salvo. Nas mãos erradas...

— Mas eu sou o único que pode fazer a tinta — rebateu Nicholas.

— Exato — disse Maram. Ela voltou os olhos escuros e reluzentes para ele. — Então você também não deve cair nas mãos erradas.

Mas ele caíra.

Era o último dia de outubro em San Francisco, e ele tinha treze anos, na época em que lhe permitiam sair mais do Reino Unido. Ele e Richard estavam andando pela rua, brigando. Naquele ano Nicholas estivera mais furioso do que já ficara antes, numa névoa vermelha de puberdade em que queria qualquer vida exceto a que estava sendo moldada para ele, e naquele dia específico estava se recuperando de um trabalho desafiador: um volume que fazia cair uma tempestade de granizo de dois dias, completa e com raios, que fora encomendada por um bilionário em Sonoma County com o único propósito de arruinar o casamento ao ar livre da ex-esposa.

Nicholas queria ter aquela briga. Ele a começara de propósito, ao enfiar o livro da tempestade tão brutamente no bolso do casaco que sabia que Richard não ia conseguir se impedir de repreendê-lo, e então Nicholas poderia começar a gritar, o que ele tinha feito. A briga ficou tão acalorada que no começo nenhum dos dois prestara muita atenção à van que descia a rua ao lado deles, um veículo espalhafatoso promovendo um serviço de encanadores local.

Então Richard disse "Eles estão nos seguindo", em um tom estranho que Nicholas nunca o ouvira usar, e um segundo depois estava agarrando o braço de Nicholas e o puxando para longe da rua, mas era tarde demais. A porta da van já se abrira e várias figuras de máscara preta tinham saltado, metal reluzindo nas mãos. Dias depois, Nicholas encontrara hematomas ainda lívidos no braço na forma dos dedos de Richard onde o tio se agarrara a ele, embora a essa altura esses fossem os menores dos seus ferimentos.

Tinham derrubado Richard, agarrado Nicholas e dirigido com ele vendado e aterrorizado pelo que pareceram horas; então o tinham amarrado a uma cadeira e o deixado lá – onde quer que fosse "lá". Sozinho. Ele não sabia por quanto tempo. Tempo suficiente para ele se molhar várias vezes. Então, por fim, os sequestradores acabaram retornando. Múltiplos pares de passos. Ele perguntou se eram as pessoas que tinham matado os pais dele e alguém riu e disse que sim.

Pelas perguntas velozes que tinham feito, ficou claro que estavam atrás do segredo mais bem guardado da Biblioteca: o dos próprios Escribas. Queriam saber como os livros estavam sendo escritos e por quem, sem perceber que a resposta estava amarrada à cadeira à frente deles. Nicholas não contou nada. Finalmente, depois de horas de interrogatório e dois dedos quebrados, uma pessoa que cheirava a detergente de lavanda tinha vindo e enfiado uma agulha no braço dele, e era aí que suas lembranças acabavam.

Quando acordou, estava numa cama de hospital. Abriu o que era agora seu único olho remanescente e viu Maram jogada numa cadeira ao lado dele, exausta de um jeito que ele nunca vira antes e nunca veria de novo. Atrás dela, Richard andava de um lado para o outro.

Depois que os médicos lhe informaram a extensão de seus ferimentos, depois que Richard e Maram explicaram que fora a data de validade ativada do livro da tempestade no bolso de Nicholas que os tinha levado até ele e salvado sua vida, depois que ele tinha contado tudo que conseguira saber de seus captores — o que era absolutamente nada —, Richard se ajoelhara ao lado da cama dele e tomara sua mão.

— Se tivéssemos chegado quinze minutos mais tarde... — disse ele, então parou, a voz tremendo, sem conseguir acabar a frase. Quando falou de novo, sua voz estava firme e forte. — Nunca mais vou deixar isso acontecer.

Nicholas tinha abaixado a cabeça, encabulado com a emoção nas palavras de Richard, mas grato por ela também. Richard apertou a mão dele.

— Não, Nicholas, quero que você olhe para mim quando digo isso. Quero que você acredite em mim. Nada como isso jamais vai acontecer com você de novo. Vamos te manter a salvo, eu e Maram e a Biblioteca. Eu prometo.

E ele mantivera essa promessa. Nicholas ficara seguro – muito seguro, até demais – desde então. Grato pela proteção. Sem questionar a necessidade dela. Sem sonhar com nenhuma outra vida que não essa.

E, como essa era a vida dele, que tinha mais ou menos aceitado que era a única que teria, ele decidira se orgulhar ao máximo dela. Tinha se dedicado ainda mais ao estudo dos livros, às notas do pai, a aprender a escrever magia, e desde então memorizara o layout da Biblioteca.

Então ele sabia exatamente onde encontrar o livro cuja localização Maram tinha copiado no bilhete que deixara para ele. Ficava em uma das estantes curvas na biblioteca original, bem no alto, e Nicholas teve que empurrar para o lado um grande globo do século XVII e arrastar uma das escadas em espiral para alcançá-lo. Era encadernado de forma bastante rústica em couro áspero sob seus dedos. Ele o baixou e leu o cartão informacional na capa de plástico.

País de origem: Inglaterra.
Ano de escrita estimado: 1702.
Coletado: 1817.
Efeito: Faz toda mistura de explosivos propulsores, como pólvora, transformar metal em Bombus terrestris *ao explodir.*
Amostra de tinta: sangue tipo O negativo, trevo e choupo detectados.

Ele se lembrava desse livro; estudara-o quando estava aprendendo magia transformacional. Ajustou as luvas e começou a folheá-lo. Não fazia ideia do que Maram queria que ele procurasse e estava preparado para passar pelas páginas e deixar sua atenção vagar até achar algo que chamasse a atenção, mas viu imediatamente que não seria necessário.

Na frente do livro, enfiado entre a capa e a primeira página, havia um bilhete.

Esse também estava na letra de Maram, e ele o leu, uma dor de cabeça começando a latejar atrás dos olhos.

Era outro número de chamada.

O que era aquilo, uma caça ao tesouro? Ele devolveu o livro de balas--para-abelhas à prateleira e começou a seguir entre estantes até o outro lado da biblioteca, onde a antiga capela ficava antigamente. Estava tão concentrado no caminho que bateu seu lado esquerdo cego com força na beirada de uma estante e xingou alto de dor, embora sua voz tivesse sido engolida pelo zumbido distante do desumidificador e das camadas e camadas de papel.

Esse próximo livro estava em uma das estantes sob as janelas de vitral do que já fora a capela, em um estrado onde o sermão teria sido pregado. Ficava bem atrás de uma de duas poltronas de couro vermelho georgianas que flanqueavam uma caixa de vidro que chegava à altura do peito dele. A caixa continha um fragmento de um alto-relevo de calcário de quatro mil anos retratando a deusa egípcia da escrita, Seshat, senhora da casa de livros. Seu nome significava *Ela que é a escriba*.

Contudo, o fragmento não era apenas uma relíquia. Do outro lado da laje de calcário havia uma série de hieróglifos meticulosamente gravados que ocupavam quase a pedra toda, e, se alguém levasse um microscópio aos caracteres entalhados, traços escuros de sangue eram visíveis nas ranhuras. A Escriba que escrevera o feitiço, morta havia muito, tinha misturado seu sangue com ervas e barro e o selado no entalhe. Era o que Maram chamava de "feitiço acompanhante" – escrito para amplificar o funcionamento de outro, em vez de existir sozinho.

Esse feitiço acompanhante específico podia prolongar os efeitos de qualquer livro por até três horas, e o entalhe era inestimável não só pela idade, mas porque a magia ainda estava intacta – por um fio. Havia sangue suficiente ali para uma última leitura, o que era quase um milagre considerando que feitiços gravados ou entalhados geralmente só suportavam duas leituras no total. Contanto que Seshat estivesse sob a proteção de Maram, porém, Nicholas sabia que aqueles traços de sangue permaneceriam ali, e a magia de quatro mil anos perduraria, sem ser lida, para sempre.

De acordo com Maram, o avô de Nicholas tinha adquirido essa relíquia em 1964 em uma reunião curatorial para um museu de Nova York, graças ao uso de um feitiço de persuasão poderoso que fazia o leitor parecer completamente confiável a qualquer pessoa com quem falava por trinta minutos. O feitiço tinha sido escrito originalmente, Maram contara a Nicholas, para a Companhia Holandesa das Índias Orientais, para ser usado por traficantes de pessoas escravizadas.

Nicholas tinha treze anos, sua órbita vazia ainda sarando sob um tapa-olho, na ocasião – e ela estava sentada em uma das poltronas vermelhas enquanto ele examinava a antiga laje, a ponta dos dedos roçando na caixa de vidro. A última parte o fez estremecer.

— Isso é horrível — tinha dito ele.

— É, sim — tinha concordado Maram. — Foi escrito em 1685.

A Biblioteca fora fundada em 1685. Ou, ao menos, esse fora o ano em que o ancestral fundador de Nicholas decidira transformar sua coleção de livros pessoal no começo de uma organização. Fora o ano em que contratara os primeiros funcionários da Biblioteca, e o ano em que nomeara a primeira Escriba da Biblioteca oficial – sua irmã.

Nicholas tinha sentido o estômago embrulhar.

— Uma Escriba da Biblioteca escreveu esse livro?

— Isso mesmo — disse Maram. — Na verdade foi o primeiro trabalho encomendado, e os lucros foram usados para reformar essa capela.

Nicholas abaixou os olhos do estrado para o padrão colorido de vitral que o sol pintava no tapete.

— Mas — disse ele, sabendo que o que estava prestes a dizer era infantil mas não conseguindo se segurar — eu achava que meu ta-sei-lá-quantas-vezes-avô tinha fundado a Biblioteca porque queria ajudar as pessoas.

Essa era a história que haviam lhe contado: que o cirurgião vira tanto sofrimento em sua profissão que, à meia-idade, transferira seu propósito da medicina para a magia, esperando encontrar um jeito de milagrosamente curar o corpo humano. Mas livros não podiam interferir na biologia, pelo menos não permanentemente, e com o tempo as competências da Biblioteca se expandiram de mero estudo para incluir coleção, preservação e encomendas. Escrever feitiços para traficantes de pessoas escravizadas não era parte da história de origem, pelo que Nicholas tinha entendido.

— A Biblioteca tem poder — tinha dito Maram. — E o poder é sempre um reflexo do mundo que o criou, independentemente das intenções.

— Mas a magia pode tornar o mundo melhor — tinha tentado Nicholas.

— Não, não pode — tinha retrucado Maram, ríspida. — Seu tio entende isso. Você também precisa entender. É por isso que só aceitamos trabalhos pequenos e pessoais, é por isso que você nunca vai escrever para governos, corporações ou líderes de rebeliões políticas, não importa quão intrigante seja a causa deles ou quanto dinheiro ofereçam. Não estamos aqui para mudar o mundo com esses livros, Nicholas. Parte do motivo de os colecionarmos é para escondê-los *do* mundo, porque o mundo abusa do poder e a Biblioteca participou desses abusos por séculos. Entende o que estou dizendo?

Nicholas tinha entendido. Porém, mesmo agora, não gostava de olhar para a laje entalhada, não gostava de examinar as linhas serenas do perfil antigo de Seshat, e o evitou enquanto subia os degraus do estrado.

Externamente, os livros nessa seção da capela eram tão coloridos quanto os livros em qualquer outro lugar, suas lombadas de couro brilhante ou tecido opaco ou mesmo metal malhado, mas por dentro eram fantasmagóricos. Era ali que a Biblioteca guardava os livros cuja tinta tinha desbotado, cuja magia secara. O livro referenciado na segunda nota de Maram era um volume fino e alongado com uma capa de couro vermelha e o cartão costumeiro no lugar.

País de origem: Hungria.
Ano de escrita estimado: 1842.
Coletado: 1939.
Efeito: Faz objetos sólidos, não vivos, se tornarem translúcidos e permeáveis; permite que corpos os atravessem. Duração: no máximo seis minutos por leitura.

Não havia nada digno de nota no livro, pelo que Nicholas pôde ver numa primeira leitura. Parecia não ser nada mais do que era, um feitiço com menos de quarenta páginas, a tinta desbotada quase ao ponto de perder a eficácia...

Mas não totalmente.

Nicholas ergueu o livro na altura do rosto e apertou os olhos para a primeira página. A tinta estava esvanecida, sim, mas, ao contrário de todos os outros livros naquela seção, não tinha se exaurido por completo. Ainda havia magia ali. Ele começou a ler de novo e dessa vez, quando chegou ao final, viu algo muito interessante.

A última página tinha sido reescrita. A tinta, que estivera desbotada e quase inutilizável, agora estava forte de novo. Uma mão diferente havia mudado as palavras finais do feitiço.

A última página fora reescrita por um Escriba totalmente diferente para tornar o livro recarregável.

O coração de Nicholas acelerou. Agora, *isso* era interessante. Um livro recarregável precisava de mais sangue do que o habitual; precisava de todo o sangue que uma pessoa podia dar.

O que significava que alguém, em algum momento, tinha morrido para escrever aquele livro.

Ele pressionou a ponta de um dedo coberto pela luva de algodão na leve mancha marrom onde a página tomaria o sangue do leitor, e leu o cartão de novo.

Faz objetos sólidos, não vivos, se tornarem translúcidos e permeáveis; permite que corpos os atravessem.

Ele ergueu os olhos para a estante, que era feita de carvalho sólido e pregos de metal, as prateleiras ocupadas por livros de couro e papel. Objetos sólidos, não vivos. Havia uma seção visível de madeira onde o livro estivera apoiado, o lado de trás da prateleira encostado na parede. Entalhado na madeira havia um símbolo pequeno, menor do que a unha do dedinho de Nicholas: um nítido e deliberado *x*.

Ele deu um passo para trás e examinou o tapete sob seus pés. Como todos os tapetes na biblioteca, era de lã trançada e levemente puído pelo tempo. Era imaginação de Nicholas ou o caminho pisado ali parecia sutilmente diferente? Ele se ajoelhou na frente da estante e tirou as luvas para correr os dedos pelas fibras, e não era só imaginação: o tapete estava mais fino, não só no centro do corredor, mas no lado também – um desvio quase imperceptível no caminho que levava àquele livro, àquela estante. A trilha mais fina seguia até o pé da estante – como se o caminho levasse não à estante, mas através dela.

Ele se ergueu. Encarou o livro recarregável na mão e então o caminho gasto do tapete.

Permite que corpos os atravessem.

Havia alguma coisa além dessa estante. Alguma coisa que só podia ser alcançada usando esse livro ao qual Maram o tinha conduzido, um livro que qualquer um podia ler. Qualquer pessoa podia pressionar seu dedo na página e deixar o papel beber seu sangue, qualquer um podia falar as palavras que tornariam essa estante permeável, palavras que dissolveriam a barreira das prateleiras e da estrutura e permitiriam ao leitor atravessar para o que quer que existisse além.

Qualquer um exceto alguém que não podia nem tocar nem ser tocado pela magia.

Qualquer um exceto Nicholas.

De modo premeditado, o que quer que existisse além da estante era inacessível a ele, e apenas a ele.

Ele devolveu o livro com uma mão trêmula, ocultando aquele x delicadamente entalhado. Sentiu de repente como se as estantes estivessem se assomando sobre ele, encarando-o com malícia. Se Maram queria que ele soubesse disso, por que não simplesmente contara a ele? Ela achava que ele estava tão entediado que precisava de uma brincadeira de criança para ocupar o tempo?

Collins estava sentado no chão do corredor lá fora, o queixo na mão, mas se ergueu quando Nicholas voltou pela porta de metal. Deu um passo para trás quando viu que Nicholas não estava fechando a porta atrás de si.

— Encontrou o que estava procurando? — perguntou ele.

A mente de Nicholas estava girando. Ele mesmo não podia ler a magia, mas isso não significava que outra pessoa não pudesse fazer isso por ele.

— Você não vai gostar disso — disse Nicholas —, mas preciso que entre aqui e me faça um favor.

Collins grunhiu.

— Eu te fiz um favor ontem à noite quando não deixei te assassinarem.

— Preciso que você leia um feitiço.

— Não — rebateu Collins. — De jeito nenhum. Não faço isso. Não faz parte das minhas funções.

— Por favor? Eu te dou... — Nicholas parou, porque não tinha dinheiro, só cartões de crédito e uma conta bancária quase sem limite, o que era inútil para despesas pessoais secretas. — Meu relógio — terminou ele. — Custou onze mil libras. Você provavelmente pode vender por...

— Você pagou onze mil libras em um *relógio*? — perguntou Collins.

— Foi até um bom negócio, normalmente eles valem...

— Meu relógio custou trinta contos e funciona perfeitamente — disse Collins. — Não preciso de um novo.

— Então o quê? — sibilou Nicholas, olhando de um lado a outro do corredor vazio. — Eu tenho abotoaduras, prendedores de gravata, alguns anéis, e Sir Kiwi tem aquela coleira de ouro que ela nunca...

— Eu não quero seu dinheiro. — Os olhos de Collins estavam estreitados de irritação.

Nicholas pensou na reação de Collins quando perguntara a ele por que odiava livros. Abaixou a voz ainda mais.

— Eu escrevo um feitiço para reverter seu acordo de confidencialidade.

A expressão de Collins mudou tão depressa que Nicholas quase riu.

— Juro — insistiu ele. — E, caso você pense que eu fiquei altruísta de uma hora pra outra, não fiquei. Eu preferiria que meu guarda-costas pudesse responder às minhas perguntas, e parece que você não pode fazer isso estando sob o acordo. Então vai ser vantajoso para nós dois.

Collins apertou um punho e o apoiou na parede com muita delicadeza.

— Quem vai ler pra mim? — disse Collins. — Você não pode.

— Você mesmo vai ler.

— Quê? Não é assim que funciona.

Nicholas balançou a cabeça.

— O que te ensinaram quando você foi contratado? Claro que funciona assim. As pessoas leem seus próprios feitiços o tempo todo.

— Como eu vou saber que você não está mentindo?

Nicholas jogou as mãos para o alto.

— Porque você salvou minha vida e eu já te devo uma?

Collins desviou o olhar. Então disse:

— Escreva o feitiço primeiro, aí eu te ajudo.

— Não posso — respondeu Nicholas, irritado. — Você sabe disso. Eu tenho que escrever os feitiços de confissão e preciso descansar pelo menos por algumas semanas depois. Já perdi sangue demais. Mas preciso que você leia esse livro para mim agora, esta noite.

— Então eu simplesmente vou ter que acreditar em você.

Nicholas percebeu que queria ser digno de confiança.

— Sim.

Collins franziu o cenho enquanto Nicholas esperava, segurando o fôlego. Não estava acostumado a ter tanta dificuldade para obter o que queria, especialmente não de alguém supostamente sob suas ordens – ou as ordens de Richard, ao menos, o que era a mesma coisa.

— Tá bom — disse Collins, e soltou um grunhido.

Nicholas questionou por um momento fugaz se deveria ou não ir ao herbário e achar algo com que misturar o sangue de Collins – o feitiço era húngaro, então páprica ou ulmária eram as escolhas óbvias –, e o cartão informacional tinha dito *no máximo seis minutos,* o que significava que, sem nenhum empurrãozinho herbal, eles teriam sorte se o feitiço durasse três... mas ele temia que Collins mudasse de ideia se o processo demorasse demais, e, enfim, três minutos era tempo suficiente para ver o que se encontrava além da estante. Então abriu mão das ervas e puxou Collins para a Biblioteca.

Esperou até ambos estarem dentro dela para certificar-se de que a porta eletrônica estivesse firmemente fechada e trancada atrás dele, e quando se virou viu Collins parado com uma mão na parede, a outra pressionada sobre os olhos como se estivesse ofuscado pela luz. Nicholas franziu o cenho. Era bem iluminado ali, sim, mas não a esse ponto – as lâmpadas de cobre nas estantes emitiam uma luz baça e âmbar, e os lustres acima projetavam um brilho quente. Mas então Collins abaixou a mão e encarou o cômodo, a mandíbula se abrindo um pouco.

— Você nunca esteve aqui — lembrou Nicholas, vendo o lugar através dos olhos dele: os milhares de livros em suas fileiras ordenadas, as estantes entalhadas em cada parede curva, os lustres cintilantes, os tetos diferentes, tudo imbuído de cor, textura, idade e magia. Não era à toa que ele parecia sobrecarregado. — O que achou?

— Quem viu uma biblioteca viu todas — garantiu Collins. — Essa não tem nada de especial. — Mas sua expressão sugeria o contrário.

— Mentiroso — disse Nicholas, rindo. — Aqui, luvas.

Collins enfiou as mãos grandes distraidamente nas luvas de algodão branco, pequenas demais para ele, ainda olhando ao redor.

— Todos esses são... todos esses livros são...?

— Feitiços, sim, a maior parte. — Nicholas começou a andar pelos corredores. — A maioria é bem antiga, como você pode ver. Todos os escritos por Escribas da Biblioteca estão depois daquele canto.

— Antigamente tinha bem mais de vocês, né? Escribas?

— Supostamente — disse Nicholas.

— Estou surpreso que não estão cruzando você como um pônei de competição.

— Eu não sou receptivo a cruzamentos. Além disso, não existe qualquer garantia de que um filho meu seria um Escriba. Meu pai foi o primeiro Escriba a nascer na nossa família desde a fundação da Biblioteca; o meu nascimento mesmo parece ter sido pura sorte. — Nicholas olhou para ele sobre o ombro. — Aliás, o que você sabe sobre pôneis de competição?

— Talvez eu saiba muita coisa. Talvez eu tenha sido criado num rancho.

Collins sendo criado: era uma ideia fofa. Nicholas imaginou um garotinho quadrado com olhos azuis vivazes e uma careta furiosa de adulto.

— Você *foi* criado num rancho?

Mas Collins não respondeu, e o sorriso de Nicholas sumiu. Ele devia saber que Collins não ia responder; conversas não eram parte do trabalho. Então ouviu uma tosse rouca. Não se virou, sem querer ver no rosto de

Collins a tensão de lutar contra um acordo de confidencialidade – sem querer se perguntar por que ele fora proibido de revelar informações que pareciam tão inofensivas. Provavelmente era só uma tosse, perfeitamente natural. Além disso, Nicholas tinha toda a intenção de manter sua promessa e reverter o feitiço – então, talvez mais cedo, em vez de mais tarde, Collins *fosse* capaz de responder.

— Aqui estamos — disse ele, levando Collins pelo corredor sob os vitrais até o estrado. Collins observou com uma trepidação enquanto Nicholas tirava o livro húngaro da prateleira e o estendia para ele. — É esse que eu quero que você leia. Dê uma olhada, não vai funcionar se você vacilar.

Collins examinou o cartão de descrição.

— Está em húngaro.

— A língua não vai importar quando o livro provar seu sangue e souber sua intenção de lê-lo. Quando você começar, vai entender como se fosse inglês.

— Eu sei disso — disse Collins.

— Eu não tenho agulha nem faca nem nada — lembrou Nicholas. — Você tem alguma coisa com que eu possa te furar?

Collins enfiou a mão no bolso e ergueu um chaveiro com um pequeno canivete.

— Tem um isqueiro? Para esterilizar?

— *Isqueiro?* — disse Nicholas. — Tem uns mil quilos de papel de valor inestimável nessa sala.

— Então, não.

— Você não vai ter sepse por causa de um furinho no dedo, confie em mim.

Collins relaxou os ombros como um homem se preparando para uma briga e puxou as luvas.

— Tá bom. Vamos logo com isso.

Apesar da exaustão geral de Nicholas, de sua irritação com Maram, de seu ressentimento de um feitiço como aquele existir para começo de conversa, ele sentiu uma onda de empolgação. A Biblioteca era cheia de segredos, mas fazia um bom tempo que ele não encontrava um novo. Collins ergueu o canivete até o dedo e esperou o sangue brotar antes de apertá-lo com firmeza na página e começar a ler. Sua voz começou desajeitada e então ficou mais natural, o sotaque dando uma cadência quase hipnótica às palavras.

Levou cerca de vinte e cinco minutos, até que, silenciosamente, a estante começou a ficar borrada. Primeiro pareceu sair de foco, mas então suas bordas começaram a se dissolver como uma nuvem carregada transformando-se em chuva, e, quando a última palavra soou, a mão de Nicholas podia atravessá-la sem a menor resistência. A estante e os livros nela eram uma névoa vaga e escura, e Nicholas conseguia olhar através dessa névoa e ver a parede.

Só que não era uma parede.

— Uma porta — disse Collins.

Era mesmo. A estante tinha desbotado e revelara uma maçaneta de bronze, a madeira sem adornos, as dobradiças presas à pedra nua da parede – uma porta como qualquer outra, mas escondida. E, atrás da porta, quando Nicholas estendeu a mão para a estante intangível e a abriu, havia uma escadaria escura que subia.

11

— Tem certeza de que não quer nada? — perguntou Cecily. — Um café? Um chá?

Joanna não se deu ao trabalho de olhar para a mãe quando balançou a cabeça. Estava deitada no sofá, o olhar fixo na janela, acompanhando o esvanecer lento da luz conforme o sol mergulhava no horizonte, uma moeda brilhante jogada em um poço escuro. Quanto mais fracos ficavam os raios, mais ela se afastava da possibilidade de sair e chegar em casa a tempo de renovar as proteções.

— Você não terminou seu almoço — disse Cecily. — Posso esquentar a sopa.

— Você não pode me fazer te perdoar com comida — retrucou Joanna, a voz rouca de tanto gritar.

— Eu sei disso — respondeu Cecily, embora seu tom sugerisse que planejava continuar tentando. Joanna estava presa atrás do feitiço da mãe fazia mais de uma hora e tinha ficado esgotada nos primeiros quinze minutos, gritando, chorando e implorando por uma explicação, e tudo que Cecily dissera, sem parar, era "não posso te contar, desculpe, não posso te contar". Ela também estivera chorando, mas nenhuma das duas estava chorando agora. Joanna se sentia quase calma; talvez tivesse gastado sua cota anual de fúria. Cecily levara uma cadeira para a entrada da sala e observava a filha com determinação triste de fora. Gretchen estava deitada, cochilando, aos seus pés.

— Você quer roubar a coleção e vendê-la a quem fizer a oferta mais alta — arriscou Joanna. Ela vinha fazendo palpites, embora a mãe não os confirmasse nem negasse. — Vai se aposentar em Paris e comer croissants todo dia.

— Não — disse Cecily. — Tem pombos demais em Paris.

— Você vai queimar a casa para eu não ter onde morar, nem nada para fazer, e ser dependente de você para tudo — apostou Joanna.

Cecily ficou em silêncio por um momento. Então disse:

— Espero que você não imagine realmente que eu seria capaz de uma coisa dessas.

Joanna se sentou contra o braço do sofá.

— Eu também não teria imaginado que você me prenderia na sua sala.

— Não tem que ser assim — disse Cecily. — Posso acabar com o feitiço agora mesmo e vamos chegar na casa a tempo de você renovar as proteções, contanto que me leve com você e me deixe entrar.

— Se não são as proteções o que você quer — perguntou Joanna —, então o que é?

Cecily apertou os lábios e balançou a cabeça, e Joanna se deitou de novo, os olhos encontrando o céu da tarde outra vez pela janela.

— Foi o que eu pensei — disse ela.

Havia uma parte dela, enterrada tão profundamente sob o medo que seria preciso uma pá para desenterrá-la, que estava curiosa para ver o que aconteceria quando as proteções caíssem. Uma parte dela que sentia um interesse estranho e crescente – quase exultante. As proteções eram amarras, além de salvaguardas. O que aconteceria quando as amarras dela fossem cortadas? A casa não passara uma única noite desprotegida desde que Abe tinha pisado nela pela primeira vez quase três décadas antes, com a filha bebê no colo e o corpo da mulher assassinada a centenas de quilômetros de distância. O que aconteceria quando as proteções que ele e Joanna tinham renovado tão meticulosamente caíssem?

Havia – ou já houvera – pessoas no mundo que demonstraram sua disposição a matar para ter acesso à coleção de Abe... mas isso tinha sido quase trinta anos antes. Baixar as proteções significaria apenas que a casa seria como qualquer outra casa; visível e acessível se alguém tivesse o endereço, e ninguém, até onde Joanna sabia, tinha o endereço. Então era possível que o evento cataclísmico que ela sempre temera (enxames de homens armados entrando por suas janelas? Todos os seus livros levados com malícia e violência?) não ocorresse naquele dia, nem em qualquer futuro próximo.

Mas o que Cecily queria, se não era expor a casa a alguma coisa, a alguém? Nas semanas após a partida de Esther, a mãe parecia possuída, brigando constantemente com Abe, tentando convencê-lo a abaixar as proteções, a abandonar os livros, a abrir mão do trabalho da sua vida. Mas por quê? Para quem?

Cecily era a única pessoa que lhe daria essas respostas, e se recusava.

Joanna fez uma última tentativa.

— Eu te levo até a casa — disse ela, e a mãe se endireitou — se você responder a três perguntas sob um feitiço de confissão.

A expressão de Cecily, que estivera esperançosa e alerta, caiu de imediato.

— Não vou poder.

— Não é possível — disse Joanna, exasperada. Abe a tinha colocado sob um feitiço desses uma vez, para lhe mostrar como era. Ela tinha uns doze anos e ele fizera perguntas simples e bobas, cujas respostas ela já sabia: como se frita um ovo? Qual é a minha música preferida dos Allman Brothers? Por que Esther ficou brava com você ontem? Ele dissera a ela para tentar mentir.

Joanna não conseguira. Era como se a verdade fosse uma fita que se desdobrava na língua dela toda vez que abria a boca. Não havia sensação de resistência ou desconforto: ela simplesmente tinha contado a verdade, vez após vez, suas tentativas de mentir se transformando em algum ponto depois da laringe.

— Não é que eu não queira te dar respostas — disse Cecily. — É que eu não posso. Eu sei que você não entende e sinto muito. Se eu pudesse explicar, acredite, eu explicaria.

Joanna sentiu uma onda de fúria impotente crescer dentro de si e fechou os olhos apertado, segurando o fôlego, até passar. Tentara raiva, tentara lágrimas, e nenhuma das duas funcionara. Talvez parte dela estivesse curiosa, sim, mas o resto era a filha do seu pai. Ela não podia deixar as proteções caírem.

Cecily recusara o feitiço de confissão, mas ela vira a postura da mãe mudar com a esperança de um acordo, o que significava que Joanna também tinha esperança de uma chance. Para Joanna, um acordo era uma chance de chegar às proteções a tempo; para Cecily, uma chance de restaurar um fragmento do relacionamento que ela quebrara ao desenhar seu sangue naquela porta.

Ela se levantou do sofá e cruzou a sala até parar na frente da mãe e da barreira invisível, com os braços cruzados. Cecily se remexeu na cadeira como se também pensasse em levantar, mas não fez isso, só olhou para Joanna com olhos cautelosos.

— Você disse que não me prendeu para destruir as proteções.

— Não — confirmou Cecily imediatamente. — Só preciso delas abaixadas para poder entrar. Você pode renová-las amanhã, juro.

— Mas não vai me contar o que quer fazer.

— Eu *não posso* te contar.

Joanna respirou fundo, irritada. Cecily ficava repetindo essas palavras, *não posso, não posso, não posso*, como se o seu silêncio fosse uma questão não de vontade, mas de capacidade. Joanna decidiu acreditar nela.

— É uma coisa que eu te impediria de fazer, se pudesse?

Lentamente, Cecily disse:

— Não. Não vejo por que você me impediria.

— Você me deixaria te ver fazendo o que for? Se eu te deixasse entrar na casa?

Cecily ficou muito imóvel, atenta como um cão que avistou um coelho. Joanna podia vê-la pensando, os olhos indo de um lado para o outro enquanto considerava a proposta.

— Deixaria — disse ela, finalmente.

Joanna sentiu uma onda de triunfo. Poderia renovar as proteções e obter alguma pista dos motivos da mãe ao mesmo tempo.

— Minha proposta é a seguinte — começou Joanna. — Nós temos umas duas horas antes de eu precisar renovar as proteções. Nessas duas horas, você vai pôr fim ao feitiço, me deixar vendar você, e eu te levo à casa e te deixo entrar. Você pode fazer o que precisa e depois eu te trago de volta. Se tentar fazer qualquer coisa com as proteções, ou se tentar entrar no porão, ou se eu te disser para não fazer alguma coisa e você fizer mesmo assim, nunca mais falo com você.

Cecily começou a responder e Joanna a interrompeu.

— Estou falando sério, mãe. — Ela pesou as palavras com convicção. — E se você recusar, se me deixar presa aqui enquanto as proteções caem e você invade minha casa, vai dar no mesmo. Vai me perder tão completamente quanto perdeu Esther e nunca vai me ter de volta.

A ameaça era viscosa em sua língua, podre. Ela a fez sabendo que era o medo mais profundo e antigo da mãe. Os olhos de Cecily se encheram de lágrimas e Joanna sabia que seu próprio rosto provavelmente refletia parte do luto que ela empunhara como uma arma contra a barriga sensível da mãe. Ela nunca fora capaz de esconder seus sentimentos, não como Esther, mas não importava. Deixou a mãe ver.

— Tudo bem, meu amor — disse Cecily. — Eu aceito seus termos.

Ela lambeu o dedão, curvou-se e limpou a barreira de sangue.

12

Esther não sabia como confrontar Pearl sobre suas suspeitas, nem mesmo se deveria tentar, mas no fim a decisão foi tomada por ela.

Não deixara o quarto depois de descobrir o sumiço do livro da mãe, nem tinha dormido. Havia trancado a porta e empurrado a cômoda na frente dela, depois se sentara na cama, tão alerta que quase se sentia sob hipnose. Tinha sido roubada duas vezes na vida: uma em Buenos Aires, por um grupo de crianças de onze anos que a ameaçaram com garrafas quebradas, e uma em Cleveland, por um cara que ficara horrorizado ao descobrir que a única coisa no bolso dela era um celular descartável pré-pago barato.

— Cara — dissera ele —, você devia estar *me* roubando. — E os dois se pegaram rindo.

Nas duas vezes, ela se sentira assustada e irritada. Não se sentira violada.

Agora, sim.

Quer Pearl tivesse levado o livro para vendê-lo na internet, quer ela estivesse de alguma forma conectada às pessoas que passaram todos aqueles anos atrás de Esther, quase não parecia importar. De um jeito ou de outro, era uma traição. Talvez, pensou Esther, embotada e encarando a parede às quatro da manhã, ela pudesse evitar Pearl completamente por dois dias, embarcar naquele avião e partir sem jamais confrontá-la, sem ter que enfrentar o fato de que um dos únicos relacionamentos reais que ela tivera na vida fora uma mentira.

Às oito da manhã, após uma noite sem dormir, ela ainda estava completamente desperta, e tão tensa que quando alguém bateu na sua porta pareceu que tinha recebido um choque de quarenta volts no peito. Ficou parada, abraçando os joelhos, rezando para a pessoa ir embora, mas as batidas recomeçaram e, para seu horror, foi a voz de Pearl que falou.

— Esther, eu sei que você está aí! Abra a maldita porta!

Esther se levantou e respirou fundo, permitindo-se fechar os olhos, sentir a respiração percorrer o corpo, sentir os pés no chão. Então abriu a porta.

Em vez de deixar Pearl entrar, ela saiu no corredor. Não queria estar em um quarto pequeno, próxima a uma pessoa que ela tinha achado conhecer. O rosto de Pearl estava retorcido em uma expressão desconhecida que Esther demorou um momento para identificar como raiva; ela nunca vira a bem-humorada Pearl furiosa pra valer antes.

— Podemos entrar no seu quarto? — perguntou Pearl.

— Não — disse Esther.

As narinas de Pearl inflaram e algo se moveu no queixo dela. Esther, surpresa, percebeu que ela estava prestes a chorar.

— Você não estava no café da manhã — disse Pearl.

— Não estou com fome.

O queixo de Pearl se franziu de novo e ela disparou:

— Você planejava me contar alguma hora?

— Te contar...?

— Não venha com essa, Esther. Sério. Eu vi o Harry da administração hoje e ele me perguntou como eu estava me sentindo por você ir embora. Eu ri e falei pra ele que você não ia embora. Disse que tínhamos decidido ficar mais uma temporada aqui juntas, e ele olhou pra mim como se eu fosse uma idiota patética. Eu *me sinto* uma idiota patética.

Não era assim que Esther tinha imaginado esse confronto.

— Eu... eu não vou embora, eu...

— Não? — Os cílios de Pearl estavam úmidos. — Por que o Harry mentiria para mim? Quer dizer, ou ele está mentindo ou você que está. Qual dos dois?

Esther se firmou, concentrando-se na sua respiração, no ar que entrava e saía. Não ajudaria perder o controle das emoções.

— Foi por isso que você levou meu livro? — perguntou ela. Queria que Pearl soubesse, inequivocamente, que *ela* sabia.

— Do que você está falando?

— Você sabe do que estou falando. *La Ruta,* o romance que eu estou traduzindo. Aquele que você descobriu que vale muito.

O rosto de Pearl perdeu um pouco da raiva e começou a parecer assustado. Ela abaixou os olhos e então pareceu forçá-los a subir até o rosto de Esther.

— Eu não peguei o seu livro.

— Eles te disseram que isso me impediria de ir embora? — perguntou Esther, muito calma, muito quieta. — Foi por isso que você o pegou, para me impedir?

— Não, Esther, o quê? — A voz de Pearl ficou mais aguda, e alguns curiosos tinham parado no fim do corredor, atraídos pelo drama. — Eu não estou tentando te impedir, mas não entendo o que está acontecendo. Nós concordamos em ficar aqui, concordamos em ficar *juntas,* e agora você vai embora? Sem nem falar comigo sobre isso? Eu não entendo o que você está pensando... essa reação que você está tendo!

— Pra quem você está trabalhando? — perguntou Esther, a voz ainda muito baixa.

Os olhos de Pearl se arregalaram.

— Você não está falando coisa com coisa.

Esther não ia chegar a lugar nenhum, já podia ver. Aquela interação tinha saído tanto do seu controle que ela não sabia como voltaria ao rumo. Era uma tática brilhante da parte de Pearl, tirar Esther dos eixos para deixá-la na defensiva em vez de no ataque, mas ela não ia entrar no jogo. Ficar na defensiva fazia a pessoa dizer coisas de que se arrependeria.

— Nós acabamos aqui — disse ela.

Pearl estava chorando agora, lágrimas escorrendo pelas bochechas, e foi mais difícil do que Esther esperava não deixar essa visão afetá-la.

Você não quer fazer Pearl chorar!, choramingou seu coração estúpido e molenga. *Peça desculpas!*

— Tá bom — disse Pearl. — Estou indo esquiar com Trev, então você tem algumas horas para decidir se quer falar comigo como um ser humano. Se fizer isso, te dou mais uma chance de se explicar, porque eu te amo. Mas só uma chance. Eu não mereço isso.

Porque eu te amo.

Esther a odiava por falar isso. Lenta, mas firmemente, ela recuou para o quarto e fechou a porta na cara manchada de lágrimas de Pearl.

— Vai se foder! — gritou Pearl, e houve um baque como se ela tivesse chutado a parede, mas Esther ficou imóvel, o corpo inteiro alerta, a centímetros da porta que tinha acabado de fechar. Após um longo minuto, ela ouviu Pearl se afastar, seus passos ficando mais baixos no corredor vazio. Não se moveu por um longo tempo depois disso e, quando finalmente se virou, foi para sentar na cama e continuar encarando a porta.

Pearl tinha especificamente contado que ia esquiar com o ávido e charmoso Trev, um fato que parecia desnecessário compartilhar a não ser que pensasse que Esther ficaria com ciúme, mas isso seria a mágoa mesquinha de uma amante rejeitada, o que não era a cara de Pearl. Ela saberia que a primeira coisa que Esther iria querer fazer seria revistar seu quarto em busca do livro de Gil, e essa declaração de sua intenção de ficar ausente o dia todo só podia ser um convite.

O que significava, provavelmente, que o livro *não* estava no quarto de Pearl – mas alguma outra coisa sim. Uma armadilha.

Pearl tinha um espelho acima da pia, igual ao de Esther. Aquilo devia ser um truque para fazer Esther ir ao quarto dela, onde podia ser observada, onde quem quer que estivesse do outro lado poderia verificar se ela estava ciente dele ou dela.

Ela agarrou a cabeça, que parecia prestes a quebrar no meio. Aquela paranoia, aqueles pensamentos cíclicos, eram o que o pai devia ter sentido a maioria dos dias de sua vida. Ela ainda estava muito brava com ele, mas pela primeira vez entendia visceralmente o medo com o qual ele vivia, e entendia, também, que era um medo em que no fundo ela sempre confiara – até ter decidido parar de confiar e atrair todo aquele caos sobre si.

Sinto muito, disse ela ao pai, lágrimas brotando nos olhos contra a própria vontade. Teria dado tudo para poder ligar para ele, para ouvir sua voz grave e atenta. Ele ia até a cidade para usar os computadores da biblioteca pública para ligar para ela por Skype, e ela falara com Joanna algumas vezes assim também. Cecily, que tinha comprado um celular na mesma semana em que saíra da casa de Abe, muitas vezes ligava e mandava mensagens para ela, e duas vezes tinha pegado um voo para o outro lado do país para vê-la por um fim de semana, indo contra os desejos nervosos de Abe. Ela mantivera contato com a família até decidir que era difícil demais. Até se tornar mais fácil cortar os laços de propósito em vez de lutar para manter fios cada vez mais finos que um dia se romperiam, quebrando o coração dela também.

Esther se ergueu, frustrada consigo mesma por se afundar em lágrimas de autopiedade precisamente no momento em que elas eram menos úteis. Ela podia ser paranoica, como o pai, e por bons motivos, como o pai – mas ela *não era* Abe. Não podia operar sob suposições e suspeitas. Tinha que *saber*.

Ela esperou, andando de um lado para o outro, por mais trinta minutos, tempo suficiente para Pearl e Trev pegarem suas coisas e saírem, e então passou pela sala de equipamentos para conferir se Pearl tinha retirado esquis e walkie-talkies. Tinha, o que significava que eles haviam saído da estação.

Esther estivera incontáveis vezes no quarto de Pearl e não tinha dificuldade em evocar o layout na mente. Ela poderia abrir a porta, se agachar e entrar sem qualquer medo de ser refletida no espelho sobre a cômoda, e, se ficasse posicionada no ângulo correto, achou que poderia ver a superfície do espelho bem o suficiente para saber se havia qualquer marca de sangue mágica nele. Ela veria as marcas, mas o espelho não a veria.

Ela rastejou pelo umbral o mais silenciosamente que pôde e fechou a porta atrás de si com um clique quase inaudível. Ficou ajoelhada no chão na escuridão do quarto de Pearl; a luz do teto estava desligada e não havia janela. Mal conseguia distinguir a forma grande da cômoda de Pearl e o brilho do espelho em cima dela, mas não estava claro o suficiente para ver o que poderia haver na superfície. Estendeu uma mão e abriu a porta de novo, só um centímetro, deixando mais luz entrar. Não era suficiente.

Então se ergueu, espanou os joelhos, fechou a porta e acendeu a luz. Que eles a vissem. Não faria diferença. O que quer que estivessem planejando fazer com ela, planejavam fazer de um jeito ou de outro.

E apesar das evidências, apesar de todas as suas suspeitas e paranoia, ela percebeu que ainda havia uma parte dela que confiava em Pearl; uma parte dela que acreditava, quando se virou para encarar o espelho, que não encontraria nada exceto um vidro limpo e absolutório. Ela cruzara os dedos sem perceber o que estava fazendo e o ar ficou preso alto no peito, imóvel enquanto examinava o espelho. Vazio, vazio, vazio. Um alívio doce e meloso começou a se espalhar por seus membros – e então ela viu.

Manchas enferrujadas de sangue nos quatro cantos.

O ar saiu dela em um xingamento explosivo, e Esther cambaleou para trás, até a cama de Pearl, um lugar onde estivera tantas vezes antes, um lugar onde até muito recentemente tinha sido feliz. Ela não havia acreditado de fato na traição de Pearl até ver o sangue. Não quisera acreditar. Mas as provas estavam ali, transparentes.

Bem, se aqueles cretinos estavam observando, quem quer que fossem, que observassem. Esther começou a revistar o quarto de Pearl sem se preocupar com ordem ou discrição, procurando não o seu próprio livro, mas o livro que Pearl devia ter usado para ativar o feitiço do espelho. Procurou na cama, na fronha do travesseiro, sob o colchão. Revirou todas as gavetas de Pearl, afastou a pouca mobília das paredes, checou atrás do espelho, foi de um canto a outro naquela caixinha branca de quarto... e não encontrou nada.

Depois, sentou-se no chão no meio de uma pilha de suéteres e roupas de baixo, corada e quase tremendo de frustração. Claro que Pearl não deixaria os livros ali, *claro*, ou não teria feito uma insinuação expressa para

Esther procurar no seu quarto enquanto estava fora. Esther sabia que aquilo era uma armadilha e tinha caído direitinho, dizendo a si mesma o tempo todo que era sua decisão, que estava no controle.

Ela se ergueu dos detritos de sua busca frenética, deu um chute violento na cômoda e então pegou uma das botas de Pearl, jogadas no chão, e a arremessou contra o espelho. O estouro e o estalido de vidro quebrado foram só brevemente satisfatórios, e os cacos prateados se agarraram à moldura como dentes em uma mandíbula quebrada. Ela bateu a porta ao sair.

Quase não tinha comido nada nas últimas vinte e quatro horas, então foi à cozinha, ainda trêmula, e implorou por um prato de restos do café da manhã de um cozinheiro mal-humorado. Sozinha em uma mesa no refeitório vazio, mal sentiu o gosto da comida, os olhos fixos em nada. Sentia como se as paredes da estação estivessem se dissolvendo ao redor dela e o gelo se aproximando aos pouquinhos.

Enquanto comia o último bocado, as portas duplas se abriram com um estrondo e Trev entrou por elas. Ele tinha um gorro de lã amarrotado na mão e óculos de neve ao redor do pescoço, seu traje de esqui aberto e pendendo ao redor da cintura com as pernas ainda dentro do tecido impermeável. Sua expressão estava ansiosa, mas relaxou um pouco quando ele notou Esther, e ela se viu se levantando mesmo enquanto ele corria até ela.

— O que foi? — perguntou ela.

— A médica disse que ela vai ficar bem — começou Trev, o que a deixou alarmada em vez de acalmá-la, como ele provavelmente pretendia —, mas Pearl caiu quando estávamos esquiando e machucou feio o braço. Quebrou o pulso e bateu a cabeça com força também.

— Ah, Deus — disse Esther, esquecendo por um momento que não deveria se importar. Que deveria, quem sabe, estar aliviada. — Mas ela... você disse que ela vai ficar bem?

Trev correu a mão pelo cabelo, o rosto pálido.

— É. Quer dizer, ela definitivamente ficou inconsciente por um minuto, o que foi, tipo, bem assustador, pra falar a verdade, mas sabia a data de hoje e tudo o mais. Eu tive medo demais para tentar mexer nela sozinho, então chamei ajuda pelo walkie-talkie e um grupo veio e a levou para a enfermaria. Ela está lá agora.

— Bem — disse Esther, ainda dividida entre emoções conflitantes —, que sorte que você estava com ela.

— Eu sei, né? Enfim, ela fica pedindo pra te ver. E está tipo... bem agitada? De um jeito meio assustador. Então eu falei pra médica que vinha te procurar e te levar para acalmá-la.

Esther hesitou. Tinha que ser outro truque de Pearl, mas, se era, ela não conseguia entender o motivo.

— Você a *viu* cair?

— Não, ela estava atrás de mim. Mas eu definitivamente *ouvi*.

Talvez ela estivesse fingindo, pensou Esther, mas por quê?

— E o pulso dela? A médica disse que estava quebrado, ou Pearl...

— Eles já puseram no lugar e tudo o mais — explicou Trev. Ele se virou e seguiu para a porta, claramente presumindo que ela o seguiria, e Esther não sabia como recusar sem parecer uma babaca de marca maior. E seus nervos tinham se acalmado assim que pusera algo no estômago, o que significava que sua curiosidade novamente era mais potente que o senso de autopreservação. Então, acenando com a cabeça, ela o acompanhou.

Esther estivera na enfermaria algumas vezes devido a lesões de trabalho e sempre a encontrara iluminada e movimentada. Naquele dia, porém, estava mais escura e silenciosa que o normal – as luzes do teto apagadas e as lâmpadas nas mesas refletidas no espelho de corpo inteiro afixado na parede oposta. Não havia ninguém naquelas mesas iluminadas, e Pearl parecia ser a única paciente, enrodilhada em uma das macas com sua cabeleira loira espalhada no travesseiro, o som da respiração pesada sugerindo sono. As outras quatro camas estavam vazias.

Esther seguiu na direção do corpo imóvel de Pearl. Os olhos dela estavam fechados, o rosto flácido. Dormindo, ou fingindo. Seu rosto imóvel fez o coração traidor de Esther bater dolorosamente.

— Ela parece que se acalmou bem sem me ver — comentou ela, mas Trev não respondeu. Ela se virou e encontrou-o de costas para ela, a cabeça curvada sobre a maçaneta. Ele estava trancando a porta. Por dentro. — O que...? — começou ela, e ele se virou. Sua expressão ansiosa tinha sumido e ele estava sorrindo para ela, completamente à vontade.

— Vamos acabar logo com isso — disse ele, rodando o chaveiro na mão esquerda.

Na direita, empunhava uma arma.

13

— Por que tudo por aqui tem que ser tão macabro, caralho? — perguntou Collins, a voz ecoando estranhamente na escadaria escura. Ele tinha subido na frente, talvez protegendo Nicholas pela força do hábito, embora tanto ele como Nicholas tivessem experimentado uma pontada de dúvida e pânico quando a estante começou a se solidificar de novo atrás deles. Para voltar por aquela mesma porta, Collins teria que ler o feitiço em voz alta de novo. Havia uma pequena prateleira instalada na parede da escada onde o livro cabia perfeitamente, então eles o deixaram ali e começaram a subir a escada de madeira de novo, guiados pela luz da lanterninha no chaveiro de Collins.

Apesar da luz, estava muito escuro, e Nicholas não gostava do escuro. Tinha ficado na escuridão por dias quando fora sequestrado, e vivia na semiescuridão desde então, sempre ciente de que estava a uma infecção de olho de uma escuridão de natureza mais permanente. Isso, associado à subida íngreme e à intriga geral de tudo aquilo, significava que seu coração estava batendo acelerado quando eles chegaram ao que parecia ser um longo patamar escuro que guinava para a esquerda. As escadas tinham ziguezagueado três vezes, conduzindo-os aos andares superiores da mansão.

— Estamos no sótão? — questionou Collins, olhando para o corredor escuro.

— Por aí — disse Nicholas, tentando não deixar o outro ouvir que estava sem fôlego. Estendeu a mão para tocar a madeira de cada lado, estimando a largura da passagem, que era estreita. — Para ser específico — acrescentou —, acho que estamos nas paredes do sótão.

Collins fez um barulho de desgosto.

— Richard está escondendo uma esposa maluca aqui em cima ou o quê?

— Ei, Collins, eu não imaginaria que você seria fã das Brontë.

— Eu gostava da Jane. Uma esquisitona gostosa. Então, o que tem aqui em cima?

— Nada, até onde eu sei — disse Nicholas. — Tábuas nuas, merda de rato.

Collins voltou a andar. Atrás dele, Nicholas mapeava o caminho – eles tinham subido pela parede sul e virado à esquerda, o que significava que se dirigiam para o leste, caminhando verticalmente em paralelo ao corredor que levava aos aposentos de Richard no terceiro andar e aos de Maram no segundo. Após alguns minutos, Collins parou de repente e Nicholas viu que a passagem terminara. Não havia porta ali, nem qualquer abertura, e Nicholas presumiu que era um corredor sem saída. Mas então Collins soltou um "Ah" e se agachou, apontando a lanterna para baixo. Sob seus pés, o puxador de um alçapão entrou em vista, e, quando ele o ergueu com um grunhido, havia outra escada íngreme levando para baixo.

— Cada vez mais curioso — disse Nicholas.

— Cada vez mais sinistro — corrigiu Collins, e Nicholas não pôde discordar. Ele era menos assustadiço que Collins, mas a escuridão e a inexplicabilidade das escadas e passagens eram macabras até para ele. Entretanto, apesar da óbvia hesitação, Collins já tinha começado a descer os degraus, e Nicholas o seguiu. Aquela escada não era tão escura quanto o corredor em cima dela – havia uma linha tênue de luz sob a porta no fundo que parecia promissora.

— Onde você acha que nós estamos na mansão? — perguntou Collins por cima do ombro, os passos ecoando secamente no espaço de madeira estreito.

— Na Ala Oeste — disse Nicholas.

— É onde seu tio mora.

— Sim.

— Merda — grunhiu Collins —, talvez ele tenha mesmo uma esposa secreta, ou talvez ele e Maram usem essas passagens para se encontrar na alta madrugada e...

Ele parou de falar porque abrira a porta, encontrara um interruptor e agora apertava os olhos diante da luz súbita. Ficou parado, espiando o que havia além da porta, e, bem quando Nicholas estava prestes a empurrá-lo, avançou por conta própria. E então disse, quando Nicholas se juntou a ele:

— Espelhos.

Era uma afirmação precisa. Eles estavam em um cômodo cheio de espelhos.

Ou não cheio, exatamente: o pequeno cômodo em si estava vazio, exceto por duas cadeiras de madeira pesadas junto a uma mesa redonda. Eram as paredes que estavam ocupadas, revestidas com espelhos de corpo inteiro, dez no total e idênticos. Eram mais largos que o normal, largos o suficiente para duas pessoas pararem lado a lado à sua frente, com molduras simples em madeira escura e pendurados sem qualquer adorno nas paredes brancas. Em cada um de seus quarenta cantos havia uma mancha seca e marrom-avermelhada de sangue.

Cada espelho também tinha uma etiqueta manuscrita no topo, no que Nicholas reconheceu como a letra de Richard. Ele começou a ler as etiquetas automaticamente – *Cozinha, Academia, Banheiro Norte, Banheiro Oeste, Clínica* –, mas então olhou de novo para os espelhos em si e toda a sua atenção se focou, afiada como laser.

— Tem outra porta ali — disse Collins, mas Nicholas não estava ouvindo.

Os espelhos não refletiam a sala em que ele e Collins estavam. Nem refletiam o próprio Nicholas. Ou não exatamente. Era como olhar para uma lagoa límpida: Nicholas via a sugestão de seu próprio reflexo na superfície, uma refração da luz, mas podia ver através dela também, até locais completamente diferentes. Muitos deles pareciam ser banheiros, mas o espelho denominado *Cozinha* mostrava, de fato, uma cozinha, bem grande pelo visto, com cubas de inox e panelas gigantes de quarenta litros e um homem com o cabelo preso em uma bandana com estampa tie-dye curvado sobre uma enorme frigideira. O espelho da *Academia* mostrava vários bancos de supino e, ao fundo, o que parecia ser uma fileira de esteiras. Havia alguém ali também, um homem barbado fazendo agachamentos, com suor escorrendo pela testa.

Nicholas tinha escrito o feitiço que conectava aqueles espelhos. Será que era o motivo para Maram o ter enviado para lá? Para ver os resultados do seu trabalho duro?

— Olha só, tem uma sala diferente aqui — disse Collins, e Nicholas ergueu os olhos e o viu inclinado através de uma porta, chamando-o com um gesto.

Ele olhou de volta para os espelhos e então relutantemente se arrastou na direção de Collins. Sua relutância se transformou em assombro, porém, quando atravessou a porta e se encontrou, inconfundivelmente, no escritório de Richard.

Ele só visitara o cômodo uma vez antes, logo depois de escrever com sucesso seu primeiro livro, mas estava ciente de que a visita seria rara e, portanto, a lembrança era muito vívida, graças à atenção particular que prestara. Pelo que podia ver agora, nada tinha mudado muito. Como a maioria dos cômodos na casa, tinha janelas expansivas e pé-direito alto, não tão diferentes do próprio escritório de Nicholas, embora maior e mais opulento, a lareira de mármore ornamentada de uma forma que era impressionante para além de funcional. Estantes revestiam a maior parte das paredes, torres de madeira reluzentes que continham não livros, mas objetos, artefatos que haviam hipnotizado Nicholas quando se sentara ali na infância: um cão de argila vermelha do tamanho de um punho, uma ânfora cipriota meticulosamente pintada, um macaco capuchinho de pelúcia com olhos de obsidiana vítreos, um enorme sino de prata. Era como a sala dos fundos de um museu. Ele sabia que a maior parte desses objetos devia estar conectada a um feitiço em algum lugar, ou já estivera.

— Não toque em nada — disse ele a Collins.

— Não pretendia.

— Não posso enfatizar o suficiente o quanto não deveríamos estar aqui — comentou Nicholas.

— Quer ir embora?

Nicholas certamente não queria. Entendia agora por que Maram agira com reticência tão atípica – ela estaria ainda mais encrencada que Nicholas se Richard descobrisse que lhe contara como entrar ali, mas tinha contado mesmo assim. Ela sabia que ele sempre tivera curiosidade sobre aquele lugar, o único cômodo na casa que permanecia teimosamente fechado para ele, então talvez fosse um presente para amenizar uma semana horrível. Ele não conseguia se lembrar da última vez que ela contrariara tão diretamente os desejos de Richard, e o gesto o comoveu, mesmo que se preocupasse em ser pego.

Collins havia parado na frente da grande escrivaninha de imbuia de Richard e estava encarando a pintura do tataravô de Nicholas na parede atrás dela. O retrato com moldura de marfim os fitava de cima, o cirurgião austero em seu avental manchado de sangue, a tinta a óleo brilhando espessa e vermelho-escura. Havia até mesmo sangue sob as unhas das mãos do homem, um detalhe delicado que Nicholas notou com certo grau de respeito.

— Isso é um osso de perna? — perguntou Collins, apontando para a parte inferior da moldura.

— É — confirmou Nicholas.

— É algum costume britânico doido? Colocar ossos humanos em molduras de retrato?

— Ele era um cirurgião — disse Nicholas. — Famoso por amputações rápidas, o que eu imagino que devia incluir muitas pernas.

— Como assim, ele guardava elas depois de serrar? Para fazer mobília, como um serial killer?

— Guardou uma, pelo menos — replicou Nicholas, não querendo dar a Collins a satisfação de seu próprio desconforto, mas a verdade era que achava inquietante imaginar alguém preso a uma mesa em um velho teatro anatômico, gritando enquanto seu ancestral cortava através de osso e tendões, rodeado por estudantes de medicina curiosos rabiscando notas.

Nicholas se virou, balançando a cabeça, para examinar o resto da sala. Havia algumas outras molduras na parede, mas em vez de arte elas continham mais objetos: um morcego mumificado preso sob um vidro, um broche vitoriano com cabelo humano trançado, um cobertor de lã bordado com traças cinza.

Na escrivaninha de Richard, duas coisas pareciam interessantes. Uma era uma pasta de couro cheia de páginas amareladas, cada uma individualmente laminada para retardar o processo de envelhecimento. Uma passada de olhos rápida pelas primeiras páginas sugeriu que eram o rascunho de um livro que Nicholas nunca tinha visto nem escrito, e as frases de abertura dramáticas já o convenceram de que merecia um exame mais atento. *Carne da minha carne,* começava. *Osso do meu osso. Só meu próprio sangue pode me destruir.*

A outra coisa que atraiu sua atenção foi um livro encadernado com tecido, quase tão grosso quanto um romance, e ele se viu atraído por ele apesar da pontada de medo e asco que a quantidade de páginas inspirava. Um livro daquele tamanho levaria pelo menos uma hora para ser lido em voz alta, o que significava que, pela segunda vez naquele dia, ele estava olhando para um livro pelo qual um Escriba sacrificara a vida – alguém como Nicholas tinha dado todo o seu sangue para fornecer a tinta para escrevê-lo. Ele virou a capa e observou a caligrafia caprichada e apertada, depois virou para as últimas páginas.

O feitiço era recarregável, mas não infinitamente como as proteções ou o feitiço que tinha desbotado a estante por alguns minutos. Só podia ser recarregado uma vez por ano, no aniversário de sua primeira leitura, e com isso ele percebeu qual feitiço deveria ser. Leu as primeiras páginas para ter uma noção do texto e confirmar sua suspeita de que, sim, era o feitiço que localizava Escribas. O mesmo feitiço que Richard entoava todo ano só para informar a Nicholas, todo ano, que ele ainda era o único.

A escrita era complexa, e, apesar do desconforto que Nicholas sentia com a quantidade de sangue necessária para fazê-la, ele se viu lendo com interesse. Era o tipo de feitiço que seu pai chamava de magia "bola de cristal" em suas anotações e que Maram chamava de "divinação intuitiva"

— um feitiço conectado a um objeto que entregava uma informação específica diretamente à mente do leitor. As datas de validade da Biblioteca eram o único outro feitiço desse tipo que Nicholas já encontrara, sempre conectado aos livros e à mente de Richard.

Nicholas já tinha escrito feitiços conectados a objetos, como o que associava os espelhos na outra sala, mas nunca um feitiço "bola de cristal". E nunca o faria. A divinação intuitiva exigia mais sangue do que um único corpo podia fornecer.

Ainda assim, era fascinante ver as escolhas que o Escriba anônimo tinha feito, particularmente a estrutura regular dos parágrafos e o jeito como usara rimas para reforçar a conexão cognitiva. Ele poderia aprender muito de um feitiço tão poderosamente específico, e se perguntou por que Richard nunca lhe mostrara o livro. Curioso sobre a natureza do objeto conectado a ele, cuidadosamente virou as páginas, procurando para ver a que o feitiço fora vinculado.

Ele o encontrou no meio do livro: uma diretiva para conectar a cognição do leitor à "visão do corpo que dá vida ao poder".

O que diabos isso significava?

Ele sabia que seria repetido em algum ponto em termos diferentes pelo menos mais três vezes, e se curvou mais perto das páginas para ler. Encontrou "a vista do coração que pulsa a força", o que não esclareceu muito as coisas, então correu os olhos adiante. Estava tão concentrado que pulou quando Collins falou com ele.

— Acho que você precisa ver isso — disse Collins. Ele estava do outro lado da sala, parado diante de uma das estantes.

— Já vou — avisou Nicholas, relendo para encontrar o lugar onde tinha parado.

— Nicholas — insistiu Collins, e algo em sua voz fez Nicholas erguer a cabeça. — Você precisa ver isso.

Com muito cuidado, Nicholas deixou o livro na escrivaninha e foi se juntar a Collins, que estava parado, aparentemente hipnotizado, diante de uma grande jarra de vidro com algo suspenso no meio.

— Olhe de perto — pediu Collins. — Talvez eu esteja louco, mas...

Atendendo ao pedido, Nicholas olhou para a jarra. Estava na altura da sua cabeça e tinha mais ou menos o mesmo tamanho, com algumas marcas ensanguentadas que provavelmente eram parte de um feitiço para impedir que o vidro quebrasse. A tampa também parecia ter sido enfeitiçada.

Nicholas voltou sua atenção ao conteúdo da jarra, embora não soubesse bem o que estava vendo: algum tipo de orbe pequeno flutuava em algum tipo de líquido, que não era água, isso estava claro. Era mais espesso, uma espécie de gosma viscosa e translúcida, e o orbe não estava exatamente flutuando, mas suspenso.

Era um olho.

Ou um globo ocular, para ser mais preciso, removido do crânio com precisão cirúrgica. Estava virado para eles. Nicholas via a nuvem vermelha de veias e ligamentos saindo dele como a cauda de um cometa. Ele não era especialista, mas a íris lembrava tão exatamente a versão pintada de sua própria prótese que imaginou que devia ter vindo de um humano. Ao seu lado, ele sentiu Collins trocar o peso dos pés, claramente perturbado pela visão. Nicholas não se sentia muito melhor. Sua própria órbita esquerda formigou em solidariedade, e seu estômago embrulhou. Era sinistro ser encarado, literalmente olho a olho, por algo tão medonho, mas tão reconhecível. Tão familiar.

Familiar demais.

— Collins. — A palavra saiu rouca. Ele se virou para encarar o guarda-costas. Collins o encarou de volta, a mandíbula cerrada, e um calafrio o percorreu. — Parece o meu.

Collins engoliu, mas não falou. Só assentiu.

Nicholas se virou de volta para a jarra. Ele tinha passado mais tempo que a maioria das pessoas olhando para seus próprios olhos, especialmente na adolescência, comparando os dois no espelho para ver se o falso era identificável, e ao contrário da maioria das pessoas muitas vezes segurara uma réplica exata do seu próprio olho na mão enquanto a limpava; ele a virava de um lado e de outro, examinando a criação habilidosa e admirando as variações em cor que a tornavam tão realista, os pontinhos dourados e esverdeados no castanho, o anel de âmbar mais claro ao redor da íris, os vasos sanguíneos compostos de minúsculas fibras vermelhas.

Ele conhecia seu próprio olho quando o via e o estava vendo agora.

— Ei — disse Collins. — Pare, levante.

Nicholas, sempre meio zonzo, de repente ficou muito mais e estava se sentando no chão. Era como se seu corpo tivesse decidido que seria capaz de usar melhor o cérebro se cortasse todas as outras fontes de energia. Collins o cutucou com a ponta dos tênis em algo que não chegava a ser um chute.

— O que o meu olho está fazendo num jarro numa estante no escritório do meu tio? — perguntou Nicholas.

— Eu que não coloquei aí — disse Collins.

— Richard deve ter conseguido das... daquelas pessoas, as que me sequestraram — conjecturou Nicholas. — Certo? Mas por que o guardaria? E por que não diria nada para mim? Parece perfeito, quer dizer, eles podiam ter posto de volta ou algo assim, não sei como os olhos funcionam, mas dá para costurar dedos e mãos de volta se o corte está limpo o suficiente, por que eles não... — ele esfregou o rosto com força, tentando ter foco, entender.

— Nicholas — disse Collins. — Quem quer que tenha tirado seu olho, eu acho, quer dizer, acho que provavelmente foi a mesma pessoa que botou nessa jarra.

A mente de Nicholas passou depressa por essas palavras, sem estar pronta para se fixar nelas. Ele se impulsionou para se levantar e cambaleou até a escrivaninha, apertando os olhos para superar a tontura súbita enquanto folheava as páginas do livro de feitiço que estivera examinando antes. Não teve que procurar para saber o que encontraria.

A vista do corpo que dá vida ao poder.

A vista do coração que pulsa a força.

O olho de um Escriba.

Nicholas lembrou daquela sala em San Francisco tantos anos antes, do som da própria urina pingando da cadeira, da sensação de abraçadeiras arranhando seus pulsos, da escuridão infinita. Não podia ignorar as implicações do que Collins estava dizendo.

Tinha sido a própria Biblioteca que o sequestrara. A própria Biblioteca que tão cuidadosamente removera seu olho e o preservara em uma jarra de vidro para aquele feitiço.

E a Biblioteca era Richard. Richard e Maram.

Eles tinham encenado um sequestro e tirado o olho dele e depois encenado um resgate, comprovando seus próprios alertas e justificando a vigilância atenta que tinham mantido sobre ele desde então, cimentando a dependência de Nicholas neles. A *confiança* que Nicholas tinha neles. O rosto de Richard quando ele acordara no hospital, as lágrimas nos olhos dele. Maram andando de um lado para o outro. Tinha sido tudo um teatro?

Nicholas não queria acreditar em nada que corria por sua mente. Queria pensar que estava em pânico, que estava sendo bobo, paranoico. Mas estava parado em uma sala secreta que fora perfeitamente projetada para mantê-lo do lado de fora. Para mantê-lo ignorante.

Aquele tempo todo, tinham dito que ele deveria temer o que quer que existisse além das proteções daquelas paredes familiares. Aquele tempo todo, ele acreditara que o perigo era externo.

Mas talvez a maior ameaça tivesse sempre sido interna.

Sem querer, viu os próprios dedos se fecharem nas páginas do feitiço para o qual ele involuntariamente sacrificara seu olho. Era conectado a um objeto, o que significava que tecnicamente ainda estava ativo, e só um Escriba poderia destruir um feitiço ativo. Se Nicholas seguisse seus instintos e rasgasse esse livro em pedacinhos, Richard saberia, sem dúvida, que fora ele. Mas estava tão furioso que não se importava. Agarrou a página que estava segurando e puxou o mais forte possível, esperando sentir o som de rasgo satisfatório quando fosse arrancada da encadernação.

Nada aconteceu.

A página nem se vincou sob seus dedos. Ele tentou de novo com outra, e mais uma, e mais uma. Nenhuma mostrou o menor sinal de ter sido tocada, muito menos rasgada. Ele arranhou a capa e tentou puxar a costura da encadernação, desesperado e furioso, e talvez tivesse começado a usar os dentes se Collins não tivesse estendido uma mão para agarrá-lo.

— Ei, ei, ei — disse Collins —, não está funcionando, não vai funcionar, respire por um momento, vamos. — Ele tinha segurado os ombros de Nicholas e o virou para que ele o encarasse, as palmas grandes quentes e pesadas. — Respire — disse de novo. — Você está me assustando.

Nicholas respirou – ou tentou. Sabia que mais tarde ficaria envergonhado por Collins ter visto sua perda de controle, mas nesse momento apreciava demais a presença reconfortante dele para se importar. Após uma longa pausa, Nicholas estava mais ou menos recuperado e pensando com clareza.

Fazia sentido que ele não conseguisse destruir o livro, percebeu. Dois Escribas o tinham escrito; dois Escribas seriam necessários para inutilizá-lo.

— Precisamos sair daqui — disse Nicholas.

— Concordo. — Collins soltou os ombros de Nicholas e Nicholas se virou para olhar para o livro que jazia incólume na escrivaninha. Ao seu lado, a pasta de couro parecia profissional e inocente.

Será que Nicholas queria saber quais outros segredos Richard estava guardando? Nada podia ser pior do que ser encarado por seu próprio olho. Suas mãos estavam trêmulas, mas uma curiosidade doentia se insinuava na esteira do frenesi e ele abriu a capa da pasta outra vez para examinar o papel de linho amarelado lá dentro.

Leu as primeiras dez páginas, depois voltou ao começo, sem capacidade ou disposição para compreender o feitiço sugerido ali.

— O que é isso? — perguntou Collins.

— É o que estou tentando entender — disse Nicholas.

— A gente devia mesmo ir embora.

— Eu sei — concordou ele, mas continuou lendo.

Como soubera subconscientemente que seria o caso, aquele rascunho de livro também exigia dois Escribas. Mas não era só sangue que parecia estar procurando. *Encaderne com o corpo. Costure com o tendão. Vincule com os ossos.* O livro todo devia ser feito do Escriba azarado que dera seu sangue – assim como sua pele. Tendões. Cabelo. Tudo.

— Não é possível — disse Nicholas.

Collins, que ficara andando da escrivaninha à porta enquanto Nicholas lia, voltou à escrivaninha. Para alguém que alegava odiar livros e magia, ele parecia bem interessado.

— O que não é possível?

Nicholas leu mais algumas frases para ter certeza.

— Isso aqui são notas sobre outro feitiço que usa uma parte do corpo de um Escriba como um objeto-âncora... mas o objeto se conecta a uma *vida*. Então você conectaria sua vida a, sei lá, o dente de um Escriba, por exemplo, e, enquanto o dente existisse, você também existiria.

Collins franziu o cenho e Nicholas se preparou para tentar explicar, mas Collins disse:

— Imortalidade. É isso que você está dizendo.

— Em essência, sim.

— Mas não é um livro. Não está escrito, quer dizer.

— Não. — Nicholas encarou a primeira página. *Carne da minha carne...* — É só um rascunho.

— E seria preciso dois de vocês — prosseguiu Collins.

— Sim — confirmou Nicholas.

A voz de Collins ficou dura.

— É por isso que seu tio está procurando outro Escriba?

Outro Escriba. Para que Richard pudesse derreter seus ossos para fazer cola, cortar seu cabelo para criar fios, esfolá-lo para fazer couro. Entalhar uma caneta com seus dedos. Drenar o seu sangue. E então forçar Nicholas a usar os restos ensanguentados para escrever um feitiço que manteria alguém vivo para sempre.

14

Por semanas após ser escrito, o feitiço do tapete voador de Nicholas tinha ficado esquecido na última gaveta de sua escrivaninha. Ele o cobrira com uma bagunça de papéis e até uma velha camiseta, não querendo pensar nele, mas, com o passar das semanas, começou a sentir estranhamente como se tivesse trancado uma parte de si naquela gaveta também, abafando-a sob uma camada de papéis e tecido. Parecia que o volume e a cor do mundo tinham diminuído, que tudo era quieto e bege, opaco e exaustivo. Ele nem conseguiu ficar entusiasmado quando Maram propôs um passeio em Londres para pegar o novo par de tênis Adidas pelo qual ele vinha implorando, o que a fizera franzir o cenho e pressionar uma mão em sua testa.

Como sempre, ele não conseguira evitar se inclinar em direção ao toque inesperado. Ela rapidamente afastou a mão e disse a Richard:

— Ele não está com febre, pelo menos.

Eles estavam na sala de jantar comendo uma costela muito rosada e temperada com alecrim, e o cheiro sangrento e herbal era nauseante. Lembrava Nicholas demais da produção de tinta para atiçar seu apetite.

— Você tem estado de mau humor faz semanas — disse Richard —, e o sr. Oxley me contou que tirou um oitenta suado na sua última prova, o que não combina com o aluno aplicado que eu sei que você é. Tem alguma coisa errada?

— Não — disse Nicholas, empurrando uma pilha de espinafre salteado no enorme prato de porcelana. — Tudo é chato.

— Podemos ir ao cinema amanhã — sugeriu Richard. — Ou ver uma peça.

— Não.

— Uma loja de discos, então.

— Não.

— Madame Tussauds?

Isso fez Nicholas erguer os olhos, interessado contra a própria vontade. Fazia muito tempo que queria ir ao museu de cera. Richard sorriu.

— Posso ligar para eles amanhã de manhã e alugá-lo por uma tarde na semana que vem. Teremos o lugar todo só para nós.

Nicholas esmoreceu. Ele não queria perambular por um museu vazio enquanto Richard o observava olhar para manequins imóveis.

— Não — disse ele.

Maram, claramente impaciente com a conversa toda, reclamou:

— Ah, deixe-o em paz. Não dá para subornar alguém para não ficar amuado.

Magoado, Nicholas empurrou o prato na mesa.

— Posso me retirar?

— Vá em frente — disse Richard, a testa franzida, e Nicholas sentiu os olhos preocupados do tio sobre ele enquanto escapava da sala de jantar. Já estava se arrependendo de ter recusado um passeio ao Madame Tussauds, mas a dignidade exigia que esperasse alguns dias antes de anunciar que mudara de ideia.

Na manhã seguinte, porém, Richard bateu na porta do seu quarto e ordenou:

— Vista-se. Ponha uma roupa confortável. Tenho uma supresinha pra você.

Ele estava com uma mala de mão jogada sobre um ombro e usava calça jeans, o que já era uma novidade de alfaiataria suficiente para atiçar o interesse de Nicholas. Depois que Richard fechou a porta de novo, ele saiu da cama, vestiu-se e encontrou o tio esperando por ele na antessala, sentado no sofá baixo com um tornozelo apoiado em um joelho, o pé sacudindo com energia contida. Nicholas conseguiu segurar as perguntas enquanto seguia Richard escada abaixo pelos corredores e até o saguão de entrada.

Richard abriu as portas para o que era uma manhã bem bonita do fim da primavera. O céu era de um azul inigualável e o parque dos cervos estava coberto com uma grama esmeralda exuberante, pontilhada com margaridas e trevos e o amarelo solar brilhante dos botões-de-ouro. Insetos e abelhas zuniam, pássaros gorjeavam, e tudo tinha um aroma doce e fresco. As cabras jardineiras mastigavam grandes bocados da grama macia, sua pelugem parecendo incrivelmente suave, as orelhas se erguendo com curiosidade enquanto Nicholas e Richard passavam por elas.

— O que estamos fazendo? — perguntou Nicholas finalmente.

— Diga-me — começou Richard —, onde ficam as fronteiras das nossas proteções?

Não era de forma alguma a primeira vez que Nicholas era interrogado sobre isso, e nem de longe a primeira vez que Richard respondia a uma pergunta com outra, então ele rapidamente recitou a resposta.

— A estrada ao norte. A cerca branca ao leste. O bosque ao sul. O celeiro a oeste.

— Muito bem — respondeu Richard. Eles tinham chegado ao lago e ele parou, erguendo a mala de mão até um banco de pedra para abri-la. Nicholas ficou olhando, confuso, quando o tio começou a tirar o que pareciam metros de tecido rústico e colorido. O ar ficou preso em sua garganta quando percebeu para o que estava olhando: um tapete liso e trançado. Richard o abriu e estendeu na grama ao lado da água, então tirou o outro item da mala.

O livro do tapete voador de Nicholas.

— Há boatos de que você agiu pelas minhas costas com isso — disse Richard, segurando-o nas mãos e folheando as páginas distraidamente. — Pediu a outras pessoas que o lessem para você. Sabia que eu ia desaprovar, claramente.

Nicholas ficou quieto, tentando avaliar o humor do tio para decidir se deveria se defender, protestar ou se desculpar. Finalmente, disse:

— Eu trabalhei muito duro nele.

— Sim — assentiu Richard, fechando-o. — Dá para ver. É um trabalho incrivelmente bonito, Nicholas. Estou muito impressionado.

Essas palavras foram como o sol inundando uma sala escura. Nicholas tentou forçar uma expressão indiferente, mas era difícil demais; ele se sentia sorrindo largo.

— Certo — rendeu-se ele, lutando contra a vergonha causada por sua felicidade transparente. — Legal.

— Vamos fazer o seguinte — propôs Richard. — Eu leio o feitiço e testo o tapete primeiro, e então, se parecer seguro, deixo você subir comigo.

— Sério? — perguntou Nicholas imediatamente. — Promete?

— Desde que pareça seguro — repetiu Richard. — E desde que não ultrapassemos as proteções.

— Vai ser seguro — garantiu Nicholas, sem fôlego e com uma empolgação súbita e intensa. — Eu coloquei no livro; você vai grudar nele e ele não vai te deixar cair.

— *Você* não vai ficar grudado.

— Mas eu seguro firme! Prometo!

— Bem, veremos — declarou Richard, e tirou uma faca do bolso junto com uma bolsinha do que Nicholas supôs ser uma mistura triturada de meimendro negro, arruda-da-síria e as pétalas secas de cíclame-da-pérsia. — Sente-se — ordenou ele, e Nicholas sentou-se na beirada do banco de pedra, praticamente vibrando de impaciência, vendo o tio pinicar o dedo e pressionar a mistura ensanguentada de ervas na página.

Devido à dificuldade do feitiço, o livro era bem longo, o produto de duas sessões separadas de sangria com mais de um mês de distância, e Richard não se apressou ao ler. Assim como lia para Nicholas de noite, sua voz era ressonante e envolvente, e, conforme Nicholas ouvia suas próprias palavras meticulosas recitadas em voz alta de forma tão habilidosa, foi tomado de orgulho. Tinha feito um belo trabalho. O tio estava muito impressionado. E agora eles iam voar.

Quando Richard terminou de ler, o sol estava alto no céu e o tapete tinha se erguido cerca de um metro da grama e flutuava ali, as borlas nos cantos balançando-se na brisa suave. Richard se curvou para testar o peso com as mãos antes de se sentar cuidadosamente e erguer os pés do chão. O tapete não cedeu sob seu peso. Ele se sentou com as pernas cruzadas, agarrou as duas borlas da frente e as puxou para cima – imediatamente, o tapete subiu outro metro. Ele puxou a borla da esquerda – o tapete flutuou para a esquerda.

— Maravilhoso — comemorou Richard. — E vai durar quanto tempo?

— Meia hora, acho — calculou Nicholas, animado —, e não vai cair de uma vez, vai começar a abaixar devagar e aí pousar na grama para você poder sair.

Sem aviso, Richard puxou as borlas com tanta força que o tapete se inclinou direto para cima, disparando no ar como uma pipa enquanto Richard, sem o menor medo, permanecia improvavelmente sentado, preso pela magia à superfície de lã. Nicholas quase ficou com torcicolo seguindo-o enquanto subia, subia, subia, e então guinou para a esquerda e desenhou um pequeno círculo veloz sobre o lago, talvez a uns vinte metros de altura, o rosto e o corpo ocultos pela parte de baixo do tapete. Parecia minúsculo da perspectiva de Nicholas, mas então cresceu conforme Richard disparava de volta ao chão, tão rápido que Nicholas teve medo de que batesse, mas ele se endireitou bem a tempo.

O cabelo espesso do tio, pontuado com fios grisalhos que nunca se esgueiravam para além das têmporas, estava bagunçado pelo vento, e ele sorria como um garoto.

— Simplesmente fantástico. Tudo bem, Nicholas, suba. O mais seguro é você se sentar atrás de mim, acho. Promete que vai segurar firme?

Nicholas já estava subindo rápido, ajoelhando-se atrás do tio e, após um segundo de hesitação, passando os braços ao redor da cintura dele como se andasse na garupa de uma moto. Richard não era muito dado a abraços e Nicholas não iniciava um desde que era muito pequeno, então aquilo era o mais próximo que eles tinham chegado disso em um bom tempo. Ele se apoiou contra as costas do tio e olhou por cima do ombro dele enquanto Richard puxava o tapete para cima, muito mais devagar do que tinha feito para si mesmo pouco antes.

Enquanto o tapete subia, o coração de Nicholas também subiu, até ele sentir que explodiria de felicidade. Quando Richard parou cerca de cinco metros acima do lago, ele pediu:

— Mais alto!

Então eles foram mais alto. Tão alto que Nicholas ficou zonzo de alegria, apertando tanto o tio que podia sentir suas costelas reclamarem, mas Richard não objetou. De cima, o lago parecia uma poça azul brilhante, e as cabras eram pequenas como ratos, enquanto as grandes paredes de pedra da casa – tão gélidas e impenetráveis quando Nicholas estava no chão, olhando para cima – pareciam frágeis e curiosas, uma casa de bonecas com detalhes perfeitos. Eles pairaram ali por um momento sem se mover, apontando coisas um para o outro: o carro parecido com um brinquedo que descia a estrada, as rosas como borrifos de cores de um pincel sacudido, o bando de pássaros gorjeantes que alçaram voo de uma árvore e pousaram em outra. Então Richard guiou o tapete a uma altura menos atordoante e o impeliu para a frente.

Eles sobrevoaram o campo e ziguezaguearam entre as copas das árvores, e, quando ele implorou a Richard para ir mais rápido, o tio obedeceu, mergulhando tão baixo que o tapete deixou um rastro de grama farfalhante em seu encalço enquanto disparava pelos jardins. Eles voaram ao redor da casa, subindo cada vez mais, até estarem junto aos pináculos mais altos dos torreões com telhas de cobre, e Nicholas gargalhou de pura alegria, pelo perigo e emoção do voo.

— Foi você que fez isso, Nicholas — disse Richard. — O seu sangue, suas palavras. Como se sente? Se sente poderoso?

— Sim! — gritou Nicholas, porque se sentia. Porém, ainda mais que poderoso, ele se sentia pura e sublimemente feliz.

Por fim, o tapete começou a baixar, como ele tinha escrito que faria; mais, mais e mais, até se deitar na grama como uma criança cansada e repousar. Nicholas rolou para fora, ainda sentindo a barriga subir e descer, o vento no cabelo.

Richard sorriu para ele.

— E então, ainda está de mau humor?

Nicholas não podia negar que não se sentira tão bem em semanas.

— Não — respondeu, honestamente. — Isso foi incrível.

— Se tivesse me perguntado sobre o livro desde o começo, em vez de esconder de mim, poderíamos ter lido juntos há dias — argumentou Richard. Seu tom era brando, não de censura. — Espero que da próxima vez confie em mim. Segredos são ruins, Nicholas. No fim, eles só vão fazer você se sentir pior.

Naquele momento, não ocorrera a Nicholas se perguntar como o tio encontrara o livro, para começo de conversa; como ele devia ter revistado o escritório de Nicholas e até seu quarto para descobrir onde ele o escondera. Naquele momento, ele estava atordoado demais de satisfação e gratidão. Mas naquela noite, bem depois de agradecer a Richard e prometer não esconder mais nada dele, ele se deitou na cama repassando os eventos do dia e sentiu uma pontada de ressentimento. Mesmo aos dez anos sabia que a visão de segredos de Richard era uma via única: segredos guardados de Richard eram ruins, mas os segredos que o próprio Richard guardava? Tudo certo.

Agora, muitos anos depois, no escritório de Richard, ele pensou nas longínquas palavras do tio com fúria.

Segredos são ruins, Nicholas. No fim, eles só vão fazer você se sentir pior.

Ele ainda estava parado à escrivaninha do tio encarando o rascunho do feitiço repugnante. Collins tinha ido à sala ao lado e de repente enfiou a cabeça pela porta.

— Venha aqui — disse ele. — Agora.

— O que foi?

A cabeça de Collins desapareceu.

Nicholas levou um momento para rearrumar a escrivaninha, até ficar como estava quando eles entraram, e então deu uma última olhada ao redor do escritório, forçando-se a não passar depressa pela jarra enorme e seu habitante grotesco. Ele precisava se lembrar.

Na outra sala, Collins estava observando atentamente um dos espelhos com os braços cruzados. Nicholas foi parar ao lado dele. Estavam diante daquele denominado *Clínica*, que emoldurava uma sala que parecia a enfermaria de um filme americano de ensino médio, com uma mesa grande e várias camas separadas por cortinas – embora nenhuma das cortinas estivesse fechada e não houvesse ninguém na mesa.

Mas havia alguém em uma das camas; alguém com cabelo loiro e um rosto pálido adormecido. E parada ao pé da cama, seu próprio rosto em perfil, via-se outra mulher, esta com cabelo escuro e pele marrom-clara e usando um suéter que Nicholas não pôde deixar de reparar que era muito feio. Quando ele estava prestes a se virar, porém, Collins disse "Espere", e então outra pessoa entrou na moldura por um lado e se virou para encarar o espelho.

— Me diga uma coisa — disse Collins, apontando. — Esse é Tretheway?

Nicholas percebeu, pasmo, que Collins tinha razão. Era Tretheway, seu antigo guarda-costas.

— Achei que esse cretino tinha sido demitido — disse Collins.

— Eu também.

— Ele consegue nos ver através do espelho?

— Não se for o feitiço que eu escrevi em maio, o que deve ser — disse Nicholas. — Você pode passar coisas de um lado para o outro, mas só dá para enxergar deste lado. Vamos embora. Eu não dou a mínima para o que Tretheway está fazendo.

— Espere — pediu Collins. — A garota.

A mulher de cabelo escuro se virou. Ela também encarava o espelho diretamente. Nicholas quase deu um passo para trás, tão proposital e intenso era seu olhar, os olhos brilhando sob sobrancelhas grossas e expressivas. Ela encarou o espelho, perscrutando-o, depois se virou de novo. Tretheway tinha desaparecido da moldura. Ela estava olhando na direção dele e dizendo algo.

— Você a conhece? — perguntou Nicholas. Parecia haver algo familiar nela. — Ela é uma das nossas?

Collins não respondeu. Estava encarando o espelho como que hipnotizado e Nicholas estendeu uma mão para puxá-lo, mas a mulher olhou de volta para o espelho e Nicholas hesitou. Tretheway entrou à vista de novo, de costas para o espelho, praticamente escondendo a mulher de cabelo escuro, uma das mãos rígida ao lado do corpo. Segurava uma arma.

— Ah, merda — disse Collins.

A mulher estava falando de novo, as mãos erguidas como se estivesse acalmando um cachorro. Tretheway dobrou o cotovelo quase casualmente, apontando a arma para ela, e por um segundo ambos ficaram tão imóveis que parecia que a imagem tinha congelado na tela. Em seguida, tão repentinamente que Nicholas se viu agarrando a manga de Collins em alarme, ela entrou em ação com um pulo, lançando-se para a frente e colidindo com ele de modo que os dois voaram até o chão, e Collins deu um grito como se estivesse assistindo a um jogo de futebol. Os dois estavam parcialmente fora da vista do espelho agora, só a metade inferior do corpo visível, botas e joelhos emaranhando-se em uma luta desesperada.

— De que lado a gente está? — perguntou Nicholas, com urgência. — Os dois trabalham para a Biblioteca?

— Eu não dou a mínima pra Biblioteca — cuspiu Collins. — Espero que ela esgane ele.

Nicholas não achava que ela faria isso. Tretheway era forte e bem treinado. Porém, assim que pensou isso, a mulher entrou à vista: tinha conseguido uma vantagem, sentando-se em cima de Tretheway, mas seu lábio pingava sangue e uma das mãos de Tretheway pareceu puxá-la para a frente, e então ambos desapareceram de novo.

— Ah, caralho — xingou Collins.

Através do espelho, alguém entrou de novo à vista. Era Tretheway dessa vez, machucado e ensanguentado, mas sorrindo. Estava claro pela tensão dos ombros e a posição dos braços que ele estava estrangulando a mulher embaixo dele.

— Levanta — implorou Collins. — Levanta, pega ele.

Só então Nicholas notou que a pessoa loira na cama tinha se levantado. Ela estava usando uma camisola hospitalar com um braço preso ao ombro em uma tipoia, parecendo cambalear. Na outra mão segurava um vaso com o que parecia ser uma única flor de plástico no interior. Estava se esgueirando pelo lado de Tretheway, com o rosto aterrorizado, mas determinado. Ergueu o vaso com a mão trêmula. Era claramente a única arma que conseguira encontrar, e parecia inútil e patética.

Seu golpe, no entanto, não foi nenhum dos dois. Com uma força surpreendente, ela arrebentou o vaso na cabeça de Tretheway, e ele foi lançado de lado, desaparecendo parcialmente de novo. A loira se inclinou para baixo e, quando levantou, estava segurando a arma.

Olhou para a arma.

Olhou para Tretheway, que estava se levantando, as costas largas ocultando a visão deles de novo, bloqueando a mulher até que tudo que eles viam era o suéter claro dele.

A cena que se seguiu foi ainda mais horripilante por ser completamente silenciosa. Tretheway teve um espasmo, a lã do suéter ficando vermelha abaixo de um ombro, e então tombou de cara no chão. Sumiu da moldura. Tudo que podiam ver era a loira, com a arma estendida e a boca aberta, visivelmente tremendo.

A mão de Nicholas ainda estava fechada ao redor do braço de Collins, esquecendo completamente a ideia de ir embora. A mulher de tipoia parecia estar gritando a mesma palavra vez após vez, talvez o nome da amiga, e caiu de joelhos. Era tarde demais, pensou Nicholas, entorpecido. Tretheway fora atingido, sim – mas não antes de estrangular a mulher de cabelo escuro enquanto Nicholas e Collins assistiam.

Mas então ela apareceu na moldura, o rosto vermelho, as bochechas ficando ocas enquanto ofegava por ar, e Nicholas soltou o ar preso em seus próprios pulmões. Ao lado dele, ouviu Collins fazer o mesmo. A mulher com a arma a deixou cair e agarrou a de cabelo escuro com a mão boa, a boca das duas se movendo freneticamente enquanto conversavam depressa. Nicholas não conseguia imaginar o que estavam dizendo, mas a loira tinha parado de gritar e agora estava chorando, os ombros tremendo. Ela olhou de volta para onde Tretheway estava deitado, invisível.

— Você acha que ele morreu? — perguntou Nicholas.

Collins parecia nauseado.

— Eu não sei.

De repente, as duas mulheres se viraram para o espelho ao mesmo tempo. A loira com a tipoia ainda estava chorando, mas assentindo também, e elas se moveram para mais perto da moldura, agachando-se onde Tretheway devia estar caído. A mulher de cabelo escuro estava aparentemente revirando os bolsos dele e pegou um livro fino que Nicholas reconheceu. Era um dos feitiços simples de apagamento de memória que tinha escrito ao longo dos anos, e ele se sobressaltou, com um senso de irrealidade, ao ver uma desconhecida manusear um objeto sobre o qual ele sangrara e suara.

Um objeto designado a arrastar o leitor que tivesse o azar de pousar os olhos na sua primeira página.

— Não — disse ele em voz alta —, não olhe, não diga as palavras!

Mas era tarde demais. Ela já estava recitando a primeira página do feitiço de apagamento. Virou a seguinte, e então a próxima, mas não teve nenhuma reação visível ao feitiço escrito com o sangue do próprio Nicholas.

A magia não a tocou.

— Isso é impossível — sussurrou Nicholas.

Um segundo depois, ela enfiou o livro atrás da cintura do jeans e arrastou Tretheway pelas axilas até ele entrar na vista, a cabeça pendendo do pescoço, e a loira agarrou a perna do macacão do homem com a mão boa. Elas o arrastaram mais para perto até parar diante do espelho, a mulher de cabelo escuro tão próxima que Nicholas podia ver salpicos do sangue de Tretheway no seu rosto. Ela agarrou a mão flácida de Tretheway. Do lado de Nicholas e Collins, o espelho ondulou. Como uma minhoca através de terra molhada, a ponta do dedo de Tretheway atravessou até o nó, a unha preta, os ossos retorcidos após sua jornada através do espelho. O dedo dele desapareceu e as duas mulheres começaram a se esforçar para erguer o corpo.

Assim que Nicholas se perguntou o que estavam fazendo, ele entendeu.

— Elas estão empurrando ele pra cá — disse ele.

O dedo tinha sido um teste. Em seguida, o cabelo de Tretheway despontou como folhas de grama em crescimento, e então veio a testa machucada, e o rosto, que agora estava terrivelmente deformado – o nariz esmagado de um lado, a mandíbula desalinhada, os olhos sugados nas órbitas como que por um aspirador invisível.

Os ombros ficaram presos, mas então começaram a passar – e, apertando um dos ombros, veio uma mão pequena e marrom com unhas mordidas. Nicholas a encarou, boquiaberto. Assim que atravessou o vidro, a mulher de cabelo preto a puxou de volta, segurando-a contra o peito em pânico e examinando-a, claramente esperando que estivesse distorcida como o corpo de Tretheway, mas parecia estar bem. Um segundo depois, ela retomou o esforço e os ombros de Tretheway atravessaram por completo. Nesse ponto, a magia fez o seu trabalho e engoliu o resto do corpo na sala com Nicholas e Collins, cuspindo-o até que jazesse amarrotado a seus pés. A arma caiu junto com ele.

Nenhum dos dois conseguiu fazer nada além de encarar. Se Tretheway não estava morto antes, certamente estava agora, e as contorções do seu corpo deformado eram repugnantes. A pele tinha se mantido em um só pedaço, mas nada no interior tinha. Ele estava retorcido e saliente sob a superfície fina e intacta. Quando Nicholas olhou de volta para a cena do outro lado, o espelho – e todos os outros na sala – tinham se apagado. Eram só espelhos de novo, desconectados da vida que os mantinha carregados do outro lado. A vida que tinha acabado de terminar.

15

A única coisa positiva sobre toda aquela situação horrenda era que Esther agora sabia que Pearl não a tinha traído.

O corpo de Trev havia atravessado o espelho como se fosse mercúrio, não deixando para trás um resquício de sangue sequer na superfície fria e dura. Assim que ele desapareceu, Pearl soltou um gemido baixo e desabou no chão da enfermaria.

Esther, o corpo inteiro doendo após a briga e vibrando com a adrenalina do que tinha parecido a proximidade da morte, cuspiu freneticamente em um ponto limpo da manga do suéter e começou a esfregar as marcas de sangue no espelho que o tinham aberto. Temia que, se as deixasse no vidro, alguém sairia da moldura e mataria as duas ali mesmo. Coisas vivas não podiam atravessar espelhos, ela sabia disso – ou achava que sabia, mas, apesar do teste que fizera com o dedo de Trev, apesar do fato de ele ter voltado machucado, retorcido e errado, houvera aquele instante aterrorizante em que seu próprio dedo tinha deslizado pela superfície e ela não tinha sentido nada. Talvez fosse a passagem de um lugar a outro que destruísse um corpo, não a entrada.

Trev não estava inteiramente morto quando elas o empurraram, mas, se houvera qualquer dúvida de que a jornada através do espelho terminara o que o tiro de Pearl tinha começado, estava sanada agora, à medida que as manchas enferrujadas da magia dele eram esfregadas facilmente sob o dedo de Esther. O sangue vivo dele tinha ativado o feitiço desse lado; seu sangue ainda vivo permitia que seu próprio corpo atravessasse o espelho; e, agora que ele estava morto, o feitiço desse lado estava quebrado.

Ela limpou o resto do sangue do espelho e agachou-se diante de Pearl.

— Obrigada — disse. Havia muito mais que queria dizer, começando com *Desculpe*.

— Me diz que estou tendo uma alucinação — pediu Pearl. — Por favor, me diz que estou drogada, que isso é um pesadelo.

— Isso é um pesadelo — repetiu Esther. Ela estava examinando Pearl, procurando traços do sangue de Trev. Havia um pouco nos dedos e pulsos. — Você precisa lavar as mãos.

— Eu preciso lavar meu *cérebro* — replicou Pearl. Em qualquer outro momento, isso teria feito Esther rir. Mas claramente não era uma piada, e o fato de que Esther meio que planejava fazer isso mesmo tornava as coisas ainda menos engraçadas.

Ela foi até a pia no canto e molhou algumas folhas de papel-toalha, então voltou até Pearl e cuidadosamente limpou suas mãos, segurando-as nas palmas. Havia um rastro de sangue no rosto dela também, embora Esther não soubesse de quem, e ela o limpou. Depois olhou para si mesma. Seu suéter só estava um pouco sujo, mas havia algumas manchas no chão e a coxa da calça jeans estava encharcada de vermelho. A bainha da camisola hospitalar de Pearl estava molhada e vermelha.

Ela cuidaria disso em um momento. Se as duas tivessem um momento. Se ninguém tentasse abrir a porta da clínica, a encontrasse trancada e tocasse o alarme. Ela não fazia ideia do que Trev tinha dito à médica para fazê-la ir embora ou quanto tempo ela ficaria longe.

— Você sabe onde eles guardam essas camisolas? — perguntou Esther a Pearl, e para seu grande alívio Pearl assentiu. — Tá bom, troque a sua e coloque a suja aqui, depois suba na cama. Vou limpar o chão.

Pearl fez o que ela mandou, seus movimentos convulsivos e dissociados, e, quando vestiu uma nova camisola – tendo um pouco de dificuldade com a tipoia – e subiu na cama, Esther foi até o armário da enfermaria e encheu um balde com água e sabão.

— Ele me atacou — disse Pearl. — Trev. Quando estávamos esquiando. Em um segundo a gente estava conversando, e no próximo ele só...

o rosto dele mudou, e ele me atacou, e... — ela parou, a respiração acelerada. Depois de recuperar o fôlego, disse: — Quem ele *era*? O que aconteceu aqui? Como você sabia que podia passar ele através do... do... passar ele através do... — Ela parecia incapaz de completar a frase. Outra inspiração trêmula. — Que caralhos está acontecendo, Esther?

— Ele estava atrás de mim, não de você — explicou Esther.

— Sim, obrigada, até aí eu entendi. *Por quê?*

Esther estava esfregando o chão o mais rápido que conseguia, esvaziando e enchendo o balde até todos os traços de sangue sumirem, o que não levou tanto tempo quanto ela tinha temido que fosse levar. Nada disso resistiria ao exame de uma equipe forense, mas, quando alguém enfim reparasse que ele havia sumido e começasse a se preocupar, Esther já estaria bem longe.

Com sorte.

Além disso, não haveria rastro do corpo, a arma do crime, nem câmeras na clínica – por que alguém suspeitaria de assassinato? Também não havia testemunhas. Ou não haveria, quando Esther terminasse seu trabalho.

— Onde a enfermeira pôs suas roupas de esqui? — perguntou Esther.

— Não sei. Esther, por favor, só olhe para mim um segundo e *explique*.

Esther apertou os olhos com força, depois os abriu e se virou. O livro que ela tirara do corpo de Trev apagaria completamente a memória de Pearl das últimas vinte e quatro horas – restaurando-a para antes do tiro, do esqui, da briga –, mas essa Pearl, que estava tremendo na cama e encarando Esther desesperadamente, ainda se lembrava. Essa Pearl merecia alguma coisa, não é? E por que não a verdade? Era uma ideia sedutora demais para rejeitar. Só por um momento, ela e Pearl podiam viver no mesmo mundo juntas.

— Vai parecer loucura — disse ela. — Mas tente acreditar em mim. Lembre-se de que acabou de ver Trev passar por um espelho.

— Eu não sei o que vi.

— Sabe, sim. Se não puder aceitar isso, não vai aceitar nada do que eu vou te contar.

Pearl mordeu o lábio em silêncio. Então disse:

— Tá bom. Sim. Eu vi.

Esther virou-se para procurar as roupas de Pearl enquanto falava.

— Magia existe — disse ela — e é canalizada através de certos livros. Minha família pode sentir a presença desses livros, ouvi-los, embora eu não consiga. Meu pai passou a vida toda colecionando eles, e ele tem... ou tinha, esses livros são da minha irmã agora... centenas deles. Valem uma fortuna.

Ela encontrou as roupas dobradas no armarinho de remédios de metal em um saco plástico, e tirou as próprias roupas ensanguentadas e as enfiou na sacola no lugar das de Pearl.

— Quando eu era bebê — continuou —, um bando invadiu nosso apartamento na Cidade do México para levar a coleção. Eles não conseguiram roubar os livros, mas mataram minha mãe. Não sei os detalhes. Só sei que, depois disso, meu pai me pegou e sumiu do mapa. Ou foi para Vermont, pelo menos. — Ela estava tremendo na pia, de calcinha e sutiã, lavando as mãos e o rosto o melhor que podia, com medo de se virar e ver a descrença no rosto de Pearl. — Não é só que eu não consigo ouvir a magia, eu também sou imune a ela. Não sabemos por quê. Mas, quando eu tinha dezoito anos, meu pai percebeu que as proteções que ele usava para impedir nossa casa de ser encontrada não me bloqueavam, então tudo que alguém tinha que fazer para encontrar meu pai, minha madrasta e minha irmã, e a coleção inteira, era me encontrar.

Ela parou para puxar o jeans limpo de Pearl até a cintura. Pearl era mais alta e magra, mas ela podia dobrar as bainhas; o suéter grandão era longo o suficiente para cobrir o fato de que a calça mal estava abotoada, e no espelho – só um espelho de novo – Esther parecia limpa e livre de sangue, ainda que o resto estivesse um pouco machucado.

— Meu pai me fez escolher — disse ela, virando-se para Pearl. — Eu podia ficar em casa e pôr minha família em perigo, ou ir embora e nunca mais voltar. Obviamente escolhi a segunda opção.

Pearl a estava encarando. Parecia ter se acalmado um pouco enquanto Esther falava, ou pelo menos não estava mais visivelmente tremendo, embora estivesse quase tão pálida quanto as paredes.

— Entre embaixo do lençol — instou Esther.

— Por favor, venha aqui — disse Pearl.

— Não temos tempo...

— *Por favor.*

Esther engoliu com força e foi sentar-se ao lado de Pearl na cama, rígida e desconfortável até Pearl jogar o braço bom ao redor dos seus ombros e enterrar o rosto no pescoço de Esther. Então Esther fez a única coisa que podia: mudou de posição até estar abraçando Pearl apertado, tomando cuidado com o braço quebrado, os lábios contra o cabelo macio da outra. Sentiu seu próprio rosto, normalmente tão obediente, agindo por conta própria, a boca se torcendo com força, os olhos marejando.

— Eu vou acreditar em você — disse Pearl, a voz abafada contra a pele de Esther — até outra explicação aparecer.

— Não tem outra explicação — garantiu Esther. — Eu te falei a verdade.

— Era por isso que você ia embora? — perguntou Pearl, recuando um pouco para olhar para ela. — Porque Trev estava... atrás de você?

— Sim.

Doía ver a esperança no rosto de Pearl.

— Então significa que você vai ficar?

Sempre chegava aí. Com Joanna, com Reggie, com Pearl. Esther era um perigo para as pessoas que amava simplesmente por ser quem era.

— Não posso — respondeu Esther. — Eles sabem onde estou. Você já se machucou por minha causa, e nós duas quase morremos.

— Mas você disse que Trev ia te usar para chegar à sua família ou aos livros do seu pai. Ele não ia te matar — argumentou Pearl. — Certo? Só queria te interrogar ou...

Esther balançou a cabeça.

— O que eu te contei é tudo que eu sei. — Ela tocou a garganta, que ficaria roxa dos hematomas em breve e doía onde as mãos dele tinham apertado. *Pareceu que ele ia me matar.*

— Em vez disso — completou Pearl —, *eu* matei *ele*.

— Não matou, tecnicamente — corrigiu Esther. — Ele estava vivo quando nós o empurramos através do espelho.

— Ah, Deus. — Pearl enxugou a bochecha molhada no ombro sem a tipoia.

A clínica estava tão limpa quanto possível. Esther tinha um saco de roupas ensanguentadas amarrado em uma mão, mas qualquer um que entrasse não veria nada fora do comum. Era absurdo como tudo parecia normal. Pearl ainda tremia um pouco.

— Você não tem que se lembrar — disse Esther.

As lágrimas de Pearl brotavam nos cantos dos olhos e escorriam pelas bochechas pálidas.

— Como assim?

Esther mostrou o livro que havia tirado do bolso de Trev. Era novo, ela notou – encadernado como um livro de capa dura moderno, à máquina. Ela nunca vira um livro mágico tão novo.

— Isso é um... eu me sinto ridícula falando em voz alta — tentou Pearl.

— Um livro de feitiço — completou Esther. — Sim. E vai tirar sua lembrança do último dia, então você não vai se lembrar de segurar a arma ou de puxar o gatilho, nem de ser atacada. De nada.

Pearl não parecia aliviada, mas horrorizada. Ela recuou do toque de Esther, as narinas inflando.

— E não vou me lembrar de nada do que você me contou.

— Bem, não.

— E, quando pensar em Trev — prosseguiu ela —, vou pensar nele como um novo amigo legal e me perguntar onde ele está, me preocupar com ele. Sem saber que fui eu que o matei.

— Você não o matou — repetiu Esther.

— Eu atirei nele e agora ele está morto — resumiu Pearl. — O resto é semântica.

— Eu gosto de semântica.

— Eu não quero esquecer o que você me contou — disse Pearl. — Nós passamos uma estação inteira juntas e essa é a primeira vez que você me contou alguma coisa verdadeira. — Enquanto dizia tudo isso, ela chorava constantemente, uma lágrima lenta por vez, e Esther tocou um dos rastros úmidos na bochecha da outra com o máximo de ternura que conseguiu sem desabar ela mesma. — E parece perigoso esquecer o que eu fiz. Eu sinto *aqui*. — Ela apertou a palma no próprio peito. — Meu corpo vai se lembrar, mesmo se a mente se esquecer. Não vai?

— Não sei — respondeu Esther.

As lágrimas lentas escorreram um pouco mais rápido, a boca de Pearl tremendo descontroladamente, e ela puxou o ar, trêmula, recobrando o controle.

— Mas... mas se as pessoas notarem que Trev sumiu e me perguntarem o que aconteceu, eu não sei se... acho que eu não poderia... eu não minto bem, Esther, você sabe disso. Não sei lidar com isso. Não sei o que fazer.

Esther não disse nada. Nem sequer assentiu. Essa escolha tinha que ser de Pearl e mais ninguém.

De repente, Pearl apertou a mão dela com força, os dedos pressionando a palma de Esther.

— Me promete uma coisa — disse ela.

— Prometo qualquer coisa que puder sem mentir para você de novo.

Pearl assentiu.

— Se a magia existe mesmo, e você realmente puder apagar minha memória, e eu te deixar fazer isso... você tem que prometer me encontrar de novo quando estiver a salvo. Tem que prometer me contar tudo que aconteceu, e me contar de novo sobre seus pais e os livros. Preencher as lacunas. Eu não quero esquecer pra sempre. Eu quero *saber*. — Ela puxou o ar, estremecendo. — Mas acho que não consigo lidar com tudo isso agora. Sozinha.

Esther queria que fosse uma promessa que ela pudesse manter.

— Sim — disse ela. — Eu prometo.

— Jure para mim. — Pearl estendeu o dedinho, mas em vez disso Esther abriu os outros dedos dela e pressionou um beijo na sua palma.

— Eu juro.

— Tá bem — resignou-se Pearl. — Faça logo antes que eu possa pensar demais nisso.

— Eu não consigo fazer magia — disse Esther.

— Então...?

— Você mesma tem que fazer.

— Como isso é possível?

— Você tem que ler esse livro em voz alta. Onde diz "você", diga "eu", e, onde houver lugar para um nome, você diz seu próprio nome. Quando o feitiço começar a pegar, vai te levar até o fim, eu acho. Não vai se interromper com seus próprios efeitos. Geralmente não fazem isso, pelo menos.

Pearl a estava encarando.

— O jeito que você está falando sobre isso... o jeito como lidou com Trev... sinto que eu nunca te conheci de verdade.

A onda de emoção veio tão depressa que Esther não teve tempo de erguer suas defesas.

— Você conheceu — assegurou ela. — E vai conhecer de novo, porque eu vou voltar, lembra? Você vai me conhecer. Se ainda quiser.

Pearl estendeu a mão e Esther achou que fosse pegar o livro, mas então a mão boa dela estava atrás do pescoço de Esther, e Esther se inclinou por instinto, a boca encontrando a de Pearl e sentindo os lábios suaves cederem quando se abriram sob os seus, o arranhar dos dentes afiados. Ela fechou os olhos e se permitiu ter aquele momento maravilhoso: ser beijada por alguém que a conhecia por inteiro. Então se afastou e pôs o livro no colo de Pearl.

Se Esther pudesse ser tocada pela magia, talvez tivesse usado o feitiço em si mesma, depois, para apagar a lembrança do apagamento da memória. Pearl levou vinte minutos para ler o livro, vinte minutos que Esther passou em pânico pensando que alguém tentaria entrar na enfermaria, mas ninguém veio e ela observou a magia tomar Pearl palavra a palavra. Viu os olhos de Pearl ficarem vidrados, a boca se movendo não por vontade própria, mas pela vontade de outra pessoa, uma força que impulsionava a voz ao serviço da qual estava, a magia se impelindo adiante conforme os olhos de Pearl ficavam cada vez mais fixados na página, seu tom cada vez mais monótono, até ela finalmente pronunciar a última palavra e sua mão cair da página e ela tombar para a frente como uma boneca abandonada no meio de uma brincadeira.

— Pearl. — Esther temeu imediatamente que o feitiço tivesse dado errado e que Pearl ficaria assim para sempre, uma casca oca de magia. No entanto, ela ergueu a cabeça ao som do seu nome, sua expressão confusa, mas alerta.

— Esther? — Ela se endireitou. — Ai, que porra é essa? Meu braço... o que... onde eu estou, isso é a clínica?

A voz dela soava tão natural, tão livre do medo que a abalara minutos antes, que Esther sentiu um calafrio na coluna. Ela pegou o livro do colo de Pearl e o enfiou sob um braço.

— Você sofreu um acidente — revelou ela. — Vai ficar bem, mas... do que você se lembra?

— Lembrar? — repetiu Pearl, como se fosse um conceito exótico.

— Você foi esquiar hoje de manhã e caiu — relatou Esther. — Quebrou o pulso e bateu a cabeça. Teve uma concussão, mas não foi grave. A médica disse que é normal um pouco de perda de memória.

— Achei que amnésia só existisse em filmes — comentou Pearl, tocando sua cabeça com cuidado. Pareceu um pouco assustada de novo, mas era apropriado, dada a situação. — Cadê a médica?

— Ela saiu por um minuto — explicou Esther, através de um nó na garganta tão dolorido que mal conseguia falar as palavras. — Deixa eu ir achá-la.

Ela se ergueu, preparando-se para ir embora, e então parou.

— Tem uma coisa que eu não quero que você esqueça — disse ela a Pearl. — Mesmo com a sua concussão. Não quero que você esqueça que eu me importo com você de verdade. Mais do que me importei com qualquer pessoa em muito, muito tempo. O que quer que aconteça agora... isso não vai mudar.

Pearl pareceu assustada.

— Como assim o que quer que aconteça agora? Quão grave é essa concussão, exatamente?

— Não estou preocupada com a sua cabeça — rebateu Esther, sorrindo da maneira mais tranquilizadora que conseguiu. — Só quero que se lembre de como eu me sinto em relação a você.

— Tudo bem. — Pearl deu um meio sorriso. — Entendi. Você... — Ela fez aspas no ar. — "Se importa comigo de verdade."

Esther sabia que Pearl queria mais, queria outra coisa, uma configuração diferente de palavras, mas agora não era hora para verdades. Talvez elas viessem mais tarde, quando Esther cumprisse sua promessa.

— Sim — disse ela. — Agora descanse.

A médica, no fim das contas, estava dormindo no quarto dela. Esther descobriu isso depois que não conseguiu encontrá-la e, preocupada com o que Trev poderia ter feito com ela, alertou a administração. Interfonaram para ela, e a mulher apareceu dez minutos depois, a bochecha vincada do travesseiro, completamente confusa. Estava sob a impressão de ser o começo do dia, não o final, e não parecia se lembrar de Pearl ter sido trazida à clínica, embora não parecesse terrivelmente preocupada com seu lapso de memória.

— Turnos longos fazem isso com a gente — disse a Esther, em um tom confidencial.

Não, pensou Esther, *a magia faz isso com você*. Mas se limitou a acenar e sorrir.

O primeiro turno de jantar tinha começado e os corredores estavam cheios de gente voltando do trabalho, alguns falando e rindo, outros bocejando e quietos. Esther se sobressaltava a cada oi que lhe diziam, esperando alguém perguntar "Ei, você viu Trev?" ou "Ei, por que você parece que passou a tarde desovando um corpo?". Mas por que razão alguém pensaria tais coisas? Só o mundo de Esther tinha sido distorcido.

O mais sutilmente possível, ela se esgueirou pela estação limpando cada marca de sangue em cada espelho: a academia, todos os banheiros compartilhados, a cozinha. Toda vez que se aproximava de um espelho seu coração se apertava, pensando que algo ou alguém o atravessaria, mas nada nem ninguém o fez. Quando terminou, eram sete da noite. Seu voo era dali a doze horas. Em doze horas, ela iria embora.

Finalmente, ela foi até o que tinha sido o quarto de Trev e parou na frente da porta dele, preparando-se – embora não soubesse para quê. Lá dentro, o pequeno espaço estava organizado e sem bagunça, exceto por um moletom jogado ao pé da cama. Esther limpou as marcas de sangue do espelho acima da pia pessoal dele.

Então começou uma busca rápida e eficiente, procurando seu livro roubado e as respostas a perguntas que não sabia fazer. Abriu gavetas, sacudiu suéteres dobrados, até examinou o estojo de lentes na cabeceira de Trev e olhou para as pocinhas vazias de solução salina.

Encontrou milefólio seco e várias outras ervas que não reconheceu, e, embrulhado em uma toalha e enfiado sob o colchão, o livro que ele devia ter usado nos espelhos. Como o livro do apagamento de memória, esse também era inexplicavelmente novo, encadernado da mesma forma caprichada e mecânica. Em algum lugar, ela sabia, havia um livro com o feitiço do espelho que tinha que ser quase idêntico, nas mãos de pessoas que queriam matá-la.

E alguém, talvez, que queria salvá-la. Alguém que a estava ajudando a ir embora.

O romance de Gil, para sua tristeza, não estava em lugar nenhum, e exceto pelo livro e pelas ervas não havia qualquer evidência de que Trev era algo além do carpinteiro do Colorado que vinha fingindo ser. Ela embrulhou o livro do feitiço de espelho na toalha de Trev e o carregou consigo para o próprio quarto, onde metodicamente rasgou cada página dele e do livro de apagamento de memória, até que sua lixeira estivesse cheia de confete e as lombadas dos livros se agitassem ocas e inúteis.

Então começou a fazer as malas.

16

Só quando guiou a mãe pelas escadas da varanda até a porta da frente Joanna percebeu que nunca vira alguém realmente se mover contra as proteções e entrar na casa.

Cecily estava vendada e apertava o braço de Joanna. Ela não conseguia manter o equilíbrio e parecia não ter consciência de nada exceto a filha, que teve que se curvar e fisicamente dar um tapinha nos pés da mãe para fazê-la erguê-los a cada degrau. Era assustador ver Cecily tão desorientada e impotente, como um flashback e uma premonição ao mesmo tempo, previsível do jeito circular dos bebês e dos idosos.

Joanna ajudou Cecily a passar pela porta. A mãe entrou aos tropeços no saguão, arquejando, e se curvou com as mãos nos joelhos. Joanna tirou as botas e foi até a cozinha pegar um copo d'água para ela. Quando voltou, Cecily havia tirado o cachecol dos olhos e encarava a velha jaqueta de couro marrom de Abe, ainda pendurada no mancebo.

— Aqui — disse Joanna.

Cecily bebeu toda a água e devolveu o copo, deixando seu beijo vermelho na borda.

— Isso foi horrível — disse.

Joanna resistiu ao impulso de dizer *que bom*.

— Tire os sapatos.

Cecily obedeceu. Como era estranho ter outra pessoa na sua casa. Como era estranho já ter sido a casa de Cecily também.

— Como foi atravessar as proteções?

Cecily estava se olhando no espelho do corredor e passando as mãos no cabelo, analisando sua aparência como Joanna a vira fazer mil vezes antes, mas à pergunta da filha ela abaixou as mãos, como se surpresa ao se pegar no ato instintivo.

— Como estar em um sonho em que você não consegue ver nem ouvir nada — disse Cecily —, mas sabe que está num barco e que ele está afundando.

Joanna não conseguia imaginar exatamente a descrição, mas a aceitou. Pendurou os casacos dela junto ao de Abe no velho mancebo e viu Cecily traçar com o dedo um gancho de madeira entalhado.

— É o mesmo — observou ela.

— A maior parte da casa é a mesma — assegurou Joanna, mas assim que falou, questionou se era verdade.

Cecily não tinha levado muita coisa embora quando se mudara, e Abe e Joanna também não tinham acrescentado muita coisa nova, mas ela sabia que a casa parecia diferente de quando a mãe – e a irmã – tinham morado ali. Parecia menor naquela época, mais aconchegante.

Cecily passou por ela e foi até a cozinha, onde o sol de fim de tarde brilhava através da janela sobre a pia, refletindo da chaleira de cobre e das paredes amarelas com a tinta descascada. Joanna ficou grata pela luz quente e lisonjeira, grata pelo fato de a cozinha apresentar seu melhor aspecto para julgamento, e em seguida irritou-se consigo mesma por essa gratidão. Não importava o que a mãe pensava. A mãe a tinha enganado e prendido com um feitiço.

— Ele nunca trocou os azulejos — comentou Cecily, raspando um pé numa ondinha do linóleo empenado. Mas mesmo Joanna, que se sentia exposta e sensível sob o olhar de Cecily, percebeu que não era uma crítica; a voz da mãe estava baixa e tomada por uma emoção complicada.

— Não — disse Joanna. — Mas a gente comprou uma torradeira nova.

Cecily sorriu e, tarde demais, Joanna se lembrou de sua raiva.

— Você tem trinta minutos — declarou ela. — Faça o que veio fazer.

— Preciso de uma agulha ou faca — apontou Cecily.

Joanna tirou a faquinha prateada do escorredor.

— Eu levo. Você me diz o que fazer com ela.

Ela podia ver no rosto da mãe o quanto Cecily não tinha gostado da intimação, que ela apresentou como uma ameaça.

— Você não pode achar que...

— Minha casa — disse Joanna. — Minhas regras.

Pareceu que Cecily ia discutir, mas então nitidamente desistiu. Ela se virou e deixou a cozinha para atravessar a sala de jantar, e tarde demais Joanna se lembrou do amontoado de materiais que deixara sobre a mesa: as faixas de couro, fios, um pote de cola, pilhas de papéis diferentes. Viu os olhos da mãe absorverem tudo e torceu para Cecily não tirar uma conclusão da bagunça, mas Cecily inspirou bruscamente e virou-se para ela com uma expressão de medo que pareceu exagerada para a situação.

— Jo — balbuciou ela. — Você não tem... não pode... escrever livros?

Começou como uma declaração, mas terminou como uma pergunta.

— Só estou experimentando — disse Joanna, e as feições de Cecily passaram do temor ao alívio. Joanna podia imaginar o que ela estava pensando: que, se Joanna aprendesse a escrever os livros sozinha, mergulharia demais em tudo aquilo para emergir, sumiria para sempre. Talvez ela até tivesse razão. Joanna nunca saberia.

Cecily parou na sala de estar, vendo os cobertores, os travesseiros, as pilhas dobradas de roupas na poltrona no canto.

— Você dorme aqui embaixo?

Joanna não devia qualquer explicação à mãe, mas seu instinto defensivo se ergueu de novo.

— É mais quente. E eu economizo na conta de gás.

— Você quer dizer que economiza o feitiço de glamour que usa para preencher o tanque de propano.

— Conta de gás — repetiu Joanna.

Cecily afastou os cobertores pregados que separavam a sala da escada para o segundo andar, e Joanna seguiu. A temperatura caiu enquanto subiam, e ela estremeceu, desejando não ter tirado o casaco. Correu os dedos pelo balaústre, a madeira ainda lustrosa depois de anos sendo alisada pelas mãos da família.

Apesar de sua fúria, de sua mágoa, apesar do que Cecily fizera para trazê-las àquela situação, parte de Joanna não estava nem um pouco brava por estar seguindo a mãe pelas escadas que subia sozinha fazia tantos anos. Era um lado infantil dela que se emocionava com a pressão suave da cabeça de um gato na mão.

Cecily parou no patamar do segundo andar e olhou ao redor. Deu um passo na direção do fim do corredor e do quarto maior, aquele que já dividira com Abe, então deu as costas para ele e examinou as outras duas portas. Joanna sentia o coração batendo na garganta enquanto esperava para ver o que a mãe faria. Não tinha a menor ideia.

Cecily caminhou na direção do antigo quarto de Esther. Abriu a porta com cautela, como se pudesse haver alguém dormindo lá dentro, aí a empurrou mais e entrou com Joanna no seu encalço. Fazia ainda mais frio no quarto do que no corredor, e a temperatura fazia tudo parecer desanimador de um jeito que poderia ter sido aconchegante no verão. Kurt Cobain olhava para elas por cima de caixas de livros comuns, roupas velhas de Abe e móveis quebrados que Joanna pretendia consertar um dia.

Cecily correu os olhos pelo quarto, uma mão pairando sobre a clavícula como se quisesse apertar a mão no coração, mas estivesse se segurando.

— Tinha mais uma coisa naquele canto — observou Cecily.

Joanna olhou para o canto junto ao guarda-roupa, agora ocupado por uma cômoda com gavetas cheias de material de artesanato e costura.

— Pode me dizer algo a mais?

— Não.

Joanna revirou a memória, visualizando o quarto como era na época de Esther.

— O espelho?

— Onde está? — perguntou Cecily.

Em resposta, Joanna cruzou o quarto e abriu a porta do guarda-roupa. Lá dentro, o enorme espelho lhes apresentava sua face de luz invernal brilhante, e Cecily soltou um barulho de alívio que era quase um grunhido. Quando falou de novo, sua voz estava agitada, como se a visão tivesse inspirado uma nova urgência.

— Preciso de papel e caneta.

Havia folhas de caderno em uma das gavetas, e Joanna encontrou uma caneta gel azul que milagrosamente ainda funcionava. Passou ambos para a mãe, seus movimentos espasmódicos com uma tensão que Cecily imitou ao tomá-los.

Cecily apoiou o papel no topo de uma cômoda mais alta. Seus olhos estavam estreitados de concentração, e uma ou duas vezes ela parou para reler antes de continuar. Joanna ficou imóvel em vez de invadir o espaço da mãe para ver o que ela estava escrevendo. Quando Cecily terminou, porém, ela estendeu a mão.

Podia ver a hesitação da mãe, sua relutância, mas ela entregou o papel.

As palavras não faziam sentido, dois parágrafos com marcadores; Joanna leu duas vezes sem entender.

- Não sei se você ainda está aí ou se isso está chegando tarde demais. Você entende por que estou entrando em contato. Por favor, me diga se tem a situação sob controle ou o que posso fazer.
- É hora de romper minha parte do nosso acordo. Assim que receber esta mensagem – se receber esta mensagem –, termine, por favor.

— C.

— O que é isso? — perguntou Joanna.

Cecily, previsivelmente, não disse nada. Enfiou a mão no bolso do cardigã e tirou um pedaço rígido de papel. Joanna viu um céu rosa e uma fonte quadrada. Era o cartão-postal antártico de Esther.

— Preciso da sua faca agora — disse Cecily.

Joanna considerou recusar até receber uma resposta clara, mas a essa altura tinha bastante certeza de que sua recusa não traria mais respostas, mas menos. O tempo estava passando e ela queria ver o que Cecily planejava fazer em seguida. Entregou a faca à mãe, com o cabo virado para ela, e com uma alfinetada rápida Cecily reabriu o corte que usara antes para desenhar barreiras de sangue e prender Joanna na sua sala de estar. Ela passou o sangue vermelho vivo no canto do cartão-postal e no bilhete que escrevera e dobrou o cartão-postal ao redor do papel como um envelope aberto.

Então fechou os olhos e inspirou lenta e profundamente.

— Eu nem sei se isso ainda vai funcionar — disse ela. — Faz dez anos que usei pela última vez.

Joanna não disse nada. Cecily estava falando sozinha, seu olhar voltado para dentro e focado. Enquanto ela observava, a mãe estendeu o braço e pressionou o dedão ensanguentado no espelho: uma impressão digital no topo, dos dois lados, na parte inferior.

Joanna estava observando atentamente enquanto Cecily fazia isso, mas não foram seus olhos que registraram a mudança. Foi seu outro sentido, o ouvido-dentro-do-ouvido, que sentiu a mudança. Tudo estava quieto e então não mais, não inteiramente. Um zumbido, lento e baixo, cresceu na cabeça dela. Era o som de um feitiço se erguendo – e sem livro à vista. Era um feitiço que, de alguma forma, já estava em vigor, um feitiço em progresso que precisava de sangue não para ser ativado, mas para ser reativado.

Rapidamente, Cecily estendeu a mão e segurou o cartão-postal com o bilhete dobrado contra o espelho. Só que não foi *contra* o espelho, porque o espelho não ofereceu resistência. O vidro ondulou e cedeu como água ao redor de uma pedra, e, como uma pedra, o bilhete e o cartão afundaram e foram engolidos.

Joanna agarrou o pulso da mãe assim que percebeu o que estava acontecendo, mas foi lenta demais e era tarde demais. A mão de Cecily já estava vazia. Freneticamente, Joanna tentou limpar o sangue da mãe do espelho, embora soubesse perfeitamente bem que as manchas, mesmo que ainda estivessem úmidas, não se moveriam para ninguém exceto Cecily.

— Pare, querida — pediu Cecily. Seu rosto estava calmo, toda a urgência drenada de sua postura; ela fizera o que tinha vindo fazer.

— O que você fez? — perguntou Joanna. Sua voz saiu trêmula. — Quem está do outro lado do espelho?

Pois claramente havia alguém, tinha que haver: uma figura desconhecida que estava agachada do outro lado do espelho naquele guarda-roupa sabe-se lá por quanto tempo, esperando para que fosse ativado. Arrepios se espalharam pelos braços dela.

Cecily tomou o rosto dela nas mãos, e, após um recuo reflexivo, Joanna ficou parada e deixou a mãe olhá-la nos olhos. Mesmo agora, o toque das mãos frias da mãe em suas bochechas quentes e agitadas a reconfortou.

— Nada pode atravessar o espelho — disse Cecily. — Suas proteções impedem que isso aconteça. Eu só posso enviar coisas para o outro lado.

— Para onde? Para quem?

— Eu sei que estou pedindo uma coisa difícil — explicou Cecily. — Estou pedindo que você confie em mim sem explicações. Algum dia, espero te contar tudo e então você vai entender tudo, mas por enquanto preciso que acredite que o que nós queremos não é tão diferente. Eu não estou agindo contra os seus interesses e nunca faria nada para ferir você. Diga que sabe disso.

Joanna sabia; ou, ao menos, seu corpo sabia, seu coração e seus instintos. Mas sua mente insistia que tal fato era incompatível com o que ela testemunhara ao longo dos anos. Ela vira Cecily tentar queimar as proteções e depois abandonar Abe quando seu plano não tivera sucesso. Ouvira o pai quando ele dissera para ela não deixar Cecily entrar de novo na casa, ouvira quando eles tinham continuado discutindo muito depois que Cecily se mudara. Recebera centenas de pedidos explícitos de Cecily para entrar de novo na casa e centenas de críticas implícitas que não podia deixar de crer que eram formuladas em parte para fazer Joanna desistir das proteções por conta própria. Não era segredo que Cecily queria que Joanna saísse da casa, deixasse os livros, abandonasse a única proteção que tinha. Desejar que alguém ficasse desprotegido não era o mesmo que desejar mal à pessoa?

O único contra-argumento era o fato de ela saber que Cecily a amava.

— Confie em mim — disse Cecily de novo. — Por três dias. Então eu vou voltar e suspender o feitiço.

— Você vai *terminá-lo* — disse Joanna.

— Não posso fazer isso — disse Cecily, soltando o rosto dela. — O livro está do outro lado. Eu o passei para lá assim que li o feitiço, muitos anos atrás.

Quando Joanna olhou no espelho, só viu a si mesma, seus próprios olhos castanhos enormes, com cílios finos, olhando-a de volta. Viu Cecily ao seu lado, viu o quarto atrás dela, as pilhas de bagunça, a borda roxa da velha colcha de Esther. A superfície era como a de qualquer espelho: fria, dura, frágil. Onde estava aquela outra sala, aquele outro espelho? Quem estava atrás dele?

No fim, não foi a confiança de Joanna na mãe que venceu. Foi sua curiosidade.

— Três dias — repetiu ela. — Aí você suspende o feitiço e limpa seu sangue completamente.

— Sim — confirmou Cecily, no ato. O alívio estava estampado em seu rosto e Joanna queria desesperadamente saber por quê. Mas Cecily não lhe contaria nada. Quem sabe o espelho contasse.

17

Desde que começara a escrever livros, Nicholas produzia toda a sua tinta em uma das duas cozinhas nos porões. Fora ali que tivera suas aulas práticas quando criança. Ao contrário da cozinha mais nova, que era o domínio dos empregados domésticos, essa não era reformada desde o fim do século XIX, e suas paredes de madeira, chão de ardósia esburacada e fogão de ferro estavam manchados com décadas de fumaça oleosa. Com fumaça – e com sangue. Nicholas tinha quase certeza de que uma investigação forense iluminaria o lugar todo como uma rave.

No momento, a cozinha estava iluminada apenas pelo sol do início da manhã, com a silhueta de Richard delineada contra a janela, suas costas para a porta quando Nicholas entrou.

Nicholas podia produzir a tinta sozinho, mas era mais fácil e rápido, além de menos doloroso, com alguém para ajudar, e geralmente ele teria ficado feliz de ter não só a companhia de Richard, mas o raro calor de sua atenção total. Naquela manhã, porém, ver o tio só provocou uma onda nauseante de medo na base da barriga.

Ele quase não tinha dormido na noite anterior, virando e revirando até os lençóis ficarem emaranhados e Sir Kiwi deixar a cama em protesto para dormir no chão. Ele não parava de pensar na jarra, no olho, naquelas veias cuidadosamente cortadas, no olhar feroz e protetor de Richard quando prometera manter Nicholas a salvo e no corpo distorcido de Tretheway caído na sala de espelhos.

Na noite anterior, ele e Collins tinham saído do escritório imediatamente, voltando às pressas pela passagem para Collins poder ler o feitiço e levá-los de volta pela estante. Nicholas quase esperava que Richard ou Maram estivessem aguardando do outro lado, furiosos e acusatórios. Mas não havia ninguém lá. Eles voltaram aos aposentos de Nicholas sem encontrar ninguém, e, apesar do cadáver que jazia na sala logo ao lado do escritório de Richard, ninguém tinha vindo falar com eles.

— Não tivemos nada a ver com Tretheway — insistira Collins. — Só estávamos lá quando aconteceu por acaso. Ele estaria morto mesmo se nunca tivéssemos encontrado aquela passagem.

Era verdade; no entanto, Nicholas passara a noite toda certo de que a qualquer momento Richard ia escancarar a porta do seu quarto e acusá-lo de assassinato. E como Nicholas rebateria? As possíveis acusações contra o tio eram terríveis demais para articular.

Agora, ele não pôde deixar de ficar tenso quando Richard se virou da janela da cozinha para ele, iluminado por trás de modo que era difícil ver sua expressão.

— Bom dia.

— Bom dia — disse Nicholas, tentando manter a voz neutra. Certamente Richard já encontrara o corpo, não? Certamente sabia que Tretheway estava morto. Será que sabia que Nicholas estava lá quando aconteceu?

Porém, quando Richard saiu do brilho do sol, Nicholas viu que ele estava sorrindo – um sorriso natural e acolhedor, franco e completamente normal.

— Tudo bem? — perguntou ele. Sua voz também estava normal. — Eu sei que é um pouco cedo para você.

Nicholas se obrigou a retribuir o sorriso.

— Eu sobrevivo. Obrigado por arrumar tudo.

Entre os instrumentos — as agulhas, a bacia, os tubos, a goma-arábica, as velas — estava um enorme copo de suco de laranja, para o qual Richard apontou.

— Beba — disse ele. Nicholas pegou o copo e deu um gole, embora tivesse gosto de ácido de bateria na boca seca. Viu Richard franzir o cenho para uma caixa de cateteres agulhados de calibre 21.

— Isso vai levar uma eternidade — comentou Nicholas. Sua própria voz soava perfeitamente casual, sem qualquer indício de um tremor que poderia trair seu nervosismo. — Estamos sem os normais?

— Não — respondeu Richard —, mas você está sem veias boas.

— Eu só estourei uma da última vez — argumentou Nicholas. — E faz quase dois meses.

— Essas veias são uma *commodity* preciosa — disse Richard. — Queremos tomar cuidado com elas.

Nicholas tomou outro longo gole de suco de laranja e esperou. No entanto, Richard não disse mais nada; simplesmente começou a arrumar o chão da cozinha para formar um círculo, como sempre fazia. Devagar, a pulsação de Nicholas começou a acalmar-se. Se Richard vira o corpo, não parecia tê-lo conectado de forma alguma com ele. Collins tinha razão. Tudo que Nicholas precisava fazer era agir normalmente e não demonstrar nada.

Ele abaixou o copo e começou a enrolar as mangas, examinando os antebraços com cicatrizes em busca de um ponto adequado, embora estivesse com dificuldade para fixar a visão. A calma momentânea se dissipou e os batimentos aceleraram de novo, porque, independentemente de Tretheway, independentemente de Richard saber ou não o que Nicholas vira, ele *tinha* visto seu próprio olho flutuando em gosma.

Quantas vezes Richard o ajudara com a sangria? Quantas vezes os dedos carinhosos e capazes do tio tinham envolvido o medidor de pressão ao redor do bíceps de Nicholas e removido a cobertura de plástico de uma agulha nova? Quantas vezes Nicholas se sentara ali e deixara Richard acessar suas veias como um mineiro cavando atrás de minério? Aquelas mesmas mãos haviam tirado seu olho da cabeça e posto a culpa em estranhos.

As próprias mãos dele estavam tremendo.

Aja normalmente, disse a si mesmo desesperadamente, *aja normalmente*. Mas como? Como podia deixar Richard enfiar uma agulha em sua pele depois de ver aquela jarra?

— Sabe — observou ele, abaixando a manga da camisa —, na verdade não estou me sentindo muito bem.

— Ah, não. — Richard se aproximou, com a palma aberta. Nicholas tentou não se encolher quando o tio encostou em sua testa. — Você não está com febre.

— Só não estou me sentindo muito bem.

— É natural, depois do que aconteceu na outra noite — contemporizou Richard. — Mas colocamos nosso melhor pessoal no caso, e você sabe que nada pode feri-lo aqui.

Mentira. Richard podia feri-lo. Nicholas sabia disso agora.

— A tinta não pode esperar?

— Não se quisermos descobrir a verdade — disse Richard. — Alguém contou ao homem que o atacou o que você pode fazer, o que significa que alguém próximo a nós, próximo à Biblioteca, traiu nossa confiança. Precisamos de feitiços de confissão para obter respostas, e, quanto mais esperarmos, menos provável será descobrirmos um dia o que aconteceu.

— Talvez eu não ligue para o que aconteceu — rebateu Nicholas.

— Ah. — Richard arrastou a sílaba devagar. Ele abaixou a caixa de agulhas. — Ser atacado na outra noite o fez se sentir impotente, então agora você está exercendo o poder onde pode. Eu entendo. É uma reação natural. — Ele ergueu as mãos em resignação. — Bem, não posso discutir com uma resposta de trauma, posso?

Richard o estava provocando, sem nem disfarçar – e Nicholas sabia disso, mas de alguma forma saber não ajudava. Os joguinhos mentais idiotas de Richard funcionaram de todo jeito. Mesmo enquanto Nicholas dizia a si mesmo para se virar e ir embora, ele retrucou:

— Eu não me sinto *impotente*, me sinto enjoado.

— Deve ser influência de Maram — disse Richard. — Não a deixe mimá-lo. Você conhece seus limites melhor do que ninguém.

— Esse é o meu limite!

O ar de bom humor tolerante de Richard esvaneceu, e ele examinou

Nicholas mais atentamente. Sua voz tinha um toque de preocupação real quando perguntou:

— Do que se trata, Nicholas? Se está enjoado, está enjoado, mas não acho que é isso que está perturbando você. Sente-se, fale comigo.

Richard sentou-se à mesa e gesticulou para a cadeira à sua frente, e Nicholas, contra a própria vontade, sentou-se.

— Isso — disse Richard. — Agora me conte o que está acontecendo.

Nicholas dobrou as mãos trêmulas no colo. O rosto de Richard não tinha mudado visivelmente desde que ele era criança. Ele conhecia cada vinco e curva de cada uma das expressões de Richard, até mesmo vira algumas delas no seu próprio rosto no espelho, a semelhança familiar ressurgindo em momentos surpreendentes. Era um rosto que o enfurecera incontáveis vezes – e o reconfortara até mais. Ele confiara no tio a vida toda. Sua própria confiança era tão fácil de ser quebrada?

— Licença — pediu Collins da porta. Tanto Nicholas como Richard pularam, os ombros se erguendo de surpresa ao som da voz dele.

— Céus, Collins — reclamou Richard. — Há quanto tempo você estava espiando aí fora?

— Desculpe — disse Collins. — Só queria perguntar se você viu o porquinho de borracha de Sir Kiwi. Aquele de terno. Ela está doida procurando por ele.

Agora Richard e Collins encaravam Nicholas com expectativa. Ele se esforçou para ordenar os pensamentos.

— O porquinho... está... deve estar no meu quarto, provavelmente embaixo da cama.

— Obrigado — despediu-se Collins. — Desculpe pela interrupção.

Richard já tinha se virado, mas Nicholas olhou de novo para a porta aberta, onde Collins não tinha se movido. Sobre o ombro de Richard ele balançou a cabeça – uma, duas vezes, os olhos fuzilando os de Nicholas. Então, formando as palavras sem som de forma clara e exagerada, fez com a boca: *Não conte para ele.*

Um segundo depois, fechou a porta da cozinha e sumiu.

— Então, o que foi? — insistiu Richard.

A cabeça dele latejava. Nicholas a abaixou entre as mãos e, ao erguê-la, tinha estampado um sorriso triste no rosto.

— Sinceramente, você tem razão — respondeu ele para Richard. — Sinto muito. Estou sendo teimoso só para contrariar. Deus, eu sou tão fácil assim de ler?

Richard hesitou antes de sorrir de volta, batendo no ombro dele.

— Só para alguém que o conhece tão bem quanto eu. Não está passando mal, então?

— Só mal-humorado. Você sabe que sou inútil nesse horário. Vamos acabar logo com isso para eu voltar pra cama.

Ele notou que Richard estava disposto a aceitar a justificativa, feliz em retomar o trabalho e começar o ritual que eles tinham realizado juntos tantas vezes. Nicholas disse a si mesmo que não seria tão ruim; um feitiço de confissão precisava de cerca de vinte mil palavras, e eles podiam obter isso com menos de quinhentos mililitros. Provavelmente ele nem sentiria, se fossem devagar e ele não tentasse se levantar rápido demais depois. Richard fizera isso por ele centenas de vezes – não havia nada que sugerisse que aquele dia seria diferente.

A única diferença era que Nicholas não confiava mais no tio.

Ele bebeu mais suco para se preparar para o que estava por vir. Eram os efeitos mentais que ele mais temia, o modo como a perda de sangue excessiva embotava os cantos da mente e o tornava mais lento, até que ele só queria dormir e mais nada. E fazer a tinta era a parte que menos consumia tempo – ele ainda tinha horas de trabalho pela frente, segurando o fôlego sobre a escrita cuidadosa. Como poderia ordenar seus pensamentos se mal tivera tempo para pensar?

Ele se perguntou se o feitiço em si seria afetado pelo tanto que ele não queria escrevê-lo.

Richard estava prendendo a bolsa de coleta. Nicholas terminou seu suco, então se obrigou a examinar o conteúdo da mesa a sério. Uma tigela de solo ainda úmido, pedras, água e penas.

— Vamos ser elementais hoje, estou vendo — disse ele, pegando uma vela vermelha.

— Se não houver objeção.

— Nenhuma.

Tinta requeria cerimônia, mas, tal qual a adição de ervas, não havia regras estabelecidas para como deveria ser a cerimônia, embora a tinta saísse claramente mais escura se um Escriba tivesse alguma conexão – emocional, geográfica, familiar ou todas as anteriores – com o ritual que ajudara a criá-la. A imaginação mágica de Nicholas tinha sido fortemente moldada pelos romances de fantasia que amava quando criança, e muitos desses livros tinham sido influenciados pelas tradições espirituais focadas na terra das Ilhas Britânicas; por causa disso, ele criava suas melhores tintas com uma estrutura forte de simbolismo natural. A tinta que produzia em tais condições era mais escura que qualquer outra, o que significava que um único livro teria mais usos e que os feitiços durariam mais, com efeitos mais fortes.

Ele havia montado um círculo tantas vezes naquela cozinha que era quase instintivo – a tigela de terra ao norte, com uma pilha de pedras e um pequeno crânio de cordeiro; flores frescas e incenso ao leste; ao sul, um pires com areia do deserto e uma vela acesa; a oeste, água e seda azul. No centro, um geodo de ametista que Richard lhe dera quando criança.

— Pronto? — perguntou Richard quando ele acabou. Estava segurando o torniquete e Nicholas sentou-se de novo para deixá-lo prendê-lo ao redor do seu braço, a sensação familiar e constritiva quase reconfortante apesar de sua pulsação acelerada. Richard prendeu o velcro e hesitou, a mão ainda no braço de Nicholas, o olhar distante.

— O que foi?

Richard piscou como se acordasse de um sonho, embora os olhos ainda estivessem desfocados.

— Ah — respondeu ele. — Nada. Eu só... lembro disso com seu pai quando éramos jovens. — Ele sorriu para si mesmo, um sorriso ínfimo e melancólico que se solidificou quando ergueu os olhos para Nicholas.

— Ele era teimoso, como você... e como você, era capaz de admitir. Às vezes, Nicholas, você me lembra tanto ele que eu quase não consigo... — Ele deixou a frase no ar, depois limpou a garganta e começou a se ocupar com os instrumentos. Então disse: — Tenho sorte de ter você, só isso.

Nicholas engoliu em seco. Teve que lutar contra a onda de sentimentos complicados que se moveu nele às palavras de Richard.

Ele observou quando Richard foi acender as velas brancas em sentido horário, depois começou relutantemente a murmurar as invocações para cada direção cardeal enquanto as velas se acendiam, sua voz rouca aos próprios ouvidos.

— Não vai cantar hoje? — perguntou Richard, enquanto voltava ao lado de Nicholas para enfiar a agulha em seu braço.

A magia era sempre mais forte quando Nicholas cantava, especialmente no contexto de criar tinta para um feitiço de confissão, como ele estava fazendo agora. Geralmente, quando escrevia esses feitiços, cantava "The Bonnie Banks o' Loch Lomond", uma canção folk escocesa que podia jurar se lembrar da mãe entoando para ele. Contudo, a lembrança era pura invenção. Ele mal tinha dois meses quando a mãe morrera, novo demais para esse tipo de recordação específica. Emocionalmente, porém, a lembrança *parecia* verdadeira – e a tensão entre verdade e imaginação criava uma tinta fantasticamente poderosa.

Naquele dia, entretanto, a ideia de erguer a voz em uma música boba enquanto o tio assistia era insuportável. Ele balançou a cabeça uma vez e Richard não insistiu, só se recostou na cadeira à sua frente para esperar. O borrão meloso e familiar da magia surgiu com um zumbido nos ouvidos de Nicholas, nos seus ossos, e até mesmo diante de tanta incerteza ele relaxou ao entregar-se a ele, à sua correnteza, à certeza do seu propósito. E, apesar de tudo, sentiu a gratidão erguer-se com o bater de asas lentas. Quantas pessoas no mundo podiam alegar que sabiam exatamente para o que tinham sido criadas?

Suspirou, vendo o sangue cor de granada deslizar pelo tubo transparente até a bolsa de plástico hospitalar que Richard segurava com tanto carinho nas mãos elegantes. O sangue se acumulou no fundo como um espelho escuro. Nicholas reclinou a cabeça e fechou os olhos.

Quaisquer horrores que tinha imaginado não aconteceram. A produção de tinta ocorreu sem qualquer problema, como sempre, embora Nicholas se sentisse meio zonzo enquanto ia até o caldeirão e assistia às ervas trituradas se dissolverem na escuridão espessa do seu sangue. Ele tinha alegado estar enjoado mais cedo, e agora, como se tivesse se amaldiçoado, isso tinha se tornado verdade, e a névoa mental que vinha temendo foi quase um alívio. Seus pensamentos pareciam mais escorregadios, menos urgentes, embora a ansiedade não tivesse diminuído.

— Tenho uma reunião em Londres hoje — disse Richard —, mas volto logo antes do jantar. Maram e eu entrevistamos alguns funcionários ontem com seu último feitiço de confissão, e fico feliz em informar que o chef é perfeitamente confiável e está de volta ao serviço, então o avise se houver qualquer coisa em particular que gostaria de comer.

Pensar em comida embrulhou seu estômago, mas Nicholas assentiu mesmo assim. Richard o examinou e disse:

— Volte para a cama. Se bem que, se você conseguir escrever uma parte do livro hoje, eu apreciaria muito. Quanto antes voltarmos ao nosso quadro completo de empregados, melhor. Acho que Collins não gosta muito de ser guarda-costas, mordomo e criada tudo de uma vez.

— Não posso dizer que gosto também — disse Nicholas. — Ele é uma péssima criada.

— Bem — acrescentou Richard —, ele vai ter que suportar mais um pouco. Esta cozinha precisa ser arrumada e não tenho tempo para isso. — Richard conferiu seu relógio e bateu no ombro de Nicholas; uma dispensa que ele ficou feliz em acatar.

O pote de tinta estava quente em suas mãos frias, e Nicholas se viu segurando-o próximo ao peito enquanto se arrastava por vários lances de escada e seguia pelo corredor de retratos até seu quarto. Collins estava esparramado na antessala, preguiçosamente jogando uma minibola de tênis para Sir Kiwi, que abandonou sua brincadeira assim que viu Nicholas. Era sempre gratificante ser recebido com tanto entusiasmo, e Nicholas se curvou para cumprimentá-la também. Quando se ergueu, o sangue rugiu nos ouvidos e ele cambaleou antes de recuperar o equilíbrio. Collins desviou o olhar.

— Eu não esqueci do que te prometi — disse Nicholas. — Preciso de uns dias de descanso, mas aí escrevo a revogação do seu acordo de confidencialidade.

— Para poder me interrogar.

— Sim — confirmou Nicholas, e para sua surpresa os dois riram. Não era que algo fosse engraçado: era que *nada* era. Sua visão estava ficando borrada, e ele pressionou um punho no olho real, sentindo a exaustão dominá-lo. — Vou dormir um pouco — disse ele. — E levar Sir Kiwi. Se ficarmos lá por mais de uma hora, bata na minha porta, tudo bem?

Collins começou a responder, mas então parou, a postura ficando mais reta e rígida, os olhos fixos sobre os ombros de Nicholas. Nicholas se virou para ver o que ele estava olhando e encontrou Maram parada na entrada da antessala. Ela usava uma das suas blusas de seda castanho-claras com um laço exuberante no pescoço e tinha uma bolsa jogada sobre o ombro e seu casaco bege sobre um braço. As botas pretas tinham saltos. Ela ia sair.

— Os dois estão aqui — disse ela. — Bom. Nicholas, podemos entrar no seu escritório? Collins também. Preciso de uma palavra com os dois.

— Precisa mesmo — confirmou Nicholas. — Eu segui o bilhete que você me deixou.

— No seu escritório — disse Maram —, rápido, rápido. Richard vai subir para ver como você está em alguns minutos.

Ela gesticulou com pressa para que a seguissem pela antessala, e Nicholas se atrapalhou com a chave em uma mão, o pote de tinta ainda apertado na outra. Maram passou por ele com impaciência atípica, sua própria chave já em mãos e na fechadura, e um segundo depois eles estavam no escritório de Nicholas e ela trancara a porta.

As cortinas estavam fechadas e o escritório estava escuro, mas Maram puxou a cordinha de cobre de uma luminária de piso e a luz inundou o cômodo. Nicholas deixou o pote de tinta na escrivaninha e se sentou na cadeira, resistindo ao impulso de pôr a cabeça atordoada entre os joelhos. Sir Kiwi pulou no seu colo e ele se agarrou ao seu pelo macio.

— Vocês estavam lá ontem à noite, quando aconteceu? — perguntou Maram, a voz baixa e urgente. — Com Tretheway. Viram?

Nicholas ficou surpreso demais para responder, mas Collins disse:

— É, estávamos. Vimos a coisa toda.

— Quem foi? Quem o empurrou?

— Duas garotas... mulheres. Uma loira, a outra de cabelo escuro.

Nicholas olhou para seu guarda-costas. Ele não hesitara em responder a Maram, que soltou um longo suspiro. Se de alívio ou agitação, Nicholas não sabia dizer.

— Certo — prosseguiu Maram. — Certo. — Ela girou bruscamente na direção de Nicholas, toda seda farfalhante. — E você. Você viu, no escritório de Richard? Viu o que eu queria que visse?

— Eu... eu vi, não sei o que vi, parecia, mas não era, era?

— O que não era? Diga.

— Meu olho — disse Nicholas. — Parecia meu olho.

— Sim. — Maram tentou continuar, mas engasgou, uma mão com as unhas manicuradas voando para a garganta, os olhos se fechando contra um acesso de tosse súbito, e foi como se todo o corpo de Nicholas estivesse submerso no gelo enquanto a tosse rouca continuava sem trégua. Todo empregado da Biblioteca estava sob um feitiço de silenciamento, Nicholas sabia. Só que nunca lhe ocorrera, nem uma vez sequer nos últimos vinte e tantos anos, que Maram também poderia estar. Ela era uma funcionária, sim, mas também a parceira de Richard. Era mais a Biblioteca do que o próprio Nicholas. No entanto, deixara Richard ler um acordo de confidencialidade para ela, e tinha se submetido ao silêncio como qualquer criada ou guarda-costas.

Não era à toa que nunca lhe contara sobre o olho. O que mais ela não pudera lhe contar, durante todos aqueles anos?

Maram se recompôs antes de Nicholas e agora remexia na bolsa. Ela puxou um envelope marrom grosso e o empurrou para Collins. Ele abriu a aba depressa, olhou dentro e disse:

— O quê, agora? Hoje?

— Assim que Richard e eu sairmos — disse Maram. — Lembra o que fazer quando chegarem aonde vão? Você as baixa. Assim que puder.

Nicholas não devia ter ficado surpreso ao descobrir que Maram e seu guarda-costas vinham guardando segredos dele; que, aparentemente, tinham todo um relacionamento preexistente que lhes permitia conversar em poucas palavras. Todo mundo guardava segredos dele. Um a mais não devia ser um choque. Mas o queixo dele caiu mesmo assim.

— O que é isso? — perguntou ele. — Maram?

— Você tem que confiar em mim — disse ela. — Eu sei que vai ser difícil e sinto muito não poder explicar. Tudo isso seria tão mais fácil se eu pudesse.

Sir Kiwi pulou de repente dos braços dele e correu para a porta. Deu um latido animado e agudo.

— É Richard. — Maram cruzou a sala rapidamente e abriu a porta, depois voltou para sentar-se na poltrona junto ao fogo e se acomodar em uma postura relaxada e casual. Rapidamente, ordenou: — Collins, esconda isso.

Collins se curvou sobre a escrivaninha de Nicholas para abrir a gaveta e enfiou o envelope marrom ali. Tinha acabado de assumir sua posição habitual à porta quando Richard enfiou a cabeça dentro do escritório. Ele também estava vestido para sair, já num casaco de lã preta.

— Pronta? — perguntou a Maram. E a Nicholas: — Vou levá-la comigo hoje. Você vai ficar bem aqui? Não precisa de nada?

Canalizando sua mãe atriz, Nicholas disse com muita calma:

— Na verdade eu preciso. Se tiverem tempo, podem ver se meu pedido chegou na livraria?

— Vou ligar assim que sairmos das proteções — prometeu Richard. — E você está se sentindo bem? — Ele deu uma piscadela. — Não está enjoado?

Nicholas revirou os olhos, bem-humorado.

— Me sinto bem.

— Bom. — Richard bateu as palmas enluvadas. — Então talvez termine de escrever aquele livro até a noite.

— Voltaremos em algumas horas — disse Maram, e se ergueu, reajustando o casaco sobre o braço. Parou junto à cadeira de Nicholas, hesitante, e ele viu que a mão dela apertava a alça de couro fina da bolsa com tanta força que os nós dos dedos estavam brancos. Quando se curvou sobre ele, ele se tensionou, genuinamente confuso sobre o que estava acontecendo, porque Maram nunca o beijara antes. Mas agora fez isso, um breve roçar dos lábios na bochecha dele. — Tchau.

— Aberta ou fechada? — perguntou Richard, movendo a porta exageradamente.

— Pode ser aberta — disse Nicholas, e eles desapareceram.

Ele ouviu seus passos abafados no tapete da antessala e depois clicando pelo corredor de mármore, cada vez mais fracos até que não podia ouvir mais nada. Disse em voz baixa para Collins:

— O que tem nesse envelope?

— Xiu — disse Collins, indo até a janela e abrindo uma fresta da cortina.

Nicholas se ergueu e se juntou a ele. O sol do início da manhã tinha esvanecido na névoa e os campos verdes estavam cintilando, a entrada de carros preta e comprida brilhando como uma cobra na grama, serpenteando em direção à estrada distante. Em silêncio, ele e Collins ficaram parados, ombro a ombro, assistindo até o carro da Biblioteca entrar na vista e começar a descer o caminho, afastando-se da Biblioteca em direção a Londres.

Só quando tinha desaparecido totalmente de seu campo de visão Collins se virou da janela e foi à mesa.

Ele abriu o envelope marrom e despejou o conteúdo sem cerimônia sobre a escrivaninha de Nicholas.

— Temos que ir — disse ele.

— Ir? — repetiu Nicholas, pegando a primeira coisa que viu e a examinando perplexo.

Era um romance fino em brochura verde com um título espanhol, bastante velho, e Nicholas o abriu e encontrou uma anotação na caligrafia de Maram entre as capas. Começou a ler – *Mostre isso à mulher no...* –, mas então parou, distraído pelos outros objetos que caíram do envelope.

Uma pilha gorda de euros em um elástico e dois passaportes azuis.

Collins rapidamente abriu cada passaporte para dar uma olhada na primeira página e entregou um para Nicholas.

— Esse é você.

Nicholas olhou dentro. Era ele. E não era. A foto era dele, mas o nome dizia *Nathaniel Brigham* e a cidadania era canadense. Dentro do passaporte havia uma série de passagens de avião e outro bilhete, também na letra de Maram:

Confie em mim.

— Faça as malas — disse Collins. — Estamos indo embora.

Nicholas criou coragem.

— Do que você está falando? Você e Maram planejaram isso?

— Mais ou menos. — Collins enfiou o livro no envelope de novo. Ele começou a examinar a pilha de passagens no seu próprio passaporte, assentindo.

— Como assim *mais ou menos*?

— Faça as malas — repetiu Collins, enfiando as passagens e o passaporte no bolso de trás. — Nosso primeiro voo sai de Paris amanhã, o que significa que precisamos ir para Londres, pegar o último Eurostar e cruzar o canal hoje, e já está tarde, então mexa-se.

— Você ficou louco? — perguntou Nicholas. — Não, essas passagens são na classe *econômica*, eu não vou...

— Nick — chamou Collins, e o apelido foi tão surpreendente que o calou. — Você viu o que tinha naquela jarra. Sabe o que significa.

— Significa, bem, significa...

— Significa que você não está seguro aqui — apontou Collins. — E nunca esteve.

— Você lembra que alguém tentou me matar faz pouco tempo, né? Eu também não estou seguro lá fora.

Collins passou uma mão pelo cabelo escuro e olhou para Nicholas com uma expressão que era, em partes iguais, de frustração e pena, e Nicholas lembrou-se, de repente, do estranho olhar culpado que ele tinha na Sala de Inverno no dia anterior. Uma onda de exaustão caiu sobre seus ombros, e ele se curvou sobre a mesa, abaixando a cabeça nos braços.

— Ninguém tentou me matar, né? — perguntou, a voz abafada contra a mesa. — Foi Richard de novo. Ele queria me assustar.

Collins não respondeu. Provavelmente não podia. Nicholas manteve a cabeça abaixada, concentrando-se em respirar. As abelhas. Claro. Ele lembrou do cartão no livro que Maram o mandara procurar no outro dia: *Faz toda mistura de explosivos propulsores, como pólvora, transformar metal em* Bombus terrestris *ao explodir*. Ela enfeitiçara a arma de Collins de modo que, quando ele atirasse, saíssem abelhas em vez de balas. Collins tinha encenado o resgate, assim como Richard e Maram encenaram preocupação. Só Nicholas, com seu medo real, não estivera atuando.

Ele precisava de um segundo de escuridão e silêncio, um segundo para organizar seus pensamentos, mas Collins lhe deu um soco forte no ombro.

— Não — disse ele, como se Nicholas fosse um cachorro mal comportado. — Você pode surtar quando estivermos no carro.

— Que carro?

— O carro que a gente roubar depois que você me arrastar através das proteções até a estrada.

Nicholas o encarou, imóvel, e Collins jogou as mãos para o alto como se talvez as fechasse ao redor do pescoço dele. Seus olhos azuis eram quase só pupila, Nicholas viu, e sua voz normalmente lacônica estava mais agitada do que Nicholas jamais ouvira.

— Nós temos *uma* chance — anunciou Collins. — Uma chance de sair daqui. Se não sairmos agora, Richard e Maram vão voltar e nada vai... eu não vou conseguir... nós nunca... — Ele engasgou nas palavras, tossindo, e xingou. — Você não confia em Maram? Tem que confiar nela.

Nicholas o encarou.

— E em você.

— É — disse Collins. — Você tem que confiar em mim também.

Outra vez, Nicholas pensou naquela jarra na prateleira no escritório de Richard. Lembrou-se da corda arranhando seus pulsos e de sua confusão no quarto do hospital. Ele levara um tempo para se ajustar a ser cego de um olho – ficara todo desajeitado, derrubando copos da beirada das mesas, batendo nas coisas, a cabeça sempre latejando de esforço. Agora, porém, estava acostumado com isso. Sua canela esquerda estava quase sempre contundida, e ele nunca ia ganhar prêmios esportivos, mas essas coisas não o incomodavam de verdade. Depois de dez anos, ser monocular parecia uma parte tão inata dele quanto ser destro ou ficar com sardas após sair no sol.

Então, disse uma voz na cabeça dele, *veja que não é tão ruim, o que fizeram com você. Muitas pessoas têm vidas piores, mas veja só você – você leva uma vida de luxo em uma linda mansão e não lhe falta nada. Quer realmente abrir mão disso por despeito, por causa de algo que aconteceu há tanto tempo?*

A voz era sensata, afetuosa.

A voz era de Richard.

Nicholas olhou para seu escritório, o lindo tapete, a linda mobília, a linda visão da água e das colinas verdes além. Confortável e imutável, como tudo em sua vida. Mas a vida dele *tinha* mudado. Mudara no momento em que vira seu olho perdido – no momento que vira a verdade do que Richard fizera com ele.

E não só isso. Ele vira a verdade do que Richard ainda poderia fazer. Nicholas tinha outro olho, afinal. Tinha um corpo inteiro cheio de sangue para ser tomado, e Maram, que conhecia todos os planos de Richard, estava lhe dizendo para fugir.

Collins encarava Nicholas, vibrando com o esforço de conter a impaciência, a mandíbula cerrada e os lábios apertados. Ele estava assustado, Nicholas percebeu. Realmente assustado.

Richard era o único parente de Nicholas, seu único guardião, e ainda fizera aquilo com o sobrinho.

O que poderia fazer com Collins, que não era nem família, nem amigo, mas um mero empregado?

Nicholas discutira com o tio muitas vezes ao longo dos anos, lutando para relaxar suas restrições só para senti-las ficar ainda mais rígidas, correntes feitas de elos de medo duro e chacoalhante. Um medo que Richard tinha instilado nele, primeiro com histórias sobre seus pais assassinados e depois com ameaças falsas e ferimentos reais. E Nicholas ainda estava com medo – desesperadamente.

Mas a única coisa mais assustadora que a ideia de deixar a Biblioteca era a ideia de ficar ali.

— Vamos levar Sir Kiwi — disse Nicholas.

Collins respirou fundo através do nariz e fechou os olhos. Quando os abriu de novo, fez algo inesperado: sorriu.

— Dã — disse ele.

PARTE DOIS

Escriba

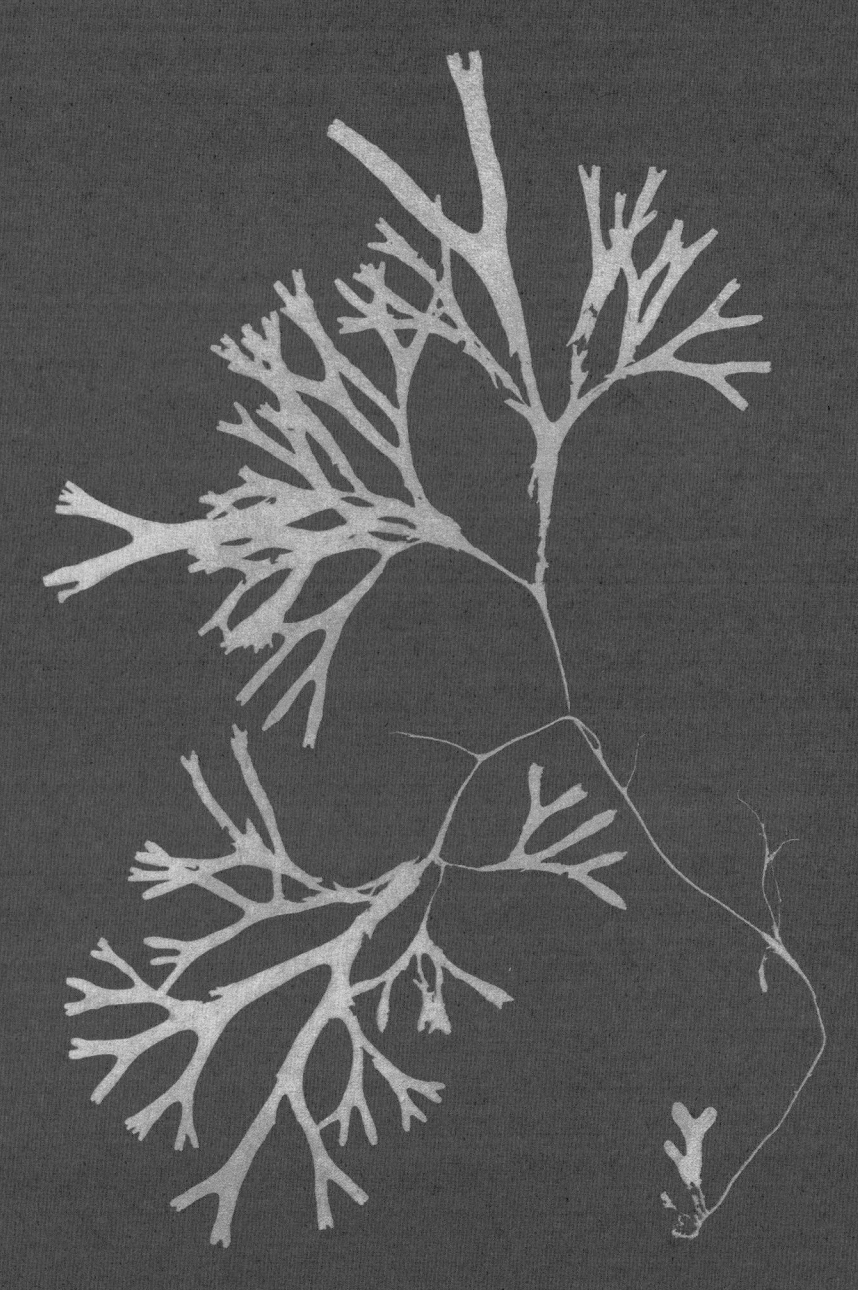

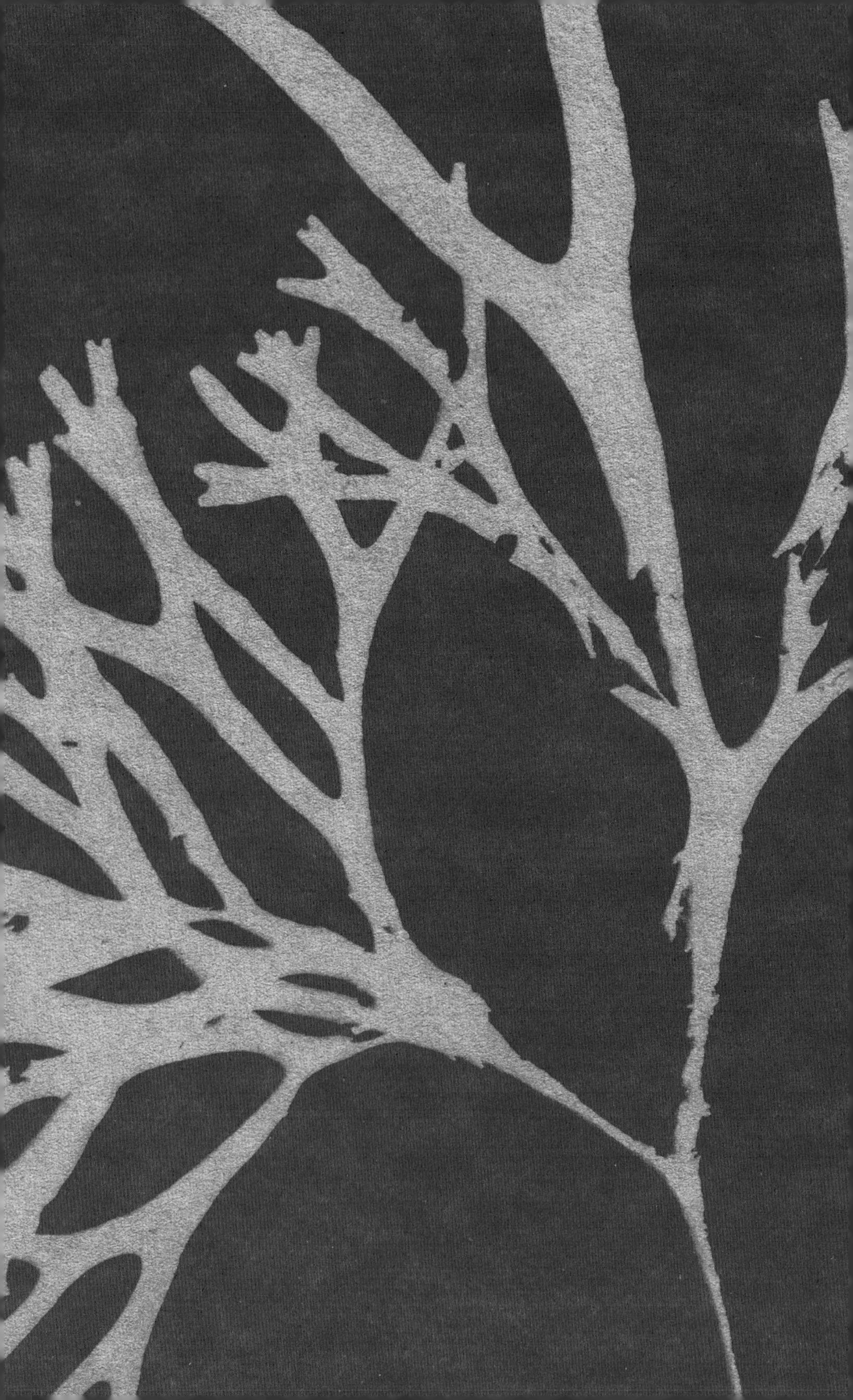

18

O avião de carga esperava na pista, parecendo um brinquedo contra a vasta extensão de neve. Acima, o céu ainda era do azul-escuro rico da noite, mas a linha do horizonte brilhava, rosa com o sol incipiente. A aurora nascia no último dia de Esther no continente antártico.

Ela jogou conversa fora com as pessoas que estavam de serviço enquanto esperava o avião ser carregado, cada palavra e movimento feito com uma sensação aguda de surrealidade, como se ela pudesse estender uma mão e alterar o tecido do mundo. Matar era isso, não era? Remover alguém da existência significava abrir um rasgo no que era real. Ela não atirara em Trev pessoalmente, mas sentia que tinha feito isso, e sabia que, se a arma estivesse em sua mão, teria feito. Matar havia sido acrescentado, subitamente, à lista das coisas de que ela era capaz. Passara de algo impensável a possível. Era assim que as pessoas caíam na escuridão?

Atordoada, ela terminou de preencher a papelada de saída. Ainda atordoada, ela se despediu das pessoas. A falta de comida e sono aumentou sua sensação de irrealidade, e, conforme os rostos se borravam uns nos outros e seus movimentos se tornavam cada vez mais mecânicos, ela temeu que fosse desmaiar. Mas não desmaiou.

Naquela manhã, Pearl acordaria sozinha em sua cama na clínica e Esther teria ido embora. Pearl não saberia o porquê. Iria sofrer. Seu corpo lhe diria que algo horrendo tinha acontecido e sua mente não saberia o que tinha sido. Ela não se lembraria da promessa que Esther fizera, da promessa de voltar para ela e lhe contar tudo, mas Esther se lembraria.

Será que Pearl voltaria a falar com ela depois do que Esther estava fazendo, indo embora sem dizer nada? Não havia como saber.

De alguma forma, ela embarcou no pequeno avião. Prendeu-se no pequeno assento com estofamento azul, observando as costas da cabeça do piloto enquanto ele fazia ajustes que ela não entendia, e se lembrou de repente, com saudade, de se sentar na velha caminhonete vermelha do pai com a irmã – como se sentia segura atrás do volante, como se sentia no controle. Seus sentidos se encheram com o ronco alto do motor do avião enquanto ele disparava pela pista. Fora da janela era dia, como seria pelos próximos meses. O chão era infinito, branco, cada vez mais distante. A estação ficou do tamanho de uma casa de bonecas, então de uma xícara de chá, então de uma formiga, e então sumiu.

Ela encostou a testa na janela fria, lutando contra as lágrimas. Fizera aquilo tantas vezes: ver uma vida de doze meses ficar menor sob ela enquanto voava para longe. Um ano parecia muito tempo, se não fosse tudo que você tinha.

Antes disso – antes de Pearl –, a partida mais difícil fora da Cidade do México, porque ela se lembrava muito claramente de quando tinha chegado. Lembrava-se de olhar para baixo, para o tapete infinito de luzes, e pensar que uma delas, ao menos, poderia iluminar uma resposta.

Isabel, como Abe, vinha de uma família capaz de ouvir magia, e como a família de Abe eles eram colecionadores. Abe nunca contara a Esther o nome de solteira da mãe, e tudo que ela realmente sabia dos avós era que eles tinham uma livraria cheia de livros comuns, tanto novos como usados... a não ser que você soubesse a combinação certa de palavras para ganhar acesso à sala dos fundos, onde o estoque era decididamente diferente. Tinha sido assim que Abe conhecera Isabel – ele viera de Nova York para passear, e ela estava em casa após a faculdade para assumir o negócio da família.

As primeiras palavras que ele disse a Isabel foram em espanhol, e ela corrigiu a pronúncia dele ao mesmo tempo que tirava uma agulha dourada de uma corrente ao redor do pescoço, perfurava o dedo e apertava a ponta ensanguentada contra uma parede que de repente se transformou numa porta. A resposta padrão dele, quando Esther perguntava como era Isabel, era: "Ela estava sempre um passo à frente".

Abe alegava não se lembrar nem do nome nem da localização da livraria da família, mas Esther nunca acreditara nisso. Em sua primeira semana na Cidade do México, ela conseguiu um emprego informal fazendo serviços elétricos para um designer de interiores expatriado e comprou um smartphone pré-pago, e toda tarde depois do trabalho deixava o aplicativo de mapas levá-la de uma livraria a outra em uma cidade cheia delas. Entrava e saía de lojas empoeiradas e abarrotadas em Donceles; entrava e saía das caras e descoladas em La Condesa e fora de Coyoacán; até procurou nas redes, nas Gandhis e Sanborns.

No começo, toda livraria parecia ter magia. Não magia do tipo com que Esther crescera, mas do tipo sobre o qual lera em romances, o tipo que era pura possibilidade, a chance de que, com uma virada certa na floresta ou uma conversa fatídica com uma velha senhora, a vida de uma pessoa poderia mudar para sempre. Ela entrava numa livraria e absorvia a marcha de lombadas alinhadas nas prateleiras, as partículas de poeira brilhando ao sol, o cheiro de dar água na boca de papel e papelão e cola e palavras, e pensava: *é isso*. Toda vez.

Nunca era.

Para cada atendente e funcionário de livraria, ela repetia a mesma frase, as primeiras palavras que o pai tinha falado para a mãe, a frase que lhe concedera entrada na sala secreta da livraria: "Sé verlas al revés". Um palíndromo. *Eu quero vê-los ao contrário.* Mas tudo que recebia como resposta eram cabeças inclinadas, sorrisos confusos. "Nunca ouvi falar desse", diziam eles. "É poesia? Um livro de arte?"

Esther não era de se desencorajar tão facilmente. Aprendera isso sobre si mesma desde muito cedo, ao ficar ciente de que boa parte da vida era uma oportunidade ou para se desanimar ou para insistir, e ela sempre escolhera insistir. Naquele outono, visitou mais de duzentas livrarias e não encontrou um único sinal, fosse de magia, fosse de que a mãe já se envolvera com ela.

Tinha ligado por Skype para o pai no fim de outubro, ela trancada no banheiro longe dos colegas com quem dividia a casa, Abe iluminado por trás pelas luzes no teto da biblioteca local. A fileira de computadores atrás dele estava toda ocupada por adolescentes jogando um jogo de atirador em primeira pessoa, e de vez em quando ela ouvia os gritos triunfantes deles através dos fones de Abe.

— Você não pode me dar alguma pista? — implorou ela. — Um bairro, um ponto de referência, o sobrenome deles, nada?

Dessa vez ele não alegou não saber. Em vez disso, apertou os dedos na nuca como fazia quando tinha dor de cabeça e disse:

— Querida, por favor. É melhor você esquecer isso.

— O que acontece se eu for embora semana que vem, ficar longe por um ano e aí voltar? — perguntou ela.

Ela tinha partido fazia cinco anos a essa altura, e Abe já parecia mais velho, o rosto se ossificando em dobras nos pontos de estresse.

— Esse é um risco que imploro que você não corra.

Ela bateu a cabeça contra a parede do banheiro em frustração.

— Seria muito mais fácil seguir essas regras se eu as entendesse.

— Você entende. Só não gosta delas.

— Por que uma vez por ano? Por que novembro? Por que...

— Perguntar *por que* não vai mudar nada. Eu poderia explicar tudo para você, cada detalhezinho específico da escrita do códice, mas eu te conheço, Esther. Isso só te faria pensar que você poderia ser mais esperta que o feitiço, encontrar uma brecha. Mas, se houvesse uma, não acha que eu teria descoberto há anos? Não acha que eu quero que você possa ficar em um só lugar, ter uma vida normal, fixa? Voltar pra casa?

Abe era como Joanna, suas emoções sempre escritas em letras garrafais no rosto e esperando para sair pelos olhos, que agora estavam marejando, as bordas ficando vermelhas. Fazia-o parecer mais velho.

Esther percebeu de repente que nunca mais veria o pai pessoalmente.

O pensamento a estraçalhou tão completamente que ela teve que desligar antes que chorasse na frente dele. Fechou o notebook e ficou sentada ali no canto do pequeno banheiro, os ladrilhos frescos contra os pés nus, e chorou até um dos colegas bater na porta.

Então ela fez algo que tentava nunca fazer: desistiu. Não ia insistir. Podia sentir em todo o corpo o desencorajamento absoluto: membros de chumbo, o peito de pedra, a garganta de madeira petrificada. Alguns dias depois, ela estava num avião. O voo era à meia-noite e ela olhou para baixo, para aquele oceano de luzes, e lembrou-se de ter descido um ano antes, quando a cidade parecera incandescente com possibilidades. Ao pegar impulso, o avião subiu e as luzes ficaram ocultas por nuvens.

Agora Esther encarou o pontinho que era a estação de pesquisa desaparecendo de vista, e seu corpo registrou o mesmo sentimento pesado e estranho que experimentara no chão do banheiro na Cidade do México. Ela não queria usar a palavra "desespero".

Pearl estava em segurança, e era isso que importava. Esther também, por enquanto. Ela tinha adiado o desastre mais uma vez. Só não sabia se teria a energia para adiá-lo de novo.

— Eu consegui — disse em voz alta, tentando se convencer de que era verdade. Sua voz se perdeu em meio ao rugido do avião.

19

A casa parecia cheia de ecos no dia seguinte à visita de Cecily, como se as tábuas do piso e as vigas do teto estivessem se aferrando aos sons de vozes. O tempo tinha abandonado seu flerte com o inverno e estava retomando o contato com o outono, quente o bastante para que Joanna deixasse as brasas que ardiam baixo no fogão esfriarem até virarem uma cinza branca fina pela primeira vez em dias. Ela conferiu o espelho de Cecily, mas nada o tinha atravessado e a superfície era sólida sob seus dedos. As manchas do sangue da mãe ainda eram nítidas e irremovíveis.

Quando saiu na varanda para beber seu café e entregar mais atum enlatado, o gato estava enrodilhado no edredom que ela deixara para ele. Acordou com um susto à chegada dela, então bocejou, a boca rosa e cavernosamente complicada.

— Bom dia! — disse ela, encantada ao vê-lo no cobertor, e deixou o atum ali. Ele bocejou de novo e se sacudiu antes de ir investigar o café da manhã, e ela deslizou pela parede da casa para sentar-se com ele enquanto comia. Quando ele terminou, começou a se lavar com eficiência. Suas ações eram reconfortantes em sua explicabilidade pura.

Joanna sempre soube que havia muito que não entendia: sobre o mundo, sobre os livros, sobre seus pais e a história deles. Mas, quando os limites físicos e emocionais da vida eram pequenos, quando a pessoa tinha percorrido cada centímetro do espaço que lhe fora designado vez após vez, era fácil esquecer a ignorância e sentir uma espécie de superioridade. Aquela casa, aquele caminho, aqueles livros, aquela montanha;

Joanna estava acostumada a ser especialista neles, e acostumada com a segurança que vinha desse conhecimento profundo.

No entanto, os eventos do dia anterior revelaram – ou a lembraram – exatamente que Joanna não conhecia nada de fato. O tempo todo, em sua própria casa, havia um espelho mágico inativo à espera. O tempo todo, os segredos de Cecily iam muito além do seu desejo de abaixar as proteções, embora o desejo em si não fosse o segredo, mas sim seus motivos. O tempo todo, engrenagens vinham girando, e Joanna nem sequer sabia que havia uma máquina.

O pior de tudo talvez fosse a revelação de que ela não era especialista nem em si mesma.

Continuava voltando àquele momento na sala da mãe, presa atrás do feitiço e acreditando que as proteções cairiam, naquele momento de alívio súbito e exultante. Ela nem sabia que tinha aqueles sentimentos dentro de si, e de repente lá estavam eles, como se alguém tivesse gritado seus nomes. Pela primeira vez havia entendido inteiramente que, se os limites das proteções caíssem, os limites da sua vida cairiam também.

Era isso que ela queria?

Cecily vinha fazendo essa pergunta a ela de várias formas havia anos, e Joanna nunca tinha ouvido de verdade; em parte porque sempre saía não na forma de pergunta, mas de conselho – não requisitado e cheio de "faça isso" e "faça aquilo". Uma pergunta deixaria espaço para Joanna, enquanto conselhos só tinham lugar para Cecily. Joanna precisava de espaço.

O gato terminou seu banho de cuspe e foi investigar a xícara de café de Joanna. Quando ela pôs a mão nas costas dele, estava levemente úmida das lambidas, mas o prazer de poder afagá-lo era grande demais para detê-la. Logo ele estava ronronando, um ronco grave.

— Se você entrar em casa — disse a ele —, nós podemos fazer isso o tempo todo. Você teria um milhão de coisas macias em que se aconchegar. Tem um fogão a lenha e uma poltrona feia que você poderia arranhar à vontade. Eu cuidaria de você.

Porém, quando ela se ergueu após um tempo e abriu a porta, ele se recusou de novo. Esfregou-se nas pernas dela, esperançosamente farejou a tigela vazia e então disparou rumo a quaisquer aventuras que esperassem um gato pequeno em uma floresta grande. Ela acompanhou sua figura veloz até perdê-lo entre os troncos e folhas mortas e agulhas de pinheiro.

Joanna entendia sua relutância em entrar na casa. Para ele, a floresta era o mundo conhecido. Seus perigos e prazeres podiam ser antecipados. E talvez ele sentisse, com seu cérebro felino desprovido de palavras, que entrar na casa mudaria para sempre sua experiência do exterior. O frio era mais fácil de suportar quando você nunca sentira o calor.

20

Esther chegou a Christchurch e pegou a conexão para Auckland sem qualquer problema, mas sua tensão não diminuiu enquanto saía da pista e entrava no movimentado aeroporto. Ela ficava esperando que seus documentos falsos disparassem um alarme que faria pessoas pularem de todos os lados subitamente para prendê-la, ou segui-la, ou matá-la, e "Emily Madison" tinha passado pelo check-in e a segurança de Christchurch com uma pulsação tão acelerada que temeu que os escâneres a detectariam de alguma forma. Mas nada aconteceu.

Agora a salvo, em Auckland, e na fila para o voo 209 para Los Angeles, Esther ajeitou a mala de mão no ombro e respirou fundo. Para se acalmar nas horas antes do embarque, tinha ido a um bar, sentado no balcão e bebido duas cervejas muito fortes, contando que o álcool e o burburinho de conversas somado à partida de rúgbi em volume baixo na TV exerceriam sua magia tranquilizadora nela, mas a bebida tivera o efeito oposto. Ela se sentia mais inquieta do que nunca e ficava compensando seus reflexos mais lentos virando a cabeça sobre o ombro ao menor movimento para capturar os olhos que tinha certeza de que estavam sobre ela.

— Um passo para o lado, por favor, senhorita.

Esther percebeu que a agente do portão estava falando com ela, e parou, com a mão vazia ainda estendida para o passaporte que não fora entregue.

— Perdão?

— A senhorita foi selecionada para uma checagem de segurança adicional — disse a agente, entregando o passaporte de Esther ao guarda de uniforme que apareceu ao lado dela. — Este cavalheiro vai acompanhá-la.

Esther a encarou, ainda confusa demais para ficar assustada. Ela vinha antecipando algo assim desde que pisara no aeroporto com um passaporte falso, mas tinha acontecido no exato segundo em que ela tinha parado de esperar, e agora estava desorientada e despreparada.

— De que se trata? — perguntou ela, abaixando a voz para soar calma e autoritária, mas só conseguindo em parte.

— Checagem de segurança adicional — disse o guarda de uniforme, repetindo as palavras da agente do portão, mas, em vez do sotaque neozelandês reconfortante da mulher, a voz era plenamente americana. Ele tinha um rosto branco e comum, com o cabelo puxado para trás e um bigode defensivo, sob o qual a boca mal parecia se mover enquanto falava. — Vamos, senhorita. — A mão dele pairou sobre o braço dela, uma ameaça de embate físico.

— Mas meu voo — disse ela, em uma última tentativa de retomar o controle. — Vou perdê-lo.

— Não vai demorar — garantiu o guarda.

Esther não se mexeu, a mente trabalhando furiosamente em busca de uma saída. Pensou em sair correndo e voltar pelo aeroporto, passar pela segurança, para o estacionamento, fugir. Ou talvez ela pudesse se esquivar do guarda de alguma forma e escapar sem fazer um escândalo, talvez pudesse pedir para usar o banheiro e talvez o banheiro tivesse uma janela e... e...

Os dedos dele se fecharam no braço dela.

— Me solte — disse ela. — Eu vou.

Mas o aperto ficou mais forte em vez de relaxar, e ele a conduziu para longe, passando pela fila de que ela tão recentemente era parte. Rostos curiosos se viraram para olhar enquanto eles passavam. Uma mulher asiática jovem com enormes óculos de plástico vermelhos os seguiu por alguns passos, e a expressão de preocupação compassiva em seu rosto ativou o medo de Esther, como se ele precisasse de um espelho para ver a si mesmo. Ela se sentia sem fôlego e zonza enquanto o guarda a levava pelo corredor até uma porta quase invisível em uma parede branca, e, antes que pudesse entender que estava perdendo sua única chance de escapar, ele a empurrou para dentro.

Ali ela encontrou uma sala com pessoas de aspecto cansado tendo seus sapatos revistados por agentes da segurança, além de uma mesa cheia de malas abertas e algumas máquinas grandes de raio X soltando bipes. Exceto pelo guarda dela, Esther era uma das pessoas de pele mais clara na sala, e quase relaxou, pensando que talvez fosse realmente só uma checagem de segurança aleatória no fim (era certamente a primeira vez que já se vira *torcendo* pelo racismo de sempre), mas o guarda a conduziu além dos equipamentos de segurança e por outra porta, descendo um corredor estreito até uma salinha que continha uma mesa, um computador e uma mulher de batom rosa encarando a tela. Ela ergueu a cabeça quando entraram e assentiu.

— Sala quatro — disse ela.

A sala quatro ficava no fim de outro corredor, e o guarda empurrou Esther na frente e trancou a porta atrás deles com um clique que ecoou horrivelmente nos nervos dela.

A sala cinza não tinha móveis, mas não estava vazia: em um canto havia um objeto grande coberto por um pano.

No outro canto havia uma pessoa.

Um homem adulto, caído contra a parede, com a cabeça pendendo sobre o peito nu. Usava só cueca e meias, e Esther sentiu um arrepio de puro pânico subir pela coluna. Ela também teria que se submeter a ser despida e revistada? O homem no canto ergueu a cabeça e a encarou com os olhos anuviados, e algo no rosto dele era tão familiar que no começo ela não percebeu exatamente o que estava vendo – mas quando entendeu, por fim, soltou um barulhinho involuntário.

Exceto pelo rastro de sangue seco na testa, ele era idêntico ao guarda. Idêntico. As mesmas feições comuns, cabelo escuro, bigode defensivo. O mesmo rosto.

— Não ligue pra ele — recomendou o guarda naquela voz americana dura. O homem não disse nada, os olhos desfocados, a cabeça caindo de novo no peito.

— O que é isso? — perguntou Esther, deixando a mala de mão cair e virando-se para o guarda. Manteve a voz firme para preservar um fiapo de dignidade e controle, mas o homem se limitou a sorrir para ela.

— Ele tomou uns sedativos — explicou ele. — Vai ficar bem, não se preocupe.

Esther não estava preocupada com o homem no chão. Estava preocupada consigo mesma.

O guarda se inclinou para o homem despido e agarrou um punhado do seu cabelo em uma mão, puxando a cabeça com seu rosto idêntico para trás. Quase carinhosamente, como uma mãe limpando uma sujeira, ele lambeu o dedão e esfregou o sangue que manchava a testa do homem.

— Vamos esperar um momento — disse o guarda — para ver se você se lembra de mim.

Esther não fazia ideia de quem era o guarda e estava prestes a dizê-lo, mas de repente viu que ele, de fato, parecia vagamente familiar. Algo a ver com a linha dos lábios, talvez, ou a curva das sobrancelhas, tão finas que pareciam desaparecer contra a pele.

Ela piscou. O bigode escondendo o lábio superior dele esvaneceu enquanto ela o encarava, e seu cabelo castanho foi ficando mais claro até um loiro cor de milho que combinava com as sobrancelhas. O queixo suave agora era duro, com uma covinha decisiva no centro. Num espaço de segundos, ele tinha um rosto completamente diferente – e de repente ela se lembrou dele. Viu o apartamento de Reggie em Spokane e o rosto pálido daquele homem pairando sobre a cama deles, o brilho da arma dele no escuro. O jeito como a cabeça de Reggie tinha sido jogada para trás quando o homem bateu nele.

Esther não disse nada – porque se falasse ele saberia sem sombra de dúvida que ela estava absolutamente aterrorizada, e não queria lhe dar essa satisfação.

— Onde você conseguiu esse passaporte? — perguntou o cara loiro, tirando-o do bolso e folheando. — Trabalho bem-feito.

— Não foi assim que você me encontrou? — perguntou ela. — Não estava rastreando ele?

Se pulasse nele agora, podia pegá-lo de surpresa, virá-lo num ângulo que fizesse a cabeça dele bater na parede e...

Com um gesto tão casual que Esther podia ver que ele estava se divertindo, ele afastou o paletó e apoiou a mão no cabo da arma. A linha tensa do braço dizia que sabia exatamente o que ela estava pensando e não lhe daria uma chance.

— Rastreando seu passaporte falso? — disse ele, jogando-o aos pés dela com uma risada. — Por favor. Só havia um voo programado para sair da sua estação de pesquisa em semanas; não foi difícil descobrir que você estaria nele. Estou te seguindo desde que você chegou em Auckland.

— Vai tentar me matar de novo? — perguntou ela.

Em resposta, ele recuou para o canto com o objeto coberto por um pano, do outro lado do homem drogado, e puxou o tecido com um gesto dramático para revelar um espelho grande. Estava inclinado contra a parede, sua superfície prateada marcada com sangue.

O coração de Esther, já na garganta, subiu ainda mais. A magia estivera em todo canto do aeroporto desde que ela tinha entrado, perseguindo-a, e ela fora a um bar e tomara um drinque como um cordeirinho ingênuo bebendo de um cocho antes do massacre. Sua irmã teria sabido. Joanna teria sentido a magia no segundo em que o cara loiro se aproximasse com sua face mágica roubada, mas Esther era ignorante e insensível à magia. Inútil.

Estava tão furiosa que quase se esqueceu de ter medo.

— Não vou te matar — disse o homem. — Não de cara, pelo menos. Vou te empurrar por esse espelho. Você sabe o que passar por um espelho faz com uma pessoa?

Esther não respondeu.

— Sabe, sim — rebateu o homem. — Porque você fez isso com Tretheway. Ele era um bom amigo, aliás.

Trev. Ele devia estar falando de Trev.

— Você me viu fazendo isso? — perguntou ela, a pele arrepiada ao pensar que era ele atrás do espelho o tempo todo, observando-a.

— Nós vimos as consequências — disse o homem. — Foi o suficiente. Ele parecia ter atravessado um moedor de carne.

Nós de novo. Esther engoliu em seco.

— Você vai atirar primeiro, como eu atirei em Tretheway?

Ela estava enrolando e ele sabia, mas deixou, como ela suspeitava que faria – porque, se aquilo era vingança, ele ia querer ir devagar.

— Talvez — disse ele. — Você atirou nele aqui — ele bateu no próprio ombro —, mas acho que eu miraria mais baixo. Um tiro na barriga parece bom, né?

Em meio ao seu pânico, um raio de alívio brilhou. Então ele pensava que ela tinha atirado em Trev, o que significa que ele – ou *eles*, quem quer que *eles* fossem – não tinham visto Pearl. Eles não saberiam que ela estava envolvida; não iriam atrás dela. Pearl, pelo menos, provavelmente estava a salvo.

Será que ele estava blefando sobre atirar nela bem ali no aeroporto? Com certeza alguém viria correndo ao som de um tiro. A não ser que todos por perto estivessem, de alguma forma, trabalhando com ele... mas, se fosse o caso, por que se dar ao trabalho de tomar o rosto do guarda? Ela pensou na mulher de batom rosa na mesa, o modo como assentira para o cara loiro; ela, pelo menos, provavelmente era sua cúmplice.

— Eu sei o que você está pensando — disse o homem, com um sorrisinho. — Está pensando que vai lutar comigo, pegar minha arma, virar o jogo, blá-blá-blá.

Não era de forma alguma o que Esther estava pensando – mas era verdade que o cenário que ele descrevia era basicamente sua única opção, e sua melhor arma, a surpresa, não estava mais disponível. Sua mente repassou desesperadamente todas as chances de escapar que perdera: ela deveria ter se virado e fugido quando o agente no portão confiscou seu passaporte, devia ter fugido enquanto ele marchava com ela pelo corredor, deveria ter fugido antes de ele trancá-la naquela sala, mas não fugira, não fizera nada disso, ficara congelada, e agora estava completa e inteiramente ferrada.

A não ser...

A não ser que Pearl estivesse certa, lá na base, e Trev nunca tivesse tido a intenção de matar Esther. Se ele estava buscando informações sobre a família dela, se o que queria mesmo era acesso à sua irmã e aos livros da sua irmã, então esse cara loiro provavelmente também não queria que ela morresse. A arma era só uma ameaça, e o espelho não estava lá para matá-la – era só para que a pessoa a quem o homem respondia pudesse assistir enquanto ele a interrogava.

— Eu não vou lutar com você — disse ela, estendendo os braços e testando sua teoria. Tentando a sorte. — Vá em frente e atire na minha barriga.

Ele balançou a cabeça para ela, como se estivesse decepcionado.

— Quer que seja fácil pra mim? Tudo bem. — E desativou a trava da arma.

Os membros de Esther ficaram entorpecidos. Ela estava errada. Ele não ia fazer uma pergunta sequer a ela; realmente *estava* ali para matá-la. Mirou em suas pernas, o dedo encontrando o gatilho, e disse:

— Vamos começar com os joelhos.

Cada músculo do seu corpo se contraiu enquanto ela encarava o dedo dele no gatilho, preparando-se para se jogar para fora do caminho, preparando-se para o estouro de um tiro – mas o próximo som que ecoou na sala não foi um estouro, e sim um clique.

A porta estava se abrindo.

— O que...? — perguntou o cara loiro. Os olhos dele voaram de Esther para a porta aberta e de volta a Esther, a arma ainda firme na mão. Nada aconteceu, ninguém entrou. Segurando a arma nas duas mãos agora, como se pensasse que estava em um filme de espionagem, o homem recuou na direção da porta aberta, olhando para o corredor, e, como era a sua única chance, Esther aproveitou o momento.

Ela correu ziguezagueando para o caso de ele atirar, e se lançou contra a porta – bem quando ela se fechou com tudo de novo, sozinha.

— Jesus! — exclamou o cara loiro.

Esther se jogou contra ele, aproximando-se demais para que tivesse um ângulo para atirar, mas não tivera muito impulso e seu corpo bateu no dele com um baque abafado e fraco. Não devia nem ter tido força suficiente para fazê-lo cambalear – mas ele cambaleou, com força, e um segundo depois caiu aos pés de Esther, batendo com a testa no chão. Ficou absolutamente imóvel.

Esther o encarou. Depois de alguns segundos sem se mover, ela se mexeu, porque haveria tempo para desvendar esse novo mistério mais tarde, se ela sobrevivesse. Mesmo que o colapso dele fosse outra armadilha, também era a única esperança que ela sentia desde que o homem fechara os dedos ao redor do seu braço no portão, e ela não ia perder tempo. Ergueu a mala de volta ao ombro, pegou seu passaporte falso de onde tinha caído no chão e olhou de volta para o homem drogado, seminu, de bigode, no canto, que quase tinha esquecido. Não sabia o que poderia fazer por ele a essa altura exceto tirar a arma dos dedos frouxos do guarda, esvaziar as balas na palma e arrebentar o cano no espelho antes de sair da sala.

Seu corpo gritava para que corresse, mas ela não correu, porque isso seria um convite a uma perseguição. Em vez disso, caminhou depressa pelo corredor, só reduzindo o passo de leve quando viu que a mulher de batom rosa estava caída em sua cadeira ergonômica, com a boca aberta, desmaiada atrás do computador. Não havia sinais de luta. Arrepios despontaram nos braços de Esther. Mas ela não parou de se mover, só largou o punhado de balas em uma lixeira ao lado da mesa ao passar. De volta à sala principal, viajantes de cara cansada ainda se submetiam a revistas e perguntas. Alguns dos funcionários a encararam sem muito interesse enquanto ela seguia até a porta. Ela se esforçou para projetar um ar de confiança e conforto absolutos, apesar de as mãos estarem tremendo e de ela estar suando incontrolavelmente. Até conseguiu sorrir para uma mulher de uniforme e, um segundo depois, estava de volta à área principal do aeroporto.

Tudo parecia surreal, encenado: as luzes acima, os ladrilhos do piso, o zumbido de um carrinho cheio de malas, todas as pessoas chamando os filhos e fazendo fila nos portões e franzindo o cenho para o celular. Ela não olhou para trás para ver se alguém a estava seguindo, mas aumentou um pouco o ritmo, erguendo os olhos para as placas, procurando a saída.

De repente, alguém agarrou seu pulso.

Ela se desvencilhou por instinto e girou, mas não havia ninguém lá — na verdade, a pessoa mais próxima estava a quase dez passos dela, um homem de terno parado diante de uma máquina de venda automática. A respiração vinha acelerada, quase em arquejos, todos os seus nervos em alerta; será que tinha imaginado a sensação de dedos frios a agarrando?

— Estou bem ao seu lado — disse uma voz no ouvido dela, e dessa vez, quando Esther girou, teve a sensação inconfundível de tecido roçando contra sua mão. — Não diga nada — ordenou a voz, que era leve e feminina e tinha um sotaque neozelandês. — E não saia do aeroporto. Eles têm gente esperando na saída caso você tente. Entre no banheiro mais próximo e me espere lá.

— Espere vo... quem é você? *Onde* você está?

— Vamos conversar em breve — respondeu a voz. — Você só precisa saber agora que fui eu que te salvei lá atrás, e prometo que estou do seu lado.

Esther começou a caminhar em direção à saída de novo, ainda mais rápido dessa vez. Nunca ouvira falar de qualquer circunstância na qual obedecer a uma voz desencarnada tinha sido a coisa correta a fazer.

— Esther — disse a voz, cujos dedos frios tocaram seu pulso de novo, e então, em um espanhol titubeante que não impressionaria ninguém: — *La ruta nos aportó otro paso natural.* Eu falei certo? Por favor, acredite em mim quando digo para não sair desse aeroporto.

Esther não sabia se fora o som do seu próprio nome ou o som da frase familiar que reduzira seus passos, mas ela parou. Ficou ali, com a alça da mala marcando o ombro, a camiseta úmida de suor ansioso sob a jaqueta, os dentes cerrados contra um grito de frustração. Só queria dar um passo que pertencesse a ela, fazer um gesto que tinha decidido fazer de forma independente, mas toda vez parecia que suas cordas estavam sendo puxadas por mãos invisíveis.

— A última vez que confiei nessa frase específica — disse ela em voz baixa —, fui levada até aqui, direto para uma armadilha.

— Essa armadilha não foi armada pela pessoa que me enviou — garantiu a voz. — Eu juro. — Então, com um suspiro forte que balançou o cabelo de Esther: — Por favor, entra no banheiro e me escuta? Ficar invisível é tão desconfortável. É como ter abelhas rastejando dentro da minha pele. Não aguento mais.

Se esse vislumbre de humanidade era um truque, então... Esther estava cansada e sem amigos e se deixou cair na armadilha. Em silêncio, com a mandíbula ainda cerrada de fúria, girou nos calcanhares e entrou no banheiro mais próximo, parando ali, de braços cruzados, enquanto uma ruiva baixinha terminava de aplicar uma camada de rímel na frente do espelho e saía às presas, lançando um olhar nervoso para ela. Quando a ruiva saiu, uma das torneiras se ligou sozinha e uma folha de papel-toalha se desenrolou de um dispenser, arrancou-se de um rolo e flutuou para se molhar sob o jato d'água. Começou a esfregar-se contra algo invisível e então uma jovem apareceu sobre a pia, segurando um livro e o papel com traços de sangue que tinha limpado da página.

— Ai! — disse ela, se sacudindo como se estivesse se livrando de teias de aranha. — Isso foi muito desagradável. Você está bem?

Esther a encarou. Era a jovem que tinha visto na fila, no que pareciam ser horas antes: a garota asiática com os óculos vermelhos gigantes que a tinha observado ser arrastada pelo homem loiro. Ela parecia ser alguns anos mais jovem que Esther e estava usando um blazer preto, uma bolsa preta a tiracolo e tênis brancos muito limpos. Parecia o tipo de Jovem Profissional que Esther já vira na TV, mas nunca tinha conhecido na vida real.

— Você está bem — comentou a garota, respondendo a sua própria pergunta. — Só um pouco abalada, imagino.

Uma mulher e duas crianças entraram, e Esther e a desconhecida se calaram, esperando-as fazer o que tinham vindo fazer, o que pareceu levar uma eternidade e envolveu discutir muito sobre se a garotinha tinha ou não de fazer xixi. (No fim, sim; Esther teve que ouvir.)

Quando a família saiu, Esther perguntou:

— O que você fez com aquelas pessoas lá atrás? O guarda e a mulher na mesa?

— Injetei um sedativo neles — respondeu a garota, com simplicidade, empurrando os óculos vermelhos para cima do nariz.

— Quem te mandou fazer isso?

— Queria muito poder te responder — disse a garota —, mas, sabe. — Ela imitou fechar os lábios e jogar fora a chave. — Agora, escute, você perdeu seu voo, o que atrapalhou as coisas pra valer, mas eu já dei um jeito. Foi por isso que levei um tempo para te tirar de lá, aliás, e me desculpe pelo atraso, mas ele não teria te machucado de fato. Me disseram que te querem viva.

Com essa última declaração horrível, ela enfiou o livro na bolsa e passou uma pilha de cartões de embarque para Esther, todos no nome de Emily Madison.

— Seu novo voo para LA parte em uns trinta minutos, o que é bom, porque o sedativo só dura mais ou menos uma hora e queremos que você já tenha partido quando aquelas pessoas acordarem e começarem a gritar.

Esther apertou os cartões de embarque. A atitude alegre e pragmática da estranha a lembrava de Pearl, se Pearl fosse o tipo de pessoa capaz de manter um par de tênis limpos, e, embora ela quisesse resistir, receber ordens de uma garota bonita e autoritária era como um bálsamo para sua alma esfrangalhada.

— Você não vai me contar para quem trabalha?

— Eu não posso te dizer quem me mandou aqui — disse a garota. — *Posso* dizer que meu emprego oficial é no Ministério da Cultura e do Patrimônio, mas isso não é exatamente relevante.

— Se eu embarcar nesse voo — disse Esther —, o que vai acontecer comigo?

— Se tiver sorte, nada de ruim.

Não eram exatamente as palavras de conforto que ela queria.

— E se eu não embarcar?

A garota a encarou com gentileza.

— Nada de bom.

21

Meia hora mais tarde, enquanto Esther atravessava cautelosamente o corredor do avião rumo a seu assento no fundo, nada no voo parecia fora do normal. Todas as pessoas ao redor estavam preocupadas com a tarefa de guardar as malas e lidar com crianças e perguntar em voz muito alta para os comissários se eles vendiam meias de compressão a bordo e, se não, por que não. Mas qualquer uma daquelas pessoas poderia estar mascarada por magia e Esther não saberia. Poderiam todas ter livros nas malas de mão. Poderiam todas estar trabalhando sob ordens misteriosas para pessoas que não podiam nomear, por motivos que ninguém podia explicar a ela. Todas poderiam ser ameaças.

No entanto, lá estava ela. Fechando-se voluntariamente em um tubo de metal voador em vez de fugir de volta para o sertão da Nova Zelândia (a Nova Zelândia tinha um sertão?). Confiando em uma desconhecida, de novo, simplesmente porque ela sabia uma frase em espanhol, uma frase que significava muito para Esther, uma frase que a comovia. Que a *movia*, recentemente.

Ela recebeu um assento na janela. Nem a cadeira do meio ou do corredor estavam ocupadas, e ela guardou a mala de mão no compartimento superior e se acomodou, olhando para a pista. Se alguém *ia* matá-la no avião, tudo bem. Ela preferiria morrer no céu azul do que naquela sala de detenção cinza.

Quando se virou para o corredor, alguém o estava bloqueando, olhando para ela. Dois alguéns, na verdade, ambos homens brancos mais ou menos da idade dela. Um era bonito e bem-vestido, com cabelo dourado e uma barba rala e meio ruiva, enquanto o outro, assomando atrás dele, era muito alto e de ombros largos, com olhos azuis reluzentes e uma boca que parecia prestes a soltar um palavrão.

Nada na aparência deles podia explicar a convicção súbita de Esther de que ela não queria se sentar ao lado deles.

Era só que o jeito como estavam olhando para Esther disparou um alarme dentro dela, e o sorriso largo e ensaiado que o mais baixo ofereceu não fez nada para silenciá-lo. Seu coração começou a martelar enquanto ele conferia de novo os números dos assentos.

Aqui não, pensou ela, *por favor, aqui não*, mas um segundo depois o homem estava erguendo a mala para o compartimento acima e então sentando-se ao lado de Esther, com outra bolsa no colo. O amigo grande se dobrou para sentar do lado do corredor, fazendo uma careta ao ver que seus joelhos ficavam apertados contra o assento à sua frente.

A bolsa menor do homem mais baixo sacudiu-se e soltou um ganido abafado, e Esther entendeu, com uma pontada de deleite relutante, que continha um cachorro. O cara se ajeitou no assento, virando o corpo na direção dela, e correu as palmas pelas coxas como se estivesse nervoso, embora ainda tivesse aquele sorriso brando no rosto. Parecia rico.

— Olá — disse ele. — Deus, estou feliz de estar sentado. O aeroporto estava uma loucura, não?

Ele tinha o tipo de sotaque inglês que fazia Esther pensar em corridas de cavalo e corgis. Ela assentiu minimamente, mas não respondeu. Ele continuou, sem se abalar.

— Não conseguimos pegar nosso último voo, houve um problema inesperado com as passagens quando estávamos para embarcar, então tivemos que dar um jeito de entrar nesse aqui — relatou ele. — Que transtorno! Para onde você vai?

Ela lançou a ele o olhar mais seco que conseguiu.

— Para o mesmo lugar que vocês.

— Certo, naturalmente — disse ele, e pareceu enfim se tocar.

Curvou-se para deslizar a bolsa de transporte para baixo do assento à sua frente, então abriu o zíper de uma das janelinhas de rede para enfiar a mão lá dentro. Esther teve um vislumbre de um focinho preto molhado e de pelo fofo, e apertou as mãos em punhos. Fazia quase dez meses que ela não via um cão, e a vontade de afagar esse era avassaladora. Ela esperava que, quando o avião estivesse no ar, o cara pusesse a bolsa no colo de novo, talvez até deixasse o cãozinho pôr a cabeça para fora e dizer oi. Ele fechou a janelinha e recostou-se no assento, cutucando um pelo da calça preta.

— Que raça é? — perguntou ela, sem conseguir se segurar.

— Lulu-da-pomerânia — disse o homem, cutucando a bolsa carinhosamente com o dedo da bota. Suas botas eram de couro de alta qualidade, com cordões encerados. — Não se preocupe — acrescentou —, ela é boa em aviões, não vai ficar latindo o trajeto todo.

Mais perto, Esther estava percebendo que o dono do cachorro era mais jovem do que ela pensara a princípio, só que envelhecido por uma visível mortalha de exaustão. Sua pele era amarelada, os lábios secos, e ele tinha olheiras sob os olhos, um dos quais estava muito injetado. As roupas caras e o sotaque chique a tinham distraído.

O homem largo de olhos azuis tinha se inclinado sobre o colo do amigo e estava encarando Esther com a intensidade fixa de um gato olhando para um esquilo, até que o chique deu uma cotovelada nas costelas dele em um gesto que claramente pensava ser sutil. Eles não falaram um com o outro, mas pelo menos não tentaram falar com Esther também, e aos poucos ela começou a relaxar. Seus nervos estavam em frangalhos, afinal; ela estava imaginando perigo onde não havia nada.

O alto-falante no teto ligou com um som de estática, uma comissária alegremente agradeceu a soldados na ativa e membros do programa Gold Wings Plus, e logo o avião estava correndo pela pista. O estômago de Esther saltou quando as asas pegaram impulso e o chão começou a encolher sob eles, verde como uma joia e formando uma colcha de retalhos de estradas e prédios, e então foi substituído pelo azul brilhante da baía enquanto eles partiam sobre a água aberta.

Ela se virou da janela e abriu o romance de mistério que tinha comprado no aeroporto horas antes. Era uma performance mais que qualquer coisa. Estava tensa demais para entender as palavras. O homem ao seu lado pegou seu próprio livro, embora não o abrisse, e, sim, ela era puro nervosismo, mas ainda podia jurar que algo na energia dele era estranho. Ele ficava balançando a perna e ela se perguntou se tinha medo de voar. Ele tinha dito que o cachorro era bom em aviões, mas não falou de si mesmo.

— O que você está lendo? — perguntou ele de repente, virando na direção dela de novo, movendo a cabeça toda como uma coruja.

Ela lhe mostrou a capa em vez de falar, torcendo para ele finalmente captar os sinais de que ela não queria papo.

— Gosta de livros? — perguntou ele, a voz baixa sob o rugido do motor.

Ela estava imaginando ou havia uma ênfase sutil na palavra "livros"? Olhou para o amigo, que se inclinava por cima dele, encarando-a de novo.

— Gosto — disse ela.

— Já leu esse?

Automaticamente, ela olhou para o livro no colo dele, e o reconhecimento físico a atingiu antes do mental. Seu coração perdeu o ritmo e o retomou com dez vezes a velocidade original, seu rosto formigando de choque. Era *La Ruta Nos Aportó Otro Paso Natural*, de Alejandra Gil. Não só isso, mas era seu próprio exemplar, inconfundível. Ela o reconheceria em qualquer lugar, com aquela dobra no canto, o pequeno rasgo na lombada.

— Onde você conseguiu isso? — sussurrou ela. Não escolheu sussurrar, mas suas cordas vocais não estavam funcionando, a garganta apertada demais, o ar mal saindo dos pulmões.

Novamente, a armadilha se fechava ao redor dela.

— Maram me deu — disse ele, como se o nome devesse significar algo para ela.

— Eu não... — Ela se esforçou para puxar o ar. — Eu não sei quem é essa pessoa.

— Ela sabe quem você é — contou o homem de olhos azuis, com um sotaque surpreendentemente forte de Boston.

— Mas *nós* não sabemos — disse o inglês. — Quem é você?

Como ela devia responder a essa pergunta?

— Eu sou a pessoa de quem vocês roubaram esse livro.

— Não roubamos nada! — replicou o inglês, parecendo insultado, o que parecia muito injusto dado o fato de que era ele que estava com o livro, e não ela.

— Então devolva — disse ela.

O homem olhou para o amigo, que deu de ombros e assentiu, e, para completo espanto de Esther, o livro estava de repente em suas mãos. Ela o abraçou com força contra o peito, não se importando se parecia uma criança com um urso de pelúcia.

— Se você não conhece Maram, por que ela nos mandou até você? — perguntou o rapaz. Ele parecia estar falando não só com ela, mas com o amigo também. — Porque ela nos mandou pra cá, não foi? Tem que ter mandado. Disse pra gente mostrar esse livro para a mulher do espelho, e nossas passagens... Paris a Zurique a Cingapura a Auckland. Para ser sincero, eu quase me molhei quando te reconhecemos na fila.

— Quando *eu* te reconheci — corrigiu o homem ao lado dele.

— Certo, quando Collins te reconheceu.

— Sean.

O inglês pareceu confuso por um momento, então assentiu.

— Sim. Sean. Esse é Sean. E você é?

— Eu não vou dizer meu nome para vocês — disse Esther, incrédula. — Não vou contar nada para vocês até explicarem por que estão com o meu livro, por que se sentaram do meu lado e quem caralhos são vocês.

— Olha, estamos tão confusos quanto você — garantiu o inglês.

O homem grande de olhos azuis – cujo nome obviamente *não era* Sean – curvou-se para poder olhar para ela sobre o colo do amigo.

— Nós te vimos — narrou ele, a voz mal audível sobre o ronco do avião. — Te vimos lutando com Tretheway através de um espelho.

Esther quase deixou cair o livro.

— Eram vocês? — perguntou. — Do outro lado? O tempo todo? Foram vocês que me deram as passagens?

— Quê? Não — disse o inglês.

— *Shh* — disse o outro, embora todos estivessem falando baixo, e ela percebeu que os três tinham se inclinado para a frente, as cabeças juntas. Ela se recostou abruptamente e levou a mão ao cinto de segurança, embora o gesto não tivesse o menor sentido. Para onde ela iria?

O cara grande viu o gesto.

— Não vamos te machucar.

Ele parecia extremamente capaz de machucá-la.

— Não — concordou o inglês, mas ele pelo menos não parecia capaz de causar muitos danos. Ela já os estava classificando em tipos de vilão: o músculo e o cérebro, embora ainda precisasse ver provas reais do segundo caso. — Só queremos respostas — continuou ele. — Por exemplo, por que Tretheway estava atrás de você? E qual é sua conexão com a Biblioteca? E onde você estava quando teve aquela briga? E a garota loira está bem? E por que aquele livro não teve efeito em você? E...

— Pare — pediu Esther —, vá com calma, eu não entendo metade do que você está dizendo. Que Biblioteca é essa? E Trev... Tretheway... não foi ele que enfeitiçou os espelhos? Então vocês não estão todos do mesmo lado?

— Não estamos do lado de Tretheway — declarou o grandão, erguendo a voz, e então, em um tom mais baixo, mas não menos furioso: — Tretheway é um escroto do caralho.

Esther estava assustada demais e cansada demais para confiar em seus instintos no momento... mas não podia deixar de pensar que nenhum dos dois parecia querer matá-la, o que era encorajador. Clássicas palavras que precedem a morte: "Eu não *sinto* que estou prestes a ser assassinada".

O inglês ergueu um dedo.

— Certo, vamos do começo. Livros mágicos. Por que eles não funcionam em você?

De repente, Esther ficou atordoada. Nunca ouvira ninguém de fora da família sequer reconhecer a existência de magia, muito menos falar tão casualmente as palavras *livros mágicos*; um termo que parecia quase absurdamente charmoso comparado à experiência de sua vida inteira. Foi a novidade daquilo, mais que tudo, que a fez responder com honestidade.

— Não sei — disse ela. — Eles simplesmente nunca funcionaram.

Os olhos dele – um injetado, o outro estranhamente branco em comparação – estavam fixos no rosto dela, perscrutadores, como se ela fosse um manual de instruções em uma língua que ele não entendia.

— Você não sabe ler feitiços?

Ela não via motivo para mentir.

— Não.

— E eles não têm efeito em você?

— Nenhum.

Ele arregalou ainda mais os olhos e balançou a cabeça devagar, aí mais veementemente. Então, do nada, começou a rir.

Era a risada de alguém tão cansado que sua exaustão se transformara em energia, eletrizante, crepitante, meio histérica.

— Ah, Jesus — disse ele, abaixando a cabeça nas mãos, ainda rindo. — Ah, não.

— O quê? — quis saber ela. — O quê?

Ele balançou a cabeça de novo, os ombros tremendo.

— *O quê?* — perguntou o grandão, e Esther sentiu-se brevemente consolada pelo fato de não ser a única confusa ali.

— Eu entendi — disse o inglês. — Entendi por que Maram nos enviou até você. — Ele olhou de volta para ela, a boca ainda retorcida em um sorriso maníaco. — Você é como eu — disse ele, e começou a rir de novo. — Você é a porra de uma Escriba.

22

Estava nevando em Boston.

— Devíamos ter ficado em LA — disse Nicholas, tremendo na calçada diante do predinho decrépito ao qual Collins os levara. Collins tinha subido os degraus de cimento e estava esperando uma resposta à sua batida ressonante enquanto Sir Kiwi puxava sua coleira, procurando um lugar para urinar no quadradinho de grama morta que Nicholas supôs que fazia as vezes de quintal.

— Como é, Nicholas? — perguntou Esther. Ele e Collins tinham abandonado os nomes falsos em algum ponto sobre o Pacífico Sul. — Não está amando esse maravilhoso clima da Nova Inglaterra? — Ela andava de um lado para o outro sobre o meio-fio com muito mais energia do que Nicholas esperaria de alguém que não dormia desde que eles tinham deixado a Nova Zelândia.

— Parece um pouco demais com a velha Inglaterra para o meu gosto.

Quase trinta horas antes, bem quando Nicholas e Collins saíram pelos jardins da Biblioteca, começara a chover granizo, e Nicholas não se sentia aquecido desde então. Graças a Deus pelo lembrete de Collins de que ele precisava de um casaco decente, ou ele teria fugido só de suéter. Tinha arrumado a mala e a bolsa de transporte de Sir Kiwi em meio a uma névoa onírica que fazia o tempo parecer com xarope, pegando coisas pelo quarto e largando-as de novo. Ele precisava da escova de dentes, óbvio, mas precisava de mocassins? Precisava do roupão de linho? E as abotoaduras?

— Não, não, não — dissera Collins, puxando tudo da mala e empurrando Nicholas para a cama. — Senta. Eu faço isso.

Nicholas estivera cansado e tonto demais para discutir. As únicas coisas que insistira em levar foram seu velho exemplar de *Os três mosqueteiros*, uma bolsa de coleta de sangue enrolada e várias agulhas limpas, porque nunca viajara sem elas, além de uma receita falsificada de insulina para a segurança do aeroporto não confiscar as seringas. Sentiu uma pontada de humilhação ao ver como Collins era rápido e eficiente comparado com ele, mas essa humilhação desapareceu quando ele praticamente teve que carregar Collins por meio acre do terreno protegido da Biblioteca.

Ele já vira outras pessoas passarem pelas proteções, naturalmente, mas sempre de carro, então os efeitos eram mais breves e menos perceptíveis. Collins, entretanto, mal conseguira se manter de pé, os olhos revirando na cabeça como um cavalo tendo um ataque, murmurando coisas sem nexo enquanto Nicholas o arrastava pela grama alta e molhada em direção à estrada, ambos tropeçando sob o peso nada negligenciável de Collins. Assim que ultrapassaram o perímetro das proteções, Collins caiu de joelhos e vomitou, xingando, os joelhos afundados na grama úmida de chuva. Quando se ergueu, firmou os ombros como se nada tivesse acontecido e partiu pelo asfalto preto para encontrar um carro para roubar.

O que deu a Nicholas outro motivo para romper o acordo de confidencialidade dele assim que possível: ele queria saber onde diabos Collins aprendera a fazer ligação direta. Mas não era isso que planejavam fazer agora, ali em Boston. Agora, eles iam obter um carro de um jeito legal, pegando um emprestado. Aparentemente.

Tinha sido ideia de Esther não embarcar no último voo até Brattleboro, e em vez disso ficar em Boston e encontrar um jeito de ir até Vermont sozinhos.

— Mas as passagens... — protestara Nicholas, em um avião em algum lugar sobre o Meio-Oeste americano.

— Exatamente — disse Esther. — Vocês podem até confiar nessa tal de Maram, mas eu nunca a vi. Não gosto que ela saiba cada um dos nossos passos, e que os saiba porque os *planejou*. Essa é nossa única chance de despistá-la um pouco. Vamos terminar onde ela quer, mas do nosso jeito.

— Como? — perguntara Nicholas. — Você precisa de um documento de identidade, de passaportes e tudo o mais para alugar um carro, então seria tão fácil rastrear quanto ir de avião. O mesmo com ônibus, imagino.

Esther ficou quieta, o que significava que estava admitindo o argumento dele – e Nicholas se viu contente por já a conhecer o bastante para reconhecer isso. Vinte e quatro horas de viagem aérea e conversas concentradas tinham acelerado os estágios iniciais do relacionamento, e, a um quarto da fuga para salvar a própria vida, Nicholas pensou que poderia estar no processo de fazer sua primeiríssima amizade não remunerada.

— Eu posso arranjar um carro pra gente — disse Collins. Ele tinha ficado em silêncio durante a maior parte da conversa, porque ela tinha sido precedida pelo carrinho de petiscos, do qual pegara uma sacola individual de salgadinhos de queijo que tinha ocupado sua atenção quase completa. Virou os últimos resquícios de poeira laranja na boca e limpou as mãos.

— Como? — perguntou Nicholas.

— Eu sou de Boston — disse Collins. — Tenho gente lá.

— Família? — perguntou Nicholas, interessado pela perspectiva de ver quais gigantes teriam copulado para produzir Collins, mas o homem balançou a cabeça com um gesto brusco.

— Gente — repetira ele. — Que pode arranjar um carro pra nós.

— Ele tem gente que pode arranjar um carro pra nós — disse Esther a Nicholas.

— Sim, obrigado, estou bem aqui.

— Então está resolvido — disse ela. — Não vamos pegar o avião para Brattleboro.

E não precisavam. Em vez disso, assim que pousaram no terminal de Logan, encontraram um telefone público, algo que Nicholas só tinha visto em filmes. Collins se enfiou na cabine e teve uma conversa curta, mas que pareceu intensa, e que resultou em um trajeto esquálido e sacolejante de metrô até aquela casa horrorosa, em um canto sem atrativos de uma rua urbana cinzenta.

De onde estava, Nicholas podia ver uma lavanderia, um pub irlandês, um bazar do Exército da Salvação, outro pub irlandês, uma pizzaria e uma loja cuja placa era um hambúrguer cercado por anéis planetários, como Saturno. Uma mulher mais velha com um cigarro enfiado entre os dentes parou perto deles para deixar seu vira-lata atarracado, parecido com um besouro, erguer uma perna contra o pneu do carro de alguém e soltar uma cascata de urina fumegante.

— Quanto xixi para um garotinho! — exclamou ela.

Se era assim que a outra metade do mundo vivia, pensou Nicholas, talvez ele devesse ter ficado na Biblioteca e corrido os riscos.

Esther estacou tão abruptamente que Nicholas ergueu a cabeça e seguiu o olhar dela até a porta, que tinha se aberto. As costas largas de Collins ocultavam quem estava lá dentro, mas ele abaixou a cabeça, ouviu alguma coisa, e então se virou e desceu os degraus da entrada até Nicholas e Esther.

— Ela quer que a gente entre antes de nos dar um carro — informou ele, correndo uma mão pelo cabelo. — Não digam nada, tá? Só por favor e obrigado e tal.

— Quem é *ela*? — perguntou Esther.

— Lisa — disse Collins, já subindo as escadas de novo. Esther disparou atrás dele (onde ela encontrava tanta energia?), mas Nicholas hesitou, sentindo uma pontada de nervosismo. Apesar de sua curiosidade para ter um vislumbre da vida de Collins antes da Biblioteca, parte dele temia que, quando ele e Esther partissem mais tarde, Collins não fosse com eles. Optaria por ficar ali, na sua própria cidade, com as pessoas que conhecia, livre das maquinações de Maram e da Biblioteca. Não era uma escolha da qual Nicholas poderia se ressentir; afinal, ambos, a sua própria maneira, desejavam a liberdade... embora a liberdade de Nicholas ainda fosse um conceito vago.

Ele esperava que não fosse como Boston.

Seguiu Esther para dentro.

A mulher que abrira a porta – Lisa, presumivelmente – esperava por eles no hall de madeira escura, que estava lotado de casacos, botas e chapéus. Nicholas esperava alguém meio suspeito e bruto, alguém mais como Collins, mas Lisa não era nenhum dos dois. Era uma mulher negra retinta de uns quarenta anos, com o rosto largo e animado, batom roxo e um boné de beisebol rosa desbotado de Cape Cod.

Examinou Nicholas e Esther com interesse.

— Colegas de trabalho seus? — perguntou.

— Não — disse Collins. — Eu me demiti.

A expressão dela, que era leve e um tanto zombeteira, mudou.

— Como assim se demitiu? Ninguém se demite.

— É complicado.

Lisa tinha uma pequena corrente de ouro ao redor do pescoço. Mexeu nela enquanto o estudava.

— Podemos te dar um carro — disse ela. — Não podemos te dar proteção. Sabe disso, certo?

— Eu pedi proteção?

Esther virou-se para Nicholas com uma sobrancelha erguida. *Que caralhos?*, fez com a boca. Nicholas balançou a cabeça para ela.

Lisa encarou Collins até ele desviar o olhar, então suspirou.

— Provavelmente eu nem devia me dar ao trabalho de fazer perguntas. Você poderia me contar alguma coisa mesmo se quisesse?

Nicholas sentiu os olhos se arregalarem.

— Não — disse Collins.

— Imaginei. — Ela abaixou os olhos e pareceu notar Sir Kiwi pela primeira vez. — Tudo bem! Tudo bem, você é uma *gracinha*, meu Deus. Ela gosta de gatos?

— Ela nunca conheceu um gato, na verdade — disse Nicholas.

— Ele é britânico — disse Lisa a Collins, em tom acusatório.

— Bowie também era.

Lisa pôs a mão no coração.

— *Touché*.

— Eu não sou britânica — disse Esther, animada. — Obrigada por nos emprestar um carro.

— Não me agradeça até ver o carro — advertiu Lisa. — Certo, deixem as malas aqui por enquanto e entrem. Tansy está trazendo o carro, mas ela vai demorar mais uns dez minutos. — Ela continuou falando por cima do ombro enquanto empurrava uma porta pesada para o apartamento de baixo. — Eu fiz um bolo de laranja ontem à noite, se estiverem com fome.

— Aquele que leva bebida? — perguntou Collins.

— Se você considerar duas míseras colherinhas de chá...

Nicholas não ligava para bolos. Tinha parado, fascinado, na entrada da sala de estar de Lisa. Nunca estivera numa casa normal antes. Já vira inúmeras coberturas e hotéis, até algumas pousadas de luxo, mas nunca um espaço que existia puramente para o propósito da vida cotidiana de alguém.

— Sentem-se — disse Lisa, depois apontou para Collins. — E você, venha à cozinha comigo.

Eles saíram por uma arcada sem porta no fundo da sala e Esther se jogou imediatamente num sofá coberto com um lençol fúcsia que fez subir uma nuvem visível de pelo de gato enquanto ela se acomodava. Nicholas olhou para as roupas escuras que usava e, apesar de estar muito cansado, decidiu não se sentar por enquanto, agachando-se para tirar a coleira de Sir Kiwi e deixá-la explorar. Enquanto ela disparava para todos os cantos e fazia um inventário minucioso dos vários cheiros, Nicholas olhou ao redor.

— É normal uma casa ser tão... pequena?

Esther olhou ao redor, incrédula.

— Essa sala é gigante.

— Hmm — disse Nicholas.

Esther riu, recostando-se no sofá coberto de pelo de gato como se fosse veludo. Mesmo no curto tempo pelo qual se conheciam, ele tinha reparado que ela sempre conseguia parecer à vontade.

— Não está acostumado a visitar a casa de plebeus, príncipe Nicholas?

— Não sou um príncipe — disse Nicholas. — Tecnicamente, sou um barão menor.

— Perdão, majestade.

— O honorífico correto é *vossa senhoria*.

— Não — disse Esther. — Nem de brincadeira.

Nicholas voltou a catalogar a mobília desparelhada ao redor. O sofá fúcsia era quase discreto comparado a uma das poltronas, que era estofada com um tecido listrado laranja e amarelo, e a outra poltrona, embora fosse de um bege discreto e neutro, fora coberta com almofadas nas cores do arco-íris. Só havia um tapete em cima do taco desgastado, um Boujad marroquino verde-menta que poderia já ter sido bonito, mas agora estava puído.

Nicholas já lera a palavra "puído" em livros, mas nunca *vira* algo que a representasse.

As paredes estavam cobertas de obras de arte, algumas das quais eram bem bonitas – um retrato a óleo emoldurado de um gato preto e branco com um rabinho curto dormindo num jardim – e algumas francamente perturbadoras. Ele se aproximou para examinar um desenho de uma mulher nua com a virilha cheia de pelos puxando uma cobra de três cabeças da vagina. Ela parecia encantada com o processo. Nicholas se afastou de novo.

Bem, pelo menos o lugar era quente. Deliciosamente quente, na verdade, o tipo de calor que penetrou direto até seu cerne gelado, percorrendo seus ossos como ouro derretido. Era um calor que só podia vir de uma chama, o que significava que deveria haver uma lareira em algum lugar, embora ele não sentisse cheiro de fumaça.

Bem quando esse pensamento cruzou sua mente, Esther disse:

— Nicholas.

Ele se virou. Ela tinha se levantado do sofá e estava agachada no canto da sala, olhando alguma coisa. Ele foi até lá e descobriu que o que atraíra sua atenção não era nada mais que uma pedra grande e sem adornos no piso de madeira. Tirando o fato de que, até onde Nicholas sabia, o lugar de pedras geralmente não era dentro de casa, esta era totalmente comum.

— Sim, ela tem um gosto estranho, não? — perguntou.

— Vem aqui — disse Esther.

Relutante, Nicholas se ajoelhou no chão ao lado dela. Sir Kiwi, animada para ver humanos mais próximos da sua altura, foi se juntar a eles. Nicholas observou a pedra com atenção, examinando os contornos cinzentos, os pontinhos de mica. Estava ainda mais quente ali embaixo, de alguma forma, e ele rolou as mangas do suéter.

— Após uma inspeção mais atenta, vejo que é, de fato, uma pedra — disse Nicholas.

— Ponha a mão sobre ela — disse Esther. — Mas não a toque.

Nicholas obedeceu ao pedido absurdo, mas um segundo depois puxou a mão com um grunhido.

— Está quente!

— É — disse Esther. — Na verdade, tenho bastante certeza de que está aquecendo essa sala toda.

Ele examinou a pedra mais de perto e notou, quase imperceptíveis se a pessoa não estivesse procurando, manchas marrom-escuras que tinham de ser sangue.

— Mas isso é...

Esther assentiu.

— Magia.

— Vocês não acreditariam o quanto eu economizo em contas de gás — disse Lisa, saindo da cozinha com Collins atrás. Ele segurava uma bandeja com fatias de bolo.

— Propano ou elétrico? — perguntou Esther.

Lisa pareceu divertir-se.

— Elétrico. Por quê?

— Curiosidade profissional — respondeu Esther, se erguendo.

— Você tem um livro — disse Nicholas a Lisa, porque não conseguiu achar um jeito de transformar a frase em uma pergunta.

— Temos muitos livros — disse Lisa, e deu um olhar de esguelha para Collins. — Não graças ao seu chefe.

— Chefe? — começou a dizer Nicholas, mas Collins lhe deu um olhar afiado para que se calasse.

— O bolo está muito bom — disse Collins, abaixando a bandeja numa mesinha de centro espelhada. — Peguem uma fatia.

Sir Kiwi deu um latido tão animado que quase foi um uivo, e Nicholas viu um pequeno gato branco entrar rebolando na sala, o rabo alto balançando. Ele piscou os olhos verdes para Nicholas e sibilou em alerta quando Sir Kiwi se aproximou, exibindo dentes afiados como agulhas. Sir Kiwi imediatamente rolou de costas.

Esther falou com a boca cheia de bolo.

— Quanto tempo funciona esse feitiço de aquecimento? Quer dizer, quantos usos você consegue tirar dele?

— É isso que torna o feitiço tão bom — apontou Lisa. — Quando é ativado na pedra, ela fica quente até você terminar o feitiço, então só a guardamos no porão em uma minigeladeira desligada durante o verão e nunca o desativamos.

— Olha, *esse* é um feitiço que eu adoraria olhar — disse Nicholas, contendo-se para não repetir as palavras de Esther: *curiosidade profissional*.

Lisa olhou para Collins.

— Desculpe — disse ela. — Prometi não levar você lá para cima. Como diz Tansy, "nós não fazemos tours para traidores".

A expressão de Collins esmoreceu, o rosto se fechando.

— Quem são "nós"? — disse Esther. — Você e Tansy?

Lisa olhava fixamente para Collins.

— Acho que você ainda tem o hábito de esconder coisas dos seus amigos. — Para Esther, ela disse: — Tem bem mais gente que só eu e Tansy. O número de membros chegou a vinte e oito pessoas desde nosso último encontro.

— Membros? — perguntou Nicholas.

Lisa assentiu, mas não elaborou.

— Ei, eu sei que você já está nos fazendo um favor — disse Esther —, mas por acaso não teria um computador que eu pudesse usar, né? Eu preciso mandar um e-mail. — Lisa hesitou, e ela acrescentou: — Prometo que não tem nada a ver com... tudo isso. Você pode me ver escrever, se preferir.

Dando de ombros, Lisa foi pegar um notebook batido, coberto com adesivos políticos, e o abriu para digitar a senha em suas teclas gastas. A tela precisava de uma boa limpeza, Nicholas reparou. Ela abriu o browser e empurrou o notebook sobre a mesa de centro para Esther, que se curvou e logou no seu e-mail, correndo os olhos avidamente sobre a página. Algo na tela a fez soltar o ar como se tivesse recebido um soco, e Nicholas decidiu que pelo de gato era um preço justo para saciar a curiosidade e sentou-se ao lado dela no sofá.

O e-mail que Esther estava lendo era todo em capslock.

ESTHER VOCÊ ESTÁ DE BRINCADEIRA COM ESSA MERDA? DESAPARECE NO MEIO DA NOITE E ME DEIXA ESSA CARTA COMPLETAMENTE INSUFICIENTE PROMETENDO "EXPLICAÇÕES"? "ALGUM DIA"? EU NÃO QUERO EXPLICAÇÕES ALGUM DIA, QUERO VOCÊ AQUI DE VOLTA, EM PESSOA, PRA ONTEM. AONDE VOCÊ FOI, PORRA? EU NEM SEI POR ONDE COMEÇAR A EXPLICAR COMO ESTOU PUTA OU MAGOADA OU PREOCUPADA COM VOCÊ. ESTOU COM O BRAÇO QUEBRADO, PELO AMOR DE DEUS, VOCÊ NÃO TEM DÓ? AQUELE CARA NOVO, O TREV, SUMIU E TODO MUNDO ACHA QUE ELE SAIU NO GELO E MORREU NUM BURACO EM ALGUM LUGAR. POR FAVOR ME DIGA QUE VOCÊ NÃO ESTÁ NUM BURACO NO GELO. ESTOU TÃO PUTA COM VOCÊ!!!!!!!!!

Esther ergueu os olhos, as bochechas rosadas. Lisa e Nicholas estavam ambos lendo descaradamente sobre seus ombros, hipnotizados.

— Que foi? — quis saber Collins. — Leia em voz alta.

— Nem pensar — disse Esther.

— É da garota que ela deixou na Antártica — contou Nicholas.

— A Jewel? — perguntou Collins.

— Pearl — corrigiu Esther, curvando-se ainda mais sobre o notebook para esconder a tela enquanto digitava sua resposta, mas Nicholas e Lisa se curvaram junto com ela. — É particular — implorou Esther.

— Você disse que eu podia olhar — apontou Lisa.

Nicholas não se deu ao trabalho de dar uma desculpa, só leu em voz alta para Collins enquanto Esther escrevia:

Querida Pearl, estou muito feliz de ler sua voz, mesmo que você esteja gritando virtualmente comigo. Não estou num buraco no gelo. Estou bem, apesar de me sentir péssima por te deixar. Não posso estar aí pra ontem, mas prometo que entro em contato em breve e VOU explicar. Até lá, por favor, tente confiar em mim quando digo que não tive escolha. Penso em você o tempo todo e sinto sua falta de um jeito que não posso escrever porque estou num computador público.

— Vá em frente, escreva — disse Collins.

— É, a gente não liga — disse Nicholas.

— Certo — disse Lisa, afastando-se —, vamos dar um pouco de privacidade para a garota.

Nicholas lançou um olhar traído para ela, mas virou-se para deixar Esther terminar o e-mail em paz. Ele nunca tivera sentimentos tão intensos por outra pessoa a ponto de escrever só em capslock, como Pearl parecia ter em relação a Esther, e com certeza ninguém jamais se sentira assim em relação a ele. Imaginou que ficaria triste com essa revelação, mas em vez disso percebeu que estava mais curioso que qualquer outra coisa. Talvez, se realmente conseguisse se livrar da Biblioteca de uma vez por todas, se começasse a viver sua vida em seus próprios termos, o uso de capslock seria um sentimento que um dia talvez encontrasse.

Esther fechou o notebook bem quando uma batida abafada veio da porta da frente.

— Deve ser Tans com o carro — disse Lisa, levantando-se. — Vocês não querem mais bolo?

Eles voltaram pelo corredor escuro, e Nicholas deu uma última olhada curiosa para aquela sala de estar colorida e aquecida por magia. Nunca vira um livro empregado assim, para fazer algo tão completamente prático em vez de supérfluo, e isso disparou algo em seu peito, brasas havia muito dormentes. Pela primeira vez em muito tempo, ele teve vontade de escrever sem ser contratado, puramente por interesse na magia em si. Pensar sobre o que podia fazer, como poderia ser útil. Como *ele* poderia ser útil.

Lá fora, encostada no capô de um carro vermelho todo arranhado, esperava uma mulher branca alta e corpulenta, com o cabelo preso em duas tranças prateadas longas, tão grossas quanto cobras. Provavelmente tinha mais de sessenta anos e usava um macacão de lã xadrez que parecia tão quente que Nicholas nem pôde criticar a feitura da peça. Era Tansy, supôs ele. Tansy fitou Collins friamente, brincando com as chaves na mão. Ela tinha tatuagens desbotadas nos dedos nus, reparou Nicholas, e ele reconheceu os quatro naipes do tarô: uma taça, um bastão, uma espada e uma moeda.

— O filho pródigo à casa torna — disse Tansy, a voz rouca, mas ressonante. Então ela se concentrou inteiramente em Esther. — Oiê. Sabe dirigir carro manual?

Esther deu um passo à frente imediatamente, toda olhos brilhantes e covinhas.

— Pode apostar — disse ela.

— Nem fodendo! — exclamou Collins.

Tansy virou a cabeça para ele, as tranças balançando.

— A última vez que te vi mexer num câmbio, você parou no meio de uma rodovia.

— Isso foi há uns dez anos!

— Foi há dois.

— Eu sou a única que sabe aonde nós vamos, de toda forma — disse Esther, deixando Tansy jogar a chave na sua palma estendida. — *Obrigada*.

— Me lembra por que estamos emprestando um carro pra ele? — perguntou Tansy a Lisa, e então, antes que Lisa pudesse responder: — Quem vê pensa que você poderia bancar cem carros a essa altura.

— É, quem vê pensa — disse Collins.

— Está planejando ligar pra sua irmã?

Nicholas se inclinou para a frente, interessado.

— Não posso agora — disse Collins. — Não diga pra ela que passei aqui, tudo bem? Não é seguro.

Lisa, que tinha parado ao lado de Tansy, franziu o cenho.

— Deveríamos ficar preocupadas?

— Isso é escolha de vocês — disse Collins.

— Ah — lançou Tansy. — Então agora você quer falar sobre escolhas?

— Eu só preciso do carro, pessoal. Por favor.

— Tá bem, tá bem. Leve, é seu. Não vamos precisar dele tão cedo, por motivos óbvios. — Tansy estreitou os olhos para Collins. — Como você, ele está a um passo de se tornar lixo.

— Tansy! — exclamou Lisa.

— Essa doeu — disse Collins, mas sorriu para Tansy, e ela estendeu a mão e apertou seu braço. Se havia fúria entre eles, também havia afeto, e Nicholas pensou subitamente que Tansy devia ser, de alguma forma, da família de Collins.

— Entre — ordenou Collins a Nicholas, e ele envolveu a coleira de Sir Kiwi na mão para trazê-la mais para perto.

— Esse pomponzinho felpudo vai com vocês? — perguntou Tansy.

Collins bateu no ombro de Nicholas enquanto passava.

— Ele vai, sim.

— Rá, rá. — Nicholas se concentrou em abrir o porta-malas. A maçaneta não se movia de tão enferrujada. Por fim, ele a ergueu com um rangido e começou a pôr as poucas malas deles lá dentro, torcendo o nariz para o forro imundo.

O carro em si era mais velho do que qualquer veículo em que Nicholas já entrara: os bancos eram de vinil bege com algumas costuras rasgadas, revelando um enchimento esfrangalhado com cara de estar infestado, e as partes de metal que cercavam as rodas estavam cobertas de ferrugem. Nicholas entrou no banco de trás por hábito, prendendo a bolsa de Sir Kiwi ao seu lado antes de jogar um petisco lá dentro e a incentivar a subir.

Esther e Collins tinham entrado na frente. Lisa se inclinou pelo vidro do motorista para explicar a Esther o que parecia ser uma situação complicada com os faróis. Collins estava encolhido no banco do passageiro, os braços cruzados, claramente insatisfeito com sua posição, e Nicholas ficou feliz em estar no banco de trás, onde nada era exigido dele.

Ele acenou pela janela para as duas mulheres e virou a cabeça, as pálpebras quase imediatamente afundando como se fossem de chumbo. O carro ligou sob ele com um ronco, e ele sentiu quando se afastaram do meio-fio, mas não conseguiu abrir os olhos.

— Quem eram aquelas pessoas? — perguntou Esther.

— Lisa e Tansy — respondeu Collins.

— Gostei delas.

— Claro que gostou. — Sua voz soava muito distante.

Então, no que pareceram meros segundos depois, Nicholas abriu os olhos com um sobressalto. O carro estava se movendo depressa. Um borrão de árvores passava fora da janela em vez de prédios, e Collins estava ajoelhado, virado para trás, inclinando-se sobre o centro do carro para abrir a bolsa de transporte de Sir Kiwi. Congelou quando Nicholas abriu seu olho real.

— Eu dormi — informou Nicholas.

— É — disse Collins. — Sir Kiwi estava ficando agitada na caixa.

Nicholas acenou para ele se sentar e cuidou de Sir Kiwi pessoalmente, deixando-a sair para explorar o banco de trás. Ele se sentia atordoado e nada descansado.

— Quanto tempo passou?

Collins olhou para Esther.

— Uns trinta minutos, talvez — disse Esther. — Não muito. Volte a dormir, se quiser.

Ele queria, mas em vez disso fuçou no bolso da jaqueta e encontrou seu colírio. O olho prostético parecia ter sido rolado na areia.

— Quem eram as suas amigas? — perguntou ele a Collins.

— Lisa e Tansy — respondeu Collins, assim como dissera a Esther.

— Ah, nem vem. O que Lisa quis dizer quando falou que não podia te oferecer proteção? Como elas sabiam dos livros? O que é essa história de membros? Por que Tansy está tão brava com você? Eles sabem sobre o seu acordo de confidencialidade? Por que...?

— Olha, você pode fazer perguntas até sua garganta doer, mas eu não posso falar a respeito — replicou Collins. — Literalmente. Não posso. Se quer respostas, cumpra sua parte do nosso acordo.

Quebrar o contrato de confidencialidade dele. Nicholas apertou outra gota no olho, resistindo ao impulso de esfregá-lo.

— Esse carro tem aquecimento? Estou congelando.

— Está no máximo — informou Collins, pondo uma mão sobre a saída de ar da frente. Nicholas enfiou nas mangas as mãos enrijecidas pelo frio e fez Sir Kiwi sentar-se nele, mas mesmo o menor dos cobertores era mais eficaz quando não ficava se remexendo.

— Está quente pra mim — disse Esther.

— Nicholas é frágil — informou Collins.

— Não é assim também — disse Nicholas.

— Você é? — perguntou Esther, olhando para ele pelo retrovisor.

— Ele é anêmico — disse Collins. — Por motivos óbvios.

Esther não entendeu de cara. Então disse:

— Os livros — e suas sobrancelhas se aplanaram, junto com a boca. — Quanto mais vocês me contam sobre essa Biblioteca, mais confusa fico sobre como você pôde pensar que os donos dela eram, sei lá, o pessoal do bem?

— Eu nunca disse que eram do bem — retrucou Nicholas. — Só nunca pensei muito sobre isso. Quando você é criança, não questiona se sua família é *boa*, questiona? Especialmente se não conhece mais nada. Eles são só sua família.

— E imagino que ser, tipo, podre de rico ajudou a amenizar as coisas.

Nicholas sentiu uma pontada de irritação, e Esther, cujos olhos estavam na estrada, deve ter sentido a reação de alguma forma, porque acrescentou depressa:

— Não estou tirando sarro de você por ser rico. Esse é claramente território de Collins, eu não ousaria infringir.

— Obrigado — disse Collins.

— Só quis dizer — continuou Esther — que, quando as coisas são belas e confortáveis na superfície, pode ser mais difícil ver a feiura por baixo.

— Não era tudo feio — alegou Nicholas, embora não soubesse por que sentia a necessidade de protestar. Estava cansado demais para aquela conversa. — Meu tio herdou a Biblioteca inteira, herdou o legado da nossa família. É muita responsabilidade. Eu saberia, sendo o próximo na linha de sucessão.

— É uma responsabilidade fabricada — disse Esther. — Sua família assumiu essa responsabilidade de propósito, assim como a minha. Você diz "responsabilidade", eu ouço "poder".

— Bem, não é a mesma coisa?

— Não! Enfim, não sei como você pode defender o homem que, pelo que você me contou, encenou um sequestro e cometeu uma violência real contra você para te manter leal a ele.

Os dedos de Nicholas se apertaram no pelo de Sir Kiwi.

— Não estou defendendo ele.

— Deixa ele em paz — pediu Collins. — Ele descobriu o negócio do olho faz, o quê, setenta e duas horas? Vai levar um tempo.

— O que vai levar um tempo? — exigiu Nicholas. — Eu vim embora, não vim? Não mereço um pouco de crédito por ter vindo embora?

— Merece — disse Collins.

O carro ficou em silêncio por um tempo depois disso, só o resfolegar alto do motor e o giro das rodas no asfalto. Nicholas se jogou contra o assento e observou o borrão verde das árvores e as filas constantes de trânsito por que passavam nas saídas.

Um pouco depois, perguntou a Esther:

— E a sua família?

— O que tem eles?

— Eles sabem que nós estamos indo?

— Não — disse Esther. — Joanna não tem telefone e eu quero deixar Cecily, minha mãe... bem, madrasta... fora disso por enquanto.

— Então você simplesmente vai aparecer depois de sei lá quantos anos, tipo, *boom*, sem aviso? — quis saber Collins.

— Quanto menos pessoas souberem dos nossos planos, melhor — explicou Esther. — Ainda não estou convencida de que a sua amiga, Maram, não está tentando nos colocar todos em um só lugar para nos assassinar. Especialmente se você tiver razão e eu for... o que você acha que eu sou.

— Você é — afirmou Nicholas pela quinquagésima vez.

As dúvidas dela o irritavam. Eles tinham duas provas inegáveis: a invulnerabilidade completa dela à magia e o fato de que as ordens do pai dela para se mudar todo ano coincidiam exatamente com a ativação do feitiço anual de busca por escribas de Richard.

E ainda havia o fato de que Richard dissera a Nicholas, vez após vez, a vida toda, que ele era o último e único Escriba.

Bem poucos dias antes, a insistência de Richard poderia ter parecido prova do contrário, mas, independentemente do que Esther dizia sobre as lealdades dele, Nicholas estava começando a aceitar que quase tudo que conhecia sobre si mesmo era mentira — então fazia sentido que essa declaração, sobre a qual toda a sua identidade era formada, também fosse falsa.

— Vamos testar assim que chegarmos à casa — disse ele. — Você acha que consegue encontrar um pouco de abrunheiro?

— Não faço ideia — disse Esther —, porque não faço ideia do que é isso.

— É uma árvore — explicou Nicholas. — Os frutos, galhos ou sementes servem, mas vai ser complicado encontrar. Talvez tenhamos que ligar para uma loja especializada para tentar achar sementes, ou... — Ele parou, porque Esther estava sorrindo no espelho para ele.

— Nicholas — disse ela. — Se está perguntando sobre ervas, eu não te expliquei direito sobre minha irmã. Ela é uma loja especializada ambulante.

— O que o abrunheiro faz? — perguntou Collins, girando no banco para encarar Nicholas com uma expressão de esperança cautelosa.

— Muita coisa — disse Nicholas —, mas, nesse caso específico, vai ajudar a romper seu acordo de confidencialidade. Com um feitiço que a Esther aqui vai escrever.

— Ah, ótimo — ironizou Collins. — Deixe uma amadora cuidar de mim. — Mas os cantos dos olhos dele estavam enrugados de humor.

Esther, por outro lado, ficou em silêncio, como tinha se mantido sobre esse tópico desde que Nicholas entendera o que estava acontecendo no avião no céu da Nova Zelândia. Ele sentia a descrença rolando dela em ondas e, por baixo, alguma outra coisa. Algo tenso e amargo que não fazia sentido para ele. Ela não deveria ficar feliz de ouvir que o que sempre achara ser uma fraqueza era na verdade a forma mais profunda possível de poder?

Se alguém deveria estar triste, pensou Nicholas, era ele. E havia uma partezinha infantil dele que não queria acreditar que não era, no fim das contas, especial. Ímpar. Único.

Mas, quando você era o único, significava que estava sozinho.

Nicholas passara a vida toda sozinho. Aqueles últimos dias atordoantes haviam sido terríveis: uma reviravolta completa em toda a sua vida, revelações horríveis que ele ainda nem começara a processar, e ele não era *frágil*, Collins, mas também não podia negar que se sentia uma merda requentada. No entanto, apesar de tudo isso, estava mais exultante do que se sentira em anos. Quase eufórico. Tudo bem, ele perdera muito sangue, sofrera uma série de choques e mal dormira, então suas emoções poderiam não ser inteiramente racionais; mas mesmo assim.

Ao ajudá-lo a escapar, Maram tinha provado de uma vez por todas que se importava com ele; ele e Collins, talvez, possivelmente, estavam se tornando amigos; ele e Esther, talvez, possivelmente, poderiam se tornar amigos; Sir Kiwi estava segura; e ele não estava sozinho.

— Ei, Nicholas? — chamou Collins, olhando no espelho.

— Sim, Collins?

— É sinistro quando você sorri sozinho assim.

Nicholas abriu ainda mais o sorriso. Esther virou numa saída rápido demais. Collins se apoiou contra a janela.

23

Joanna estava parada na bancada da cozinha tentando abrir um vidro de tomates bem selado quando ouviu o motor. Ela congelou, o vidro nas mãos, uma faca de manteiga a postos para erguer a tampa de metal por baixo, e ficou escutando. Lá estava: um chacoalhar que soava mais próximo do que o zunido ocasional de caminhões que ela conseguia ouvir passando no inverno, quando as árvores decíduas deixavam cair suas folhas macias e os sons da estrada do condado chegavam até sua longa entrada de carros.

Ela abaixou os tomates.

Certamente era uma ilusão do vento, um barulho vindo, de alguma forma, da estrada distante. Ela forçou os sentidos, verificando o que um cachorro poderia ter percebido sem que sua orelha sequer estremecesse, mas, em vez de passar, desvanecer, desaparecer, o som estava ficando mais próximo. Era um motor – um carro, um carro barulhento – e estava na entrada da casa dela.

Mas isso não era possível. Ela deu um passo e parou, deu um passo e parou. Seu coração batia tão depressa que ela estava sem fôlego. Não sabia o que fazer. Tinha passado das sete e ela acabara de subir depois de renovar as proteções, e tinha sentido o formigamento e o silvo quando tinham se reassentado no lugar, então esse som, esse carro, essa aproximação *não eram possíveis*.

As palmas tinham ficado suadas no espaço de segundos. Ela as enxugou na calça jeans. Havia um fuzil de caça no armário dos fundos, e ela se moveu rapidamente para pegá-lo, mas, mesmo enquanto tirava balas da caixa amolecida pelo tempo e as inseria no cano, encolheu-se só de pensar em atirar em alguém. Quanto tempo tinha para se acostumar com a ideia? Um minuto? Menos?

O veículo estava se aproximando.

Joanna foi até a porta e acendeu a luz do saguão. Desse ângulo, podia ver o caminho através da janelinha de quatro painéis, mas ela mesma não podia ser vista. O fuzil parecia escorregadio nas mãos suadas, e ela se ouvia resfolegando em arquejos curtos. Entrar em pânico não ajudaria. Ela se obrigou a assumir uma postura calma, relaxando os ombros, soltando a mandíbula, forçando o corpo a enganar a mente, mas enquanto fazia isso os faróis de um carro brilharam através dos galhos finos e outro pico de adrenalina tensionou os membros que ela conseguira relaxar. O carro fez a curva no caminho e entrou plenamente à vista.

Joanna se inclinou para a frente, desesperada para captar um vislumbre dos passageiros pelo para-brisa, mas o sol tinha se posto e estava escuro demais para ver qualquer coisa até o carro estacionar ao lado da caminhonete dela e a luz da varanda iluminar duas figuras no banco da frente.

Uma delas era grande e quadrada, e a outra pequena e com muito cabelo escuro. Foi tudo que Joanna pôde ver a princípio. A pessoa grandona atraiu seu olhar, mas, enquanto fitava com medo seus ombros largos, outra parte dela estava lentamente tentando entender o outro passageiro. Sua silhueta a atingiu na boca do estômago, e ela cambaleou após uma vertigem súbita. Seu corpo reconheceu a motorista antes que o cérebro o alcançasse.

Então o cérebro o alcançou.

A motorista se virou para a luz e Joanna viu, clara e inacreditavelmente, que era sua irmã.

O rosto de Esther foi absorvido por cada partícula da consciência de Joanna de uma só vez. Foi como se uma bomba de luz tivesse explodido em sua cabeça, fazendo os ouvidos zumbirem, o coração martelar. Esther. Esther estava *ali*, na entrada de carros. Ela apertou os olhos e os abriu de novo. Esther não tinha desaparecido. Esther desligou o motor.

Joanna não conseguia se mover, quase não conseguia respirar, e pulou um centímetro para cima do chão quando o fuzil escapou dos seus dedos e bateu no piso de madeira com um som oco. Ela o pegou de novo, tremendo. Viu quando sua irmã – sua irmã, ali, em casa – correu as mãos pelo cabelo e disse alguma coisa à pessoa ao lado dela. Então saiu do banco da frente e a batida da porta do carro foi tão alta, tão tangível, que ricocheteou através do corpo de Joanna como um tiro.

Ela se afastou da porta, a mão livre pressionada no peito, a outra ainda apertando a arma. Quantas vezes tinha sonhado com isso? Com sua irmã, vindo para casa? Mas a única coisa que conseguia fazer era espiar pela janela como se fosse uma tela de televisão, como se o que estava do outro lado não tivesse qualquer chance de atravessar até esse, entrar na sua vida.

Esther estava fora do carro agora, parada junto ao capô. Ela olhou para a casa, o rosto ainda imóvel e ilegível nas sombras – e mais velha, crescida. Atrás dela, uma terceira pessoa que Joanna não tinha notado saiu do banco de trás, junto com uma bolinha de pelo, mas Joanna não conseguia tirar os olhos da irmã.

Esther inspirou tão fundo que dava para ver seu peito subindo e descendo, então se virou e foi até o lado do passageiro do carro. Abriu a porta e se inclinou para puxar a outra pessoa de pé. Ambos os desconhecidos pareciam ser homens, e, embora o grandão fosse muito, muito mais alto que Esther, e muito, muito mais largo, agarrou-se aos ombros dela como se fosse cair se não o fizesse, o que provavelmente, devido às proteções, era verdade.

O passageiro do banco de trás, porém, parecia impossivelmente não ser afetado. Estava vagando pelo jardim da frente, o rosto voltado para o céu em vez da casa, e não parecia nem um pouco tonto ou confuso.

Eles estavam talvez a três caminhonetes de distância da casa e ela ouvia suas vozes, embora não conseguisse entender o que estavam dizendo. O homem andando no jardim chegou à linha das árvores, e Esther o chamou em voz alta, acenando para que voltasse. Mesmo sem entender as palavras, a voz da irmã atingiu Joanna como um martelo contra vidro. Não tinha mudado, aquela voz. Soava como a infância de Joanna, ensolarada, segura e sumida.

Agora Esther e o outro homem estavam um de cada lado do cara grandão, apoiando seu peso. Vinham em direção à varanda e seu brilho amarelo. Estavam nos degraus da varanda. Se um dos dois erguesse a cabeça, veria o rosto pálido de Joanna observando através do vidro, mas ambos estavam focados no seu companheiro, fazendo-o dobrar as pernas para subir a escada. Conseguiram levá-lo ao primeiro degrau. E ao segundo. Faltavam dois.

Não havia tempo suficiente para Joanna juntar todos os pedacinhos que tinham se estilhaçado ao som da voz da irmã.

Então ela se endireitou, firmou os ombros e assumiu uma postura de controle. Aquela era a sua casa. Ela acendeu a luz do saguão de novo. Abriu a porta.

Esther estava bem ali.

Elas se encararam. Joanna sentiu o quanto seus olhos estavam arregalados, mas não conseguiu se controlar, e a boca de Esther se curvou num sorriso, reflexivo e tão familiar. Por um momento ela parecia exatamente como ela mesma, como a lembrança que Joanna tinha dela, bem-humorada e linda de um jeito vívido graças a sua energia, mas então Joanna começou a catalogar as mudanças. O rosto ainda estava redondo, só que mais magro, o queixo mais pontudo, aquelas covinhas dos Kalotay mais fundas, e havia rugas leves na testa que se aprofundaram quando ela ergueu as sobrancelhas; uma expressão tão reconhecível que Joanna quase a sentia no próprio rosto.

— Oi, Jo — disse Esther. Ela abanou a mão que não segurava o companheiro como se fizesse uma dancinha de jazz. — Surpresa.

Joanna queria que Esther voltasse para casa desde o minuto em que tinha partido. Fantasiara aquela cena exata vez após vez ao longo dos anos, imaginando envolver os braços ao redor da irmã mais velha, imaginando chorar no seu cabelo, as duas falando de uma vez, trocando perguntas e respostas, acusações e desculpas e reconciliações. Mas agora Esther estava ali e Joanna não conseguia fazer nada daquilo.

Estava tão feliz de vê-la.

E estava tão brava.

Não percebera como estava brava – furiosa, na verdade. Furiosa por Esther ter ido embora sem olhar para trás, por ter aparentemente abandonado qualquer amor que havia entre elas, por nem ter voltado para o funeral de Abe, por ter deixado Joanna sozinha ali para apodrecer e morrer naquela casa apodrecida e moribunda. Estava tão brava que não conseguia falar.

O silêncio foi quebrado pelo grandão, que soltou um gemido inarticulado.

— Podemos entrar? — perguntou Esther. Seus olhos se abaixaram para o fuzil ainda nas mãos de Joanna. — Eles estão do nosso lado, prometo.

Joanna limpou a garganta.

— E que lado é esse?

— Tem muita coisa que preciso te contar — disse Esther.

— Dez anos de coisas?

— Sim, mas não, especificamente, tipo, setenta e duas horas de coisas.

— Olha o coitado do Collins — disse o passageiro do banco de trás, e Joanna ficou surpresa ao perceber que ele era inglês.

O grandão – Collins? – estava com a cabeça rolando nos ombros, a mandíbula flácida, gemendo de dar dó. Era uma visão patética, mas Joanna se distraiu ao sentir duas patinhas na sua canela, e ao olhar para baixo encontrou uma cachorrinha pulando nela, os olhos brilhantes e o nariz molhado. Era tão ridiculamente fofa que parecia ter saído de uma revista.

— Saia, Sir Kiwi — disse o inglês. — Ou a moça legal pode atirar em você.

— Quem são essas pessoas? — ela perguntou para a irmã. Pretendia que a pergunta saísse firme, mas as palavras eram suplicantes. — Por que as proteções funcionam no amigo dele, mas não nele?

— Eu sou Nicholas — respondeu o autodeclarado Nicholas, estendendo uma mão com tanta confiança que Joanna se viu apertando-a sem ter feito a escolha conscientemente. Ele tinha dedos frios, um aperto forte e um sorriso convincente no rosto bonito e um pouco travesso. — Sua outra pergunta tem uma resposta mais longa.

Joanna puxou a mão de volta. Virou-se dele para a irmã, esperando, mas os joelhos de Collins fraquejaram e ele começou a engasgar, e houve toda uma movimentação para ajudá-lo a se agachar na varanda.

Nicholas olhou para Joanna, o rosto cheio de impaciência. Ela notou que ele parecia muito cansado, com olheiras escuras, a boca apertada e as faces amareladas sob uma barba castanho-avermelhada de poucos dias.

— Eu não posso ler magia e não posso lançar feitiços — disse Nicholas. Sua preocupação com Collins pareceu torná-lo mais inclinado do que Esther a responder a Joanna sucintamente. — Eles também não funcionam em mim. Isso inclui suas proteções. O Collins aqui não tem tanta sorte, obviamente.

A explicação a deixou embasbacada. Ela pensava que Esther fosse única em sua intocabilidade.

— Ele é como você? — perguntou ela à irmã. Esther deu de ombros e afastou o rosto. Foi Nicholas que respondeu.

— Mais do que você imagina — disse ele. — O que vamos explicar logo mais, só que Collins não tem muitos neurônios para ceder, então poderia, por favor, deixá-lo entrar antes que ele os perca mais ainda?

Não parecia haver motivo para continuar impondo qualquer fachada boba de poder, então Joanna começou a recuar. Mas aí parou. Havia um ponto que gostaria de negociar, no fim das contas.

— Ele pode entrar sob uma condição — disse ela, virando-se para a irmã e forçando a voz a não tremer. — Você tem que olhar o livro que matou o papai.

Esther engoliu em seco.

— Eu vou — disse ela. — Ou Nicholas vai, ele é o especialista.

— Você não falou nada sobre um livro assassino. — Nicholas soou alarmado. Mas então acrescentou: — Eu olho o que você quiser, só nos deixe entrar.

Joanna deu um passo para trás e viu Esther e Nicholas puxarem seu amigo para cima e para a frente – viu estranhos entrarem na sua casa pela primeira vez em toda a sua vida.

— Sir Kiwi! — chamou Nicholas por cima do ombro, e a cachorrinha correu por entre as pernas de Joanna para segui-los para dentro. Ela fechou a porta atrás deles e se virou.

Collins se apoiava com força contra a parede, parecendo levemente enjoado, embora lúcido. Com os olhos focados e a cabeça erguida, Joanna viu o que tinha deixado de notar a princípio, mas não podia não ver agora, apesar da adrenalina: ele era, para seu alarme e interesse, muito atraente.

— Jesus — disse ele. — Isso foi tão ruim quanto as proteções na Biblioteca.

— Pelo menos dessa vez não tivemos que andar muito — observou Nicholas.

Mesmo esse trechinho de conversa fez surgirem mil perguntas na cabeça de Joanna. "Proteções", dissera Collins, tão casualmente quanto teria dito "caminhonete" ou "sanduíche". Ela podia sentir Esther encarando-a, mas era demais encontrar os olhos da irmã de novo, então ela se dirigiu aos homens, concentrando-se no único roteiro que tinha para esse tipo de situação: o roteiro de hospitalidade de Cecily.

— Vocês estão com fome?

— Morrendo — respondeu Collins, tão alto que abafou as respostas de Nicholas e Esther.

— Eu estava começando a fazer chili — disse ela. — Troco o jantar por uma explicação.

— Depende — lançou Esther. — Você vai colocar manteiga de amendoim nesse chili?

Dessa vez, Joanna olhou para ela. Tinha feito chili com manteiga de amendoim uma só vez, aos doze anos, um experimento culinário que ela e Abe tinham apreciado bastante, e que Esther e Cecily tinham decretado como blasfemo. Os olhos de Esther estavam brilhantes e carregados de significado. Ela estava dizendo: *eu ainda te conheço*.

— Eu adoro chili — disse Collins.

— Entrem na cozinha — chamou Joanna.

Mesmo com as costas viradas, ela podia sentir a presença de Esther, podia senti-la absorver a casa. Perguntou-se o que se passava pela cabeça da irmã depois de tanto tempo longe. Como fizera com Cecily, não conseguiu evitar reconsiderar sua própria visão da casa, vendo-a através dos olhos da irmã: tudo que era encardido e desbotado parecia ainda mais encardido e desbotado que de costume. O tapete que já fora colorido no corredor estava puído e esvanecido, as linhas da moldura de gesso suavizadas pela poeira, e a cozinha meio capenga ao redor do seu piso de linóleo empenado.

— Adorei a vibe retrô — comentou Nicholas. — Olha essa geladeira de abacate.

Joanna se virou para ver se ele estava zombando dela, mas o rapaz parecia genuinamente encantado, batendo uma unha em uma das panelas de cobre com um aceno aprovador. A cachorra, que parecia se chamar Sir Kiwi, tinha decidido farejar cada canto da cozinha, as unhas minúsculas produzindo ruídos enquanto se dedicava à tarefa.

— Está igualzinho — disse Esther. — É como entrar numa lembrança. — Ela abriu a cesta de pães, que não continha pães, mas a coleção de molhos de pimenta avinagrados de Abe, assim como fazia desde que eram crianças, com alguns deles amarronzados pelo tempo. Ficou parada ali, olhando para as garrafas vermelhas, com uma mão na garganta. Joanna teve que se virar antes que seu próprio luto se erguesse e a dominasse.

Os dois homens se acomodaram na mesa da cozinha, e ter estranhos em um espaço que só a família habitara exerceu um efeito estranho e transformador no cômodo. A cozinha parecia menor e mais animada de uma só vez.

— Água? — perguntou Joanna. — Cerveja?

— Café, acho — disse Esther. — Foram dois dias compridos.

— Mas não dê pra ele — disse Collins. E para Nicholas: — Você já bebeu mais cedo.

— Acho que abandonamos essa regra na Biblioteca, não?

— Não é uma regra da Biblioteca, é uma regra médica — disse Collins.

— Bem, considerando que eu não trouxe chá de urtiga...

— Eu tenho urtiga — informou Joanna.

— O que eu falei? — lembrou Esther aos outros.

Os três pareciam estar seguindo conversas que não incluíam Joanna. Ela se virou para a cafeteira enquanto eles papeavam, jogando fora os resquícios azedos do café da manhã. Sentia tantas coisas que era quase como não sentir nada. Uma palavra repetida, porém, chamou sua atenção.

— O que é a Biblioteca? — perguntou ela.

O pequeno grupo na mesa caiu em silêncio. Ela ia se virar para encará-los, mas pensou melhor, os nervos tensionados demais para enfrentar três pares de olhos, e se ocupou com a jarra de tomate abandonada, dedicando-se novamente à tampa.

— É um lugar tão bom quanto qualquer outro para começar — disse Esther.

— A Biblioteca — começou Nicholas — é uma organização dedicada a coletar e preservar manuscritos raros e poderosos do mundo inteiro. — Ele soava como um apresentador da BBC. — Temos parcerias com instituições renomadas, como o Museu Britânico, a Biblioteca Ambrosiana, Oxford, Cambridge e as universidades da Ivy League americanas, além de fazer empréstimos e serviços criativos a indivíduos privados.

Collins bufou, divertindo-se. Nas mãos de Joanna, a tampa do vidro finalmente se soltou com um estalo, e o aroma rico e ácido de tomates flutuou no ar, uma brisa de outra estação.

— Por manuscritos raros — disse Joanna — você quer dizer...

Ela nunca tinha falado de livros com qualquer um fora da família imediata e não conseguia terminar a frase.

— Sim — disse Nicholas. — É uma organização familiar e eu cresci lá. Mais ou menos como você cresceu aqui, pelo que estou entendendo.

— Quantos livros tem a Biblioteca? — perguntou ela.

— Ah — disse Nicholas —, uns dez mil?

Ela girou para ele.

— Dez *mil*?

— Nós existimos há centenas de anos — contou ele. — Meu ta-sei-lá-
-quantos-avô começou a colecionar como amador no começo do século
dezessete, e mais recentemente meu trisavô começou a emprestar os livros,
construir conexões, capital... foi ele quem começou a oferecer serviços.

Joanna sentiu o queixo cair e lentamente fechou a boca. Colecionar
como amador – era isso que ela e Abe vinham fazendo? Quando ela chegava a pensar na questão, supunha que sua própria coleção era uma das maiores, senão a maior. Por que outro motivo alguém teria ido atrás dos livros deles e matado Isabel?

— Então você é um especialista mesmo — disse ela, engolindo o orgulho. — Ótimo. Eu disse que te deixaria entrar se examinasse o livro do meu pai. Pode fazer isso?

— Ele olha isso amanhã — interveio Esther. — Tem mais coisas que precisamos te contar agora.

Joanna ficou chocada outra vez ao ver a irmã sentada ali na mesa da cozinha, linda e adulta e ainda tão distante.

— Mas esse foi o combinado — disse ela.

— Jo — pediu Esther. — Nicholas não é só um colecionador de livros.

— Tecnicamente *eu* não os coleciono — corrigiu ele. — Maram tem o seu exercitozinho de funcionários no campo para fazer isso.

— Ele os escreve — informou Esther.

Joanna estava segurando metade de uma cebola na mão esquerda, que ainda estava atada. Sob a gaze, seu corte estava sarando bem, enquanto na geladeira sua tinta inútil e sem magia ainda enchia a tigela de cerâmica, escurecida com sangue e cinzas.

Ela perguntou:

— Como assim?

— Sir Kiwi — disse Nicholas rispidamente para a cachorra, que estava tentando raspar um canto descascado de um azulejo. — Largue isso. — Ele se virou de volta para Joanna: — Certo, Esther mencionou que essa é uma dúvida de vocês. Como os livros são escritos. Bem... — Ele abriu os braços, a boca se retorcendo de um jeito amargo e autodepreciativo. — É assim.

Eu sempre nos ouvi sermos chamados de Escribas, com *E* maiúsculo, mas isso provavelmente é uma coisa dramática da Biblioteca, não sei.

A cafeteira emitiu um aviso borbulhante de que tinha terminado de passar o café e Joanna foi pegar o bule, entorpecida. Estava tentando entender e absorver as palavras de Nicholas de um jeito que fizesse sentido. Aquele rapaz estranho e refinado com seu cachorro de raça não combinava com a ideia que ela fazia das pessoas que criavam os livros que tinha passado a vida estudando e protegendo. Em seus devaneios e reflexões, ela sempre imaginara mulheres. Anciãs, sábias, bruxas. Os rostos gentis e enrugados delas habitavam seu subconsciente fazia tanto tempo que ela nem sabia que estavam lá até que precisou substituí-los por outro rosto: jovem, masculino, inexperiente.

— Como você faz? — perguntou ela. Uma pergunta que também era um teste. Ela não estava nem um pouco convencida de que ele estava dizendo a verdade.

— Com meu sangue — contou ele. — E ervas, e rituais, e ocasionalmente as fases da lua.

Joanna tinha tentado tudo isso.

— Mas o sangue que é mais importante — sublinhou Nicholas. — Meu sangue, especificamente. Eu poderia escrever um livro sem ervas, cerimônias ou a lua, e ainda teria um efeito, embora fraco. Enquanto alguém como você poderia sangrar até a morte e acender dez mil velas sob um eclipse total e acabaria só com uma pilha de papel.

Nicholas poderia até não ter a intenção de ser cruel, mas doeu. O corte na mão dela pareceu bobo de repente, uma chacota de todos os seus esforços ao longo dos últimos anos.

— E você? — perguntou ela a Collins, cujos olhos, muito azuis, estavam fixos nela. — Você é um desses... Escribas também?

Collins olhou brevemente para Esther e balançou a cabeça.

— Não — disse ele. — Eu sou como você.

Ela virou-se para Nicholas.

— O que torna seu sangue diferente?

— Não sei — respondeu Nicholas. — Como você consegue ouvir magia e outras pessoas não?

O estômago de Joanna deu um salto. Ela olhou para Esther, que deve ter visto a traição em seu rosto, porque desviou o olhar. A irmã tinha contado àqueles homens um segredo que Joanna escondera a vida toda.

— Eu não consigo ouvir nada — continuou Nicholas. — Nem sentir ou fazer nada. É por isso que as proteções não nos afetam. — Ele apontou para Esther, cuja expressão ainda estava muito calma. — Nenhuma magia afeta. Escribas não conseguem trabalhar com magia. Só escrevê-la.

Nós, dissera Nicholas. Joanna encarou a irmã.

— Nicholas tem uma teoria. — Esther abanou os dedos como que para minimizar o que estava dizendo.

— Uma teoria que vamos testar em breve — completou Nicholas. — Você vai quebrar o acordo de confidencialidade de Collins.

— Conte a Jo sobre os acordos de confidencialidade — pediu Esther, como se quisesse mudar de assunto o quanto antes.

— Do que ele está falando? — perguntou Joanna a Esther, e respondeu a sua própria pergunta. — Ele está dizendo que você pode escrever magia.

— Talvez — disse Esther.

Mas Joanna soube imediatamente que era verdade. Soube disso como sabia que a lua se ergueria, noite após noite, quer alguém pudesse vê-la, quer não. Joanna podia ouvir os livros, mas era Esther quem era realmente mágica; sempre tinha sido.

Joanna estivera errada desde sempre – sobre tudo.

24

— Aqui — disse Joanna, colocando um cobertor dobrado nos braços de Esther. Ela acrescentou um travesseiro. — Me avise se precisar de mais.

— Obrigada. — Esther sentia-se desconfortável e estranhamente formal.

Ela e a irmã estavam paradas na sala de estar, onde Nicholas estava desmaiado no sofá e Collins encolhido na poltrona de couro reclinável, os olhos se cruzando enquanto tentava, sem sucesso, ficar acordado. Tinha passado das duas da manhã quando Nicholas adormecera na mesa e quebrara a xícara de café, e Esther tinha que admitir que não estava longe de fazer o mesmo. Ela estava naquele ponto do cansaço em que nada parecia real, como se já tivesse começado a sonhar. Ou talvez fosse estar de volta àquela casa que parecia tão atordoante e surreal. Talvez fosse olhar para a irmã caçula e ver uma mulher adulta.

Joanna tinha preparado o jantar enquanto seus três convidados finalmente tinham conseguido dar uma explicação completa, do começo ao fim, do que os trouxera até ali, e então ela lhes fizera seu próprio relato dos últimos dias. Esther tinha ficado gelada ao ouvir que Cecily usara magia de espelhos; era parecido demais com o que ela mesma enfrentara. Tinha sentido uma pontada brilhante de esperança de que talvez tivesse sido sua mãe por trás do espelho o tempo todo, a mãe que orquestrara tudo para trazer a filha para casa em segurança, mas Joanna vira o que Cecily tinha passado pelo espelho e não era um passaporte. Era o cartão-postal da própria Esther e um bilhete tão inexplicável quanto a própria Joanna.

Esther se lembrava da irmãzinha como uma adolescente calada, complicada e maravilhosamente estranha, e, embora ela tivesse se tornado uma adulta calada, complicada e maravilhosamente estranha, não era um crescimento inteiramente linear. Quando criança, Joanna fora incapaz de esconder seus sentimentos ou fingir sentir algo que não sentia, mas o que tinha sido charmoso na infância, um tipo de afeto vulnerável, era desconcertante na mulher adulta. Desconcertante, mas não repulsivo. O oposto, na verdade. O rosto da irmã era móvel e legível do jeito de alguém desacostumado a se imaginar visto por outros, e como resultado era estranhamente difícil desviar o olhar dela. O jeito doce e encabulado de Joanna se tornara um tipo envolvente de carisma. Ela não tinha certeza de que a própria Joanna tivesse ciência da mudança; embora Collins, pelo menos, parecesse ter notado. Esther o pegara lançando olhares discretamente interessados para a irmã desde que tinham chegado.

No rosto legível da irmã, Esther vira duas coisas muito claramente em relação à sua reaparição súbita: Joanna estava completamente encantada e completamente furiosa na mesma medida.

Esther ainda não examinara por completo seus próprios sentimentos, porque eram tão grandes que ela temia que a devorariam se os deixasse abrir a boca.

Agora Joanna a conduzia educadamente pelas escadas da sua casa de infância como se ela fosse uma hóspede em uma pousada. Esther achou que ia gritar com a atmosfera esquisita. Era um testemunho de como sua vida se tornara bizarra recentemente, refletiu ela, achar a educação da irmã caçula ainda mais estranha do que o fato de que na manhã seguinte ela aparentemente ia verter seu sangue num caldeirão e passar vergonha tentando escrever um feitiço.

Bolinhas de poeira se acumulavam nos cantos dos degraus; a passadeira estava desgastada, e o corredor do segundo andar parecia tão ecoante e vazio que sua garganta começou a fechar. Ela se lembrava de correr por aquele corredor, subindo e descendo as escadas, entrando e saindo de todos os cômodos; lembrava-se de gritar alto e de rir, esconder-se no armário dos pais para pular para fora e deixá-los fingir terror; e, mais tarde, lembrava-se de passar por aquelas portas fechadas na ponta dos pés para dar uma escapada e se encontrar com... qual era o nome dele, o garoto que conhecera na feira da região? Harry alguma coisa. Ela se lembrava de bater na porta do banheiro e gritar para Joanna andar logo. Se lembrava de morar ali.

— Você não pode dormir no seu antigo quarto — disse Joanna. — Não com o espelho lá.

— Mas não é perigoso, certo? Você disse que as proteções não deixariam ninguém passar nada nem ver desse lado.

— É, não vão — disse Joanna. — Mas ainda assim. Sinistro demais. Você pode ficar na minha cama. Eu vou colocar um futon na sala de jantar e dormir lá embaixo, para ficar de olho nas coisas.

— De olho em Nicholas e Collins, quer dizer.

— É.

— Eu posso... se incomoda se eu der uma olhada aqui?

— Não, vá em frente. A luz do teto queimou — acrescentou ela enquanto Esther abria a porta.

— Sorte sua ter uma eletricista na casa — brincou Esther, mas Joanna já voltava pelas escadas. Esther acendeu a luminária de chão.

O quarto estava cheio de móveis velhos, mas ainda era reconhecidamente seu. Seu pôster de Kurt Cobain, sua colcha roxa, as estrelas no teto que brilhavam no escuro, a cômoda branca, o abajur de lava no canto. Esse era o quarto em que ela e Joanna tinham construído vilarejos de Lego elaborados, o quarto do qual se esgueirara incontáveis vezes depois que os pais entravam para dar um beijo de boa-noite. De tudo isso, também, ela se lembrava: Cecily esfregando suas costas e cantando uma canção de ninar alemã desafinada para Esther dormir, e o pai deitado na cama com Esther de um lado e Joanna do outro, o braço quente sob a bochecha dela, a voz ficando alta e então baixa conforme imitava todas as vozes da história que lia em voz alta.

Ela estava feliz de não dormir ali, no fim das contas. E, quando entrou na ponta dos pés no quarto de Joanna, ficou aliviada de ver que aquele lugar, pelo menos, tinha mudado um pouco: ela tinha uma escrivaninha nova, uma cômoda nova, e repintara as paredes, que no ensino médio eram cor de lavanda, de um cinza discreto e adulto. Era agradável. Ela se sentou na cama por um tempo, preparando-se mentalmente, então voltou ao corredor.

Parou na frente da porta do quarto dos pais. Era ali que Cecily e Abe tinham dormido durante a sua infância e onde Abe teria dormido sozinho depois que Cecily se mudara. Esther estava profundamente exausta e abalada, e não tinha tempo para sucumbir às emoções, mas sentia uma vontade tão forte de dar uma olhada nesse quarto que parecia um instinto. Precisava ver evidências tanto de que Abe já estivera ali como de que agora não estava. Mesmo anos depois, era inconcebível.

Ela estava morando no Oregon quando ele morreu e, quando ouviu a notícia, dirigiu para o litoral cinzento e revolto para sentar-se nas pedras e viver o luto sozinha. A voz de Joanna ainda ecoava nos ouvidos, junto com as ondas: *Volte para casa, eu preciso de você, não consigo sem você*. Não parecia o momento certo para explicar que ficar longe era cumprir pela última vez os desejos do pai. Ela não queria distorcer a memória que Joanna tinha dele. Que a irmã tivesse um único membro da família que nunca a decepcionara, pensara ela. Na época parecia uma dádiva, mas agora ela não tinha tanta certeza.

O quarto estava quase idêntico às suas lembranças, embora todos os traços de Cecily tivessem sumido. As paredes verde-claras eram iguais, assim como o edredom verde, a mesa de cabeceira com pilhas de livros e a cômoda abarrotada com quinquilharias, os resquícios da vida de Abe: um relógio, um pente, uma foto emoldurada das filhas e uma foto de Isabel segurando uma Esther bebê. A única foto de Isabel que Esther já vira.

Esther passou o dedão sobre a imagem da mãe, limpando a poeira. Na foto, Isabel apoiava Esther em um joelho como um pequeno boneco de ventríloquo, uma postura que Esther sempre achara estranhamente distante comparada às fotos dela com Cecily. Cecily sempre tinha o rosto esmagado contra o de Esther, sorrindo largo. Nessa foto, a metade superior do rosto de Isabel estava cortada e apenas sua boca estava visível, curvada em um sorriso secreto, um sorriso que era para si mesma e não para Esther ou para a pessoa atrás da câmera. Esther amava esse sorriso. Fazia a mãe parecer uma pessoa, não um fantasma.

Ela abaixou a foto e sentou-se na beirada da cama do pai, olhando para a mesa de cabeceira para ver o que ele estivera lendo. Alguns romances de detetive e uma edição de uma revista de culinária. Ela a folheou até encontrar uma receita que ele circulara e datara, como sempre fazia. Ele queria fazer cassoulet. Ela se perguntou se ele teria feito.

Os óculos de leitura dele estavam apoiados em um dos romances, tão familiares que ela teve que desviar o olhar. Então os pegou, apalpando suas hastes de metal leves. Abriu-os e os colocou no rosto, o quarto ao redor dela inchando e suavizando-se através das lentes. As almofadas apertaram seu nariz e ela se lembrou das marcas que deixavam no rosto de Abe, depressões vermelhas nítidas na pele do nariz, e por algum motivo foi esse detalhe que abriu as comportas que ela vinha mantendo tão firmemente fechadas.

Alguém bateu de leve na porta entreaberta e por algum motivo Esther não ficou surpresa ao ver Joanna parada ali. Ergueu os olhos para a irmã, cujo rosto estava borrado devido às lágrimas e às lentes de Abe.

— Oi — disse Esther.

— Oi — disse Joanna.

Por um momento, nenhuma das duas falou. Então Esther disse, esforçando-se para firmar a voz:

— Você nem me abraçou.

Joanna deu um passo para dentro do quarto.

— Você também não me abraçou.

Era verdade. Esther deu um tapinha na cama, ao seu lado, e Joanna hesitou antes de se sentar lentamente, jogando a longa trança sobre um ombro e segurando-se a ela como uma corda salva-vidas. Esther se aproximou e ergueu os braços para envolvê-los ao redor dos ombros estreitos da irmã. Por um momento foi terrível: Joanna estava rígida, um corpo desconhecido, uma estranha. Então, em estágios infinitesimais, ela relaxou sob o toque, as costas se curvando um pouco porque Esther era mais baixa e era assim desde que elas eram crianças, e de repente, como se ambas tivessem se lembrado de como fazer aquilo, estavam se abraçando de verdade, a cabeça de Joanna no ombro de Esther, o rosto de Esther pressionado contra o cabelo da irmã. Abraçaram-se como sempre tinham feito, Joanna encolhida nos braços de Esther como se fosse a menor das duas, e Esther apertando-a tão forte que podia sentir os ossos de Joanna rangerem sob seu aperto. Os olhos tinham se fechado por vontade própria, mas as lágrimas de algum modo ainda escorriam pelas bochechas.

Quando Joanna falou, Esther ouviu que estava chorando.

— Por que você não voltou para casa?

Esther esperou um tempo, porque não abraçava sua irmãzinha havia dez anos e ainda não estava pronta para parar. Depois se afastou, tirou os óculos de Abe, enxugou os olhos e contou a verdade a Joanna.

A verdade que Abe lhe contara no seu aniversário de dezoito anos era a seguinte: sua imunidade às proteções estava colocando todo mundo que vivia na casa em perigo. Contou que Abe lhe dera uma escolha: ela podia ficar e pôr a si mesma e a família em risco – ou podia ir embora e passar o resto da vida fugindo. Não fora uma escolha real, porque ambos sabiam o que ela faria.

Joanna ficou em silêncio enquanto ouvia, embora seus sentimentos cruzassem o rosto como num palco. Choque, compreensão, horror, fúria e, finalmente, quando Esther terminou de falar, uma tristeza tão profunda que era como curvar-se demais sobre a beira de um abismo. Esther teve que desviar o rosto para não perder o equilíbrio.

— O papai sabia — disse Joanna. — Ele sempre soube que você era uma... como Nicholas te chamou? Uma Escriba.

— Se é que eu sou.

— Você é — disse Joanna. — E ele sabia.

— É — respondeu Esther. — Provavelmente.

— Ele me usou — disse Joanna. — Sabia que você nunca se protegeria como me protegeria, então te mandou fugir pelo meu bem, não o seu próprio. Mas ele não deu uma escolha para *mim*.

Esther balançou a cabeça.

— Que tipo de escolha ele te daria?

— A mesma — retrucou Joanna. — Proteger *você*. Eu teria feito isso. Teria ido com você, ou então você teria ficado aqui e a gente teria dado um jeito nisso juntas. Não foi justo colocar tudo nos seus ombros. Você era uma *criança*.

— Você também.

— Eu odeio ele — disse Joanna, embora seu rosto contasse uma história totalmente diferente.

— Eu não — disse Esther. Ela sentiu o calor das lágrimas nos olhos de novo. — Tenho saudade dele.

Joanna cobriu o rosto com uma mão, as costas subindo e descendo, mas a outra se estendeu e encontrou a de Esther. Apesar do luto pelo pai, apesar da exaustão, apesar de tudo, Esther sentiu um profundo... o quê? Algo expansivo e atordoante, como deitar-se de costas sob um céu noturno tão cheio de estrelas antigas que ela sentia a pequenez da própria vida como uma vela tremeluzente sob elas. Assombro. Pelo fato de que, depois de dez anos, Joanna ainda era sua irmã.

— Mas eu não entendo o que isso significa — admitiu Joanna por fim. — Por que essa pessoa... qual era o nome dela?

— Maram.

— Por que Maram enviou todos vocês pra cá? Você confia nela?

— Não a conheço — ponderou Esther. — Então, não. Mas... — Ela teve dificuldade para articular os pensamentos. — Pelo menos alguma coisa está acontecendo. Alguma coisa diferente. Eu não conseguiria continuar como estava.

Os dedos de Joanna apertaram os dela, uma pressão silenciosa que parecia compreensão. No quarto ao redor, as pequenas relíquias da vida comum do pai jaziam silenciosas onde ele as deixara: um relógio esperando para ser arrumado, um punhado de moedas esperando para serem gastas, um romance esperando para ser lido. Por um tempo, Esther e Joanna ficaram sentadas juntas na cama, ambas sabendo que logo precisariam romper a imobilidade, erguer-se e seguir em frente, mas ainda não. Só por esse momento, o mundo – como o relógio, as moedas, o romance – podia esperar.

25

— Isso é um vampiro — disse Nicholas.

Uma frase claramente ridícula, mas Esther ainda olhou para o livro que Joanna tinha trazido do porão e estremeceu. Ele estava aberto na mesa de centro, delineado por uma luz suave e parecendo muito mais inócuo do que deveria. Ela, Nicholas e Collins tinham todos dormido até tarde, então já era o meio da manhã, o dia tão cinza e gélido quanto o anterior. A sala de estar estava quente graças ao fogão a lenha e abafada pelo sono de três pessoas, mas Esther podia sentir o frio emanando do vidro da janela. A proximidade que sentira com Joanna na noite anterior tinha esvanecido; esta manhã, a irmã parecia distante, empoleirada no banco do piano com o cabelo comprido solto ao redor dos ombros, o olhar fixo no livro na frente de Nicholas, tão linda quanto um retrato e igualmente remota. À luz do dia, ela viu que, embora Joanna ainda fosse inconfundivelmente filha de Abe, com as mesmas covinhas e o nariz estreito que Esther herdara também, ela parecia bem mais com Cecily agora que era adulta. Isso também a fazia parecer muito distante.

Esther provavelmente não deveria ter ficado surpresa ao descobrir que ainda era capaz de sentir a mesma inveja dolorosa que sentia quando criança, perscrutando seu rosto no espelho por sinais da mãe biológica, de sua própria família, mas lá estava, como um joelho que sempre doía em dias de chuva. Outra dor era pensar que estava fisicamente perto de Cecily, a poucos quilômetros, mas ainda tão distante. Se a madrasta a abraçasse agora, talvez ela começasse a chorar e nunca mais parasse.

— Um vampiro? — repetiu Joanna.

Collins, que estava parado num canto bebendo café, resmungou:

— Ah, merda.

— Você está tocando nisso com as mãos nuas? — perguntou Nicholas, com urgência.

— Meu pai disse para manter longe de sangue, não de pele — retrucou Joanna, soando um pouco defensiva. — O que você quer dizer com vampiro?

— Um vampiro é um feitiço do século quinze que protege livros ativados — disse Nicholas. — Ele entra em ação assim que qualquer pessoa tenta acrescentar seu sangue ao feitiço em progresso, como seu pai deve ter feito. Sinto muito — acrescentou ele, e parecia sentir mesmo.

— Você está dizendo que ele morreu por causa de um... uma armadilha mágica?

— Sinto muito — repetiu Nicholas.

Joanna escondeu a cabeça nas mãos e Esther, sem saber bem o que fazer, foi se sentar ao lado dela. Joanna se virou para ela com uma expressão desolada, a boca retorcida como quando era criança e tentava não chorar.

— Ele deveria saber — lamentou Joanna, e Esther entendeu por que a informação afetou tanto a irmã. Para Joanna, o pai sempre fora o ápice do conhecimento, mas tinha morrido por nada mais do que um erro idiota. Um erro que Nicholas levara menos de um minuto para identificar.

— Você já viu alguma coisa assim antes? — perguntou Esther. — Um... como você chamou, um livro-armadilha? — Ela já sabia a resposta e, miseravelmente, Joanna balançou a cabeça. — Então o papai não tinha como saber.

Joanna sacudiu a cabeça de novo, os olhos úmidos, e a garganta de Esther se fechou em resposta. Ela não sabia o que dizer para reconfortá-la. Tinha sido a irmã quem encontrara o pai, afinal. Ela tinha visto em primeira mão o custo brutal do erro de Abe.

— Joanna — chamou Nicholas de repente. Algo em sua voz tinha mudado. — Onde seu pai conseguiu esse livro?

Joanna ergueu a cabeça, os olhos ainda úmidos.

— Não sei. Ele nunca falou sobre o livro comigo. Eu nem sabia que tinha isso até ele morrer.

Nicholas segurou o livro um pouco afastado, de um jeito estranho, como se fosse algo podre que tivesse arrancado da boca de um cachorro.

— Isso é um livro da Biblioteca. Era um livro da Biblioteca.

A pulsação de Esther acelerou imediatamente.

— Como você sabe disso? — perguntou Joanna.

— Você reparou nesse símbolo? — perguntou ele, mostrando o verso da contracapa para mostrar um livrinho dourado gravado ali. Quando Joanna assentiu, ele disse: — Não é decorativo, é funcional. É a marca de um feitiço que chamamos de data de validade. Colocamos em todos os livros que chegam à nossa coleção.

Esther ergueu os pés no banco e abraçou os joelhos, o instinto de um animal assustado para se tornar compacta, tornar-se um alvo menor.

— O que ela faz? A data de validade?

— É um feitiço de adivinhação intuitivo conectado a um objeto — disse Nicholas, e Esther viu que Joanna, apesar de tudo, sorriu com isso, claramente satisfeita com o jargão. Nerd. Esther não sentia o mesmo.

— Explique de novo para os burros, por favor.

— O feitiço adere a um objeto — disse Nicholas — e transmite informações diretamente para a mente de uma pessoa. Nesse caso, informações locacionais, para a mente de Richard.

— Um feitiço de rastreamento — disse Joanna.

— Exatamente. — Ele apontou para ela. — Não, não fique assustada, a Biblioteca não pode nos encontrar a não ser que você tire o livro dos limites das suas proteções. Não tirou, certo?

— Não — disse Joanna. — Pelo menos, não nos últimos dois anos. Não sei dizer antes. Mas o que o livro em si faz?

— Bem, eu não vi esse livro exato — disse Nicholas —, mas acho... não, tenho certeza... que eu *vi* um rascunho dele.

Collins, que estava de pé, desabou pesadamente na superfície mais próxima, que era o toca-discos. Cassetes chacoalharam, a capa de papelão de um disco caiu no chão e Joanna fez menção de se erguer, preocupada — se era com Collins ou com seu toca-discos, Esther não tinha certeza.

Nicholas estava segurando a lombada muito próxima do olho direito, apertando-o para examinar a encadernação.

— Se esse livro é o que eu acho que é... tenho bastante certeza de que é humano.

Uma sensação quente e azeda se ergueu no fundo da garganta de Esther.

— Como assim humano?

— Estou querendo dizer que as costuras parecem ser uma combinação de cabelo e tendões. A cola é provavelmente colágeno derretido. — Ele apertou a capa entre o dedão e o indicador. — O couro provavelmente é pele humana.

— Certo — disse Collins —, ótimo, bem, se precisarem de mim estarei lá fora gritando.

— Não sei como seu pai pôs as mãos nisso — prosseguiu Nicholas —, ou a quem está ligado, mas...

— A *quem* está ligado? — interrompeu Esther. — Você não quer dizer ao *quê*? Se é outro feitiço de permanência de objeto ou sei lá o quê?

— Conectado a objeto — corrigiu Nicholas —, e sim, isso também. — Ele parou para respirar. — Desculpe, esqueci que literalmente sou a única pessoa viva que foi obrigada a aprender essas coisas. É o seguinte: qualquer livro escrito por dois Escribas tem dois pontos de ação mágica. Esse tem uma conexão com um objeto e uma conexão com um corpo.

— Então é conectado com um objeto e com uma pessoa — disse Joanna.

— Exato — respondeu Nicholas. — Até hoje eu nem sabia que esse tipo de coisa era possível.

— Mas o que ele faz? — quis saber Esther.

Nicholas estava esfregando as têmporas de novo.

— Conecta a força vital de uma pessoa a um objeto — disse ele. — Enquanto o objeto estiver intacto, a vida também permanecerá.

Esther olhou para Joanna, esperando uma tradução, mas nem mesmo Joanna entendeu de imediato o que ele estava dizendo. Quando entendeu, seus olhos ficaram arregalados.

— É um feitiço de imortalidade.

Nicholas assentiu.

— Até onde alguma coisa pode ser, sim.

— Você disse que está em progresso — lançou Collins. — Então está conectado com alguém?

— Sim — disse Nicholas, e olhou para Joanna. — Obviamente não era seu pai, porque, bem...

— Se fosse, ele estaria vivo.

Ele esfregou o rosto com força.

— Não sei o que pensar disso... Sir Kiwi!

Esther se virou e viu que a cachorra tinha encontrado a bota de alguém e estava deitada na frente da lareira, mordendo com entusiasmo. À voz de Nicholas ela congelou, fez contato visual e voltou a morder.

— É melhor eu levá-la para passear — disse Nicholas. — Olhamos o livro de novo mais tarde. Depois que provarmos minha teoria. — Ele olhou de um jeito significativo para Esther, que manteve a expressão neutra.

Naquele dia, ela escreveria um livro.

— Quanto tempo vai levar? — perguntou Joanna.

— Bem, considerando que é o primeiro dela e toda a escrita tem que ser feita a mão, provavelmente estamos falando de um processo de oito horas, no total — calculou Nicholas. — Você vai produzir a tinta e escrever hoje de manhã; as páginas vão secar no fim da tarde; e nós o encadernamos de noite. Aí Joanna pode ler para Collins.

— Uhu — disse Collins.

— Se quebrar o acordo de confidencialidade de Collins é tão importante — disse Esther —, se estamos com tanta pressa para obter respostas, talvez agora não seja a hora de testar uma teoria improvável. Talvez você devesse escrever pessoalmente.

— Não — rebateu Nicholas, tirando alguns pelos de cachorro do seu suéter, que parecia caro. — Quanto antes testarmos você, antes vamos ter pelo menos uma resposta... e, pelo menos para mim, ter uma resposta definitiva sobre *qualquer coisa* seria maravilhoso neste momento.

— Além disso — interveio Collins —, se tirarmos mais sangue de Nicholas, ele provavelmente vai morrer.

Nicholas fez um ruído relutante de concordância.

— Então você quer tirar de mim, em vez disso? — perguntou Esther, mas era um protesto débil. Ela queria saber. De verdade. Só não sabia qual resposta temia mais.

— Sim. — Nicholas ergueu-se do sofá. Ele cambaleou uma vez, então recuperou o equilíbrio e viu que ela o encarava com preocupação. — Não precisa ter medo, você só vai sangrar para um único livro, nem vai sentir. Aliás, Joanna, você tem velas? Se tiver, quantas?

A questão das velas era simples, com uma resposta simples: muitas. A questão seguinte de Nicholas, porém, era muito mais complicada. Ele queria saber se havia alguma tradição simbólica com que Esther tinha uma forte conexão – especificamente relacionada a compartilhar segredos ou romper silêncios.

— Tradição? — repetiu Esther. — Tipo... religiosa?

Nicholas balançou a cabeça.

— Tradições abertamente religiosas raramente funcionam. Estou falando de criar um contexto cerimonial que pareça potente para você, pessoalmente. E vamos fazer essa tinta para quebrar um feitiço de silenciamento, então pense talvez em... volume? Uma tradição que envolva falar alto, ou ficar em silêncio. Contar segredos. Compartilhar verdades. Faz sentido?

Não muito. Esther tentou pensar mesmo assim. Nunca tinha sido dada à espiritualidade, embora tivesse tido uma breve fase religiosa exploratória na pré-adolescência. Cecily e Abe, embora ambos teoricamente judeus, não eram praticantes. Mas Esther tinha pesquisado suficientemente as raízes da mãe biológica para saber que a maioria dos mexicanos era católica, então aos doze anos convenceu os pais a levá-la à missa na cidade vizinha. A igreja era linda, de pedra coberta de musgo com janelas de vitral dramáticas, e atrás do púlpito Jesus olhava para eles de um enorme crucifixo. Esther tinha erguido os olhos para seu rosto pesarosamente heroico, o peito e as coxas musculosos e nus, os tornozelos esguios, e acreditou que sentia a fé do seu povo correndo pelas veias, sagrada e formigante.

Mas a missa em si fora tão entediante que mesmo suas fantasias de resgatar Jesus e lhe dar um banho de esponja carinhoso e minucioso não a mantiveram acordada. No fim do seu décimo segundo ano, Esther tinha perdido o zelo pela religião e o canalizado em um zelo pelos olhos delicados e trágicos de Kurt Cobain.

Esther transmitiu tudo isso a Nicholas e recebeu um suspiro de frustação malcontida.

— Você ainda está pensando em teologia — disse ele. — Não é disso que estou...

— A caminhonete — lembrou Joanna.

Os três – Esther, Nicholas e Joanna – estavam sentados à mesa da cozinha, Sir Kiwi aos pés de Nicholas. Collins não estava à vista (de acordo com Nicholas, ele sempre sumia nessa parte) e até agora Joanna tinha ficado quieta. Esther se virou para ela.

— A caminhonete do papai? — perguntou Esther. Ela a vira na entrada de carros quando eles tinham chegado, gasta e vermelha e tão familiar quanto a própria casa.

— Sim — insistiu Joanna. — Nicholas disse pra pensarmos em volume, né? Em segredos.

— A caminhonete é muito barulhenta? — perguntou Nicholas, franzindo o cenho.

Claramente não seguia a lógica de Joanna... mas Esther sim. Quase conseguia sentir o couro macio do volante sob as mãos, o chacoalhar e sacolejar dos alto-falantes enquanto ela aumentava a música o máximo possível e gritava a letra pelas janelas abertas, virando de vez em quando para sorrir diante da expressão sofredora de Joanna no banco do passageiro ao seu lado. Elas tinham tido suas melhores conversas naquela caminhonete. A caminhonete era onde Esther admitira pela primeira vez, em voz alta, tanto a Joanna como a si mesma, que tinha um *crush* numa garota; e a caminhonete era o único lugar em que Joanna se deixava reclamar sobre os livros, o único lugar em que já admitira se ressentir da pressão.

— Genial — comemorou Esther. Obviamente, Joanna tinha talento para aquilo. Ela se virou para Nicholas. — Podemos fazer a cerimônia lá fora, na caminhonete?

Nicholas apertou os lábios, considerando.

— Sim — disse ele, embora a palavra saísse arrastada, duvidosa. Depois, com mais confiança: — Sim. Posso dar um jeito.

A preparação levou quase uma hora, Nicholas consultando Joanna vez ou outra sobre a disponibilidade de certas ferramentas e convocando Esther para carregar braçadas de instrumentos até a caminhonete. Ele claramente tinha uma visão estética e, embora Esther estivesse cética no começo, tinha que admitir que, quando ele terminou, a cabine da caminhonete não parecia mais uma caminhonete; ou, ao menos, parecia, mas uma caminhonete na qual alguém poderia fazer magia. Camadas de tecido vermelho translúcido escureciam todas as janelas contra a luz invernal e enchiam a cabine com um brilho sobrenatural, enquanto almofadas coloridas e cobertores escondiam as linhas dos bancos e uma infinidade de velas tremeluzia no painel. Ainda assim, apesar das mudanças, a caminhonete parecia tão familiar a Esther quanto sua própria pulsação. Ela apertou o volante com uma mão e pôs a outra na alavanca do câmbio, acomodando-se no espaço, sentindo todo o antigo conforto e aconchego voltando ao seu corpo. Sentindo-se, pela primeira vez em dias, segura – uma sensação que era em si mesma mágica, e que nenhuma vela ou tecido translúcido poderia reproduzir. Nicholas sentou-se ao lado dela na frente e Joanna se espremeu no banco de trás, todos eles embrulhados até as orelhas contra o frio, embora Esther pudesse sentir o calor das muitas velas acariciando suas bochechas.

— Está pronta? — perguntou Nicholas.

Esther não sabia como responder, exatamente. Estava pronta para deixá-lo perfurá-la com uma agulha e encher uma bolsa com seu sangue? Sim. Estava pronta para possivelmente reavaliar tudo que pensava saber sobre si mesma e seu relacionamento com o poder e sua família e o mundo em geral?

Alguém estaria?

— Pronta.

— Tudo bem — disse ele. — Cante.

— Agora?

— Agora.

Ela não conhecia preces ou cânticos significativos, mas Nicholas jurou que não importava. A religião era irrelevante, dissera; era a *conexão* que importava. Então Esther limpou a garganta, pôs as duas mãos no volante e canalizou sua devoção o melhor possível.

Rapidamente ficou claro que "Smells Like Teen Spirit" não era feita para ser cantada *a cappella*.

Ela viu Nicholas fazer uma careta antes de controlar o rosto e abrir um sorriso encorajador. Ele e Joanna assentiram enquanto ela cantava o primeiro verso, embora seus acenos se tornassem mais infrequentes conforme ela passava para a seção que era inteiramente composta pela palavra *hello*, vez após vez. Ela tentou se lembrar de como era dirigir nas estradas menores quando adolescente, com a música estourando dos alto-falantes e gritando-cantando a plenos pulmões, sem se preocupar com a afinação porque era o volume que importava, o poder da própria voz... mas não conseguiu inteiramente.

Ela completou o refrão e o segundo verso, acrescentou uns barulhos de riff de guitarra e parou.

— Eu deveria... tipo... sentir alguma coisa? Se estiver funcionando?

— Não sei como você vai se sentir — disse Nicholas. — Pra mim é como... como se tivesse uma fita enrolada no meu peito e alguém estivesse desdobrando-a. Além disso, abelhas.

— Abelhas?

— Ou mel. A mesma coisa.

Esther não conseguia deixar essa passar.

— Com todo o respeito, não é.

— Joanna? — perguntou Nicholas.

— Sim — disse Joanna, das sombras do banco de trás. — Abelhas ou mel. A mesma coisa.

Esther se calou, irritada com aquela camaradagem absurda.

Conectou-se consigo mesma, procurando por abelhas ou mel, mas só havia a maré cotidiana da sua pulsação.

— Eu não sinto nada — disse ela. — Nada inesperado, pelo menos.

Pela primeira vez ela viu a total certeza de Nicholas começar a vacilar, e sentiu um nó na garganta súbito e infantil de decepção. Estava claro que ela não era mágica. Era ridículo ter se deixado acreditar no contrário. Ela era uma pessoa comum, com sangue comum e habilidades comuns, como ler plantas ou calibrar fluxímetros.

Ele disse:

— Tem outra música com que você tem uma conexão mais forte? Uma com menos... gritos, talvez, e mais... compartilhamento pessoal?

Esther começou a repassar as canções da jukebox na mente, então hesitou. Teve uma ideia, mas estava com vergonha de falar em voz alta.

— Eu tenho que saber de cor? — perguntou. — Poderia ler?

— Não vejo por que não.

— É religiosa.

Nicholas suspirou.

— Você tem uma conexão com ela?

— Sim. Mais ou menos.

— Não custa nada tentar.

Esther engoliu e olhou para Joanna.

— O que aconteceu com aquele livro de preces que o papai pegava às vezes? Com o Kadish do Luto? Ainda temos?

O rosto de Joanna congelou ao entender, e ela assentiu antes de abrir a porta de trás e desaparecer em uma rajada de ar frio e sol forte. Esther se reclinou no banco do motorista, torcendo para a ideia funcionar e irritada ao perceber o quanto se deixara querer aquilo. Mesmo depois de todos esses anos, mesmo depois que Abe tinha partido e era tarde demais, ela ainda tentava encontrar um lugar para si na família, lutando por qualquer coisa que pudesse finalmente dizer a ela: *sim, você pertence.*

Joanna voltou rapidamente com o velho livro de preces, as páginas amareladas pelo tempo, a lombada rachada. Ela já tinha aberto na página certa e, quando abriu a porta do motorista para entregá-lo, Esther agarrou seu pulso.

— Senta aqui comigo? — pediu. — Como você fazia?

Joanna olhou para Nicholas, para ver se ele se importava, mas ele já estava saindo e entrando no banco de trás, reorganizando seus instrumentos.

— É uma boa ideia. Damos um jeito com o ângulo estranho.

Joanna tomou o lugar dele ao lado de Esther no banco do passageiro, relaxando quase automaticamente e erguendo um pé calçado com bota para apoiá-lo no painel, e Esther sorriu. Isso também era familiar.

— Na teoria isso se lê de pé — disse Esther a Nicholas. — Tudo bem se eu me ajoelhar?

— Não importa o que você *deveria* fazer. Faça o que parecer certo.

Sem jeito, Esther ficou de joelhos, curvando um pouco a cabeça contra o teto. Tinha esquecido, até esse momento, que tivera uma fugaz ressurgência do seu antigo desejo por religião nos meses após a morte do pai, quando visitara várias igrejas e sinagogas de Portland tentando lamentá-lo. Seu luto parecera tão pesado que ela precisara encontrar um lugar para ele, um contêiner grande o suficiente, e forte o suficiente, e antigo o suficiente para guardá-lo.

Ela quisera *compartilhá-lo.*

Foi nesses sentimentos que ela se concentrou enquanto apertava os olhos para a página e começava a recitar o Kadish do Luto; seu luto profundo pelo pai, e o abismo infinito e escancarado dentro dela que sempre buscara ser parte de algo maior. De uma família, de uma tradição, de todo o mundo incognoscível.

Ela pensou em Abe como o conhecera na infância, amoroso, bem-humorado, excêntrico e sonhador, um ótimo dançarino e um cozinheiro caprichoso que lhe preparava uma refeição de cinco pratos todo ano no seu aniversário. Ela pensou em como se sentia segura quando ele a abraçava, como ela sempre conseguia fazê-lo rir até chorar. Imaginou todas as pessoas que vinham recitando aquela mesma prece pelos pais mortos havia milhares de anos, em milhares de lares sob milhares de céus, enquanto ancestrais do outro lado da família bebiam vinho juntos na igreja todo domingo, segurando-o na língua como sangue. Sentiu Joanna lendo sobre seu ombro para recitar o Kadish junto com ela, muito baixinho, aquela pessoa misteriosa que nunca entendera a ânsia de Esther por pertencer a algo, porque Joanna sempre amara Esther tão completamente que para ela deveria ter parecido completude. Havia milhares de anos de vinho e sangue compartilhados entre elas, uma linhagem de rituais e crenças e desejo e conexão, de pensamento mágico e de magia real.

E de repente Esther começou a sentir.

Cristais de mel envelhecido na sua língua, endurecidos havia muito, se dissolviam no calor do seu sangue vertido, transformando-se de grão em xarope, um zumbido doce e lento de asas desdobrando-se de algum lugar profundo e desenrolando-se para fora, sólidos e multitudinários, o favo em seu peito e as abelhas-operárias nas veias e a colmeia ao seu redor.

Nicholas disse:

— Esther?

No mesmo instante em que Joanna falou:

— Estou ouvindo.

Esther estava tremendo. Era isso que Joanna e Abe tinham ouvido todos aqueles anos. Era isso que tinham devotado a vida a escutar – e enquanto isso Esther acreditara que estava do lado de fora, quando, na verdade, estivera dentro o tempo todo. Ela *era* o lado de dentro. O centro quente que zumbia. Isso vinha dela.

— Está funcionando! — exclamou Nicholas.

Esther riu, exultante.

— O quê, ficou surpreso?

— Uma coisa é suspeitar — disse ele. — Ou até acreditar. Outra é saber. Rápido, enrole a manga.

Esther tirou um dos braços do casaco e ergueu a manga do suéter. O equipamento de Nicholas parecia estéril e médico, deslocado sob a luz de velas vermelhas e quentes, e ele se inclinou sobre o console central para amarrar um elástico ao redor do antebraço dela com o ar experiente de um médico. Então tomou o pulso dela em seus dedos frios e apontou uma seringa, parando para olhar para ela com uma questão silenciosa. Ela assentiu.

Houve uma leve ardência quando a agulha perfurou a pele macia.

— Excelente — disse ele. — Você tem veias ótimas, as minhas são difíceis de achar. Agora continue.

Esther retomou a prece, afundando no zumbido caloroso e brilhante enquanto o sangue começava a fluir do seu braço. Sentiu uma pressão insistente em algum ponto no peito, uma vasta onda de doçura que englobava o corpo todo e então se concentrava no braço e saía vermelho e vívido do tubo para se acumular no fundo da bolsa plástica. A última vez que vira tanto sangue fora quando ela e Pearl tinham matado Trev e o empurrado através de um espelho. Tinha sido mesmo só uns dias antes? Ela confessara esse segredo; tanto Joanna como Nicholas sabiam, e contar tinha tirado um pouco do peso dos ombros dela.

Então ela pensou em Collins, em quanto tempo passara sozinho e silencioso. Ela estava fazendo isso por ele, afinal; entornando um pedaço do seu coração para que ele também pudesse compartilhar uma parte de si.

Esther terminou a prece e ninguém falou por um momento, os três sintonizados com aquele som interno, o zumbido infinito de mel. Essa era a primeira vez que Esther o ouvia, mas ela sentia, de alguma forma, que o tinha escutado desde sempre. Que talvez fosse o primeiro som que já tivesse ouvido e talvez seria o último, quando chegasse sua hora.

— Quantos anos você tinha? — perguntou ela a Nicholas, por fim. — Quando sangrou assim pela primeira vez?

— Oito — disse Nicholas. — Eu amadureci tarde.

Era para ser uma piada e Esther sorriu, como esperado, embora não achasse graça. Nicholas não devia ter sido obrigado a fazer aquilo aos oito anos, assim como Esther deveria ter tido a escolha. Ela percebeu que queria desesperadamente começar a escrever, ver como a sensação poderia mudar junto com o ritual, se o poder oscilaria ou ficaria igual, aquele fluxo firme de xarope.

— Deve ser suficiente — disse Nicholas, inclinando-se sobre o banco da frente de novo. — Pronto... — Ele fez algo habilidoso e levemente desconfortável com a agulha no braço de Esther, puxando-a, embora a sensação, aquele zumbido lindo, ainda permanecesse. Nicholas perguntou:

— Você está bem?

Ele pressionava uma folha de papel-toalha na bolha colorida de sangue que brotou após a saída da agulha, os dedos frios gentis. A lembrança daquele sentimento imenso e envolvente ainda pulsava dentro dela. Ela queria mais.

Nicholas inclinou a bolsa à luz das velas.

— Você está muito bem oxigenada, veja como está vermelho.

— Isso é mais clínico do que eu imaginei — disse Joanna.

— Nem sempre é — ponderou Nicholas. — Às vezes o trabalho exige um método mais específico para extrair o sangue. — Ele pesou a bolsa casualmente em uma palma como se medisse farinha para um bolo. — Tudo que tem a ver com calor ou fogo, por exemplo, você tem que abrir a pele com calor. O que é difícil, já que pele queimada tende a querer se juntar, não se separar. — Ele olhou para o rosto de Esther e riu. — Coragem, Esther. Ninguém vai vir atrás de você com um fósforo. Por enquanto.

A irritação de Esther com a *coragem* ajudou a distraí-la dos pensamentos que tinham retorcido sua expressão. Ela não estava pensando em si mesma. Estava pensando em Nicholas de novo, do que fora feito com ele.

Nicholas, sem perceber, entregou a bolsa de sangue a Esther.

— Vamos entrar e ferver umas ervas.

Eles apagaram as velas e deixaram a caminhonete com a cabine ainda coberta de tecidos. Na cozinha, Nicholas apagou todas as luzes e acendeu mais velas, e os três se reuniram ao redor do fogão. Escureceram uma panela de ervas, e Nicholas mexeu com uma colher de madeira enquanto Esther vertia seu sangue devagar. Era tão parecido com a imagem de bruxas maléficas que ela sempre tivera na cabeça que ela quase riu – e então começou a sentir coisas de novo. O agitar de asas translúcidas. Tudo era difuso e tremeluzente, e a superfície da tinta era tão escura que refletia a luz das velas de volta para ela, uma poça de noite manchada de vermelho e cintilando com estrelas.

— Deve servir — disse Nicholas por fim. Esther puxou o ar lenta e profundamente, parando de mexer e deixando a sensação esvanecer enquanto o líquido se acalmava e esfriava. — Agora vem a parte difícil: escrever de fato.

26

Joanna supôs que fazia sentido que Esther não escrevesse o livro de verdade, mas o copiasse. Foi Nicholas quem compôs o texto, digitando no computador da sala de jantar até concluir um documento cheio do tipo de frase circular e recorrente que Joanna reconheceria em qualquer lugar, sem sentido isoladamente, mas acumulando significado a cada repetição: *...e da boca fechada sai a corrente fechada, e a corrente fechada abre-se como uma boca. Todo elo é uma boca que se abre como a boca fechada se abrirá.*

— Isso me lembra da sua fase de poesia emo — comentou Esther, correndo os olhos pelas primeiras páginas cuspidas da impressora empoeirada de Joanna.

— Já é ruim você ter roubado meus diários. — Joanna tirou as folhas das mãos de Esther para ler também. — Pior ainda é se lembrar do que tinha neles.

— Não é poesia — disse Nicholas, reclinando-se na cadeira e parecendo melindrado. — E que fique registrado que, se eu escrevesse poesia, seria excelente. Isso é magia. Posso ensinar para vocês o básico de produção de tinta em uma manhã, mas as palavras em si eu levei anos para dominar, então demonstrem algum respeito, por favor.

— Mas vai funcionar? — perguntou Esther. Ela apoiou a pilha de papéis na mesa de jantar, ao lado do pote de tinta sanguínea. À luz do lustre em estilo anos 1970, a tinta era tão escura quantos seus olhos. — Mesmo que as palavras não tenham vindo de mim?

— Sim — garantiu Nicholas. — Na verdade eu me pergunto se o feitiço vai ser fortalecido pela colaboração. Ou talvez só funcione se um de nós der a vida durante a escrita do livro. Tem muito que eu não sei sobre trabalhar com outro Escriba.

— Tem muito que eu não sei sobre esta casa — disse Collins, e Joanna deu um pulo. Ele tinha surgido atrás dela sem aviso e estava parado às suas costas, quase uma cabeça mais alto que ela e duas vezes mais largo, embora tenha se curvado um pouco quando ela se virou, como se tentasse parecer menos intimidador. — Desculpe. Não queria te assustar.

— Não assustou — respondeu Joanna, e era verdade. Apesar do tamanho e de um certo senso de energia reprimida, havia algo estranhamente calmante na presença dele. Nicholas era puro drama sardônico, Esther toda atividade e energia, e a própria Joanna já tinha irrompido em lágrimas duas vezes só naquele dia. Collins era de longe a pessoa menos emotiva na casa.

— Eu estava me perguntando se você não faria um tour pelo lugar com a gente — disse Collins. — Enquanto Esther escreve.

— Vocês já viram a maior parte — disse Joanna.

— Estou falando da sua coleção — acrescentou Collins. — Seus livros.

Nicholas estava dobrando e numerando as páginas em que Esther se preparava para escrever, mas com isso ergueu a cabeça.

— Sim — disse ele. — Reforço esse pedido.

Joanna olhou para Esther.

— Você não precisa da gente?

— É só encher a caneta e ir com tudo, certo? — perguntou Esther a Nicholas.

— Se por "ir com tudo" você quer dizer dar ao processo sua total concentração e o maior cuidado, sim. Lembre-se, a escrita precisa ser a mais legível possível. Se você errar, não pode riscar nada, tem que começar a página do zero.

— Então, não, não preciso de vocês. Na verdade, provavelmente vai ser melhor para mim se todos estiverem fora dessa sala em vez de ficarem fungando no meu cangote.

Joanna hesitou. Esconder a coleção, protegê-la, era o único propósito da sua vida havia tanto tempo que parecia impossível mudar o jeito como pensava tão facilmente. Abe ficaria horrorizado por ela sequer considerar isso... mas, claro, Abe não tinha moral para criticar. Confiar um no outro acima de qualquer outra pessoa era um princípio central das regras dele, e ele tinha mentido para ela sua vida inteira, o que significava que as regras dele eram, no melhor dos casos, hipócritas, e, no pior, irrelevantes. Pena que ela não conseguia fazer os sentimentos se alinharem com sua lógica. Toda vez que tentava sentir qualquer coisa além de luto pelo pai, como raiva ou amargura, lembrava-se de como ele estava na última vez que o vira, esparramado no chão frio e úmido, drenado pelo livro misterioso.

Um livro que, graças a Nicholas, não era mais um mistério tão grande.

— Tudo bem — disse ela.

Nicholas se levantou e cambaleou, apertando o encosto de uma cadeira, o rosto pálido. A expressão de Collins passou de neutra a ameaçadora com uma torcida impressionante das feições, mas Joanna estava começando a lê-lo bem o suficiente para pensar que ele poderia estar preocupado, não homicida.

— Só fiquei meio zonzo — disse Nicholas. — Mostre o caminho.

Quando Joanna imaginara mostrar sua coleção a alguém, era sempre para a fantasia sem rosto de uma pessoa que ficaria impressionada. Ela imaginava alguém seguindo-a pelas escadas do porão e através do alçapão até o quarto subterrâneo secreto, onde exclamaria com o misticismo da passagem e da porta fechada, admiraria os armários minuciosamente etiquetados de ervas e se maravilharia com as centenas de volumes antigos enfileirados nas prateleiras ordenadas. "Por Deus!", exclamaria o estranho. "Isso é extraordinário!" Ou algo nessa linha.

O que ela não imaginara era abrir a porta para alguém que não só tinha vinte vezes mais livros do que ela, mas uma mansão inglesa inteira onde guardá-los, além de sangue mágico pulsando nas veias e séculos de antepassados para apoiá-lo. Ao acender as luzes do teto e esperar o rugido da magia passar, ela quase ficou envergonhada ao ver como sua coleção parecia pequena e escassa.

Mas Nicholas pareceu genuinamente entusiasmado.

— A Biblioteca compra coleções particulares inteiras com frequência — disse ele, espiando um armário de vidro —, então eu vejo os livros que chegam, mas nunca os visitei na casa de alguém. Posso?

— Vá em frente — incentivou ela, e sentiu um frisson de medo e orgulho quando ele abriu um dos armários e tirou um livro. Collins estava examinando as prateleiras com vidros de ervas secas, o rosto impassível.

— Estou sem verbena — disse ela, sentindo-se imediatamente boba quando ele olhou para ela com o cenho franzido. Certo. Por que diabos ele se importaria com a condição do seu estoque?

Mas ele disse:

— Está ficando sem abrunheiro também. Tem o suficiente para uma leitura?

— Para três — disse ela. Atrás deles, Nicholas estava murmurando sozinho a respeito de sobrecapas de livros.

— Este lugar é incrível — disse Collins, e Joanna corou, imensamente satisfeita com a aprovação dele, embora não devesse se importar com o que aqueles desconhecidos pensavam.

— Eles estão organizados? — perguntou Nicholas. — Qual é o seu sistema?

— No momento estão agrupados por quantos usos estimados ainda têm — explicou Joanna, virando-se para ele. — Mas eu os reorganizo bastante, só por diversão.

Ela percebeu, tarde demais, que isso a fazia parecer uma pessoa nada divertida, mas Collins viu sua expressão e observou:

— Não se preocupe, Nicholas também não é divertido.

— Bem, eu não tive muita chance, né? — disse Nicholas, cuidadosamente recolocando o livro no lugar. — Até onde a gente sabe, eu poderia ter um talento incrível para karaokê.

— Karaokê é pra gente que dança mal. — Collins estava estreitando os olhos para um vidro de calêndula triturada, mas os ergueu de novo para Joanna e perguntou: — Então, onde você mantém suas proteções?

— Desde quando você é tão curioso? — perguntou Nicholas antes que Joanna pudesse responder. — Geralmente está procurando a porta mais próxima quando alguém começa a falar de livros.

Collins deu de ombros.

— O que eu posso dizer? As coisas ficaram interessantes.

— As proteções ficam aqui na frente...

Collins foi até a mesa para olhar, Nicholas seguindo mais devagar. O códice de proteções estava apoiado em seu lugar de destaque, no suporte que Abe construíra para ele. Não muito maior do que as mãos abertas de Joanna, mas era a coisa mais preciosa que ela possuía. Quando Nicholas estendeu a mão para ele, ela gritou muito mais alto do que pretendia:

— Não!

Ele recuou tão rápido que tropeçou para trás, contra Collins, que estava se inclinando sobre o ombro dele para ver.

— Desculpe — disse ela. — Só... por favor, não toque.

Nicholas ergueu as mãos.

— Não vou, prometo. Mas você pode abri-lo para mim, talvez? Gostaria de ver por dentro.

Joanna percebeu que estava tremendo de leve, espantada com sua própria reação intensa. Estava finalmente se tocando de que havia muitas pessoas no seu espaço, e sentia que seus batimentos cardíacos não se acalmavam desde que eles tinham chegado. Mas respirou fundo e foi até a pia lavar as mãos, deixando o som da água corrente e o ruído quente do secador preencher o silêncio desconfortável que seu surto tinha deixado no ar. Quando os dedos estavam perfeitamente secos, ela abriu as proteções na primeira página, acalmando-se um pouco com a sensação familiar das páginas suavizadas pelo tempo e dos rabiscos apertados no interior.

Nicholas manteve-se um passo atrás, curvando-se na cintura com as mãos nos bolsos para olhar enquanto ela lhe mostrava todas as quinze páginas, uma por uma.

— Incrível — disse ele. — É idêntico ao livro que a Biblioteca usa, só que meu pai editou o nosso para que feitiços de comunicação possam atravessar as proteções. Feitiços de espelho e coisas afins. Eles não funcionariam aqui.

— Mas eu te disse que minha mãe mandou alguma coisa pelo espelho no outro dia.

— Mas nada pode vir para cá. Na Biblioteca, alguma coisa poderia. Onde o seu pai encontrou esse livro mesmo?

— Ele era da mãe de Esther. Da família dela.

— Curioso — disse Nicholas.

— Joanna, não pode acrescentar meu sangue às proteções enquanto estamos aqui embaixo? — perguntou Collins. — Para eu poder sair sem cair de cara?

Joanna respondeu esquecendo-se da cortesia.

— Não.

— Ah, vá — insistiu Collins. — Alguém tem que passear com a cachorra.

— Olá? — Nicholas ergueu a mão.

— Tá bom, mas alguém tem que passear *comigo* — argumentou Collins. — Não posso ficar preso na casa o dia inteiro, preciso de um pouco de exercício ou vou enlouquecer. Por favor? Estou implorando. Eu sou o único que está preso pelas proteções aqui. Além disso, você pode me tirar das proteções quando quiser.

Joanna o examinou. Ele parecia grande demais para ficar confinado e tinha ficado andando pela casa a manhã inteira – batendo os pés escada acima e abaixo, mexendo em coisas na cozinha, lutando bem abaixo da sua categoria de peso com Sir Kiwi. Além disso, havia algo nele em que ela confiava implicitamente, e não era (ela jurou a si mesma) porque ele era bonito. Homens bonitos de olhos azuis geralmente eram os menos confiáveis de todos – quantas vezes ela lera sobre um vilão com "olhos azuis gélidos"? Mas os olhos de Collins não eram nada gélidos. Eram acolhedores, suaves, um azul velho de brim como um jeans perfeitamente gasto, e estavam focados nela de novo, cheios de esperança. Ela viu que não queria dizer não a ele. Mas...

— Não — disse de novo.

Collins lançou um olhar suplicante para Nicholas, lembrando Joanna de como ela e Esther costumavam pedir algo à mãe, e então passavam para Abe quando Cecily dizia não, esperando uma resposta mais satisfatória. Ela percebeu que, nessa situação, ela era Cecily.

— Eu concordo que não parece inteiramente justo que ele seja o único confinado na casa — arriscou Nicholas, e aí ambos estavam olhando para ela, dois pares de olhos suplicantes.

Apenas a família dela já estivera naquelas proteções – mas, claro, até recentemente, só a família dela já entrara na casa. Mudanças estavam acontecendo, quer ela estivesse pronta para elas, quer não, e, depois de anos de resistência, era mais fácil ceder agora.

— Tudo bem. — Ela pegou a faca prateada de cima da mesa. — Me dê sua mão.

Collins avançou muito depressa, como se temesse que ela mudasse de ideia, e ergueu a manga desnecessariamente. Sua mão, viu ela, era como o resto do corpo: grande, forte e bem formada. Tinha alguns calos, com veias salientes que desciam pela parte de trás e subiam pelo antebraço musculoso, e seus dedos eram longos e com as pontas arredondadas, as unhas bem cuidadas nos seus leitos largos. Joanna as fitou, sentindo o peso quente da palma dele na sua, até Nicholas limpar a garganta e ela voltar ao trabalho.

Engoliu com força e pressionou a faca no dedo indicador de Collins, e viu quando ele a encostou na última página do códice, bem ao lado da sua própria digital ensanguentada. Bem onde o sangue de Abe e Cecily já a haviam manchado. Ela achou que sentiu as proteções estremecerem enquanto se alteravam para acomodá-lo, e ele recuou, encarando o dedo ainda sangrando como se não conseguisse encontrar o olhar dela.

— Desculpe — disse Collins, a voz quieta. — Sei como tudo isso é difícil para você.

Joanna flexionou a mão que estivera segurando a dele.

— Tudo bem.

Ela fechou as proteções e as guardou de volta atrás da porta de vidro na mesa, acima do livro vampiro, que, por insistência de Nicholas, estava embrulhado em segurança numa velha jaqueta. Mas ela ainda conseguia ouvi-lo, um gongo grave e discordante cortando o zumbido pacífico dos outros livros, uma nota errada tocada vez após vez.

Nicholas também estava encarando o livro.

— Você se importa — perguntou ele — se eu o levar de volta lá para cima? Gostaria de dar outra olhada nele.

— Fique à vontade — disse Joanna.

Lá em cima, Esther estava curvada sobre seu trabalho, as páginas concluídas acumulando-se pela mesa de jantar para secar. Nicholas deu uma olhada profissional nelas, torcendo o nariz como o juiz num desfile de pôneis, e ficou dizendo: "Muito bom, muito bom, ah, *muito* bom", até Esther empurrá-lo com uma mão.

— Assim fica extremamente difícil de me concentrar — disse ela. — E se eu copiar uma palavra errado e transformar Collins numa galinha por acidente?

— Eu notei que acabaram seus ovos — disse Nicholas a Joanna.

O próprio Collins tinha escapulido com Sir Kiwi assim que eles haviam subido de volta, batendo a porta atrás de si como se não visse a hora de sair. Enquanto o via ir, Joanna sentiu uma pontada de desalento que decidiu que era inveja. Ela mesma teria gostado de dar um passeio, mas ficava nervosa ao pensar em Esther e Nicholas sozinhos na casa, escrevendo sua magia. Era em parte paranoia – ela não queria deixá-los sem supervisão – e em parte desejo de ser incluída, embora não pudesse ajudar em nada.

Depois de um tempo, ela se contentou em sair na varanda fria, onde ficou um tanto decepcionada ao ver que Collins não estava em lugar nenhum – ele devia ter levado Sir Kiwi para o bosque. Mas sorriu, encantada, quando viu que o gato esperava por ela, esfregando-se no balaústre com o rabo erguido. Ela tinha temido que os cheiros desconhecidos de uma cachorra e outras pessoas o assustariam.

— Está uma festa aqui. — Ela se abaixou para afagar sua cabeça. Como sempre, ficou chocada ao ver como ele estava quente e presente. — Tem certeza de que não quer entrar?

Ele empurrou o rosto contra os dedos dela e se entrelaçou nas suas pernas, e ela se perguntou se ele a deixaria erguê-lo. Queria tanto segurá-lo nos braços. Mas, quando abaixou a outra mão e tocou o lado do seu corpo, ele pulou para longe.

— Tudo bem — disse ela enquanto ele se afastava, os olhos de cidra cheios de censura. — Desculpe. Não quis pressionar você.

Ela não podia evitar o desejo de que alguém com uma voz gentil dissesse a mesma coisa para ela.

Collins estava voltando; ela viu sua forma entre os galhos e ouviu o estalar de gravetos e folhas mortas sob seus pés pesados enquanto subia pelo caminho. Ele emergiu do bosque atrás do balanço coberto de vegetação, a coleira de Sir Kiwi enrolada numa mão, os olhos focados no chão à sua frente, a boca sombria. Quando ergueu os olhos e viu Joanna parada na varanda, congelou.

— O que está fazendo? — perguntou Collins.

— Dizendo oi para o gato — disse ela.

Collins franziu a testa, então pareceu notar que Sir Kiwi estava arquejando na ponta da coleira.

— O gato — repetiu ele, bem quando o animal em questão saiu chispando da varanda e disparou rumo ao bosque. Sir Kiwi soltou um latidinho agonizado e Collins encarou as árvores escuras por onde o gato desapareceu.

— Você está bem? — perguntou Joanna.

— É agradável aqui fora — disse ele. — Você mesma limpou esse caminho?

— Meu pai e eu. E Esther. Faz anos, quando éramos crianças.

— Mas você o manteve limpo. Deve dar muito trabalho. — Sir Kiwi tinha subido os degraus da varanda e forçava a coleira tentando pular nas pernas de Joanna. Collins ficou a alguns passos de distância, na grama, com o rosto erguido para ela. — Até onde vai?

— Ele rodeia a propriedade — explicou ela. — Traçando o contorno das proteções. Uns cinco quilômetros. Você chegou ao riacho?

Collins assentiu. Parecia estar relaxando do mau humor de antes.

— Cheguei — disse ele. — Este lugar é lindo.

Outra vez, como no porão, Joanna sentiu um arrepio de prazer; e outra vez disse a si mesma que não importava o que Collins pensava. Mas ele tinha razão: ela trabalhara duro naquele caminho, e de muitas formas era uma parte dela, assim como os livros, ou aquela varanda, ou seu próprio sangue. Era seu sangue, afinal, que mantinha a casa segura dentro do círculo da floresta.

Collins começou a subir os degraus, fazendo as tábuas rangerem, e ela deu um passo para trás para abrir caminho. Ele parou diante dela, os olhos fixos em algum ponto sobre o ombro de Joanna, os lábios apertados em uma linha fina e infeliz. Era um rosto que prenunciava más notícias, e ela teve certeza, de repente, que não queria ouvir o que quer que ele estivesse para dizer. Preparou-se para o pior, a pulsação acelerando, quando o olhar dele ergueu-se ao dela por um instante.

— Tudo aqui é lindo — acrescentou ele.

Então passou por ela e entrou na casa, Sir Kiwi na frente. Joanna ficou imóvel, pasma e confusa, ouvindo a batida da porta atrás dele. A expressão dele ao falar nunca estivera tão catastrófica, a tensão irradiando de cada linha do corpo apesar das palavras.

Todos eles estavam sob muito estresse, ela lembrou a si mesma, Collins não menos que qualquer um dos outros. Ele devia estar ansioso com o feitiço que Esther estava escrevendo, preocupado que não funcionasse, ou mesmo que funcionasse, porque em breve o silêncio sob o qual era mantido seria quebrado. Amarras podiam ser reconfortantes. Joanna sabia disso melhor que ninguém.

Quando abriu a porta para voltar para dentro, o som do livro vampiro a atingiu de novo. Collins estava no hall enxugando as patinhas enlameadas de Sir Kiwi com uma toalha velha, mas soltou a última perna traseira quando Joanna entrou, e, quando Sir Kiwi saiu correndo, foi atrás dela. Joanna o seguiu de volta para a sala, onde encontraram Nicholas sentado no sofá com o livro de um lado, massageando as têmporas. Joanna pensou, um pouco impressionada, que nunca vira qualquer ser humano ou objeto parecer tão refinado e esgotado ao mesmo tempo.

— O que foi? — perguntou Collins, pairando sobre ele.

— Deus do céu — disse Nicholas —, calma. Você não é mais meu guarda-costas, lembra? Não tem nada errado, só uma dor de cabeça. E esse livro é horrendo.

O som estava preso na cabeça de Joanna, um filme amargo no fundo da língua cujo gosto ela sentia toda vez que engolia. Saber do que era feito o livro não mudara o som em si, mas era mais difícil ouvir o que havia de errado nele e não pensar em pele, osso, tendões e sofrimento.

— Acabou de olhar? — perguntou Joanna.

— Por enquanto — respondeu Nicholas, com a testa franzida. — Fico pensando que tem alguma coisa mais, alguma coisa que não estou entendendo, mas... não sei.

Esther veio da sala de jantar, alongando-se, e se recostou no batente.

— Posso devolver ao porão? — disse Joanna. — É muito desagradável de ouvir.

— Pode — respondeu Nicholas, e Collins, que estava prestes a se sentar no sofá ao lado dele, ergueu-se de novo. Então começou a se sentar. Então mudou de ideia e se levantou. Nicholas franziu o cenho para ele, e Joanna ficou feliz de não ser a única a notar seu comportamento estranho.

— Collins, você está bem?

— Você terminou de escrever? — perguntou Collins a Esther.

— Sim, um segundo atrás — disse Esther.

Collins se virou para Nicholas.

— E agora?

— Agora esperamos as páginas secarem para Esther poder encadernar.

— Quanto tempo isso vai demorar?

— Não muito, uns trinta minutos? Quarenta?

— Não guarde o livro lá embaixo ainda — pediu Collins, os olhos segurando os de Joanna. Sua voz soava engasgada, como se estivesse se esforçando para mantê-la tranquila. — Por favor. Não até o feitiço ficar pronto.

— Por que diabos não? — perguntou Nicholas.

— Não posso contar.

Joanna trocou um olhar confuso com Esther, o livro continuando a zunir na mesa de centro como uma motosserra distante.

— Posso colocar em outro cômodo, pelo menos?

— Qualquer lugar menos o porão — disse Collins.

Querendo aliviar a ansiedade inexplicável que o tomara, Joanna foi guardar o livro na despensa, onde seu zumbido baixo e desagradável seria abafado por várias portas, mas ainda podia ouvi-lo de leve enquanto se movia pela casa. Porém, estava mais baixo – suportável.

A tinta de Esther secou rápido, e Joanna assistiu com interesse enquanto Nicholas lhe ensinava o processo de encadernação. Ele acabou fazendo a maior parte sozinho, uma encadernação copta veloz costurada com fio de algodão preto comum, a capa de couro cortada de uma velha jaqueta e costurada em vez de colada para economizar tempo. A encadernação em si não importava muito, explicou Nicholas, contanto que o livro fosse encadernado. Formas antigas de magia, como pergaminhos ou entalhes pré-linguísticos, tinham de ser similarmente "terminados" antes de o feitiço exercer efeito – a argila misturada com sangue tinha que ser levada ao forno; o *kollesis* perfeitamente alinhado.

Ela viu Nicholas costurar a capa com uma mão experiente e maravilhou-se com quantas das perguntas que se fizera a vida toda podiam ser respondidas pela simples presença dele.

Ele deu o último ponto e amarrou o fio, depois o cortou entre os dentes e sorriu para Esther.

— Parabéns — disse ele. — Você escreveu seu primeiro livro.

— Não me parabenize até sabermos se funciona — advertiu Esther, mas Joanna podia ouvir claramente que funcionaria.

O produto terminado não parecia em nada com os outros livros na coleção de Joanna: suas páginas eram compostas de papel branco barato de impressora, e a encadernação era bem-feita, mas muito simples, a capa de um couro rígido e sem adornos. Não era a aparência que importava para Joanna. Ela se importava com o som. E aquele volume caseiro, escrito em um único dia pela mão da irmã com sangue do próprio corpo, zumbia como uma colmeia no calor de julho.

— Certo, vamos lá — disse Collins, o corpo inteiro praticamente vibrando de ansiedade. — Leia para mim.

Sob o som reconfortante do feitiço de Esther nas mãos, Joanna ainda podia ouvir o murmúrio feio do livro na despensa, um puxão no interior da mente. Ela abaixou o livro novo na mesa de jantar e virou-se para a cozinha.

— O vampiro está me distraindo. Deixa só eu guardar ele...

— Deixe ele lá — disparou Collins, e ela girou para ele, chateada com o tom duro. Ele limpou a garganta, fazendo um esforço nítido para modular a voz. — Vamos, Joanna, por favor. Leia o feitiço para mim primeiro, depois faça o que tiver que fazer no porão.

Um arrepio nervoso subiu pelo corpo de Joanna.

— Por que você não quer que eu desça no porão?

Collins empalideceu.

— Não é... eu não disse isso.

— Nem precisou dizer.

Joanna já estava se afastando dele, dos rostos desconcertados de Nicholas e Esther e entrando na cozinha, ignorando Collins chamando seu nome, a voz dele erguida em um pânico mais agudo do que ela já ouvira. Ela não parou para pegar o livro na despensa; um instinto súbito e certeiro empurrara suas preocupações firmemente para outro lugar.

Quando abriu a porta de madeira do porão, ouviu imediatamente que algo parecia diferente – ou soava diferente. Era como escutar uma canção que ela conhecia de cor e perceber que um dos instrumentos de fundo estava faltando. Sua pulsação acelerou antes que ela fosse à mesa e absorvesse a diferença no espaço.

A estante que continha as proteções, uma estante que nunca tinha estado vazia na sua vida, agora estava.

Ela caiu de joelhos, procurando atrás da mesa, embaixo, ao redor dela, como se tivesse derrubado o livro de proteções num descuido, mas sabia que não teria feito isso, sabia que não era o que acontecera, e correu de volta pelo porão e escada acima sem nem trancar a porta. Irrompeu na sala de jantar e foi direto até Collins, parando cambaleante na frente dele, tão ofegante de fúria que mal conseguiu dizer as palavras.

— O que você fez? — perguntou.

Collins olhou para ela, o rosto branco, as pupilas enormes nos olhos azuis. Ele engoliu com força, mas não disse nada.

— Quê? — perguntou Nicholas. — O que você está dizendo?

Ela manteve os olhos em Collins, recusando-se a afastá-los. Seu corpo inteiro tremia de adrenalina, medo e mágoa.

— Ele pegou meu livro de proteções — disse ela.

Collins continuou em silêncio.

— Isso é ridículo — disse Nicholas. — Ele não tocou nas suas proteções.

Collins limpou a garganta. Balançou a cabeça. Quando abriu a boca, sua voz estava rouca.

— Toquei — admitiu ele. — Eu levei elas. É verdade. E não vou devolver.

27

Por um momento, após Collins falar, ninguém disse mais nada. Mas para Nicholas não parecia silêncio. Um rugido se erguia em seus ouvidos conforme o sangue subia à cabeça e sua mente urrava uma negação, apesar da própria confissão de Collins. Collins recuou até bater na parede da sala de jantar, e olhou de Joanna para Nicholas, a expressão sombria. Nicholas sabia que seu choque e mágoa deviam estar escancarados no rosto, mas não conseguia controlar sua expressão nem mesmo para salvar o orgulho ferido.

— Collins — chamou Joanna. Sua voz falhava, e ela apoiou as duas mãos na mesa de jantar como se não conseguisse manter o equilíbrio. Nicholas ficou feliz de já estar sentado. — São cinco da tarde. Precisamos renovar essas proteções em duas horas ou a casa não estará mais protegida, não ficará escondida, qualquer um poderá nos encontrar se souber onde procurar.

Ela estava dando a ele o benefício da dúvida, o que Nicholas achou que era ridículo. Collins obviamente sabia o que esconder as proteções causaria. Esther contornou a mesa, os punhos fechados do lado do corpo como se estivesse se preparando para lutar com ele, e Collins cruzou os braços — não do seu jeito de cara durão, mas como se estivesse se protegendo, como se estivesse com medo.

— Onde você as colocou? — perguntou Joanna, e, quando Collins não respondeu, virou-se para Nicholas e Esther e disse: — Temos que revistar a casa.

— Elas não estão na casa — respondeu Collins. — Joanna, sinto muito. Mas você não vai encontrá-las.

Joanna bateu a mão na mesa, o gesto tão inesperado que Nicholas pulou. Era o som mais alto que já ouvira a mulher produzir desde que tinham chegado.

— Me diga onde elas estão.

— Preciso que leia o feitiço para mim — disse Collins.

— Não até me devolver as proteções.

Nicholas já estava reescrevendo seu entendimento dos últimos dias, polindo a lente de cada interação com Collins e assistindo-as por trás de uma película doentia e amarelada de vergonha. Com o estômago revirando, pensou na versão de si mesmo que fora meros minutos antes: uma pessoa patética que acreditara que ele e Collins poderiam realmente estar se tornando amigos.

— Maram me mandou fazer isso — disse Collins, os olhos passando entre Joanna e Nicholas. — Ela me avisou de que o lugar aonde íamos tinha proteções e falou que eu tinha que abaixá-las o quanto antes. Ela disse para contar a você depois que eu tivesse feito isso.

Maram também só estava fingindo. Ela nunca dera a mínima para Nicholas; ele era apenas um peão no jogo inexplicável da Biblioteca, como sempre fora. Ele não conseguia olhar para Collins. Agarrou os braços de madeira da cadeira e encarou a mesa em vez disso, o livro terminado de Esther. Poucos minutos antes, vira-se encantado com o sucesso dela e empolgado com a perspectiva de quebrar o acordo de confidencialidade de Collins, de finalmente aprender o nome dele. Ele era tão, tão idiota.

— Por quê? — exigiu Esther. — Por que ela te diria para fazer isso?

— Eu não sei!

— Não pensou em *perguntar*?

— Óbvio que eu perguntei! — Collins e Esther estavam berrando um com o outro agora. — Ela não podia me contar, porque provavelmente está sob o mesmo... — Ele se interrompeu, tossindo no braço, sem conseguir nomear o feitiço que o mantinha em silêncio.

— Ah, que conveniente — disse Esther. — Você não pode se explicar porque vai morrer engasgado se tentar. Perfeito.

— Espere — pediu Joanna. — Essa tosse. — Ela parecia de repente mais atenta que furiosa, perscrutando o rosto de Collins, corado pela falta de oxigênio. — Collins, é isso que acontece quando você tenta falar sobre alguma coisa que foi enfeitiçado para não falar?

Collins não respondeu, porque o acordo proibia responder a perguntas sobre si mesmo, mas Esther disse:

— Se é que ele está sob um feitiço, para começo de conversa.

— Espere — pediu Joanna de novo, recuando tão rápido que bateu na parede da sala de jantar. Uma pintura em aquarela tremeu na sua moldura. — Espere.

Collins tinha recuperado o fôlego.

— Maram me deu uma mensagem. Ela disse que temos que encontrar a coisa que Richard vai usar para nos encontrar.

— Que caralhos isso significa? — perguntou Esther.

— Eu não sei — repetiu Collins, e deu um passo na direção de Nicholas, que recuou na cadeira por instinto. Collins parou. — Diga alguma coisa. Por favor.

— Espere — repetiu Joanna, mas parecia estar falando consigo mesma, e a cabeça de Nicholas girava rápido demais para se preocupar com ela agora. Seu foco estava todo em Collins, em Maram, nas proteções roubadas e no acordo de confidencialidade ainda em vigor, mas nada fazia sentido.

— Mesmo se ele estiver contando a verdade — disse Esther —, e se ele achar que está de alguma forma, não sei, nos *ajudando* ao esconder as proteções...

— *Ele* não acha que está ajudando — exclamou Collins —, ele tem certeza!

— Mesmo se — repetiu Esther, mais alto — ele achar que está nos ajudando, por que caralhos confia em Maram e por que nós deveríamos?

— Leia o livro para mim, Joanna. — Collins estendeu a mão como se pudesse tocá-la, então a fechou quando ela, como Nicholas, se encolheu. — Por favor. Estou implorando.

Nicholas viu que Joanna tinha tomado o livro recém-escrito nos braços e o segurava protetoramente longe de Collins, afastando-se da mesa de jantar e indo em direção à porta que levava à cozinha.

— Sua tosse — disse Joanna a Collins —, eu já ouvi antes, exatamente igual.

— Quê? — perguntou Esther. — Onde?

— A mamãe. — Ela segurou o livro mais apertado e olhou para Nicholas. — Acho que nossa mãe está sob o mesmo feitiço. De silêncio. Um acordo de confidencialidade.

Fez-se um momento de silêncio.

— Essa tecnologia específica — disse Nicholas — foi desenvolvida pela Biblioteca. Pelo meu pai. Eu vi as anotações dele.

— O que isso significa? — perguntou Joanna, o rosto pálido.

Nicholas pensou no livro horrível de Abe.

— Significa que, em algum ponto, seu pai e sua mãe devem ter tido alguma conexão com a Biblioteca.

Joanna empinou o queixo e acertou a postura, e Nicholas só percebeu nesse momento que ela era alta, talvez mais do que ele. O cabelo longo, os olhos arregalados e a voz baixa faziam-na parecer pequena, mas ela não era.

— Quero usá-lo na minha mãe — disse Joanna. — Não em Collins.

— Joanna — pediu Collins, a voz baixa e suplicante, e ela parecia prestes a começar a cuspir fogo.

— Eu não te devo nada — disparou ela.

— Mas eu roubei suas proteções — tentou ele. — Não quer saber *por quê*?

— Não vai funcionar, mesmo assim — disse Nicholas. — Eu escrevi o acordo de Collins, então conheço a linguagem do original e a linguagem necessária para desfazê-lo. Não tem a menor chance de eu ter escrito o da sua mãe; imagino que ela esteja sob efeito de uma versão mais antiga, do tempo do meu pai como Escriba.

Joanna pareceu arrasada.

— Mas...

— Parem, todos vocês — disse Esther, batendo as mãos contra os ouvidos. — Uma coisa de cada vez! Olha, Nicholas perguntou a Collins por que ele confia em Maram, e é algo que nós precisamos saber antes de mais nada. Ela está nos manipulando, ela nos trouxe aqui, precisamos entender *por quê*.

— Sim — disse Collins, apontando para ela.

— Eu escrevi esse livro — ponderou Esther a Joanna. — Então acho que devo decidir o que fazemos com ele. E eu quero quebrar o acordo de confidencialidade de Collins.

— Obrigado! — exclamou Collins.

— Nicholas? — perguntou Esther.

Nicholas estava muito acostumado a receber ordens. Ele queria protestar, impor sua vontade, mas a verdade era que não sabia em prol do *quê*, e havia uma parte considerável dele que queria exibir o pescoço ao tom autoritário da voz de Esther.

— A escolha é sua — disse ele.

— Jo — chamou Esther, a voz notavelmente mais suave ao falar com a irmã. — Tudo bem pra você? Aceita ler o feitiço? Você é a única de nós que pode.

Joanna olhou para o livro nas mãos, os dedões se movendo sobre a capa de couro. Ela assentiu por fim, resignada.

— Vou pegar as ervas e a faca — disse ela.

— Nos encontre na sala de estar — pediu Nicholas. — Collins precisa estar sentado para isso.

Collins sentou-se no sofá e Joanna foi se acomodar ao lado dele, então pareceu pensar melhor e sentou-se na mesa de centro na frente dele, o livro no colo. Nicholas parou a alguns passos de distância, os braços cruzados, enquanto Esther se sentava na poltrona de couro reclinável, um pé apoiado nela como se pudesse saltar a qualquer momento. Joanna olhou entre os dois nervosamente.

— Nicholas, poderia não pairar tanto?

— Não estou pairando, estou...

— Parado aí atrás de mim, encarando — acusou Joanna. — Está me deixando nervosa.

Relutante, Nicholas recuou.

— Melhor?

Joanna assentiu. Em uma voz que começou suave e então ficou dura, como se tivesse se lembrado de sua raiva, ela perguntou:

— Collins, está pronto?

— Estou pronto.

Ela abriu o livro no colo e inspirou profundamente. Em seguida, sem sequer se encolher, perfurou o dedo anelar com a faca e mergulhou a ponta ensanguentada na tigela de ervas. Collins observou cada movimento, sua postura tensa e ansiosa, a respiração acelerada. Joanna pressionou o dedo na página e começou a ler.

Nicholas esperara que ela fosse uma leitora hesitante, de voz baixa e incerta, mas vivia se esquecendo de que ela tinha feito aquilo a vida toda. Sua voz era confiante, constante e lindamente modulada, erguendo-se e caindo como se ela estivesse tendo uma conversa com as palavras. Quando começou a ler, ela não perdeu o foco: nem quando Sir Kiwi pulou nas costas do sofá para latir para um esquilo fora da janela, nem quando Nicholas teve uma vertigem e sentou-se pesadamente no banco do piano, nem quando as mãos de Collins começaram a tremer no colo e ele se pôs a engolir convulsivamente.

Nicholas e Esther estavam ambos inclinados para a frente, Nicholas observando tão atentamente que seus olhos estavam ficando secos, e algumas vezes Collins segurou o seu olhar, a mandíbula cerrada, para dar um pequeno aceno que Nicholas não sabia como interpretar. Nicholas não sentiu a magia começar a funcionar, mas sabia que Joanna a ouviria, e via seus efeitos nas linhas do corpo de Collins – os ombros enrijecendo, os tendões destacando-se no pescoço, as mãos trêmulas se fechando em punhos enquanto ele respirava para se livrar do desconforto à medida que o feitiço era erguido.

Joanna pronunciou a palavra final e Collins arquejou, um som como água jorrando de um bueiro. Ele caiu para a frente, uma mão no sofá para se apoiar, a outra voando para a garganta enquanto arquejava.

Joanna fechou o livro e o deixou sobre a mesa de centro, e Nicholas perguntou:

— Então?

— Me dê um segundo, porra — pediu Collins, rouco.

— Mas funcionou — disse Esther. Ela tinha se levantado e sua boca estremeceu como se quisesse se abrir num sorriso, mas ela não deixasse. — Eu escrevi um feitiço, e o feitiço funcionou!

— Ainda não sabemos — ponderou Nicholas. — Algo aconteceu, mas...

— Meu nome — disse Collins, experimentalmente — é Nicholas.

— Quê?

Collins tinha uma expressão que Nicholas nunca vira antes, um sorriso largo que transformou seu rosto todo, iluminou seus olhos, apagou as rugas ao redor da sua boca.

— É meu primeiro nome — explicou ele. — Nicholas.

— Quê? — disse Nicholas. — Não.

— Nicholas Collins — informou Collins, e estendeu a mão para ele. Antes que soubesse o que estava fazendo, Nicholas estava se inclinando sobre a mesa de café para tomá-la, a palma de Collins muito quente contra seus dedos perpetuamente congelados. Eles apertaram as mãos.

— Fiquei esse tempo todo tentando adivinhar — disse Nicholas —, e você está me dizendo que temos o mesmo nome?

— Bem, sempre me chamaram de Nick — disse Nick Collins. — Caralho, como é bom falar em voz alta! — Ele olhou para Joanna e, um pouco mais hesitante, ofereceu a mão a ela também. — Nick Collins?

Nicholas viu a incerteza cruzar o rosto de Joanna – um momento, dois, e ela não se mexeu; o rosto esperançoso de Collins começou a esmorecer com a passagem dos segundos. Então, bem quando Collins começou a puxar a mão, ela estendeu a sua com um gesto abrupto e decisivo, e Nicholas não conseguiu evitar sentir um alívio alheio quando Collins sorriu largo para ela, segurando sua mão nas dele. Virou-se para Esther em seguida, mas então pareceu pensar melhor. Ela literalmente estava sentada sobre as mãos.

— Espere — interveio Nicholas. — Como eu devo te chamar agora?

— Collins — disse Collins, decisivamente. — E eu consigo ouvi-los, aliás. Livros. Magia. O que seja. Todo guarda-costas que você já teve conseguia ouvi-los, é por isso que fomos recrutados.

— Mas você odeia livros — observou Nicholas, zonzo.

— Não odiava — disse Collins. — Eu já os amei. Trabalhava como segurança para um coletivo em Boston que reunia livros. A base deles fica na casa de Lisa, e ela e Tansy são membros, como eu era. Minha irmã caçula Angie também. Foi assim que a Biblioteca me encontrou, quando queriam comprar nossa coleção e acabaram me comprando no lugar. Meus amigos, incluindo Lisa e Tansy, e provavelmente Angie... todos acham que eu me vendi por um salário, mas não foi assim. — O rosto dele se fechou. — No fim, descobri que sou uma *commodity* rara, um guarda-costas treinado que consegue ouvir magia. Quando recusei a oferta deles da primeira vez, Richard suavizou a proposta com um pouco de chantagem. A Biblioteca oferecia dinheiro pela nossa coleção, sim, mas Richard tem magia suficiente para não precisar pagar para levar a nossa. Comprar os livros era o jeito mais fácil. Ele disse que, desde que eu fosse trabalhar para a Biblioteca, se me submetesse ao acordo de confidencialidade e me mantivesse na linha, o coletivo ficaria seguro. E não estava falando só dos livros. Estava ameaçando meus amigos também. — Ele olhou para Esther, parecendo buscar uma espécie de solidariedade. — E minha irmã.

— Mas você não está andando na linha agora — apontou Joanna.

— Não — admitiu Collins, em um tom sombrio —, não estou. Mas Maram disse que, se eu tirasse Nicholas em segurança da Biblioteca, ela garantiria que ninguém no coletivo se machucaria.

Esther bufou.

— E você acreditou nela, simples assim?

— Me dê um pouco de crédito — pediu Collins. — Ela me deixou ler um feitiço de confissão para ela. Não teria conseguido prometer se não pretendesse cumprir o combinado.

Então foi por isso que Richard encontrara o último feitiço de confissão de Nicholas tão desbotado. Ele começou a se erguer, sentiu uma onda de náusea e se apoiou com força nas teclas do piano sem querer. O estrondo discordante fez Joanna pular como um coelho assustado.

— Desculpe — ele disse.

— Sente-se — pediu Collins.

Nicholas se sentou. Ele não sabia se as ondas de vertigem se deviam às palavras de Collins ou a uma subprodução de glóbulos vermelhos, mas de toda forma estava se sentindo distintamente mal. Estalou os dedos para Sir Kiwi, que veio até ele, os olhos escuros brilhantes, divertindo-se horrores. Ela se sentou obedientemente sobre o seu pé.

Esther tinha se acomodado de volta na poltrona, mas ficava mudando de posição, inquieta.

— Então Maram te deu um monte de ordens e disse que, se você fizesse o que ela mandou, não enviaria Richard pra cima dos seus amigos. Tudo bem. Mas isso ainda não parece exatamente um motivo para confiar em alguém. Na verdade, parece bem mais com chantagem.

— Não é por isso que confio nela — alegou Collins. — Confio nela porque ela está protegendo alguém do lado de fora também, só que Richard não sabe disso.

Nicholas experimentou uma pontada de agitação que não sabia explicar, uma sensação de queda, e Collins limpou a garganta.

— Na noite do evento — contou ele a Nicholas, e hesitou. — Acho que você já entendeu quem mandou aquele cara pra te atacar, certo?

Nicholas assentiu.

— As abelhas — disse ele.

— Que cara? — perguntou Esther. — Que *abelhas*?

— Eu tive que fingir matar um cara para assustar Nicholas e fazê-lo pensar que tinha pessoas atrás dele — relatou Collins. — Maram enfeitiçou minha arma. Ela transforma balas em abelhas.

— É um feitiço lindo — murmurou Nicholas.

— Abelhas reais, vivas? — perguntou Joanna, com interesse.

— Não sei, mas definitivamente elas zumbiam — disse Collins, com um gesto; as abelhas não importavam.

Sir Kiwi encarou o aceno como um convite e pulou do colo de Nicholas para saltar no sofá ao lado de Collins, fazendo um círculo antes de se acomodar ao lado da perna dele. Nicholas sentiu uma pontada de irritação com a deslealdade.

— Maram fez o feitiço no escritório dela, com Richard assistindo. — Collins virou-se para Nicholas e então abaixou os olhos, a mão apoiada na cabeça de Sir Kiwi. — Eu não gostei daquilo, óbvio, mas não tive escolha. E não podia te contar. Sinto muito. Eu teria contado. Queria.

Nicholas estava sentindo coisas demais para acrescentar perdão à lista.

— Quais eram exatamente os termos do seu acordo? — perguntou ele.

— Eu não podia falar nada sobre minha vida pessoal — começou Collins, ticando nos dedos —, não podia falar nada sobre a Biblioteca em si, e não podia repetir nada que Richard ou Maram tivessem dito para mim. Nem por escrito, nem em voz alta. É um contrato bem padrão, aliás. Maram provavelmente está sob um parecido. Enfim, ela fez o feitiço, me devolveu a arma, Richard saiu da sala, então ela me perguntou... — Ele engoliu em seco. — Me perguntou como eu me sentia sobre te deixar sangrar até a morte.

Nicholas não estava esperando por isso, e as palavras o atingiram em algum ponto entre a garganta e o coração.

— Eu... quê? Não estou, não estava...

— Estava, sim — disse Collins. — Devagar, talvez. Mas mesmo nos poucos meses que eu passei na Biblioteca deu pra perceber que você estava piorando. Richard não estava te dando tempo para se recuperar. Eu sei quanto sangue uma pessoa pode perder antes que isso se torne um problema. Eu sabia que estava se tornando um problema. — Collins limpou a garganta. — Eu disse para ela que não gostava muito.

— Muito virtuoso — disse Esther.

— Foi aí que Maram me contou que tinha um plano — prosseguiu ele, com um olhar seco para Esther. — Um plano para acabar com tudo. Não só o que estava acontecendo com você, mas com a própria Biblioteca. O meu contrato, o contrato de todo mundo, para levar abaixo aquele inferno de lugar inteiro.

— Ah, que legal — ironizou Esther. — Não há nada que eu ame mais do que ser uma participante involuntária na grande conspiração dramática de outra pessoa.

— Não. — Nicholas balançou a cabeça. — Não é possível. Maram ama a Biblioteca. Sempre amou. Ela procurou a Biblioteca, não o contrário, e convenceu Richard a contratá-la assim que saiu de Oxford — ele disse de novo, porque valia repetir: — Ela ama a Biblioteca. E ama Richard. Que motivo poderia ter para querer destruí-la?

Collins correu a mão pelas costas de Sir Kiwi, parecendo subitamente nervoso.

— Eu perguntei a mesma coisa. E ela me olhou por um tempão, como se estivesse decidindo alguma coisa. Então ela entrou no quarto e saiu com uma foto. Uma foto antiga, de uma câmera descartável, aquelas com uma data laranja pequena no canto. A imagem era turva, meio verde, parecia uma paisagem chuvosa... mas tinha um pouco de sangue seco no canto. Quando ela o esfregou, a imagem mudou.

Ele não estava olhando para mais ninguém agora, aparentemente concentrado em afagar Sir Kiwi, cuja língua estava balançando para fora de prazer com a atenção.

— Era uma mulher numa cama de hospital — disse ele. — Segurando um recém-nascido. Só levei um segundo para perceber que a mulher era Maram. Ela era muito mais jovem, mas estava quase idêntica.

Esther ergueu uma sobrancelha cética.

— O que um bebê tem a ver com qualquer coisa?

Nicholas a encarou – aquele cenho escuro e arqueado. Ele já vira essa expressão. Vira-a todo dia da sua vida. Até mesmo a treinara no espelho. E entendeu, de repente, por que Esther parecera tão familiar quando ele a tinha visto através do espelho enfeitiçado pela primeira vez.

Estava ali, na curva da mandíbula, no arco decisivo do lábio superior, na linha do cabelo em forma de coração. Aquelas rugas finas na testa que ficavam mais profundas quando as sobrancelhas faziam sua dança constante. Não era uma semelhança direta, menos uma fotografia e mais uma pintura impressionista. No entanto, assim que ele reparou, não conseguiu mais não ver.

Ela se parecia com Maram.

Maram, que reunira todos eles ali naquela sala no meio do interior de Vermont, que aparecera na vida de Nicholas na mesma época em que a mãe de Esther tinha desaparecido da dela.

— O quê? — perguntou Esther, porque Nicholas a estava encarando, assim como Collins e Joanna. As feições de Esther estavam arrumadas em uma espécie de confusão indefesa, que foi como Nicholas soube que ela não estava confusa de forma alguma.

Ela, como Nicholas e Joanna, estava começando a entender o que Collins estava prestes a lhes contar.

— O acordo de confidencialidade não a deixava explicar nada diretamente, então, naquela hora, a única coisa que entendi era que Maram tinha tido um bebê — prosseguiu Collins. — Um grande segredo, claro, mas não o suficiente para me fazer confiar nela. E eu disse isso. Ela me falou para esperar, disse que logo eu entenderia. Acho que foi por isso que contou a Nicholas como invadir o escritório de Richard, não só para ele reconhecer o próprio olho, mas para eu ver o feitiço de busca de Escribas e olhar para aqueles espelhos com vista para a Antártica. E eu entendi. Percebi que o feitiço de Richard finalmente tinha achado outra Escriba: mais uma pessoa para sangrar, mais uma pessoa para matar. E a pessoa que ele tinha encontrado era a filha de Maram.

PARTE 3
Linhagem

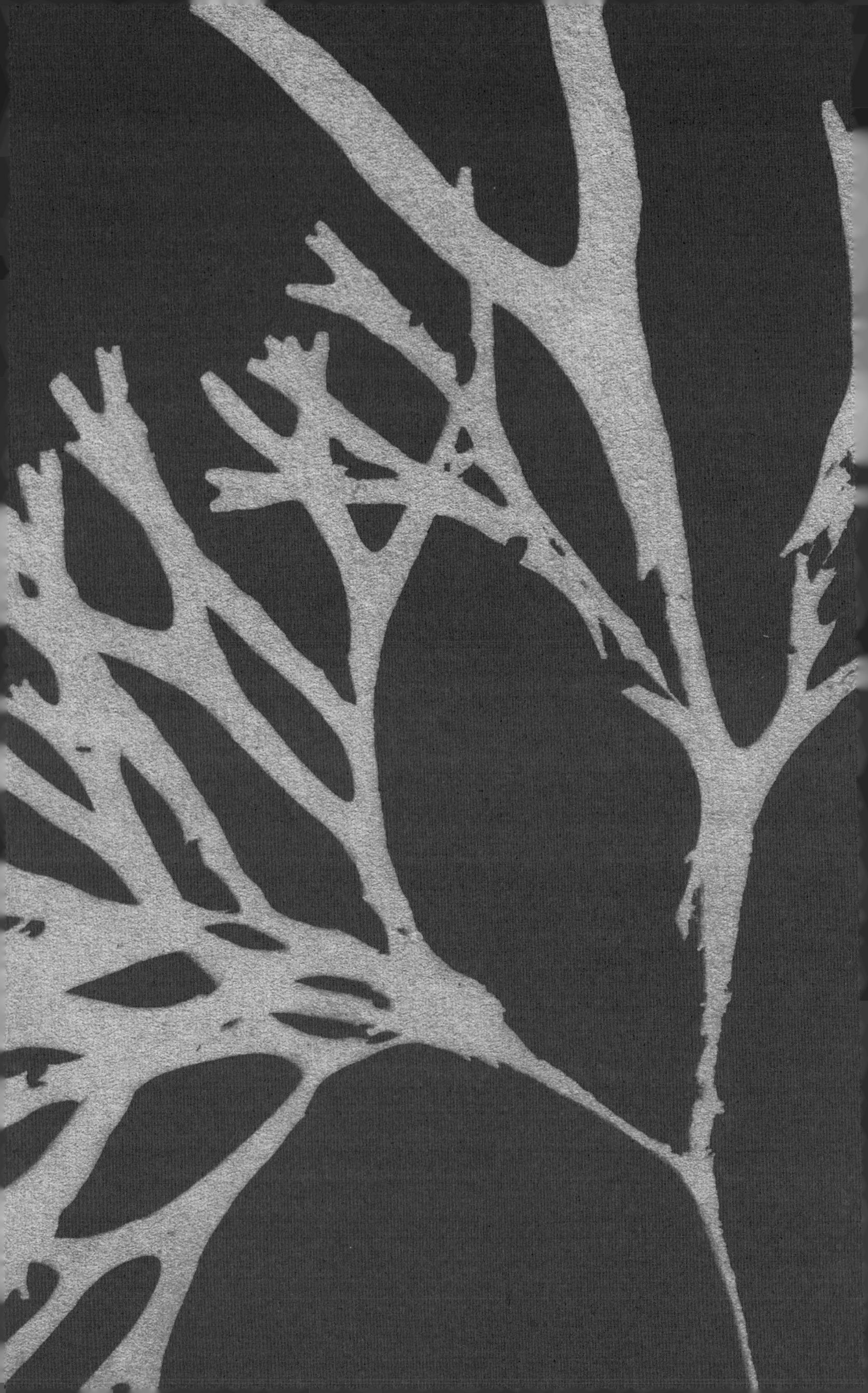

28

Nicholas não tinha lembranças dos pais e só possuía algumas fotos deles. As únicas imagens que tinha da mãe eram dos seus dias no teatro, em programas de peças e velhas fotos de elenco nas quais ela quase sempre estava usando o figurino, seus lábios sorridentes pintados, sua pele sobrenaturalmente lisa e opaca, seu cabelo escuro encaracolado. Ele tinha lido o texto de todas as peças em que ela atuara e sabia que muitas vezes era colocada no papel da mocinha ingênua ou inocente, uma linda jovem cujas tensões narrativas existiam não para fazer avançar seu personagem, mas para garantir o efeito dramático ou humorístico — e esse era o papel que ela parecia interpretar fora dos palcos também. Uma jovem azarada o suficiente para se apaixonar pelo estimado Escriba da Biblioteca, sua presença na vida de Nicholas como sua presença em todas as peças: uma tragédia, na medida em que impulsionava a dele. Nicholas não a conhecia bem o suficiente para lhe dar outro papel. Em todas as fotos, ela não parecia a mãe de ninguém.

Maram também não parecia a mãe de ninguém. Quando criança, ele às vezes se entregara à fantasia de que ela se casaria com Richard, amarrando-se legalmente a Nicholas para sempre e oficialmente solidificando o que ele já via como sua unidade familiar, mas cometera o erro de perguntar isso a ela uma vez e ela tinha rido dele.

— Meu relacionamento com seu tio é bem-sucedido porque é baseado no nosso amor pela Biblioteca — contara ela. — Não no nosso amor um pelo outro.

— Você não o ama?

Eles estavam tendo uma rara tarde de folga, só os dois, em um café no South Bank, onde Nicholas passara a maior parte do almoço olhando ao redor, maravilhado com os estranhos conversando. Maram abaixou o garfo e o fitou com solenidade.

— Você quer a resposta adulta — perguntou ela — ou uma resposta adequada a um garoto de dez anos?

Nicholas bufou. Que criança de dez anos escolheria a segunda opção?

— Eu amo Richard porque ele nunca quis que eu fosse diferente do que sou — disse Maram. — E o que sou é uma pesquisadora. Eu me dedico, antes de tudo, à Biblioteca, a nossos livros e à preservação do nosso conhecimento, e Richard ama isso em mim.

— Então você ama ele porque ele ama você — concluiu Nicholas, decepcionado com a falta de romance na resposta.

— Não parece um bom motivo para amar alguém?

Nicholas não sabia. Ele se perguntou se era por isso que amava Richard também; porque Richard o amava, ou pelo menos se aproximava mais do sentimento do que qualquer outra pessoa na sua vida. Seria porque Nicholas, como Maram, era uma extensão da Biblioteca? Seria a Biblioteca a única coisa que os mantinha unidos?

Depois disso, ele tentou afastar aquelas fantasias familiares. Maram era uma guardiã, uma amiga, e nunca seria nada mais que isso. No entanto, a verdade era que, por um bom tempo, se alguém tivesse vindo até ele e lhe contado que, durante todos aqueles anos, Maram secretamente fora sua mãe, ele teria ficado exultante.

Não teria dado de ombros e dito, como Esther disse:
— Improvável.
— Improvável? — repetiu Nicholas. — Esther, você é igualzinha a ela.
Joanna falou, com cautela:
— Faz sentido.
— Não faz, não — disse Esther. — Não explica por que ela nos mandou para Vermont, ou por que disse a Collins para abaixar as proteções, ou o que ela quer de nós. Não nos diz nada.

Nicholas estava agitado demais para ficar sentado. Deixou os pés o carregarem até a ponta da sala e de volta.

— Você está errada — apontou ele. — Explica algumas coisas, sim. Hipoteticamente, digamos que Maram seja sua mãe e venha agindo para manter você fora de perigo. Isso explicaria por que mandou aquelas passagens aéreas através do espelho: para tirar você da estação de pesquisa e de perto de Tretheway. E explicaria por que ela decidiu, de repente, ir contra os interesses da instituição à qual tem se dedicado nos últimos vinte e cinco anos. Você ficou tempo demais na Antártica, o feitiço de busca de Escribas finalmente te localizou, e Maram não teve escolha senão agir.

— Ela não está agindo contra os interesses da Biblioteca — disse Esther —, está fazendo exatamente o que eles querem! Ela nos mandou para cá, *juntos*, e mandou Collins para abaixar as proteções assim que pudesse. Ela facilitou que Richard encontrasse nós dois em um só lugar, não dificultou.

— Mas o feitiço de busca de Escribas acabou este ano — argumentou Nicholas. — Abaixar as proteções não significa que Richard vá, de repente, saber onde estamos, a não ser que fiquemos aqui mais um ano inteiro, esperando. Ele não tem outro jeito de nos rastrear...

As palavras secaram na sua boca, porque do outro lado da sala o rosto de Joanna foi tomado pelo medo. Ela estava olhando para ele e balançando a cabeça.

— Ah — disse ele. — Merda.

O livro na despensa. O livro claramente gravado com o feitiço de rastreamento da Biblioteca.

— Concluo aqui meus argumentos — disse Esther. — Então proponho que a gente pare de tentar tirar sentido de uma situação sem sentido, pegue esse livro e o jogue no mar.

— Um oceano não o danificaria — disse Joanna —, não enquanto está em progresso.

— Eu posso destruí-lo — afirmou Nicholas. — Esther também.

— Não — disse Collins.

Ele entrara na frente da porta da sala de estar, seu corpo largo ocupando o espaço e sua postura irradiando uma energia ameaçadora e preparatória, como um predador prestes a dar o bote. Nicholas às vezes esquecia como Collins era grande – como conseguia se tornar grande.

Esther foi até ele.

— Como assim não?

— Você faz ideia — disse Collins — de quantas pessoas a Biblioteca matou ao longo dos anos? Quantos livros eles conseguiram com suborno e chantagem, quantos eles simplesmente roubaram? Estamos falando de séculos dessa merda. Um monopólio mágico. Por que você acha que vocês dois são os únicos Escribas que sobraram? O resto de vocês morreu escrevendo os feitiços da Biblioteca. A Biblioteca não quer "preservar o conhecimento", quer preservar seu próprio poder, quer ser a única partida sendo jogada na cidade para todo mundo ter que comprar ingressos e ir assistir. — Ele se virou para Nicholas. — Eu não sei o que aconteceu com seus pais, mas apostaria que não foi... o que o seu tio te contou? Um assalto que terminou mal? Balela, Nicholas. Isso é balela. Seu pai morreu por causa do sangue dele, assim como qualquer outro Escriba que a Biblioteca já tenha tido. Assim como você vai morrer.

Cada uma das palavras de Collins atingiu Nicholas como um golpe, fazendo seus ouvidos zumbirem.

— Eu acho que Maram tem um plano, sim — rebateu Collins. — Acho que ela cansou dessa palhaçada do Richard e está pronta para fazer alguma coisa a respeito, finalmente, e eu também estou. Não quero fugir e não quero jogar nada no mar. Quero descobrir o que ela quer que a gente faça e ver se conseguimos executar o plano. Ela queria que você soubesse que as proteções estavam abaixadas e disse para encontrar a coisa, a coisa que Richard vai usar para encontrar você. Ela tinha que estar falando daquele livro. Tem alguma coisa nele, a gente só tem que descobrir o quê, por favor.

Essa última parte foi dita muito suavemente, um apelo direto. Os olhos de Collins estavam firmes e sua expressão era tão séria que Nicholas teve que desviar o rosto. Joanna estava mordendo o lábio inferior, mudando o cabelo comprido de um ombro ao outro, o cenho franzido. Esther examinava as unhas como se estivesse entediada com a coisa toda.

— Quanto tempo a gente tem antes que as proteções caiam? — perguntou Nicholas a Joanna.

— Umas duas horas.

— Então vamos esperar duas horas — propôs Nicholas, encontrando o olhar de Collins. — Duas horas para pensar e decidir se o plano de Maram tem a intenção de nos ferir ou nos ajudar.

— E o que acontece depois?

— Você me devolve as proteções e nós as renovamos — disse Joanna.

— Ela mandou abaixar — lembrou Collins, embora encolhesse os ombros como se pedisse desculpas. — Eu vou deixá-las abaixadas.

— Então vamos embora — disse Esther. — Destruímos o livro, abandonamos esta casa e não voltamos nunca mais.

Joanna respirou tremulamente, mas não protestou. Nicholas viu a determinação atravessar seu rosto e teve o pressentimento terrível de que os planos de Joanna não envolviam fugir. Mesmo depois de tudo que descobrira, ela não deixaria os livros nem a casa ao redor deles. Ele podia ver a verdade disso em cada linha do seu corpo, e sabia que Esther também via.

— Obrigado. — A postura de Collins mudou, os ombros caindo, os músculos relaxando, e ele pareceu imediatamente menor. Nicholas se perguntou como aprendera a fazer isso, então imaginou se um dia teria uma chance de descobrir, de realmente conhecer essa pessoa à qual continuava confiando sua vida.

— Pode pegar o livro de novo? — perguntou Nicholas a Joanna, e as narinas dela inflaram como se fosse protestar, mas então ela assentiu e virou-se para trazê-lo da despensa.

Ninguém falou até ela voltar e entregar o livro a Nicholas, que ele aceitou com uma careta e uma sensação de repulsa, como se pudesse descobrir que estava se decompondo sob os dedos. Mas parecia igual a sempre, quase comum, cuidadosamente encadernado com a capa macia.

Ele abriu na primeira página, sentou-se no banco do piano e pensou no rascunho que vira no escritório de Richard.

Carne da minha carne.

Restos humanos – os resquícios de um Escriba – tinham encadernado o livro. A vida que estava sendo estendida tinha sido conectada a um pedaço daquele mesmo corpo.

Ele pensou no próprio escritório de Richard, objetos curiosos cintilando em cada canto: pássaros empalhados, morcegos mumificados, animais de argila, todos provavelmente conectados a feitiços. Pensou no fato de Richard nunca adoecer, e de só contratar guarda-costas para Nicholas e Maram, nunca para si mesmo. E pensou no retrato do cirurgião atrás da escrivaninha de Richard, seu ancestral, o fundador da Biblioteca. Parecido com Richard em quase todos os aspectos exceto aqueles olhos frios cintilando atrás dos óculos. Pensou que nunca vira uma foto de Richard jovem, que ele sempre tivera o aspecto que tinha agora: cinquenta e poucos anos, bonito, os fios grisalhos nas têmporas nunca avançando mais que isso.

Pensou de novo no retrato. Na primeira Escriba da Biblioteca, a irmã do próprio cirurgião, e naquele fêmur na moldura de marfim. *Osso do meu osso.*

Ele presumira que Richard queria encontrar Esther para poder obrigar Nicholas a usar o rascunho na pasta, forçar Nicholas a drenar o sangue de Esther, cortar o corpo dela e escrever um feitiço que permitiria a Richard viver para sempre.

O que mais entendera errado?

Os outros tinham começado a falar em voz baixa enquanto ele lia, mas não esperou uma pausa na conversa. Falou por cima deles.

— É a vida de Richard.

Três rostos se viraram para ele.

— A vida de Richard — repetiu ele, segurando o livro com cautela. — Tenho certeza. Ele parece não envelhecer, nunca fica doente... — Ele tremia enquanto falava, ficando gelado mesmo tão próximo à barriga quente do fogão a lenha. — Acho que ele está por aqui há muito tempo. Acho que talvez tenha sido ele que fundou a Biblioteca.

Joanna levou as mãos à boca, olhando para a irmã. A pálpebra de Esther sofreu um espasmo mínimo, mas ela não fez qualquer outro movimento. Nicholas segurou o fôlego. Não sabia se aguentaria ser questionado quanto a isso, não sabia se tinha a energia para defender algo que conhecia instintivamente, com a mesma certeza que tivera ao perceber que Esther era uma Escriba. Preparou-se para lançar uma defesa lógica.

— É — disse Collins. — Parece com as coisas fodidas com que a gente vem lidando.

Nicholas lançou um olhar grato para ele, mas Esther disse:

— Mesmo se for verdade, é só mais uma complicação, mais uma pergunta.

— Não — disse Nicholas. — Não, não é uma pergunta. É uma resposta.

Por mais que revirasse a questão na mente, só conseguia pensar em um motivo para Maram ter mandado tanto ele como Esther – a filha dela, uma Escriba – para aquela casa no meio do nada. Só um motivo para enviá-lo ao escritório de Richard e forçá-lo a confrontar a verdade da crueldade do tio, para então se mover em círculos intricados, contornando as imposições do acordo de confidencialidade dela, a fim de atrair a atenção deles para aquele livro, para o livro de Richard, para a vida de Richard.

O livro fora escrito por dois Escribas. Dois Escribas eram necessários para destruí-lo. Mas havia uma garantia escrita no feitiço, uma proteção que também era uma brecha.

Só meu próprio sangue pode me destruir.

Um dos Escribas tinha que ser Nicholas.

Esther inclinou-se para ele agora, tomando o livro de suas mãos, e ele permitiu. Não tinha forças para segurá-lo.

29

A lembrança voltou a Esther assim que seus dedos tocaram a capa escura e oleosa do livro de Richard. Ela se lembrou de onde o tinha visto antes.

O pai agachado na frente dela, dizendo:

— Consegue rasgar? Vamos só testar uma coisa.

A estranheza de sentir papel que não rasgava, como sua fragilidade parecia impossível, a frustração do fracasso e o olhar decepcionado de Abe. Ela erguera um fósforo perto do livro, o jogara no fogão a lenha, o submergira em água ensaboada na pia. Independentemente do que fizesse, o volume permanecia intacto.

— E se eu estiver errado? — dizia Nicholas. — E se Esther e eu destruirmos o livro e não for de Richard, no fim das contas, mas de alguma alma inocente que vai cair morta no meio do jantar de domingo com a família, e se...

— Alma inocente? — perguntou Collins. — Ninguém que pôs as mãos nesse livro específico pode ser inocente.

— Quem somos nós para julgar?

A agitação de Nicholas era compreensível, pensou Esther. Ela provavelmente também ficaria agitada se pensasse que talvez tivesse que matar alguém que conhecia, mesmo se a pessoa tivesse feito com ela o que o tio de Nicholas fizera com ele. Não que Esther tivesse tios, até onde sabia. Ela se perguntou, enquanto tentava com força não se perguntar, se Maram tinha irmãos, e se Isabel tinha irmãos, e se esses irmãos imaginários eram, de fato, as mesmas pessoas.

Toda a sua infância, ela havia devorado histórias de crianças com mães mortas e desaparecidas, muitas vezes mais fáceis de encontrar do que histórias de crianças cujas mães estavam sãs e salvas. A ausência de uma mãe era uma promessa de aventura; mães tornavam as coisas seguras demais, reconfortantes demais. Crianças com mães não precisavam sair de casa para buscar afirmação de sua supremacia na história de alguém. Não precisavam escrever seu próprio protagonismo.

Esther lembrava-se de Cecily reclamando disso quando elas viram *A pequena sereia*, *Cinderela* e *Branca de Neve*, ofendida pela falta de mães biológicas amorosas e a prevalência de madrastas monstruosas. Ela apertava Esther com força e manchava sua bochecha com beijos vermelhos e dizia: "*Esta* madrasta maléfica te ama muito". No entanto, apesar do amor de Cecily, do qual Esther nunca duvidara, ela já tinha identificado dentro de si aquela mesma qualidade das crianças sem mãe que levava Ariel à costa, Cinderela ao baile, Branca de Neve à floresta. A falta de uma mãe era intrínseca à sua ideia de si, e sua ideia de si era tudo que ela tivera naqueles muitos anos sozinha.

O que significaria se sua mãe estivesse viva? Não só viva, mas ciente de Esther e cuidando dela, passando bilhetes através de espelhos mágicos e protegendo-a de longe, sua própria fada-madrinha. O que significaria se a mãe não tivesse morrido, mas a deixado?

Esther sentou-se numa poltrona com o livro de Richard nas mãos e cuidadosamente erigiu um conjunto de divisórias na mente — um quartinho onde esses pensamentos podiam disparar tão rápido quanto quisessem, batendo contra as paredes, jogando-se ao chão, dando chilique por uma atenção que não receberiam a não ser que Esther abrisse a porta. Não havia tempo para abrir a porta. A porta podia esperar. Ela girou a chave firmemente na fechadura.

— Pare de tentar se convencer de que não é verdade — dizia Collins a Nicholas.

Nicholas murchou de volta contra o piano.

— Talvez eu queira me convencer de que não é verdade — disse ele. — Talvez não esteja preparado para estrelar uma tragédia shakespeariana e assassinar meu tio.

— Se está falando de Hamlet, ele não assassinou o tio, esse é o ponto da peça — disse Collins. — Ele não conseguiu se decidir e todo mundo morreu por causa disso.

— Ele o mata no terceiro ato!

— Bem, em que porra de ato a gente está, então?

Esther se ergueu. Ainda segurava o livro e sutilmente ajustou o aperto, posicionando os dedos da forma certa antes de estendê-lo a Nicholas.

— Aqui — disse ela —, não quero mais tocar nisso.

Ainda fuzilando Collins com o olhar, Nicholas estendeu a mão para pegá-lo. Esther esperou até ver os dedos dele se apertarem ao redor da capa, com firmeza, e então *puxou*.

Instintivamente, Nicholas puxou de volta, um cabo de guerra que acabou quando ele percebeu e soltou o livro, furioso.

— Esther! — disse Joanna. Ela soava impressionada.

— Você — balbuciou Nicholas —, você, você, você me enganou! Estava tentando me fazer matar alguém!

— Sim — admitiu Esther, olhando para o livro, ainda imperturbado e intacto nas mãos dela. — E devia ter funcionado. Puxamos com força suficiente para pelo menos rasgar uma página ou duas, mas, vejam, o papel nem está vincado.

A indignação ainda estava evidente no rosto de Nicholas, mas diminuía em favor da curiosidade.

— Que estranho. — Ele o tomou para ver pessoalmente. — Você tem razão.

— Devemos tentar de novo?

Ele olhou com raiva para ela, mas então pareceu, de uma só vez, murchar. Apoiou a mão livre contra a parede, firmando-se.

— Sim. Vamos tentar de novo.

Nicholas segurou o livro aberto enquanto Esther tentava arrancar uma página impossível de rasgar, e então eles trocaram, Esther apertando a capa enquanto Nicholas puxava o papel velho e frágil com toda a sua força. Então cada um segurou uma capa para tentar quebrá-lo como um ossinho da sorte. Eles tentaram ver se queimaria no fogo. Passaram sob água quente na pia da cozinha.

Nada, nada, nada. Era tão inútil quanto Esther se lembrava de quando tentara destruí-lo para Abe.

Quando eles tiraram o livro da pia, com as mãos pingando mas o livro completamente seco, Nicholas parecia exausto e enjoado, e Esther não se sentia muito melhor.

— Não adianta — resignou-se Nicholas, curvado na mesa da cozinha sobre uma xícara de chá de urtiga que não estava bebendo. — Eu devia saber. Não vamos conseguir destruir o livro até destruirmos o objeto ao qual Richard conectou sua vida, que quase definitivamente é o osso na moldura do retrato. Maram saberia disso também. Ela é esperta demais para não saber, o que significa que a teoria toda é inútil. Ela não nos mandaria para o outro lado do oceano para fazer alguma coisa sabendo que fracassaríamos.

— Trinta e cinco minutos até as proteções caírem — alertou Joanna, como se todos os presentes não estivessem conferindo o relógio também.

— Eu desisto. — Nicholas apoiou a cabeça na mesa.

Mas Esther não podia se dar ao luxo de se render. Ela sabia que a irmã não deixaria a casa a não ser que Esther a derrubasse e a arrastasse, o que não estava fora de questão, mas com certeza não ajudaria muito em reparar um relacionamento que elas tinham acabado de reatar.

— Collins, você tem certeza de que ela disse que as proteções tinham *mesmo* que cair? Porque, se ela só queria trazer nossa atenção para o livro, já fez isso e podemos renová-las.

— Não — disse Collins —, ela foi muito clara. As proteções precisam cair.

Joanna tinha se jogado em uma cadeira ao lado de Esther, que tocou o braço dela.

— Jo, você conhece essas proteções melhor que qualquer um de nós — começou ela. — Fora Richard conseguir rastrear aquele livro, o que mais vai acontecer quando elas caírem?

— Todo mundo que sabe sobre a casa vai, de repente, se lembrar de onde ela fica — explicou Joanna. — Vão conseguir encontrá-la de novo. Até onde eu sei, mamãe é a única pessoa nessa categoria, mas já estabelecemos que na verdade eu não sei de muita coisa.

— Certo. — Esther anotou essa informação na mente. — O que mais?

Nicholas e Collins estavam ambos dando a Joanna sua total atenção e ela se encolheu um pouco sob a pressão.

— Qualquer um poderia ver a entrada de carros e a casa em si — prosseguiu ela, e fez uma careta irônica. — A companhia de energia elétrica vai provavelmente notar que a força de uma casa inteira está sendo puxada de um poste. Telefones e internet vão começar a funcionar, e qualquer tipo de feitiço de comunicação, como hidromancia ou magia de espelhos, teria efeito se feito de fora, e não aqui dentro.

— Então o espelho lá em cima — disse Esther devagar. — Se as proteções caírem, quem quer que esteja do outro lado poderia enviar alguma coisa, além de receber. É isso que está dizendo?

— Sim — confirmou Joanna, e ergueu a cabeça depressa para encontrar os olhos de Esther. — Ah.

— Ah o quê? — perguntou Collins.

— Você acha que Maram está do outro lado do espelho — disse Nicholas.

— Acho que é bem possível — declarou Esther.

— Mas, se for esse o caso, ela só pode receber coisas. Não pode mandar nada de volta — alegou Nicholas. — Até as proteções caírem.

— *Ah* — disse Collins.

30

Esther ajudou Joanna a arrastar parte das tralhas para o corredor para todos poderem entrar no seu antigo quarto, então se sentou na cama com Nicholas e Sir Kiwi enquanto Collins ocupava uma cadeira de madeira de encosto alto e estreito. Joanna se sentou de pernas cruzadas no chão diante da porta do guarda-roupa, que estava aberta só o suficiente para ela poder ficar de olho no espelho lá dentro. As proteções cairiam em dois minutos. Eles não tinham discutido ainda quanto tempo esperariam além disso.

— Não podemos esperar uma ação imediata — disse Collins. — Para começar, é meia-noite na Inglaterra e há uma chance razoável de que Maram esteja dormindo. Então não vamos começar a surtar se der sete horas e nada acontecer imediatamente, certo?

— Um minuto — informou Nicholas.

Joanna abaixou a cabeça nas mãos e Esther viu que ela estava tremendo.

— Essas proteções não caem há trinta anos — murmurou. — Por trinta anos, estivemos completamente protegidos, e agora? O que estou fazendo?

— Sendo corajosa — disse Collins.

— Dez segundos — avisou Nicholas.

Joanna grunhiu e se dobrou como se a barriga doesse.

— Agora — disse Nicholas.

Um instante depois, tanto Collins como Joanna se encolheram, abaixando a cabeça como se lutassem contra uma explosão alta, e Collins abriu e fechou a mandíbula como se estivesse destampando os ouvidos.

— Ai — disse ele.

Joanna estava pálida e, quando falou, sua voz tremia.

— Elas caíram.

Joanna não era a única que tinha sido criada sob aquelas proteções. Esther também ficara ao lado de Abe e o vira renová-las, noite após noite. Ela ouvira, aos oito anos, quando ele explicara que das duas filhas só Joanna podia ler o feitiço, que só Joanna podia aprender a manter todos eles seguros; e aos dezoito o ouviu contar a ela que o único jeito de as proteções continuarem resguardando sua família era se ela, Esther, não estivesse na área de efeito. As proteções tinham acabado com o casamento dos pais dela. As proteções tinham amarrado sua irmã àquela casa. As proteções tinham forçado Esther a fugir por dez longos anos.

Ela sabia o que aquilo custava a Joanna. A agonia estava clara no rosto dela, a boca retorcida, os olhos apertados, e ela sentia a dor da irmã como se um dos próprios membros doesse.

Mas Esther estava feliz que as proteções tivessem caído.

Mesmo no pouco tempo desde que tinham se reencontrado, ela tinha visto que Joanna não podia continuar naquela vida solitária e imutável mais do que Esther poderia ter ficado na sua própria vida solitária e tectônica.

— Não está acontecendo nada — observou Joanna, ajoelhando-se na frente do espelho como se estivesse prestes a rezar.

— Não passou tempo nenhum — disse Nicholas. — Collins tem razão, temos que esperar.

— Mas quanto?

— Mesmo se for uma armadilha e Richard estiver agora mesmo preparando um jatinho para voar até aqui e matar todos nós, vai levar no mínimo cinco horas — argumentou Nicholas. — Não há nenhum feitiço na Biblioteca que possa transportar alguém magicamente através do Oceano Atlântico.

Esther se ergueu, batendo as mãos nas coxas, e Joanna deu um pulo.

— Vou fazer chá — anunciou ela.

— Eu devia levar a cachorra para passear — disse Nicholas, mas continuou sentado, com os braços nos joelhos, curvado para a frente.

Esther estava muito ciente de que todos eles estavam em estados variados de desalinho, mas olhando para Nicholas ficou impressionada de novo ao ver como uma camisa de quinhentos dólares podia compensar com sucesso perda de sangue, estresse e exaustão. Contanto que não se demorasse no rosto dele, Nicholas parecia elegantemente desgrenhado em vez do bagaço requentado que Esther parecia no momento. Se tudo aquilo acabasse – *quando* tudo aquilo acabasse –, ela ia se permitir "investir" em algumas peças de roupa. Talvez um belo suéter de caxemira.

Ela se entregou a esses pensamentos superficiais como se fossem chocolate amargo, mordiscando-os nas beiradas e deixando-os derreter na língua, pensamentos insignificantes. Pensou em suéteres de caxemira, sapatos de couro finos, roupas de baixo de seda tão finas que daria para sentir o hálito de alguém através delas.

Na cozinha, pôs a água no fogo, e, enquanto esperava ferver, foi para a sala de estar. Tinha guardado sua mala de mão em um canto atrás do sofá; puxou-a dali e sentou-se no sofá ao lado dela. Ao abri-la, sentiu um resquício do aroma do seu quarto na estação de pesquisa, puro ar estagnado, detergente de limão e uma nota do xampu de lavanda de Pearl, e sua garganta fechou. Ela continuou revirando a mala.

Tinha guardado o bilhete que Maram enviara através do espelho e embrulhara em uma meia de lã grossa junto com o frasco plástico de sangue. Com cuidado, ela desembrulhou o bilhete e o frasco, e os pôs na mesa de centro. Então tirou *La Ruta Nos Aportó* e abriu na página de rosto, onde a mãe tinha escrito "Lembre-se: o caminho fornece o próximo passo natural".

Ela encarou o bilhete do espelho e a etiqueta no frasco: "Esse é o caminho. Vai fornecer o próximo passo natural". Olhou de novo para as palavras quase idênticas no interior do livro. Depois de volta para o bilhete. Comparou as duas, sentindo a aceleração dos seus próprios batimentos cardíacos.

A letra era muito, muito parecida.

Tão parecida que se poderia afirmar ser a mesma.

Como não tinha reparado antes? Ela puxou o ar, trêmula. Uma tábua do piso rangeu no segundo andar, e ela sentiu uma pontada de gratidão por todos os outros estarem lá em cima e ela poder roubar um pouco de privacidade e se deixar, por um segundo apenas, acreditar.

Traçou os dedos sobre a letra da mãe no romance. Havia uma chance de que, quando voltasse lá para cima, outro bilhete estivesse esperando no chão do seu velho quarto, com essa mesma letra. Uma chance de que, do outro lado do espelho, uma mulher que parecia com ela estivesse esperando.

A chaleira começou a apitar. Esther enfiou o bilhete e o frasco de sangue no bolso e foi fazer chá.

Quando voltou para cima, equilibrando xícaras em uma mão e um bule na outra, a tensão no quarto era tão espessa que ela quase deu meia-volta. Nicholas estava sentado na cama com os pés plantados no chão e os olhos plantados no espelho, e Collins andava de um lado para o outro. Joanna ainda estava ajoelhada na frente do guarda-roupa.

— Jo, me ajuda com essas xícaras — disse Esther, e por um tempo eles se ocuparam em servir, passar xícaras, bebericar, encolher-se, soprar a superfície fumegante da água, bebericar, encolher-se de novo.

— Já se passaram trinta minutos — anunciou Nicholas. — Mas quem está contando? Eu não. Eu estou tomando o chá da tarde, aparentemente.

— Não precisamos ficar neste quarto a noite toda — ponderou Esther. — Vamos descer e ouvir um disco ou alguma coisa assim.

— Talvez um de nós devesse ficar na casa e o resto devesse fazer as malas e ir embora — sugeriu Joanna.

Esther não gostava dessa sugestão nem um pouco e começou a dizer isso, mas uma mudança súbita no rosto de Joanna a fez parar.

Os olhos da irmã estavam fixos no espelho, os lábios se abrindo em um pequeno O, e Esther estava de pé antes de perceber o que estava fazendo, chá quente transbordando pelos lados da xícara e caindo em seus dedos. Mas o calor parecia muito distante, sem importância. Ela ouviu Nicholas puxar o ar bruscamente, e Joanna estendeu uma mão e abriu a porta do guarda-roupa de modo que todos pudessem ver o que Esther já vira: um pedaço de papel flutuando para fora do espelho.

Em seu encalço, a superfície ondulou até se acomodar, e o papel flutuou antes de parar no chão. Joanna o apanhou, levantou-se e foi entregá-lo a Nicholas. Esther viu que os dedos dela tremiam tanto que ela quase o derrubou.

— Olha você — pediu ela a Nicholas. — Eu não consigo.

Esther se obrigou a ser paciente enquanto Nicholas limpava a garganta e começava a ler em voz alta.

— Estamos saindo de casa — disse ele. — A Biblioteca logo estará vazia. Lembre-se: o caminho fornece o próximo passo natural.

Os braços de Esther se arrepiaram.

— É só isso? — perguntou Nicholas, virando o papel. — Era isso que estávamos esperando?

— Eles estão saindo. — Joanna ergueu-se. — Richard sabe onde estamos? Ela está nos avisando para fugir?

— Mas e essa última parte? — perguntou Nicholas. — O *caminho fornece o próximo passo natural.* Que caminho? Que passo?

— "A Biblioteca logo estará vazia" — leu Collins por cima do ombro de Nicholas. — E daí? O que ela quer que a gente faça? Embarque num avião, alugue um carro, chegue à Biblioteca, invada o escritório de Richard e quebre tudo antes que alguém venha atrás de nós?

— Hmm — disse Nicholas. — Talvez?

Para Esther, a conversa era só barulho, zumbidos sem sentido. Ela tocou a clavícula, onde sua tatuagem estava escondida abaixo do suéter – um palíndromo. Uma frase que podia ser colocada através de um espelho e sair imutável. Ela pegou do bolso o frasco plástico de sangue e o bilhete que Maram enviara pelo espelho e os segurou nas mãos, pensando no romance que vinha traduzindo no seu tempo livre havia anos. No mundo de Gil, as mulheres se encontravam em espelhos: ficavam hipnotizadas e encaravam seus próprios olhos até se reconhecerem, e, quando o faziam, o espelho deixava de ser uma armadilha e se tornava uma porta. Uma rota de fuga. Um caminho.

Se o espelho era um caminho, então o próximo passo natural era *através* dele.

Esther pensou nas pobres marmotas condenadas de Abe. Pensou no dedo de Trev, preto, disforme e inatural. Pensou no horror que sentira quando a própria mão, coberta do sangue de Trev, parecera roçar a superfície do espelho; como ela o puxara de volta esperando dor, mas encontrara a pele sem marcas.

Esther e Nicholas não eram tocados por feitiços comuns, do jeito que sombras deixavam de existir em uma sala escura, porque a escuridão não podia somar à escuridão. O feitiço de busca de Escribas de Richard precisava do olho de Nicholas para ver Esther, porque só magia podia ver magia. Nicholas e Esther *eram* magia. Ela os tratava como parte de si.

Se Maram estava do outro lado desse espelho, se tinha ativado o feitiço, então seu sangue era necessário para passar coisas através dele. O dela ou o de Cecily, mas o de Cecily não estava ali.

Esther olhou para o frasco que recebera da mãe, todo vermelho. O sangue de Maram podia ser.

Ela foi até o espelho e deu uma batidinha no vidro: era sólido e não cedeu. Cuidadosamente, abriu a tampa do frasco e verteu uma gotinha do líquido, deixando-o cair na sua palma e manchar a pele de vermelho. Levou a mão ao vidro de novo, esperando resistência ou dor ou um formigamento ou alguma coisa, qualquer tipo de sensação, mas não sentiu nada. Seus dedos atravessaram o vidro como se fosse ar. Ela puxou a mão de volta, a pulsação disparada.

— Esther — disse Joanna. — O que está fazendo?

Esther a ignorou. Agarrou a moldura do espelho com as duas mãos e respirou fundo, como se estivesse prestes a pular numa piscina funda. Então, antes que alguém pudesse impedi-la, antes que ela pudesse mudar de ideia, enfiou a cara através da superfície prateada do espelho. Atrás dela, ouviu Joanna berrar.

Ela apertou os olhos, mas, quando não veio nenhuma dor, abriu-os. À sua frente havia um quarto elegante, vazio, com uma cama de dossel, pinturas a óleo escuras nas paredes e um lindo tapete azul. Sentiu mãos agarrando seu corpo e a puxando de volta, e um segundo depois o quarto elegante desapareceu e ela estava olhando o espelho no guarda-roupa de novo, sua superfície ondulando de leve.

Joanna, que a agarrara pela cintura para puxá-la, girou-a e examinou o rosto dela com os olhos aterrorizados. Mas, quando não viu nenhum dano, sua expressão passou do terror para a incredulidade.

— Nós podemos atravessar o espelho — afirmou Esther. — Nicholas e eu. Podemos ir à Biblioteca enquanto está vazia, encontrar o objeto ao qual Richard se conectou e destruí-lo.

31

Nicholas era o único Escriba havia tanto tempo que não lhe ocorrera que houvesse qualquer coisa que pudesse não conhecer sobre seus próprios poderes. Tinha lido todas as anotações do pai e todos os livros na Biblioteca pelo menos duas vezes, sem mencionar os milhares de páginas que Maram encontrara e reunira dos escritos de outros Escribas, alguns dos quais estavam mortos fazia um século; outros, um milênio. Maram tinha viajado por todo o mundo em busca desse conhecimento, comprando-o por quantias exorbitantes de museus e arquivos particulares, ou trocando algo por ele, ou roubando-o. Provavelmente até matando para obtê-lo. Só para poder trazê-lo a Nicholas.

Pelo menos era o que ele pensava.

Que erro de raciocínio, crer que ele era o especialista só porque era a pessoa com o poder. Que erro de raciocínio, crer que ele tinha poder, para começo de conversa. Tudo que ele sabia sobre livros tinha sido filtrado por Maram. Esse tempo todo, ela havia sido a especialista.

Era incrível que, mesmo depois dos eventos da semana anterior, Nicholas ainda tivesse a capacidade de se surpreender.

Atravessar o espelho foi diferente de todas as experiências físicas que ele já experimentara. Era como nadar, se a água fosse feita de melaço e também de espaço sideral, doce, sem ar, insistente e infinita, e escura de um jeito que não era um binário à luz, mas um estado totalmente diferente, completo em si próprio. O corpo da escuridão era som, que era sensação: incontáveis asas roçando umas contra as outras, incontáveis folhas de grama dourada movendo-se em um vento infinito, toda rodovia distante que já se ouvira. A mente e o corpo de Nicholas eram inteiramente dele, o que tornava as coisas ainda mais peculiares, porque seu cérebro, membros, nervos e tudo o mais estavam trabalhando para entender racionalmente, com seus sentidos humanos, algo que não tinha sentido.

Era terrível e incrível, e, se tivesse tempo, ele teria começado a entrar em pânico – mas deu um passo e o passo acabou. Quando seu pé pousou do outro lado da moldura, a escuridão estrondosa sumiu e ele estava no mundo de novo. Primeiro a cabeça, depois seu outro pé saiu do espelho, e por fim ele estava parado no quarto de Maram, tão naturalmente quanto se tivesse atravessado uma porta.

Ele enfiou uma mão na jaqueta para conferir o bolso interno onde o livro de Richard estava guardado e um segundo depois observou, fascinado, quando Esther atravessou o espelho. Era como ver alguém emergir perfeitamente seca de uma piscina vertical, e sua mente girou.

— Bizarro — foi a avaliação de Esther da experiência.

Ela apertou o rabo de cavalo encaracolado e olhou ao redor do quarto. Nicholas seguiu seu olhar: a cama de mogno de dossel, o enorme guarda-roupa Luís xv, o tapete de seda. Ele se lembrava de se deitar naquele tapete em uma das raras ocasiões em que Maram lhe concedera entrada quando criança, ficando muito quieto para ela não se arrepender de convidá-lo.

A porta do quarto dela estava trancada por fora, e ele se atrapalhou com as três fechaduras internas até descobrir a configuração correta de trincos, enquanto Esther pairava atrás dele, seu desejo de assumir o controle palpável. Finalmente, a porta se abriu. Ele a empurrou muito devagar, para o caso de algum empregado estar por perto, mas a antecâmara de Maram estava tão vazia quanto seu quarto, e Esther o seguiu até o corredor.

Depois da revelação de Esther, eles esperaram cerca de uma hora para certificar-se das garantias de Maram, de modo que ela e Richard tivessem realmente deixado a casa e a Biblioteca estivesse vazia. Eram nove da noite em Vermont, e duas da manhã ali na Inglaterra; os corredores estavam mal iluminados, as enormes janelas pretas e quase tão refletoras quanto o espelho do qual tinham acabado de sair. Os pisos de mármore brilhavam sob a luz das arandelas de parede.

— Tem gente que mora de verdade aqui? — sussurrou Esther. — *Você* realmente mora aqui?

Nicholas olhou ao redor, procurando a fonte do assombro dela. Era verdade que, comparada à casa de infância decadente de Esther, a Biblioteca era palaciana, mas as revelações recentes tinham deturpado tanto as lembranças dele que o seu olhar também tinha mudado. Ele passara a maior parte da vida naquela casa e, até recentemente, sentia que a conhecia do mesmo jeito alerta e instintivo que conhecia o próprio corpo; conhecia suas pedras mais frias e seus sofás mais macios, conhecia o melhor lugar para encontrar o sol do meio da tarde, sabia quais cômodos os empregados limpavam em quais horas e quais cômodos mal eram limpos, conhecia todo corredor e toda pintura. Virar um canto era como dobrar um cotovelo. Abrir uma porta era como piscar um olho.

Ou tinha sido.

Agora, Nicholas sentia que tinha atravessado aquele espelho e emergido em um mundo paralelo. Fisicamente, tudo estava como ele se lembrava, mas sua percepção tinha mudado de modo tão irrevogável que o ambiente físico em si parecia alterado. Os tetos elevados pareciam cruéis em vez de grandiosos, construídos em uma escala não destinada ao conforto humano, e os tapetes estendiam-se, ricos e coloridos, sobre o piso como se estivessem escondendo manchas.

— Parece um museu — comentou Esther.

— Sim, e, como em um museu, você não deve tocar em nada — disse Nicholas, e Esther abaixou o vaso de mil anos de idade que tinha erguido de sua coluna. Então, pensando melhor, emendou: — Na verdade, toque no que quiser.

— Porque fodam-se eles? — perguntou Esther, pegando o vaso de novo e virando-o nas mãos.

— Fodam-se eles — confirmou Nicholas. — Eu diria que devíamos quebrá-lo cerimonialmente, mas o vaso não fez nada errado. É injusto puni-lo pelos pecados da Biblioteca.

— Além disso, é bem bonito.

— É. Venha.

Era inexplicavelmente estranho caminhar naqueles corredores sentindo-se como um fugitivo, e ele precisou sacudir os ombros para não andar todo encolhido e esquivo. Era tarde demais para alguém estar de pé, mas se alguém o visse ele queria parecer tão natural quanto sempre, mestre do seu domínio, alguém que não deveria ser questionado ou incomodado. Ele não fazia ideia do que Maram e Richard tinham contado aos empregados sobre seu desaparecimento; provavelmente estes não tinham sido informados de nada.

Os dois passaram pela galeria de retratos na escadaria e Esther diminuiu o passo, examinando todos os rostos austeros e sombrios que a olhavam de cima. Apontou para um.

— Esse parece você.

— Bem observado — disse ele. — Era meu pai.

— E essa mulher?

— Minha mãe. — Ele olhou ao redor nervosamente.

— Acha que seu tio os matou?

Nicholas engoliu em seco.

— Provavelmente. Agora, vamos.

Eles se dirigiam à Biblioteca, à passagem secreta que levava ao escritório de Richard, embora não soubessem bem como iam passar por aquela estante, dado que nenhum dos dois podia ler o feitiço.

Quando Nicholas explicara esse dilema mais cedo, na casa de Joanna, Esther tinha sugerido puxar a estante da parede.

— Está coberta de livros! — disse Nicholas, horrorizado.

— Podemos tirar os livros.

— E depois? — perguntou Nicholas, exaltado. — Empilhá-los no chão? São volumes inestimáveis, insubstituíveis, eles...

— O chão não é feito de lava — retrucou Esther. — Eles vão ficar bem.

— No pior dos casos — disse Collins —, vocês podem descer e acordar Sofie. Ela vai ler o feitiço para vocês. É gente boa, confio nela.

— Quem é Sofie?

— Jesus, sério? Sofie, que trabalha na cozinha? Que provavelmente assou todos os pães que você já enfiou na boca?

— Ah, certo, sim, Sofie — disse Nicholas.

— Você ainda não faz ideia de quem estou falando.

Não, porque sempre o tinham desencorajado de fraternizar com os empregados, mas ele não achou que cairia bem anunciar isso no momento.

No fim, eles não precisaram de Sofie.

Esther e Nicholas chegaram ao fim do corredor onde assomavam as enormes portas eletrônicas da biblioteca, e Esther observou com interesse enquanto Nicholas encostava o olho no escâner. Os dois se encolheram quando as engrenagens barulhentas giraram e as portas se abriram com um gemido, mas ninguém apareceu no corredor para investigar, e logo estavam lá dentro e fecharam as portas atrás de si.

Nicholas começou a avançar imediatamente e então reparou que Esther não o estava seguindo. Quando se virou, encontrou-a olhando para o teto alto filigranado, o labirinto de estantes, as enormes janelas cobertas por cortinas luxuosas.

— Todos esses livros não podem ser...

— Livros de magia? Sim.

Esther balançou a cabeça.

— Queria que Joanna pudesse ver isso. Ela iria pirar.

— Talvez um dia ela visite — disse Nicholas, embora tivesse dificuldade em conceber um futuro em que ele teria permissão para convidar pessoas para sua casa. Não sabia o que significaria para sua vida ou para a Biblioteca se aquele plano funcionasse e Richard estivesse... fora de combate, para colocar delicadamente, que era o único jeito como Nicholas se sentia capaz de pensar naquilo. Ele sempre presumira que a casa e os livros dentro dela seriam deixados para ele, mas percebeu agora que era igualmente provável, se não mais, que no caso da morte de Richard eles fossem deixados para Maram.

Ou talvez não houvesse sequer um testamento. Afinal, parecia que Richard não esperava morrer nunca.

Nicholas ficou tão distraído com seus próprios pensamentos circulares que fez uma curva errada e teve que retraçar os passos. Quando finalmente levou Esther para baixo do teto com vigas de carvalho, na seção do que já fora a capela, e subiu no estrado, teve dificuldade para entender o que estava vendo.

O contorno da estante e as lombadas dos seus livros já estavam nebulosos e sem consistência, e atrás da vaga névoa ele podia ver a parede de pedra e a madeira da porta secreta.

Nicholas estendeu um braço e Esther deu uma batida na parede.

— Que foi? — disse ela, então notou a estante. — Ah! Problema resolvido?

— *Shh* — sibilou Nicholas. Foi o único som que conseguiu emitir. Sua voz parecia congelada na garganta e seus pulmões de repente pareciam fracos, arquejando por ar que não vinha, o cartão do feitiço assomando em sua mente.

Duração: no máximo seis minutos por leitura.

O que significava que alguém tinha lido esse feitiço nos últimos seis minutos. Alguém estivera ali. Alguém *estava ali.*

Devagar, muito devagar, ele começou a se virar, os olhos perscrutando as estantes em busca de um indício do cabelo grisalho de Richard ou um vislumbre da blusa de seda de Maram, os ouvidos atentos ao som da respiração de alguém, passos no tapete, o ranger de uma porta – qualquer coisa. Esther, captando sua tensão, ficou perfeitamente imóvel ao lado dele. As estantes altas brilhavam sob suas luzes de latão, o sistema do umidificador zumbia a distância, os livros esperavam em fileiras imóveis, e as poltronas vermelhas de cada lado da caixa de Seshat não tinham se movido. Mas a caixa em si...

Nicholas puxou o ar com força.

A frente com dobradiças da caixa estava levemente aberta, e, quando Nicholas se inclinou para a frente devagar, viu que a laje de calcário estava torta no seu suporte de metal, e havia uma mancha escura em um canto que eles não se lembravam de ter visto antes. Mas a mudança mais surpreendente – e anacrônica – era um Post-it amarelo colado sobre o rosto entalhado de Seshat.

Dizia: *Até 3h54.*

De repente, Nicholas entendeu. Soltou um suspiro de puro alívio e virou-se para onde Esther estava congelada com um pé no degrau do estrado.

— Está tudo bem — disse ele, pegando o Post-it. — Maram leu o feitiço para nós antes de sair.

Ela lera dois feitiços, na verdade. Um era o feitiço para esvanecer a estante. O outro era o feitiço companheiro de quatro mil anos, inestimável, prezado e raro, que ela lera para manter o caminho aberto para eles.

Quando Nicholas falou de novo, teve que engolir um nó na garganta.

— Vamos — chamou ele, estendendo a mão para a maçaneta.

— Está tudo certo? — perguntou Esther.

— Está tudo certo.

Ele se enfiou na escuridão da passagem, Esther seguindo-o de perto. Subiu um degrau, apertando os olhos, e uma luzinha forte surgiu por cima do seu ombro. Quando se virou, viu Esther segurando uma pequena lanterna.

— Onde caralhos você arranjou isso?

— Collins disse que a gente ia precisar.

Por algum motivo, isso acalmou o resto dos nervos excitados de Nicholas, e ele subiu as escadas se sentindo nitidamente mais calmo. Esther disse:

— Passagens secretas, mansões inglesas, velhos malignos. Quando eu era criança, era assim que eu pensava que a magia devia ser. Não escondida num porão, só sendo usada para se manter escondida.

— E? Você só sonhou com isso?

Esther soltou um ruído que, sob circunstâncias diferentes, podia ter sido uma risada.

— Hum, é mais assustador na prática.

— Você nunca sonhou com alguém querendo te esfolar viva e te transformar num livro?

— Estranhamente, não.

Eles alcançaram o corredor de madeira estreito no topo das escadas e Esther mirou sobre o ombro de Nicholas sua luzinha fraca, que iluminou alguns passos à frente e então foi engolida pelo escuro.

— Isso aqui é muito longo?

— Leva uns minutos, acho. — Ele correu uma mão pela parede enquanto avançavam. — Só estive aqui uma vez.

— Quantas outras passagens secretas existem nesse lugar?

— Sinceramente, não sei. Há algumas que eu conheço graças ao pessoal da cozinha; uma vai até o Salão de Banquetes. Mas são menos secretas que discretas. — O dedo do meio dele topou com uma farpa na madeira e ele puxou a mão, encolhendo-se. — Mas passagens assim, escondidas de verdade? Pode ter centenas. Pode não ter nenhuma. Ninguém me contou, pra ser sincero.

— Mas você se dava bem com ele, com Richard? — perguntou Esther e, quando Nicholas não respondeu de cara: — Ainda estou tentando entender a natureza do relacionamento de vocês.

— Eu também — admitiu Nicholas.

Ele não podia se deixar pensar em nada além da ação seguinte, porque, se começasse a considerar as implicações, poderia não ser capaz de fazer o que supostamente tinha ido fazer ali. As implicações levariam a perguntas como: seria assassinato o ato que Nicholas se comprometeu a fazer? Ele desejou, de forma rápida, mas intensa, poder ver Richard de novo, dar-lhe uma chance de se explicar antes que Nicholas fizesse uma escolha que não poderia ser desfeita.

— Você pode apressar o passo um pouquinho? — perguntou Esther, cutucando-o nas costas. — Andar tão devagar me deixa nervosa.

Ele tinha feito o que acabara de decidir não fazer: começara a pensar.

— Desculpe — disse.

— Você está arrastando os pés — apontou ela. — É figurado, também?

Isso o fez sorrir, apesar dos nervos.

— Imagino que sim.

— Mas consegue seguir em frente? Fazer isso?

— Sim — garantiu ele, e ficou feliz por ouvir a voz soar muito mais firme do que sua determinação titubeante. Talvez pudesse convencer a si mesmo, além de Esther.

Sua visão parecia estar se ajustando ao escuro, as paredes de madeira da passagem ficando mais nítidas. Então ele tomou ciência de que não era sua visão, mas luz de verdade. Eles estavam no fim do corredor, a parede subitamente visível diante deles, o alçapão aos seus pés delineado com luz. Quando Nicholas se abaixou para abri-la, a escada abaixo estava iluminada.

Maram de novo, deixando o caminho preparado?

Ele e Esther ficaram parados no topo da escada, ambos extremamente imóveis e silenciosos, ouvindo, esperando. O silêncio cresceu ao redor, as paredes estreitas segurando-o como pressão crescendo numa garrafa, sem nenhum som exceto o coração de Nicholas nos ouvidos e a respiração de Esther no ombro. Quando começaram a descer, seus movimentos eram cuidadosos e silenciosos, os passos quase inaudíveis nos degraus.

A maçaneta girou com facilidade sob a mão de Nicholas, e a porta se abriu para dentro sem som; então eles saíram da escadaria para aquela sala cintilando com espelhos. Dessa vez os espelhos refletiam só Esther e Nicholas, muitas iterações deles, todos parecendo sombrios e cansados – embora a vaidade de Nicholas ressurgisse ao ver como parecia alto comparado à mulher muito baixa ao seu lado. O pensamento presunçoso quase o fez se sentir como ele mesmo por um momento. Como quer que fosse a vitória, ele esperava que tivesse espaço para momentos de superficialidade confortável. A introspecção forçada da semana anterior o havia tirado dos eixos.

Esther parou na frente de um dos espelhos e se agachou, os dedos pairando sobre o chão, e Nicholas viu que ainda havia uma leve mancha de sangue no tapete.

— Foi aqui que Trev atravessou? — perguntou ela, a voz mal acima de um sussurro.

— Sim.

— No fim, ele não ia me matar, né? — disse ela. — Ia me empurrar pelo espelho e deixar Richard me matar enquanto você escrevia um livro com o meu sangue.

— Muito provavelmente.

Ela se ergueu e virou-se para ele, os olhos brilhando na luz baixa, parecendo de repente como a pessoa que ele vira derrubar um homem armado com duas vezes o seu tamanho.

— Você teria feito isso? — perguntou ela. — Teria tirado meu sangue e feito o que quer que Richard te pedisse, sem fazer perguntas?

— Gosto de pensar que teria feito pelo menos *uma* pergunta — respondeu Nicholas, tentando evocar um pouco de indignação.

— Mas teria feito, no fim.

— Não sei — declarou ele, sentindo-se tão cansado de repente que quase se sentou. Em vez disso, encostou-se num trecho de parede sem espelhos. — Richard e Maram sempre tinham explicações, e eram boas, sensatas e racionais. Mesmo para coisas que pareciam... erradas... eu não via uma alternativa que fosse certa.

Esther cruzou os braços e encarou o espelho através do qual o corpo amarrotado e quebrado de Tretheway tinha vindo. Nicholas esperou, sentindo-se infeliz e inseguro. Talvez devesse se desculpar pela versão de si mesmo que teria aceitado a perda da vida dela e carregado uma caneta com seu sangue. Mas como exatamente alguém se desculpava por uma monstruosidade teórica? Ele não era bom nem em se desculpar por coisas que *tinha* feito.

— Bem — disse Esther. — Obrigada.

Isso o fez hesitar.

— Pelo quê?

— Você não teve muitas escolhas — reconheceu ela. — E, agora que tem, está escolhendo me ajudar. Dou o maior valor.

— Ah. — Ele sentiu o calor subir ao rosto. — Estou me ajudando também, não só a você.

— Você podia me entregar para o seu tio e retomar sua vida de sapatos finos e ignorância abençoada.

Nicholas abaixou os olhos.

— Estou sinceramente encantado que você tenha notado a qualidade dos meus sapatos. São feitas sob medida, essas botas.

— Obrigada — disse Esther de novo.

De nada não parecia uma resposta que pudesse dar. Ele se moveu em direção à porta do escritório de Richard com uma pontada de nervos que era um substituto pobre para energia real, mas teria que servir. Não hesitou diante da porta; pelo menos não fisicamente, embora mentalmente se preparasse para a visão do seu olho ainda flutuando na jarra. Seu corpo parecia estar se movendo mais rápido do que a mente, o que devia ser o melhor dos casos, e Nicholas o deixou impeli-lo, a mão na maçaneta, os pulmões se enchendo de ar, os pés avançando enquanto o cérebro se esforçava para acompanhar. A vida de Richard, e o término dela, esperavam a um giro da maçaneta.

Nicholas girou a maçaneta.

O escritório estava escuro, todas as luzes apagadas. Ele deu alguns passos, tateando a parede em busca do interruptor, mas parou. Esther bateu contra ele, os dedos se fechando ao redor do seu braço.

— Que foi? — perguntou ela.

Nicholas não sabia. Uma sensação: uma coceira na pele, como uma mudança na temperatura, uma alteração barométrica no ar. Enquanto seus dedos encontravam o interruptor e a luz do teto se acendia, ele já estava se encolhendo diante do que poderia encontrar.

Richard e Maram, seus olhos estreitados na luz súbita.

Ao lado dele, Nicholas ouviu Esther puxar o ar com força, mas seus próprios pulmões tinham parado de funcionar inteiramente. Ele não conseguia respirar, não conseguia piscar, só conseguia esperar congelado e encarar. Maram estava sentada em uma cadeira de encosto alto à escrivaninha de Richard, e Richard estava em pé ao lado dela, uma mão apoiada possessivamente no seu ombro. Naquela cadeira alta, com o alto Richard ao seu lado, cercada pelas estantes imponentes cheias de relíquias e curiosidades, Maram parecia muito pequena. Nicholas olhou para os pulsos dela, os tornozelos – será que estava amarrada? –, mas ela não parecia estar atada de qualquer forma visível.

— Viu? — perguntou Maram. Ela estava falando com Richard e pareceu estar sorrindo, ou pelo menos sua boca estava curvada para cima. Não deu sequer um olhar para Esther. — Eu disse que eles viriam.

— Disse mesmo — confirmou Richard, assentindo, com a expressão tranquila e satisfeita que Nicholas sempre ansiara ter dirigida a ele. — Suponho que terei que perdoá-la por todos os seus estratagemas, afinal.

Os dedos de Esther estavam apertados ao redor do braço de Nicholas. A visão dele entrava e saía de foco, os muitos detalhes do escritório se borrando e em seguida ficando nítidos com uma claridade brutal, um tumulto de imagens aleatórias: as mãos de Maram dobradas calmamente no colo, o vermelho amassado de uma caixa de veludo, o olhar preto infinito do macaco de pelúcia no seu lugar em uma prateleira elevada, a curva arredondada de uma ânfora de barro, o brilho da jarra de vidro onde seu olho ainda estava suspenso.

O brilho de metal na mão de Richard enquanto se afastava de Maram e se aproximava de Nicholas e Esther, suas longas pernas cobrindo o espaço entre eles tão depressa que Nicholas nem percebeu o que estava acontecendo até acontecer.

Richard estava segurando uma arma.

Ao lado de Nicholas, Esther ficou completamente calada e imóvel. Sua respiração acelerada parou. Ela soltou o braço de Nicholas. O cano estava apontado para a cabeça dela.

32

Collins estava bebendo. Joanna até poderia acrescentar "bastante". Ele tinha tomado três cervejas nos últimos trinta minutos e a deixara sozinha na varanda para entrar e pegar mais uma. Mas, quando saiu da casa de novo, estava com as mãos vazias.

— Não estava ajudando — explicou ele, caindo de volta no degrau ao lado dela e esfregando as mãos vigorosamente pelo cabelo. — Ainda estou estressado pra caralho.

Ele tinha arrastado Joanna de sua vigília ansiosa junto ao espelho ao sugerir que seu amigo felino poderia estar com fome, então insistira em abrir uma das latinhas da ração de cachorro cara que Nicholas tinha comprado para Sir Kiwi, resmungando sobre a quantidade de mercúrio e sódio do atum que Joanna vinha usando. Era óbvio que precisava de uma tarefa para ocupá-lo, sendo assim ela o deixara encontrar um abridor de lata e servir a comida na tigela, mas até o momento o gato não tinha mostrado sua cara peluda. Provavelmente porque lhe tinham oferecido ração de cachorro.

— Mas o frio está me acalmando — disse Joanna. — Você tinha razão em vir aqui para fora.

A agitação a tinha esquentado tanto que o suor no seu cenho só estava começando a secar agora sob a brisa gélida.

— Eles vão ficar bem — garantiu Collins. — Maram sabe o que está fazendo. Ela não teria feito toda essa merda mirabolante se não pensasse que ia funcionar.

Ele vinha repetindo variações dessas frases desde que Esther e Nicholas tinham sumido no espelho, e Joanna ainda não achara uma resposta adequada. Em parte porque não tinha certeza de que acreditava nele, e em parte porque não sabia bem como falar com ele agora que os outros dois não estavam mais ali. Ela nunca tinha passado tanto tempo sozinha com uma pessoa adulta da própria idade antes, muito menos um homem adulto, muito menos um homem adulto que ela achava atraente. Respirou fundo, apertando ainda mais a jaqueta ao redor do corpo e dando um olhar de esguelha para ele. Sob a luz dourada da varanda, seus cílios projetavam longas sombras escuras nas bochechas, e ele estava mordiscando o lábio inferior de um jeito que a fazia querer bater o pé. Pelo menos a visão a distraía dos seus receios.

— Como você acabou envolvido em tudo isso, afinal? — perguntou ela. — Quero dizer com livros no geral, não só a Biblioteca.

Collins se curvou para desenterrar uma pedrinha da terra a seus pés. Parecia muito pálida à luz da varanda, como uma lasca de osso.

— Minha avó tinha um livro — disse ele, jogando a pedrinha no jardim e procurando outra. — Ela o passou para a minha mãe, junto com a habilidade de ouvi-los. O nosso era dos Estados Unidos, de cerca de 1900. Deixava você olhar através dos olhos do pássaro mais próximo. A tinta já estava bem desbotada, mas minha mãe deixou minha irmã e eu ler quando a gente fez dezesseis anos. Ela nos levou até a cidade de carro, para termos a chance de ver algo além de um pombo.

— Como foi?

Collins sorriu para as árvores escuras.

— Meu aniversário é em maio e eu voei no corpo de uma garça sobre o rio Assabet. Havia lilases florescendo em todo canto. Ainda sonho com isso.

— Sua irmã também consegue ouvir magia?

— Sim, mas para ela é mais um... tipo um hobby. Fui eu que pirei de verdade pelo assunto. Investiguei a fundo na internet e encontrei um monte de fóruns que por fim conectaram a gente com o pessoal de Boston.

Para Joanna, a internet era uma obrigação semanal de dez minutos na biblioteca local. Embora soubesse que as pessoas a usavam para encontrar umas às outras, para fazer conexões, nunca lhe ocorrera que ela mesma poderia tê-la usado desse jeito ou sido uma dessas pessoas.

— Você poderia ter me contado qualquer parte disso estando sob o seu acordo de confidencialidade?

Collins assistiu a outra pedrinha voar sobre o jardim e balançou a cabeça.

— Deve ser bom conseguir falar disso agora — disse ela.

— É sim. — Ele limpou as mãos e deixou-as cair entre os joelhos. — Sabe, quando eu finalmente conheci outras pessoas que sabiam dessas coisas, foi como se a tampa do mundo todo tivesse se aberto para mim.

— Isso foi bom ou ruim?

— Para mim foi bom — disse Collins, com fervor. — Como se luz e ar finalmente pudessem entrar. Pelo menos até a Biblioteca me recrutar, e mesmo depois disso nem tudo foi ruim. Eu aprendi muita coisa.

— Você e Nicholas parecem se dar bem — arriscou Joanna.

— É, tirando o fato de que ele é mimado pra caralho e basicamente inútil — descreveu Collins. — Que nem a cachorrinha idiota dele. — Mas ele sorriu enquanto dizia as palavras, como se não pudesse evitar.

Ela teve que perguntar.

— Você e ele, hã...

— Não — garantiu Collins, e deu um olhar de esguelha para ela. — Eu, hã. Prefiro... cabelo comprido.

Joanna ficou feliz pela luz baça e o fato de que seu próprio cabelo comprido estava puxado sobre um ombro, parcialmente ocultando o rosto, porque sentiu as bochechas ficando quentes.

Ela tentou manter o tom leve.

— Por que não deixa o seu crescer, então?

— No ensino médio chegava nos ombros — disse ele. — Tingido de preto. Eu era aspirante a gótico. Pintava as unhas de preto também. — Ele estendeu a mão para deixá-la imaginar, mas ela se pegou imaginando algo completamente diferente.

— Como você foi que passou de aspirante a gótico a guarda-costas profissional?

Collins moveu os ombros, não chegando a encolhê-los.

— Eu já tinha esse tamanho quando tinha, tipo, catorze anos — disse ele. — Os garotos na escola meio que me viam como um desafio, acho. Sempre vinham me provocar. Minha mãe cansou de me ver com o olho roxo, então me pôs na aula de karatê, e aí eu comecei a treinar boxe na escola, e quando fiz dezoito anos virei segurança de boate. Paguei minha faculdade assim.

Ela sentiu uma pontada de inveja.

— Você fez faculdade? O que você estudou?

— Hotelaria — disse ele, já rindo de si mesmo antes de terminar a palavra. — Minha tia teve um hotelzinho capenga de beira de estrada por um tempo e me convenceu. Mas eu fiquei a uma matéria de conseguir um diploma em história da arte. Isso é mais a sua praia, imagino?

— Hotelaria parece legal — ela comentou, em tom de dúvida, embora não fizesse ideia de como alguém poderia estudar algo assim. Será que ele tinha provas surpresa sobre como tirar o casaco de alguém?

— O que você teria estudado? — perguntou ele.

— Literatura inglesa — respondeu ela imediatamente.

— Que tipo de coisa você gosta de ler? Além de feitiços, quero dizer.

— Qualquer coisa, na verdade — respondeu ela. Então, porque um cantinho da tampa da vida dela já fora aberta e ela poderia muito bem puxá-la mais um pouco, virou o rosto para a luz, olhou-o nos olhos e disse:
— Especialmente romances.

Collins não desviou o olhar.

— Ah, é?

— Sim.

— Me conte por quê.

Ela queria flertar, dizer algo sobre cenas de sexo, talvez. Em vez disso, contou uma verdade mais profunda.

— Livros de romance têm a ver com conexão. Pessoas que se conectam mesmo contra as probabilidades; apesar das diferenças entre elas, dos defeitos, dos segredos. Em um livro de romance, você nunca tem que se preocupar porque sabe que os personagens vão ter um final feliz.

— Ao contrário da vida real — acrescentou Collins. — Na vida real, você tem que se preocupar.

— Exatamente. Era por isso que eu preferia romances.

— Preferia?

— Agora não tenho tanta certeza.

Ele inclinou a cabeça.

— Eu passei os últimos seis meses sob um feitiço de silenciamento que basicamente me tirava qualquer chance de me conectar com outra pessoa — confessou ele. — Pode acreditar. A coisa real vale toda a preocupação do mundo.

Algo na postura dele mudou, uma sutil reorientação que fez todos os nervos no corpo dela se inflamarem, prestando uma atenção súbita e explosiva. O olhar dele estava fixo na boca de Joanna.

— Você está preocupado agora? — perguntou ela.

Ele se inclinou mais para perto.

— Aham.

O ar sumiu dos pulmões dela. Os olhos de Collins eram só pupila negra, as sombras pontiagudas dos cílios estremecendo na bochecha dele, e ele fechou a distância entre eles centímetro a centímetro, seus movimentos agonizantemente lentos, como se estivesse esperando que ela o impedisse. Uma parte distante e histérica de Joanna queria rir. *Impedi-lo*?

Quando ele finalmente a beijou, foi suave, hesitante. Por um segundo. Então ela passou os braços ao redor do pescoço dele e abriu os lábios sob os dele, e ele a puxou para perto, as mãos na sua cintura, na sua lombar, emaranhadas no cabelo dela, e não foi nada suave. Aquele beijo não tinha qualquer relação com os amassos desajeitados que ela recordava do ensino médio; era uma ação totalmente diferente, uma ação de parar o tempo, de sentir no corpo inteiro, que fez um calor subir à pele de Joanna ao mesmo tempo que estremecia sob o toque de Collins. Ele a beijou minuciosamente, como se ela fosse uma página que ele não podia esperar para virar, e a emoção era tão boa que por um momento ela pensou que o ronco alto de um motor era o som do próprio corpo, seu maquinário dormente sendo ligado com um rosnado e um estrondo. Então, mais rápido do que começara – rápido demais –, o beijo acabou.

— Collins — protestou ela, apertando as abas abertas da jaqueta dele, mas a cabeça dele tinha se virado para a entrada de carros e ela percebeu que o motor que ouvira não era seu corpo, afinal.

— Tem alguém vindo — disse Collins.

Joanna tinha pensado que sua taxa cardíaca não podia subir ainda mais, mas podia. Sentiu-se zonza, todo o sangue do cérebro redirecionado para outro outros lugares, e tocou a boca que formigava em descrença.

— É Richard?

— Não pode ser ele, não deu tempo ainda — ponderou Collins. Ele pôs uma mão no joelho dela e apertou, então se ergueu, dando as costas para ela. Emanava tensão. — Mas ele pode ter mandado alguém na frente. Ele com certeza tem pessoas em Nova York, provavelmente em Boston também. Cadê aquele fuzil que você estava segurando quando a gente chegou?

Joanna se ergueu com um pulo e hesitou. O carro estava se aproximando, e o som do motor começou a ficar familiar. Quando espiou ao redor do ombro de Collins para olhar de novo, viu um chassi azul-claro cintilando na luz da varanda e uma faísca de esperança se acendeu no seu peito. Ela conhecia esse carro.

— Espere — disse ela. — Acho que é a minha mãe.

Era.

No fim da entrada de carros, o motor mal tinha desligado e Cecily já saía aos tropeços do banco da frente, os olhos desvairados, os lábios pela primeira vez sem o característico batom vermelho. Collins ainda bloqueava Joanna e Cecily correu na direção dele, erguendo os punhos e batendo-os no peito dele enquanto ele recuava, levantando as duas mãos para tentar bloquear os golpes sem feri-la.

— Onde está a minha filha? — berrou ela. — O que você fez com a minha filha?

— Estou aqui! — disse Joanna, enfiando o corpo entre eles e ganhando um punho na clavícula. — Mamãe, estou aqui!

Cecily agarrou os braços dela, olhando dela para Collins com confusão no rosto manchado de lágrimas.

— Joanna?

— Sim, estou bem!

— Quem é esse *homem*?

A resposta complicada era mais do que ela era capaz de dar, então ela disse:

— O nome dele é Collins. Collins, essa é minha mãe, Cecily.

— Prazer — disse ele, incerto.

— As proteções caíram — anunciou Cecily, ainda se agarrando a Joanna, examinando seu rosto. — Eu estava na cama, quase dormindo, pensando em você, e de repente sabia onde ficava sua casa. Sabia como chegar aqui! Pensei... ah, nem sei o que eu pensei! O pior, o pior de tudo. Mas você sabe que elas caíram? Você mesma fez isso?

— Sim — respondeu Joanna, porque, embora não tivesse escolhido, deixara acontecer.

— Então Richard vai vir — disse Cecily. — Ele vai vir pegar o livro dele.

Joanna a encarou.

— Como você sabe sobre Richard?

Cecily a encarou de volta.

— Como *você* sabe?

— Joanna disse que você estava sob um feitiço de silenciamento da Biblioteca — observou Collins. — Você nem devia poder dizer o nome dele.

O queixo de Cecily caiu e ela deu um passo para trás, mas um segundo depois se recompôs.

— Meu feitiço de silenciamento está quebrado — declarou ela, olhando para Joanna. — Foi isso que eu pedi naquele bilhete, o que eu passei pelo espelho. Eu concordei com o feitiço há vinte e três anos para proteger sua irmã, só que eu não aguentava mais. Sabia que, se não pudesse contar a verdade para você, eu te perderia.

Toda vez que Joanna olhara para a mãe na memória recente, tinha sido através de um véu de suspeita tão espesso que os contornos reais de

Cecily ficavam borrados. Joanna não conhecia os gestos necessários para erguer aquele véu completamente: a mãe o usava havia tempo demais para que simplesmente erguesse as mãos e o afastasse.

— Tem outro feitiço de silenciamento no seu porão — disse Cecily. — Um feitiço que eu já li para outra pessoa, que só eu posso quebrar. Quero quebrá-lo agora. Já houve silêncio suficiente para durar uma vida. — Ela estendeu a mão e agarrou as de Joanna, seu aperto firme. — Você me deixa entrar, Joanna? Por favor?

Não havia mais proteções. Cecily podia empurrá-la de lado e entrar tão facilmente quanto faria em qualquer casa. Mas ela estava pedindo. Estava dando a escolha a Joanna.

— Então entre — chamou Joanna. — Entre e me conte a verdade.

33

— Me dê o livro — ordenou Richard a Nicholas. — Eu sei que o trouxe. Consigo ouvi-lo.

— Maram — disse Nicholas —, o que está acontecendo?

Toda a consciência sensorial de Esther estava dividida em duas. Metade dela estava focada na pistola de aspecto muito capaz apontada diretamente para sua cabeça, e a outra metade se fixava na mulher de cabelo escuro ao lado de Richard. Essa era Maram, sentada na beirada de uma enorme escrivaninha de madeira e segurando sua própria arma frouxa e quase casualmente no colo. Os olhos dela estavam em Nicholas, não se movendo uma vez sequer na direção de Esther, e aquelas sobrancelhas espessas – não diferentes das de Esther, Nicholas tinha razão – se franziram em desculpas.

— Sinto muito, Nicholas — disse Maram. — Eu não gostei de te enganar, Richard também não. Mas, depois que essa aqui — ela acenou para Esther, ainda sem olhar para ela — empurrou Tretheway pelo espelho em vez do contrário, como era a intenção, bem... situações extremas pedem medidas extremas.

— Quê? — disse Nicholas. — Mas... você... você...

Maram falou por cima dos balbucios dele.

— Sua amiga não te contou o que fez com o pobre Tretheway?

— Que jeito horrível de morrer — disse Richard.

— Mas você mandou alguém salvar Esther — replicou Nicholas. — No aeroporto de Auckland, você agiu por trás das costas de Richard.

— Ambos sabemos que o seu tio pode ser meio teimoso — disse Maram. — Ele nunca teria concordado com qualquer plano que envolvesse deixar você sair de casa, correndo pelo mundo sozinho. Teria, querido?

— Provavelmente não — declarou Richard, com um ar triste e carinhoso.

Esther nem estava ouvindo as palavras. Encarava Maram, procurando em suas feições as semelhanças que Nicholas tinha visto. As sobrancelhas eram parecidas, sim, e o formato do rosto, mas isso não era suficiente para apoiar uma teoria, e certamente não o suficiente para eles terem arriscado a vida num palpite. Só na claridade súbita e cheia de adrenalina do presente ela percebeu como seu raciocínio estivera enevoado meros minutos antes. Seu ceticismo fora genuíno, mas não vinha da descrença – viera, como muitas vezes era o caso com o ceticismo, da esperança. Ela quisera acreditar no que Nicholas lhe contara: que sua mãe estava viva, que estivera viva esse tempo todo, e trabalhava para protegê-la.

No entanto, mesmo que essa pessoa a tivesse dado à luz, o que talvez fosse verdade, Maram não era sua mãe. E a única pessoa protegendo Esther fora, como sempre, Esther.

— O livro, Nicholas — repetiu Richard, falando do outro lado da arma. — Ou essa bala entra direto na cabeça da sua nova amiga.

Ele tinha um rosto tão simpático que as palavras pareciam ainda mais horríveis em comparação. Atrás dele, sobre a escrivaninha, ficava o retrato que Nicholas descrevera: um Richard de rosto austero usando um avental manchado de sangue, a serra de osso nas mãos, a moldura de osso abaixo.

— Você não a mataria — desafiou Nicholas. — Precisa dela viva.

— Sim — disse Richard. — Mas o estado mental dela não importa, contanto que seu corpo ainda esteja respirando. Eu já fui cirurgião, sabe? — Com a mão livre, ele bateu na própria cabeça. — Ouso dizer que poderia infligir dano máximo sem perda de vida. Se é que se pode chamar de vida o que restaria. É isso que você quer para ela?

Nicholas virou a cabeça da esquerda para a direita – não a balançando, mas olhando ao redor, procurando uma resposta. Seus olhos encontraram os de Esther e ela se sentia tão desolada quanto ele parecia estar. Novamente, tivera a chance de fugir, como fugira tantas vezes antes, mas em vez disso fora até ali com ele, até aquela armadilha. Ela percebeu que ele queria que ela falasse, dissesse alguma coisa, mas ela não conseguia imaginar o que podia dizer. Se abrisse a boca, seria para gritar.

— Há pessoas fora dessa porta — disse Richard, vendo Nicholas olhar desesperançado ao redor da sala. — E na própria Biblioteca, esperando na passagem que vocês pegaram para chegar aqui. Eles já receberam ordens. Por favor, não vamos complicar as coisas. Me dê o livro.

— Primeiro — argumentou Nicholas —, por que você não me dá algumas respostas?

Richard olhou para ele com um sorriso de pena.

— Você não está exatamente em posição de barganhar.

— Ah, deixe-o fazer as perguntas dele — disse Maram. Para o ouvido de Esther, seu sotaque era britânico, mas tão afiado e perfeito que soava quase ensaiado. — Não queremos perder você, Nicholas. Eu sei que falo tanto por Richard como por mim quando digo que nossa afeição por você é inteiramente real.

— É verdade. — Richard assentiu com a cabeça. — E sempre foi. Isso não muda a maneira como nos sentimos em relação a você.

— Como *vocês* se sentem em relação a *mim*? — disse Nicholas.

— É natural que você precise de um tempo para se ajustar — contemporizou Maram —, para ordenar sua nova compreensão das coisas, mas...

— Vocês encenaram meu sequestro e arrancaram um olho da minha cabeça — lembrou ele. — É isso que quer dizer com *as coisas*?

Richard se encolheu.

— Você acha que eu gostei daquilo? Meu Deus, foi um dos piores dias da minha vida.

Nicholas deu uma risada rouca e estupefata.

— Eu nem chego a ser uma pessoa para você? Meu pai era? Ou somos ferramentas, como seus bisturis e bolsas de sangue?

— Claro que você é uma pessoa — garantiu Richard. — Tudo que fiz foi pela nossa família, nosso legado. Pela Biblioteca.

— Nossa família — disse Nicholas. — Quantos anos você tem? Você não é meu tio. Nós não somos parentes de verdade. — Os olhos gentis de Nicholas ficaram tristes.

— Somos — disse ele. — Admito que me magoa ouvir você vir a questionar isso. Minha irmã era uma Escriba. Você e seu pai descendem da linhagem dela.

Esther não pretendia falar, mas sua mente girava pelas gerações, fazendo os cálculos e comparando-os com o que Nicholas contara a ela.

— O feitiço das linhagens — disse ela. — Foi você?

Richard se tensionou à voz dela, então visivelmente se obrigou a relaxar. Firmou a arma que apontava para a cabeça dela.

— Nicholas te contou sobre isso, foi? É verdade. O feitiço foi ideia minha. Minha irmã escreveu o livro.

— Com o sangue de quem? — perguntou Nicholas. — Com o corpo de quem?

Richard acenou com a mão livre, dispensando a pergunta.

— Havia bem mais Escribas naqueles tempos.

Esther ainda observava Maram. Não conseguia evitar. Apesar de tudo, apesar da arma apontada para sua cabeça e da arma pendendo dos dedos de Maram, apesar do fato de Maram mal parecer notar que ela estava lá, alguma parte traidora do seu cérebro ainda estava catalogando: o formato dos dedos, a curva das narinas, a testa larga, o matiz rosado da pele, que era alguns tons mais escura que a de Esther, mas, se misturada com a de Abe...

Esther soltou uma respiração alta, a frustração se misturando com medo e transformando-se em raiva. Ela tinha uma arma apontada para a cara e enquanto isso a criança boba e sonhadora em sua cabeça estava tentando combinar duas fibras desparelhadas, esperando uma faísca que poderia nunca vir, em vez de procurar os fios certos, as conexões reais.

Mas a criança falou de novo.

— O que você ganha com isso? — perguntou a Maram, porque queria saber e queria que Maram olhasse para ela, só uma vez.

Maram se virou para Richard, como se pedisse permissão para responder.

Richard assentiu.

— Não faz mal contar para eles.

Mas foi Nicholas quem respondeu, a voz quase irreconhecível, distorcida de fúria.

— Ele vai escrever um feitiço novo para você. Não vai? Vai fazer você viver para sempre.

— Por um longo, longo tempo, de toda forma — disse Maram. Ela deu um sorriso largo e satisfeito. — Sim.

— Ela é a única outra pessoa que eu já conheci que ama a Biblioteca tanto quanto eu — afirmou Richard. — É uma responsabilidade enorme cuidar de tudo isso. Eu não admitia como era difícil fazer tudo sozinho até Maram aparecer e eu perceber que não tinha que ser assim. Você não imagina como tem sido solitário, todos esses anos. Ver minha família e entes queridos morrerem, um a um, me deixando para carregar tudo isso nos ombros.

— Uma responsabilidade — cuspiu Nicholas — inventada. Ninguém pediu a nossa família que fizesse isso.

Eles falavam, mas Esther não estava ouvindo. Ainda encarava Maram, e Maram olhava fixamente para Richard. Fixamente demais? Ela estaria evitando o olhar de Esther de propósito? Isso em si era um sinal, não era?

E, como Esther estava observando, foi a única a ver o rosto de Maram mudar.

Sua expressão estivera atenta, controlada, mas de repente os olhos ficaram arregalados e as mãos voaram para a garganta, a boca se abrindo conforme as faces ficavam escuras de sangue e um estertor sibilante vazava dos lábios abertos como um pneu furado. Ela se dobrou, arquejando, mas, quando Richard se interrompeu no meio de uma frase e olhou preocupado para ela, puxou uma inspiração enorme, de chacoalhar as costelas, e sentou-se tão ereta que parecia ter sido eletrocutada.

— Você está bem? — perguntou Richard, a compostura dando lugar a uma ansiedade tão nítida que Esther quase sentiu dó dele.

— Ah — disse Maram, rouca. Uma das mãos ainda estava frouxamente ao redor da base da garganta, mas a outra ela ergueu para pedir calma.

— Eu... engoli... e desceu pelo canal errado. Estou bem agora. — Ela respirou com cuidado. — Olho no alvo, querido.

Richard se virou de novo para Esther e Nicholas, fazendo um esforço visível para relaxar.

— Vocês entendem por que estou um pouco tenso — lançou ele, quase como se pedisse desculpas. — Seria uma ironia brutal se ela morresse agora.

— Eu gostaria que morresse — disse Nicholas a Maram, mas sem convicção. A raiva tinha se esvaído de sua voz e ele soava mais exausto que qualquer outra coisa.

Esther, por outro lado, estava inflamada de energia. Ainda via o rosto de Maram enquanto a mulher engasgava sem motivo, o jeito como seus olhos tinham se aberto, ainda ouvindo aquele silvo e a puxada de ar a plenos pulmões. Ela vira um rosto parecido naquela manhã, ouvira um silvo e um arquejo parecidos. Collins, bem quando o feitiço de silenciamento tinha sido erguido.

— Isso é coisa que se diga, Nicholas? — O tom de Richard era de reprovação, o eco praticado de mil reprimendas. — Você conhece essa garota faz o quê, alguns dias? Enquanto isso Maram esteve aqui, cuidando de você, sua vida inteira. Você não quer que ela morra de verdade.

— Eu não quero que ninguém morra de verdade — disse Nicholas. — Eu quero que você pare com essa loucura e deixe Esther ir embora e deixe Maram viver uma vida normal e morrer na velhice, como um ser humano.

— Talvez possamos fazer um acordo — propôs Richard. — Esther vive mais alguns anos, o suficiente para dar alguns filhos para você e ver se algum nasce com o seu talento, e então...

— Pare — pediu Nicholas, erguendo as mãos como se quisesse batê-las sobre os ouvidos. — Jesus Cristo, pare.

Richard riu, não sem afetação.

— Não achei que seria do seu gosto.

Maram se ergueu da cadeira e foi parar ao lado de Richard. Como Nicholas, ela parecia cara, a blusa de seda perfeitamente modelada ao corpo, a pele maquiada com capricho, o cabelo preso em um coque elaborado lustroso.

— Talvez você me entenda melhor — disse Maram — se pensar na

Biblioteca como um dos meus filhos. Tudo que eu fiz para trazer vocês aqui hoje, fiz para proteger uma filha.

Ao lado de Esther, Nicholas se tensionou de leve, as orelhas de sua atenção se erguendo. Ela mesma estava achando difícil respirar, de repente.

— Nicholas, de todas as pessoas, sabe que eu não sou o que alguém poderia chamar de maternal — admitiu Maram, e Richard riu baixo em concordância. — Mas, gostando ou não, ainda sou uma mãe. E, como uma mãe, se você acha que alguém pode apontar uma arma para sua filha... — Maram deu de ombros. — Você toma as medidas necessárias para protegê-la. Faz o seu melhor para garantir que qualquer ameaça seja um zumbido inofensivo, e qualquer ferimento nada pior do que uma picada.

Richard olhou para ela, franzindo o cenho.

— Eu imagino — continuou Maram — que ser uma mãe é como estar num caminho. E o caminho leva você ao próximo passo natural.

Esther deu um passo à frente. Richard afastou os olhos de Maram e disse:

— Não se mova.

Esther deu outro passo. Sentiu Nicholas estender a mão e apertar seu pulso com os dedos frios e se desvencilhou dele.

— Basta — exasperou-se Richard. — Nicholas, me dê o livro.

— Nicholas, não — ordenou Esther, e deu outro passo. A arma estava a cerca de um metro de sua cabeça, com Richard mais meio metro atrás dela.

— Nicholas fez muito para te proteger — ponderou Richard para ela. — Você quer mesmo que ele me veja fazer isso? Os pesadelos dele já são bem ruins.

Esther olhou para Maram, e, pela primeira vez, ela estava olhando de volta. Seus olhos se encontraram, um choque como eletricidade, e Maram lhe deu o menor dos acenos – mas não pequeno o suficiente. Richard captou o movimento pelo canto do olho e começou:

— O que...?

Mas Esther não lhe deu tempo para terminar. Lançou-se contra ele, cobrindo o metro entre eles com um pulo, e o grito de horror de Nicholas foi abafado pela explosão da arma.

34

Exceto pelo vampiro que tinha drenado o sangue do pai, só havia outro livro na coleção de Joanna que estava em progresso desde quando ela o conhecia. Era caprichosamente encadernado em couro natural, e ela se perguntara muitas vezes sobre o feitiço que continuava ativo entre suas páginas, imaginando quem o teria lido pela primeira vez e o que fora feito da pessoa.

Agora ela sabia.

No porão, ela e Collins assistiram enquanto Cecily perfurava o dedo, pressionava seu sangue na última página do livro de couro e quebrava o feitiço de silenciamento que tinha lido mais de duas décadas antes. Joanna ouviu o leve sopro quando o feitiço se concluiu e, mesmo depois que eles fecharam a porta da coleção e subiram a escada, achou que ainda conseguia sentir o zumbido alterado dos livros embaixo dela.

Sir Kiwi estava sentada no corredor, esperando por eles, e pulou quando saíram pela porta do porão, o rabo exuberante balançando. Cecily se inclinou para afagá-la, a mão tremendo de leve. Agora que o choque de vê-la estava passando, Joanna percebeu que a mãe não estava usando nada além de chinelos, uma legging preta e a camiseta do *Revolver* dos Beatles que provavelmente tinha vestido para dormir. Seus braços nus estavam arrepiados de frio. Joanna fez um desvio até o armário na entrada da casa e voltou com um suéter de lã grosso que já fora de Abe.

— Aqui — disse ela à mãe. — Vista isso.

Cecily segurou o suéter nas mãos, tremendo, mas não fez menção de vesti-lo. Correu um dedo sobre o padrão preto trançado no fundo cor de creme.

— Esse casaco é mais velho que você — disse ela. — Eu comprei para o seu pai quando morávamos na Cidade do México.

Joanna já tinha se virado para seguir Collins e Sir Kiwi até a cozinha, mas parou a essas palavras.

— Como isso é possível? Você e papai se conheceram depois que ele veio para cá.

— Não — disse Cecily. — Essa foi a história que decidimos contar para vocês duas. Na verdade, nos conhecemos no México. Quando seu pai ainda estava com Isabel.

Sua voz, que estava calma e firme, não combinava com as palavras impossíveis. Um calafrio percorreu a pele de Joanna.

— Como assim? O que você está dizendo?

Cecily enfiou os braços no suéter e o puxou ao redor do corpo.

— Vamos nos sentar.

As luzes da cozinha estavam acesas, e tudo parecia claro demais, desde o cintilar das panelas de cobre penduradas até o brilho refletor da geladeira e as linhas nuas do rosto resoluto de Cecily. Joanna desligou as lâmpadas do teto, reduzindo a força da iluminação. Agora havia apenas a lâmpada em cima do fogão, sua luz suave e indistinta emanando de uma lâmpada de óleo de banha. Cecily sentou-se à mesa da cozinha e Joanna sentou-se à frente dela.

Collins ergueu a chaleira e, fazendo bom uso do seu diploma, perguntou:

— Chá?

Cecily e Joanna balançaram a cabeça, mas Collins a encheu mesmo assim, e então se encostou na bancada com Sir Kiwi a seus pés, fuzilando Joanna com o olhar. Mesmo no curto tempo em que se conheciam, ela passara a reconhecer sua expressão preocupada, e tentou sorrir para ele, mas sentiu que não conseguiu. O olhar se intensificou.

Cecily estava olhando para ele, parecendo confusa.

— Quem exatamente você disse que... — começou ela, mas Joanna a interrompeu.

— Você disse que veio aqui me contar a verdade. — Ela se inspirou na postura de Collins e firmou os ombros, cerrando a mandíbula. — Então conte.

Por um segundo, pareceu que a mãe poderia protestar, mas então Cecily assentiu. Ela alisou a mesa com as mãos como se estivesse desdobrando um mapa e fechou os olhos. Inalou profundamente antes de abri-los de novo.

— Tudo isso começa — disse ela — com Isabel.

Isabel sempre fora ambiciosa. Ela nasceu na Cidade do México, de mãe zapoteca e pai meio espanhol, e foi criada na livraria da família. A livraria era uma relíquia da fortuna colonial que o seu lado paterno tinha conseguido desperdiçar quase por inteiro, e tinha sido fundada pelos avós paternos como um projeto pessoal no começo dos anos 1930 – com a intenção, na época, não de obter renda, mas de aumentar seu capital social entre os escritores e artistas que eles ambicionavam ter à mesa de jantar. Foi da avó paterna de Isabel, a socialite mexicana e às vezes escritora Alejandra Gil, que os pais herdaram não só a livraria, mas também o que era então uma das maiores coleções de livros mágicos na América do Norte; e foi dessa mesma avó que Isabel herdou a habilidade de ouvir magia.

Ela deve ter herdado a ambição de um dos avós também, porque os pais não tinham nada do ímpeto feroz da filha. Quando Isabel nasceu, a riqueza geracional da família encontrava-se em duas áreas: conexões e livros. Seus pais, que mantiveram os hábitos dispendiosos bem depois que perderam a capacidade de bancá-los, estavam ávidos para capitalizar os primeiros e vender os últimos, para horror de Isabel. Desde nova, ela estivera convencida de que os livros da família continham respostas para as questões que tinham ocupado a mente humana desde que começara a pensar, respostas que ela acreditava que poderiam ser encontradas no mecanismo que permitia àqueles livros sequer serem escritos.

Seria canalizado de fora ou vinha de dentro? Era Deus, ou Deuses, ou espíritos, ou demônios? Os milagres descritos em tantos textos religiosos

– seriam eles na verdade o produto de livros poderosos, ou os livros tinham sido escritos para emular os milagres?

O que quer que fosse o poder, de onde quer que viesse, ele falava com ela. Quando garotinha, ela se imaginara como Joana d'Arc, escolhida por uma voz sagrada para conduzir e proteger, e ao ficar mais velha tornou-se mais prática, mas não menos dedicada. Como poderia estudar os textos e protegê-los se os pais não paravam de vendê-los?

Foi Isabel quem se dedicou a preservar a coleção que os pais guardavam na sala dos fundos da livraria, Isabel quem percorreu a cidade, primeiro, e o país, depois, estabelecendo contatos, fazendo perguntas e caçando pistas sobre novas mercadorias. Ela aprendeu a avaliar e precificar. Leu cada livro da coleção tantas vezes que os conhecia de cor, e entendia os padrões de repetição e as frases intricadas que suas páginas pareciam exigir. Pelo estudo, começou a entender o mundo bem o suficiente para entender que queria que o mundo a conhecesse.

Tentou, sem sucesso, convencer os pais a adotar um modelo de empréstimo – como uma espécie de biblioteca, dizia ela, para poderem ter ganhos menores, mas contínuos, em vez de um único lucro de uma vez só. Desse jeito, poderiam ficar com todos os livros em vez de deixá-los escapar pelos dedos, os números da coleção que já fora impressionante reduzindo lentamente conforme eram vendidos um por um. Mas os pais se recusaram. Transtorno demais, quando era tão fácil simplesmente vender um livro depois de gastar o dinheiro da venda do anterior.

Na época em que Isabel se tornou maior de idade, no fim dos anos 1970, as cinco maiores comunidades de livros estavam centralizadas na Cidade do México, em Istambul, em Tóquio, em Manhattan e, mais notavelmente para Isabel, em Londres.

Londres era notável por causa dos boatos.

Isabel os ouvira dos vendedores de livros e colecionadores que procurava desde que estivera crescida o bastante para saber como fazer isso: boatos sobre uma certa organização e um homem de terno sorridente que fazia pagamentos generosos por coleções inteiras. Boatos de que, se você recusava a oferta, ele achava um jeito de tomar os livros mesmo assim e os emprestava de volta para você a preços exorbitantes. Esses boatos eram repetidos em tom de alerta agourento, mas, longe de se assustar, Isabel ficou intrigada. A organização parecia exatamente o que ela mesma buscara construir a partir da loja dos pais.

E então ela ouviu os outros boatos, e sua curiosidade solidificou-se e tornou-se intenção.

Esses boatos diziam que alguém em Londres estava não só colecionando, mas produzindo livros. Por valores quase impossíveis de pagar, uma pessoa aparentemente podia encomendar um livro específico, um feitiço específico, o que significava que alguém lá fora estava ativamente escrevendo a magia que Isabel passara a vida inteira tentando entender.

Ficou claro para ela que todos esses boatos estavam descrevendo a mesma organização, e talvez a mesma pessoa: o homem sorridente de terno. Quem quer que fosse, Isabel queria conhecê-lo. Então estabeleceu como objetivo ir para a Inglaterra, achou um jeito de fazer isso, e chegou a Oxford para seu doutorado em teologia com uma mala cheia dos livros mais valiosos dos pais. Rapidamente se estabeleceu nos círculos relevantes e tornou público o fato de que tinha uma coleção pequena, mas impressionante, que estava disposta a vender por inteiro, incluindo a joia da coroa: um volume de quinze páginas de proteções recarregáveis, pequeno, antigo e poderoso.

Levou dois anos até Richard entrar em contato.

A essa altura, ela era conhecida profissionalmente como Maram Ebla, e foi a Maram Ebla que Richard endereçou sua carta de apresentação. Ela escolhera o nome Maram por causa de uma predisposição familiar a palíndromos, e o sobrenome como um tributo à antiga biblioteca de Ebla, considerada por muitos a mais antiga do mundo. Para si mesma, porém, ela ainda era Isabel.

Isabel ouvira que o homem de terno era bonito, mas também ouvira que ele tinha cinquenta e tantos anos, o que para uma mulher de vinte e poucos parecia abstratamente velho. Portanto, quando Richard apareceu na porta do seu apartamento, curvando-se um pouco no corredor baixo e sorrindo para ela com olhos gentis e astutos, ela ficou espantada ao descobrir que não só ele era atraente como ela se sentia atraída por ele.

Sem rodeios, ela lhe disse que não procurava uma compensação por sua coleção, mas um emprego. Mais que um emprego, na verdade. Uma carreira. Uma vida na Biblioteca, entre os livros que tanto amava, tão perto da fonte da magia quanto poderia chegar. No fim desse primeiro encontro, Richard fizera um acordo com ela. Ele lhe daria um período de teste de sete anos, no qual ela terminaria seu doutorado e voltaria à Cidade do México como representante da biblioteca na América do Norte, viajando pelo continente e usando suas conexões para encontrar coleções particulares e persuadir os donos a vendê-las. Ela enviaria os livros que conseguisse à Biblioteca por meio de um conjunto de feitiços que lhe permitiriam passar objetos através de um espelho. Também seria assim que ela e Richard manteriam sua comunicação, enviando bilhetes de um lado para o outro, através do espaço.

Se Richard ficasse apropriadamente impressionado ao final de sete anos, Isabel cederia a coleção dos pais a ele, e ele a convidaria a ingressar na Biblioteca, mostraria a ela os segredos no coração das comissões e lhe ofereceria um emprego em tempo integral.

Como uma demonstração preliminar de lealdade, ela lhe deu o códice de proteções, embora não mencionasse que ele tinha um gêmeo, que continuou trancado em segurança no seu apartamento. Segredos eram dinheiro, e Isabel pretendia enriquecer.

Richard examinou as proteções com um olhar crítico. Era verdade que eram muito mais fortes do que as que a Biblioteca usava no momento, ele disse a ela, mas sua força bloquearia os feitiços de espelho que ele usava para se comunicar com seus subordinados pelo mundo, como a própria Isabel. Ele as guardou mesmo assim. Disse a ela que pensava que poderia emendar o feitiço para permitir que a magia de espelho passasse por ele – um comentário casual cujas implicações tiraram o fôlego dela. Emendar feitiços era praticamente o mesmo que escrevê-los.

Esse era o conhecimento que ela procurara a vida toda.

Sete anos não podiam passar rápido demais.

Isabel obteve seu diploma, formou-se em Oxford e voltou para casa, supostamente para ajudar na loja dos pais, mas, na realidade, para expandir sua lista de conexões e garantir que os únicos livros que os pais vendessem fossem para colecionadores que Isabel conhecia, de modo que pudesse comprar – ou levar – os livros mais tarde, com o apoio da Biblioteca. Ela viajou para Nova York, Chicago e Los Angeles e leu o feitiço de espelho nos seus quartos de hotel, empurrando livros para um lugar onde nunca estivera, mas sempre guardava na mente, uma vela para iluminar o caminho.

Tudo correu exatamente como planejado, até ela conhecer Abe.

Ele foi ao México a convite dela, um colega colecionador com quem ela esperava fazer negócios, como tantos dos negócios que fizera nos três anos em que tinha trabalhado para a Biblioteca. O acordo era o seguinte: o conhecimento de Abe se tornaria o conhecimento dela, os livros dele se tornariam os livros da Biblioteca, e o dinheiro da Biblioteca encheria os bolsos dele.

Em vez disso, Isabel encontrou em Abe o que também encontrara em Richard: alguém tão apaixonado pelos livros quanto ela mesma, alguém que acreditava que sua capacidade de ouvir magia era um chamado mais alto, um chamado que Abe compartilhava. Ele também era dedicado a preservar os livros; ele também queria estudá-los e protegê-los.

Isabel já estava meio apaixonada por Richard, mas, desde o primeiro encontro deles no seu apartamento de Londres, não tinha visto nem falado com ele. Eles se comunicavam apenas pelos bilhetes que trocavam pelos espelhos enfeitiçados, e, diante da presença sólida e sincera de Abe, e do seu claro interesse nela, o apelo de Richard era vago, mais difícil de lembrar. Ela e Abe começaram a dormir juntos, e, quando ela engravidou inesperadamente, ele a pediu em casamento.

Isabel recusou. Não contara a Abe sobre sua promessa a Richard e à Biblioteca, mas contou naquele momento. Faltavam pouco mais de três anos do seu período de teste, e, se Richard lhe oferecesse um emprego no fim desse tempo, ela tinha toda a intenção de aceitar a proposta – independentemente de Abe e do bebê que ele tanto queria.

Isabel não queria um filho. Mas tanto ela como Abe vinham de famílias mágicas; tanto ela quanto Abe estavam comprometidos, cada um à sua maneira, a dar continuidade à própria linhagem mágica. Se tivessem um filho, a criança quase certamente nasceria com a dádiva com que eles mesmos tinham nascido, a habilidade de ouvir magia e dar prosseguimento ao trabalho familiar. Foi esse argumento que convenceu Isabel a ter o bebê.

Isabel nunca contou a Richard que engravidou, nem lhe contou quando Esther nasceu, hesitante em dizer qualquer coisa que pudesse prejudicar suas chances de receber a oferta de emprego que ainda era sua meta final. Pensou que revelaria a existência da filha só se e quando oficialmente fosse trabalhar para a Biblioteca, e tinha fantasias grandiosas de andar com Esther ao seu lado, treinando-a desde a infância, como Isabel tinha treinado a si mesma.

Quanto a Abe, ele acreditava – porque queria acreditar – que ter um filho mudaria as prioridades de Isabel; que, assim que visse o rosto da menina, todos os seus sonhos com a Biblioteca esvaneceriam como névoa sob uma onda de amor materno.

Isso não aconteceu.

Isabel não tinha paciência com quase nenhum aspecto de cuidar de uma criança, nem com a desconfiança de Abe sobre seu envolvimento ininterrupto com a Biblioteca. O que pareceram ideais afins já estavam divergindo de formas irreconciliáveis. Era verdade que Abe compartilhava seu interesse em preservar os livros, mas, ao contrário de Isabel, não tinha nenhum interesse em lucrar com eles, e desconfiava profundamente do modelo de negócios monopolístico da Biblioteca. Ele queria continuar expandindo e protegendo a coleção da família dela em segredo, mantendo uma fachada de livraria comum como sua fonte de renda real.

Quando Esther completou um ano, Abe e Isabel já tinham rompido seu relacionamento, e Abe, que era o principal responsável pela criança, levou Esther quando saiu do apartamento que eles dividiam. Isabel passava a maior parte da semana em viagens para colecionar livros e via a filha nos fins de semana, e foi ela que sugeriu contratar uma babá: uma amiga sua tangencialmente envolvida na cena dos livros mágicos, uma jovem belga que adorava Esther.

Era Cecily.

Os três já tinham notado – com grande horror e decepção da parte de Isabel, e um pouco de inquietação da parte de Abe e Cecily – que os feitiços pareciam não exercer qualquer efeito em Esther. Cecily tinha um livro que demarcava um perímetro impassável, e usou-o uma noite na sala de estar, pretendendo manter Esther em segurança dentro de um quadrado no carpete enquanto preparava o jantar, mas nem dez minutos depois de lançá-lo Esther veio engatinhando pela porta da cozinha. Abe e Isabel testaram a bebê com outros livros e descobriram que ela podia quebrar vasos que tinham sido enfeitiçados para serem inquebráveis e perceber pessoas que deveriam estar sob um glamour de invisibilidade. Nenhum deles sabia bem como interpretar isso.

Outro ano se passou, durante o qual a mãe de Abe – viúva havia mais de uma década – faleceu e deixou a casa da família em Vermont para ele. Abe e Cecily estavam juntos, Esther tinha quase três anos e Cecily estava grávida de seis meses quando o teste de sete anos de Isabel acabou e Richard a convidou formalmente para ir para a Inglaterra.

A hora enfim chegara. Isabel recebeu a oferta da coisa que queria mais que tudo no mundo: um convite para a Biblioteca e todos os seus segredos. Apesar dos protestos incrédulos de Abe, ela partiu imediatamente, como sempre dissera que faria. Sem nada para segurá-los na Cidade do México, Abe e Cecily se mudaram para Vermont, para a antiga casa aos pés da montanha, e Joanna nasceu alguns meses depois.

Dois anos se passariam até que vissem ou ouvissem falar de Isabel de novo.

Então uma noite, bem tarde, quando tanto Esther como Joanna já dormiam profundamente, ela apareceu na porta deles. Tinha ido a Nova York numa viagem de trabalho e, sem o conhecimento de Richard, alugou um carro e dirigiu as oito horas até a cidade. Não estava lá para uma visita.

Estava lá para contar a Abe e Cecily o que aprendera nos últimos dois anos na Biblioteca. Ela aprendera, por fim, a escrever livros novos.

Ela aprendera sobre os Escribas.

Não só isso, mas conhecera um – um rapaz chamado John, que não tinha um olho e recentemente se tornara pai. Pai de uma criança que nenhuma magia podia tocar.

Uma criança como Esther.

No começo, Isabel tinha ficado exultante ao entender que, longe de não ter magia, sua própria filha tinha o poder que Isabel estruturara sua vida inteira para encontrar. Ela não deixou de reparar, porém, que John não parecia feliz por ter gerado uma criança com esse poder. Na verdade, tanto ele como a esposa pareciam aflitos. Mais que aflitos, na verdade. Eles pareciam aterrorizados.

Isabel assumiu um risco calculado e confessou ao novo pai que também era mãe de uma Escriba. Esperava que expor sua própria vulnerabilidade encorajaria John a confiar nela e contar-lhe a verdade por trás de seu medo. A aposta deu certo. Ele contou a ela que Escribas não eram apenas a *commodity* mais valiosa de Richard – eram também sua maior ameaça. Centenas de anos antes, ele conectara sua vida a um livro e ao osso de uma Escriba, sua irmã, e viveria desde que tanto o livro como o osso permanecessem intactos. Só dois Escribas podiam terminar o feitiço, um dos quais tinha que ser da linhagem de Richard, como eram John e seu filho.

Por causa disso, Richard decidira que era de seu interesse que dois Escribas jamais vivessem em liberdade ao mesmo tempo. Para esse fim, ele encomendara um feitiço para procurá-los, caçá-los e ou matá-los ou capturá-los, certificando-se de que o único Escriba restante ficasse sob seu controle. Esse feitiço exigia o olho de um Escriba maduro e vivo. Escrito em meados dos anos 1800, a "maturidade" era especificada como treze anos, e John perdera o olho para esse feitiço aos treze, assim como o Escriba antes deles. Então o destino do seu filho – e o da filha de Isabel – era, no melhor dos casos, perder um olho e viver o resto da vida em uma prisão luxuosa, e, no pior, morrer. Provavelmente em breve. Três Escribas vivos era demais.

O consolo de Isabel era que o feitiço de busca só podia ser iniciado uma vez a cada doze meses no aniversário da primeira ativação, por vinte e quatro horas, e Richard tinha ficado complacente nos últimos anos, deixando a data de novembro passar sem o ler. Ele procurara durante toda a vida de John e nunca achara outro Escriba, e começava a crer que John era o último de seu tipo. A chegada do filho de John mudara isso. Naquele ano, Richard planejara ler o feitiço outra vez. Naquele ano – se John ainda estivesse vivo, se o feitiço estivesse ativo – ele encontraria Esther.

Richard concordara em levar John e a esposa em uma viagem rara à Escócia para visitar a família dela, e John contou a Isabel que eles estavam planejando usar a oportunidade para tentar fugir. O feitiço de busca não conseguiria localizá-los se continuassem se movendo, ele contou a ela, por isso todo ano, no dia 2 de novembro, ele e a família continuariam se movendo por vinte e quatro horas. Isabel, que estava sempre um passo à frente, elaborou seu próprio plano. Decidiu ir a Nova York um dia depois de Richard e o Escriba partirem para a Escócia, e voltar para casa um dia antes de eles voltarem, com cuidado para fazer Richard acreditar que sua viagem e seu cronograma conveniente tinham sido ideias dele.

Ela também tomou o cuidado – um cuidado implacável – de garantir que Richard recebesse uma pista do plano de fuga de John. Para proteger Esther, ela precisava do feitiço de busca desativado. Precisava de John morto.

Uma vez em Vermont, ela explicou tudo isso a Abe e Cecily, que ouviram horrorizados, e então expôs seu plano. Ela tinha uma garantia contra o dia em que o bebê Escriba fizesse treze anos, quando Richard inevitavelmente reativaria o feitiço e o seguiria até Esther. O plano era esse: em Vermont, ela deu a Abe e Cecily dois livros. Um era o códice de proteções gêmeo daquele usado então pela Biblioteca, exceto que essas proteções não tinham sido emendadas, de modo que bloqueariam quaisquer feitiços de comunicação externos. O outro livro era metade de um feitiço de espelho de duas vias.

Abe e Cecily encantariam um dos espelhos em Vermont para se conectar com o espelho de Isabel na Biblioteca. Nesse meio-tempo, Isabel voltaria à Inglaterra e imediatamente roubaria o livro da vida de Richard do escritório dele, e o mandaria para Abe e Cecily através do espelho. O Escriba e a esposa dele iam tentar sua fuga na mesma hora, afinal, e ela sabia que, quando Richard voltasse da Escócia e visse que o livro sumira, provavelmente os culparia pelo desaparecimento. Assim que o livro da vida passasse da Inglaterra para Vermont, Abe e Cecily leriam o feitiço de proteção e se esconderiam completamente, junto com o livro, para sempre. Assim, quando Richard tentasse encontrar Esther um dia, eles teriam uma moeda de troca contra ele. Teriam uma garantia.

O plano exigia um último passo.

Para contornar o feitiço de confissão que Richard certamente usaria em todos os seus funcionários quando descobrisse que o livro tinha sumido, Cecily leria um feitiço de silenciamento para Isabel, de modo que mesmo sob compulsão mágica ela não falasse do que tinha feito. Isabel, por sua vez, leria o mesmo feitiço para Cecily e Abe.

Então, submetidos ao silêncio, eles seguiriam seus caminhos diferentes e Isabel Gil desapareceria para sempre.

Cecily estava rouca quando terminou de falar, apesar do chá que Collins a tinha convencido a beber, e Sir Kiwi de alguma forma acabara no colo dela. Joanna encarava um risco fundo na mesa da cozinha. Esther o fizera com um garfo, aos cinco anos, determinada a entalhar suas iniciais.

— Mas por que vocês nos disseram que Isabel morreu? — perguntou Joanna. — Por que deixaram Esther acreditar nisso?

— Legalmente era verdade — disse Cecily. — Isabel deixou sua vida inteira para trás quando foi para a Biblioteca, incluindo seu nome. Ela falsificou a própria certidão de óbito. Não queríamos que Esther fosse atrás dela um dia.

— E vocês queriam que tivéssemos medo — disse Joanna.

A mão de Cecily congelou no pelo macio de Sir Kiwi.

— Sim. Mas por bons motivos. Richard é um homem incrivelmente perigoso, você sabe disso agora.

— Eu não sei se existem bons motivos para aterrorizar crianças — disse Joanna.

Sua mente estava fazendo hora extra para processar a enxurrada de informações, e ela não queria pedir que processasse sentimentos também, então os empurrou para baixo: a raiva, a mágoa, o luto. Uma hora eles emergiriam na superfície e ela teria que enfrentá-los.

Collins falou de seu lugar no chão, as pernas cruzadas.

— Se o livro de Richard devia ser uma garantia, por que não o usaram quando Maram contou que o feitiço de busca de Escribas estava em vigor? Esther tinha, o quê, dezoito anos? Por que a mandaram embora se tinham o livro o tempo todo?

— Eu queria usá-lo — disse Cecily. — Era por isso que eu queria queimar as proteções; para Richard saber que o tínhamos, para ele vir, para podermos fazer um acordo e Esther poder ficar conosco. Quando Isabel veio até nós contar que o feitiço de busca tinha sido reativado, também nos disse que o livro não importava, no fim das contas, que era essencialmente indestrutível, e que nunca conseguiríamos pôr fim à vida de Richard com ele. Ela disse que a coisa importante era garantir que Esther continuaria se mudando uma vez por ano. Era assim que a manteríamos segura. Mas Isabel e eu já tínhamos sido amigas, lembrem-se, e eu sabia que ela estava apaixonada por Richard... na época, e ainda agora. Pareceu claro que estava mentindo sobre o livro para protegê-lo. Achei que seu pai estava sendo covarde. — Ela se virou para Joanna. — E, independentemente de Richard e de tudo, eu queria abaixar as proteções porque queria te tirar da armadilha que construímos para você.

Joanna abaixou a cabeça nas mãos. Não aguentava olhar para o rosto da mãe agora, angustiado, culpado e subitamente velho à luz oleosa do fogão, como se a conversa lhe tivesse tirado dez anos.

— Sinto muito, bebê — disse Cecily, a voz embargada. — Essa não era a vida que eu queria para você, nem para Esther.

Um som súbito de arranhar ecoou pelo corredor e através da cozinha, e todos pularam.

— O que foi isso? — perguntou Cecily. As orelhas de Sir Kiwi se ergueram, e Collins começou a se levantar.

— O gato — disse Joanna. — Ele está com fome. — Ela se levantou, feliz por ter um motivo para se afastar por um minuto. — Só um segundo.

Ela percorreu o corredor, deixando-se respirar, lutando para manter os pensamentos em ordem e abrindo a porta no automático. Estava tão distraída que mal conseguiu processar o que tinha entrado junto com uma lufada de ar frio.

O gato.

Ele entrara na casa, passando pelas pernas dela, sem nem erguer os olhos, como se tivesse feito aquilo cem vezes, e ela o encarou, embasbacada, enquanto ele rebolava até a cozinha. Apesar de tudo que estava acontecendo, apesar do que a mãe acabara de contar, ela se viu sorrindo. Tinha que ser um sinal, não tinha? Um sinal de que tudo ficaria bem?

Ela ouviu Collins dizer:

— Ah, oi, gatinho! — e então: — O que você fez com Joanna?

— Jo? — chamou a mãe.

Ela fechou a porta de novo e encostou a cabeça nela para respirar por um segundo, então se virou e seguiu o gato. Encontrou-o agachado no linóleo ao lado de Collins, embora não ao alcance da sua mão, com as orelhas achatadas, encarando Sir Kiwi do outro lado da cozinha, que estava latindo animada e debatendo-se contra os braços de Cecily.

— Então, Isabel — disse Joanna à mãe. — Maram. Ela vem protegendo Esther. Foi por isso que todas essas coisas aconteceram.

Cecily afrouxou o aperto em Sir Kiwi, encarando o gato.

— Seu pai era louco por Isabel — disse ela. — Mesmo depois que ficamos juntos, acho que ele acreditou que ela poderia recuperar a razão e voltar para ele, para Esther. E, como isso nunca aconteceu... acho que ele nunca mais confiou nela, não de verdade. Ele achou que ela queria manter Esther como um segredo de Richard não só para protegê-la, mas também porque lhe dava poder sobre ele. Pensava que Esther era mais uma carta no baralho de Isabel, para ser tirada quando chegasse a hora.

— Mas você confia nela — disse Collins. Para Joanna, soou como uma pergunta. — Acha que está do nosso lado.

Cecily balançou a cabeça.

— A lealdade de Isabel sempre foi com a Biblioteca.

— Mas não mais, certo? — Joanna podia ouvir a fragilidade em sua voz e tentou de novo, mais alto, mais forte. — Ela quer terminar o que começou quando deu aquele livro para vocês. Ela quer manter Esther a salvo.

Cecily ergueu os olhos. Seu rosto estava pálido, os olhos caídos e marejados.

— Eu não sei o que ela quer — disse ela.

35

Era verdade o que Richard tinha dito: os pesadelos de Nicholas já eram bem ruins.

Ele não precisava acrescentar a sensação de Esther desvencilhando-se da mão dele, ou o jeito como o rosto de Richard endureceu enquanto seu dedo se curvava sobre o gatilho. Não precisava da lembrança daquele estalo inconfundível, da colisão de percussor e pólvora, do cheiro acre da explosão; não precisava jamais reviver o jeito como se sentiu quando viu Esther cair para a frente, seus próprios joelhos mal o mantendo de pé, seu coração um punho fechado enquanto via o corpo dela cair.

E, como tantos pesadelos, esse não fazia sentido lógico.

Em vez de cair de cara no chão, o corpo de Esther continuou se movendo pelo ar – para a frente, não para baixo. Como se não estivesse caindo, mas saltando. Os ouvidos de Nicholas zumbiam após o disparo, um zumbido que ficou cada vez mais alto, e talvez aquilo não fosse um pesadelo, afinal, mas um sonho, porque havia abelhas no ar, abelhas gordas do tamanho de balas. Uma delas passou zunindo pelo olho de Nicholas, as pernas pretas carregadas de pólen, e, atrás dela, o corpo de Esther colidia com o de Richard.

Maram tinha enfeitiçado a arma de Richard como fizera com a de Collins. As balas eram inúteis.

Richard soltou um rugido inarticulado quando o impulso do empurrão baixo de Esther o fez cambalear contra a escrivaninha, papéis voando enquanto os braços varriam a superfície, tentando em vão se equilibrar. Não adiantou; ele ia cair. Atingiu o chão com um baque alto enquanto Maram saltava para longe dele e atrás da mesa.

— Nicholas — gritou ela —, Nicholas, o retrato, a moldura!

Nicholas estava exausto. Seu cérebro estava embotado pela falta de sono, seus glóbulos vermelhos longe de estarem reabastecidos, e, embora Esther não tivesse levado um tiro de verdade, seu corpo ainda reagia como se tivesse, chocado e trêmulo. Mas nem mesmo a confusão dos últimos minutos conseguiu apagar os anos seguindo as ordens de Maram, e ele agiu por instinto, movendo-se sem ter inteiramente decidido fazer isso.

Ele saltou em direção ao retrato enquanto Richard dava um tapa com as costas da mão em Esther para afastá-la e tentava se levantar, mas ela envolveu os braços ao redor das pernas dele e o puxou por trás enquanto ele se impelia para a frente. Ele tentou chutá-la. Esther continuou agarrada, e ele caiu de joelhos enquanto Nicholas se esquivava de suas mãos por um triz e ia para trás da mesa. Maram estava parada abaixo da pintura manchada de sangue, uma mão pairando sobre a tela, seu rosto uma máscara de urgência.

— Está coberta de feitiços protetores — disse ela. — Eu não consigo tocar.

Nicholas agarrou a moldura e puxou, mas a pintura estava ancorada à parede e não cedeu sob seus dedos atrapalhados. Atrás dele, ouviu Esther grunhir de dor e, quando se virou, viu que Richard tinha se libertado das tentativas de Esther de mantê-lo no chão e estava se levantando. Esther tinha as mãos e joelhos no chão, talvez atordoada por um golpe que tinha aberto um corte em cima de seu olho e que pingava vermelho, e Nicholas sentiu um choque de incredulidade absurdo por Richard desperdiçar o sangue de uma Escriba dessa forma. Então ouviu um clique e sentiu aço frio empurrado contra sua mão.

Maram estava lhe dando sua arma.

— Atire — disse ela. — Atire no osso.

Nicholas, que passara a vida toda sob vigia, já estivera perto de muitas armas, mas nunca segurara uma, muito menos tinha disparado. Mas não tinha tempo para duvidar de si mesmo. Richard estava atrás da mesa agora e se jogava contra Maram, que era muito menor do que ele e, ao contrário de Esther, não tinha nem anos de treinamento nem força real de que se gabar. Richard a segurou com força contra o peito, quase como se estivessem se abraçando, prendendo os braços dela ao lado do corpo.

— Por que está fazendo isso? — perguntou ele. Sua voz era angustiada, mas os olhos nunca pareceram tanto com os olhos do homem no retrato: frios, cintilantes, insondáveis. Ele não vira a arma que Nicholas estava erguendo contra o fêmur amarelado na base do retrato, os dedos se fechando ao redor do cabo.

— Sinto muito — disse Maram. — Eu tenho que fazer o que é melhor para...

— Para quem? — Richard a jogou contra a parede, batendo a cabeça dela com um baque surdo. — Para Nicholas? Para essa garota? Mas não para si mesma. Você podia ter vivido para sempre comigo, mas escolheu *isso*, e por quê? Para quem?

As mãos de Maram se ergueram, embora ela não estivesse mais lutando. Ela estava tocando o rosto de Richard, os dedos contra a boca furiosa dele.

— Pelos livros — disse ela. — Pelo futuro da magia.

Richard ergueu uma mão para bater nela de novo, e Nicholas pressionou o cano da arma no centro do fêmur, onde era mais fino. Apertou o gatilho.

O disparo foi tão alto que abafou todas as outras sensações, embotando a dor do coice na mão de Nicholas e transformando Maram, Richard e Esther em bonecos em uma pantomima, só rostos e gestos silenciosos: a mão de Richard completando seu arco contra o lado da cabeça de Maram, Maram tombando de lado sob o golpe, Esther se levantando. Nicholas piscou com força, tentando clarear o olho e a cabeça, e olhou para o que tinha feito.

Sob o cano da arma, o osso amarelado estava rachado ao meio.

Seus ouvidos estavam tinindo do estrondo do tiro, mas ele ainda pôde ouvir o som que Richard estava fazendo: um lamento agudo como o de um animal com dor. Nicholas virou-se do retrato e viu o tio tropeçando para longe de Maram, uma mão indo à mesa para se apoiar, os dentes ensanguentados expostos em um esgar. Maram estava dobrada pela cintura, atordoada pelo golpe recente, e de repente Esther estava ao lado de Nicholas, suas mãos se enfiando na jaqueta dele, apalpando o interior. O lábio inferior dela estava cortado e seu rosto era frenético, o cabelo emaranhado, toda a sua compostura habitual estilhaçada como o osso na moldura.

— Nicholas — ofegou ela —, rápido, Nicholas, o livro!

E ele entendeu o que ela queria. Não podia se permitir olhar de novo para o tio, que tinha as duas mãos na mesa e mal conseguia manter-se de pé, a cabeça pendendo para a frente. Nicholas puxou o livro do bolso da jaqueta e agarrou uma metade, as mãos de Esther se fechando ao redor da outra.

Abe e Joanna tinham cuidado bem de sua coleção. Nicholas tinha reparado nisso, no porão – a temperatura e a umidade ideais, as caixas de vidro para evitar poeira, as capas de couro flexíveis. Nicholas sabia, por experiência própria, tanto com os livros como com as muitas botas de couro elegantes que ele se certificava de lustrar de poucos em poucos meses, que couro bem cuidado durava muito tempo e era incrivelmente difícil de rasgar com as mãos nuas. Mesmo couro feito da pele delicada de um humano podia ser curtido até tornar-se resiliente e, com o regime apropriado de manutenção, continuar flexível, duro e impossível de rasgar.

Mas aquele livro cedeu sob as mãos de Nicholas e Esther como se estivesse esperando o estilhaçamento de sua contraparte para também se desfazer. As páginas caíram da lombada como uma borboleta com as asas puxadas, e a capa de couro rasgou tão fácil que Nicholas e Esther caíram os dois para trás quando o livro se desfez entre eles, as páginas flutuando pelo ar. Quando a primeira delas atingiu o chão, Richard fez o mesmo.

Ele caiu de joelhos e rastejou para a frente, o cabelo grisalho ficando da cor de cinzas, depois de ossos, raleando sobre um couro cabeludo que era rosa, então sarapintado, então sépia e esticado sobre o crânio. Por algum instinto vestigial de amor, Nicholas deu as costas para Esther e caiu de joelhos ao lado dele, não perto o suficiente para tocá-lo, e Richard virou o rosto para ele.

Era esse o pesadelo.

Aquelas feições familiares, aqueles olhos gentis, aquela boca sorridente, tudo isso retorcido de agonia, e por baixo da agonia uma incredulidade tão pura que era quase inocente. O rosto de Richard começou a colapsar como uma abóbora podre, a pele envelhecendo diante dos olhos de Nicholas, enrugando-se e depois retesando-se ao redor da face e da mandíbula enquanto seus olhos ficavam reumáticos e ictéricos. Eles afundaram nas órbitas escuras e ocas, e os lábios se descolaram para longe dos dentes, ainda tingidos, vermelhos de sangue, as gengivas inchando e recuando até que a boca era toda longos dentes amarelos e uma língua roxa resfolegante. Ele fazia um som horrendo, como se respirasse com pulmões feitos de vidro, e tentou alcançar Nicholas com os dedos como garras, torcidos e terminando em unhas quebradas, os pulsos parecidos com gravetos conforme a pele perdia toda umidade e aderia ao osso.

Então ele caiu para a frente, os olhos e a boca ainda abertos e escancarados, uma múmia usando um belo terno.

— Você está bem? — Nicholas ouviu Esther perguntar a Maram.

A mão retorcida de Richard estava a centímetros dos joelhos de Nicholas. Ele a encarou. Era irreconhecível como parte de um ser humano que estivera vivo meros segundos antes. Tinha sido raiva que fizera Richard tentar alcançá-lo em seus últimos momentos? A vontade de machucá-lo? Ou fora alguma outra coisa? Uma tentativa final e vã de conexão?

— Você entendeu — disse Maram a Esther. — Sobre as balas. Eu esperava que um de vocês entendesse. Você entendeu tudo.

— Sim — disse Esther.

Houve um momento de silêncio. A mão de Richard começou a nadar na visão de Nicholas.

— E entendeu também — disse Maram — sobre... sobre o relacionamento que você e eu temos?

Se Nicholas estivesse em condições de rir, talvez tivesse rido. Nunca ouvira Maram soar tão desajeitada, tão incerta. No entanto, mal conseguia manter a cabeça apoiada no pescoço, muito menos encontrar a energia para sorrir. A parte dele que crescera procurando conforto no rosto gentil de Richard queria agarrar os dedos distorcidos e inumanos do tio e encontrar um feitiço que o traria de volta à vida para ele poder se explicar, dizer a Nicholas que era tudo um mal-entendido. Nicholas poderia implorar por perdão e Richard poderia concedê-lo.

— Eu gostaria de ouvir você dizer claramente — disse Esther.

Maram limpou a garganta, recuperando um pouco de sua altivez.

— Bem, eu sou, isto é, acho que não posso exatamente usar a palavra "mãe", dadas as circunstâncias, mas é verdade que eu sou a pessoa que pariu você.

— Obrigada por isso — disse Esther.

A escuridão invadiu as bordas da visão de Nicholas, um túnel atordoante que ele permitiu que o levasse. Pôs a cabeça nos joelhos e sentiu a pontinha dos dedos mortos e curvados de Richard tocarem seu cabelo, quase numa carícia, e por um momento se permitiu fingir. Mas então os dedos vivos de Esther tocaram o ombro dele, tão quentes e sólidos que varreram toda ilusão, e Nicholas entendeu, com um misto de luto e triunfo, que aquilo era real.

30

As nuvens eram diferentes vistas de cima. Tinham picos e vales como uma paisagem, suas partes fundas roxas com água acumulada, os cumes brilhando brancos e rosa sob os últimos raios do sol do fim da tarde. Colinas e planaltos se esfiapavam nas beiradas, deixando rastros como fumaça no céu azul e quebrando a ilusão de solidez que quase fazia parecer que o avião poderia abaixar as rodas e aterrissar ali mesmo.

Esther tocou a mão de Joanna que repousava no apoio de braço entre elas.

— Jo — disse ela, de um jeito que fez Joanna suspeitar de que não era a primeira vez que a chamava.

— Hmm? — perguntou Joanna, a testa ainda apertada contra a janela.

— Eu perguntei se você quer beber alguma coisa.

Joanna finalmente se virou. Pontos de luz dançavam em sua visão, e o interior do avião parecia amarelado, apertado e sem graça comparado ao que havia lá fora. Tanto Esther como uma comissária a encaravam. Esther tinha alguma coisa clara e espumante na sua bandeja dobrável aberta.

— Café — disse Joanna a Esther, e, quando a irmã gesticulou para a comissária à espera, repetiu o pedido para ela. — Café. Por favor. Com leite.

A comissária entregou uma xícara e empurrou o carrinho para a fileira seguinte. Joanna tomou um gole.

— Blé — disse ela. — Está um horror.

— Ah, é? — Esther cutucou uma das covinhas dela. — Por que você parece tão feliz, então?

Joanna afastou a mão dela, embora não conseguisse parar de sorrir.

— Descobri que eu gosto de voar.

— Descobri que eu também, quando é na primeira classe. — Esther esticou as pernas de modo apreciativo. — Não conte a Nicholas que eu disse isso.

Esther não quisera usar o dinheiro da Biblioteca para nada, muito menos para passagens de avião luxuosas. Era literalmente dinheiro de sangue, argumentou ela, mas Nicholas a persuadiu, no fim, ao fazê-la contar os zeros nos vários extratos bancários que Maram tinha passado para o nome dele. As contas só haviam sido transferidas dias após eles destruírem o livro de Richard — e, a essa altura, Maram já tinha sumido fazia tempo.

Ela desaparecera nos cerca de trinta minutos que Nicholas, que voltara para Vermont com Esther após pôr fim à vida de Richard, tinha levado para perceber que não deveria tê-la deixado sozinha na Biblioteca. Seu primeiro medo foi o de que ela terminaria o feitiço do espelho e romperia a conexão entre as duas casas, prendendo-o em Vermont, mas ela mantivera o feitiço intacto. Nicholas tinha voltado através do espelho sem problemas e encontrado um envelope marrom sobre a cama vazia de Maram.

Havia um bilhete também. Era tão críptico quanto Joanna passara a esperar da mãe de sua irmã.

Queridos Nicholas e Esther, eu sempre quis o que era melhor para a Biblioteca. Também sempre quis, à minha maneira, o que era melhor para vocês. Tornou-se aparente que eu mesma não sou o melhor para nenhum dos dois. Para que eu sou melhor, então? Há muito o que aprender, ainda, sobre tudo.

O envelope continha os documentos de que Nicholas precisaria como novo chefe da Biblioteca, na prática: a escritura da mansão, informações sobre contas da Biblioteca agora sob o nome dele, e instruções sobre como encontrar a papelada e os dados referentes ao plano de saúde de todos os funcionários. Quando Nicholas passou um pente fino na coleção de livros, descobriu que ela levara vários, incluindo um glamour de invisibilidade, um feitiço que permitia à pessoa atravessar paredes e o feitiço que transformava balas em abelhas. Se a data de validade não tivesse terminado junto com a vida de Richard, ele poderia tê-la rastreado, mas, nas atuais circunstâncias, ela era impossível de encontrar. Já tinha provado que conseguia obter passaportes falsos com facilidade.

— Obrigada de novo por vir comigo — disse Joanna à irmã, jogando um sachê de açúcar no seu café horrível. — Considerando... sabe. — Considerando que a irmã não precisava de um avião para chegar à Inglaterra.

— É claro — disse Esther. — Eu não te deixaria voar sozinha pela primeira vez.

Desde que os dois Escribas tinham voltado a Vermont através do espelho alguns meses antes, os dois iam e voltavam entre os continentes, e o quarto na casa de Joanna que já fora de Esther, e depois virara um quarto de tralhas, agora estava parecendo uma extensão da Biblioteca.

— Uma filial satélite — dissera Nicholas recentemente, olhando para os livros cuidadosamente apoiados nas estantes, a mesa que Collins ajudara Joanna a carregar escada acima e o novo desumidificador zumbindo num canto.

Nas últimas semanas, Nicholas vinha trabalhando quase incansavelmente no texto do feitiço que Joanna estava atravessando meio mundo para ler; um feitiço que a própria Joanna ajudara a escrever.

Quando Nicholas tinha começado a pedir conselhos a ela, aparecendo através do espelho e implorando aos berros que Joanna viesse olhar determinada frase, ou perguntando o que ela pensava sobre usar dente-de-leão em vez de confrei, ela tinha desconfiado de que ele estava sendo condescendente, deixando-a se sentir envolvida apesar de estar presa de um lado do espelho enquanto ele e a irmã podiam valsar através do Atlântico com um único passo.

Mas, quando ela pôs em uso seu celular novo e compartilhou suas dúvidas com Collins, que também estava preso pelas leis da física e, portanto, era mais propenso a simpatizar com ela, ele riu.

— Nicholas não tem todo esse traquejo social — disse ele. — Se está pedindo sua ajuda, é porque quer sua ajuda, não porque quer fazer você se sentir melhor.

Quanto mais ela oferecia sua opinião, mais Nicholas a requisitava, até que por fim ele transferiu seu escritório de escrita quase inteiramente para Vermont. Joanna ficou especialmente satisfeita com isso porque significava que Esther também passava mais tempo em casa, remexendo-se em uma cadeira ou andando pelo quarto enquanto Nicholas narrava as decisões que ele e Joanna estavam tomando no rascunho. Nicholas estava ensinando Esther a escrever magia, embora fosse o primeiro a admitir que um feitiço tão difícil quanto o que eles estavam tentando não era a introdução ideal.

— Assim que esse livro estiver pronto, vamos começar suas aulas de verdade — disse Nicholas, e sua voz ficou amargurada. — Aulas projetadas por uma especialista.

Ele estava sofrendo com o desaparecimento de Maram. Muito mais do que Esther parecia estar, embora sempre fosse difícil dizer, no caso dela.

— Obviamente tem muita coisa que eu quero saber — disse Esther. — Mas não tenho certeza se quero ficar íntima de alguém que basicamente passou a maior parte da vida adulta como uma cúmplice sinistra.

— É dra. Cúmplice Sinistra para você — respondeu Nicholas, parecendo um tanto desolado.

Para Joanna, fazia sentido que Nicholas estivesse tendo mais dificuldade; independentemente de laços de sangue, era evidente que ele via Maram como família – a única família que ele tinha depois de Richard, e ela sumira na mesma noite em que ele perdera o tio. Ele tinha tentado, sem sucesso, esconder a mágoa, mas não se importara em esconder a raiva. A tranquilidade de Esther sobre o assunto, entretanto, decorria parcialmente do último objeto no envelope: um espelhinho prateado marcado com sangue.

— Claramente ela pretende entrar em contato — disse Esther. — Só temos que ser pacientes.

— Paciência não é uma das virtudes que eu cultivo — disse Nicholas, ajeitando o cabelo no espelhinho.

— Ocupado demais com a modéstia — observou Collins.

Só dias mais tarde Esther contou a Joanna que tivera um tempo a sós com Maram (Isabel? Ninguém sabia como pensar nela) antes de voltar pelo espelho. A vida toda ela tivera perguntas, mas esqueceu a maioria delas no instante em que Maram olhou para ela, as sobrancelhas erguidas e cheias de expectativa.

— Vá em frente — dissera Maram. — Pergunte.

— O romance — disse Esther. Era a primeira coisa que veio à cabeça. — De Alejandra Gil. Por que é tão importante para você?

Maram tinha parecido surpresa, como se não fosse a pergunta que ela esperava.

— Foi minha avó que escreveu — respondeu ela. E acrescentou: — Sua bisavó. Ela era uma escritora... e suponho, como Escriba, que você também seja, à sua maneira. A escrita está no seu sangue, assim como a magia. Mas na verdade foi o título que me impressionou, quando era garota. Eu sempre pensei que sugeria, em algum nível palindrômico, que são os passos em si que criam o caminho, em vez do contrário. Estamos criando mesmo enquanto acreditamos que estamos seguindo.

Esther abaixou a gola do suéter, expôs as primeiras palavras que haviam sido tatuadas em sua pele e viu o momento em que Maram percebeu o que diziam. Pela primeira vez, uma emoção real cruzou seu rosto, a boca estremecendo antes de virar uma linha fina de novo.

— Gostei — disse ela.

— Qual era o nome da livraria dos seus pais? — perguntou Esther.

Maram tocou a gola da blusa de seda. Sua expressão tinha um ar distante, um barco se afastando da costa.

— *Los Libros de Luz Azul*.

Esther virou as palavras na língua, *Os livros de Luz Azul*, e sorriu.

— *Luz Azul*.

Maram, que dera a si mesma um nome que podia ser lido no espelho, sorriu de volta.

— Nossa família amava palíndromos. Eles são magia antiga, sabe?

— O que aconteceu com a loja? — Esther engoliu o orgulho e admitiu:
— Eu a procurei.

— Ainda está lá — respondeu Maram —, mas de um jeito um tanto diferente. Um dia eu conto essa história para você.

Esther decidiu encarar isso como uma promessa.

— Só mais uma pergunta — prosseguiu ela. — Por enquanto.

— Diga.

— O que você achou que eu fosse perguntar?

— Ah — disse Maram. Seu olhar se demorou no rosto de Esther, talvez fazendo o que Esther fizera quando a vira pela primeira vez parada no escritório de Richard: procurando sinais de si mesma. — Eu achei que ia perguntar se eu me arrependo do que fiz.

Esther não sabia a qual ato Maram se referia: se ela se arrependia de ter deixado a filha tantos anos antes ou de ter traído a Biblioteca pela qual a deixara. Mas mordeu a isca e disse:

— E se arrepende?

Em resposta a isso, Maram estendeu a mão e roçou as costas dela nas de Esther. Era um contato estranho, íntimo apesar da esquisitice, e Esther estremeceu.

— Ainda não sei — disse Maram, e então Nicholas voltou para a sala.

Foi Collins que pegou Joanna e Esther em Heathrow. Esperava-as encostado no meio-fio em um enorme Lexus preto com janelas com película. Ele tinha abaixado o vidro, apesar do frio, e a visão do seu perfil fez o estômago de Joanna dar uma cambalhota de nervosismo.

Eles não tinham tido chance de se falar desde aquele beijo na varanda, mais de dois meses antes. Ou melhor, não tinham falado sobre o beijo em si. Tinham falado sobre muitas outras coisas, algumas questões logísticas e algumas pessoais, trocando histórias através de ligações, mensagens de texto e, uma vez, desastrosamente, uma chamada de vídeo na qual Joanna não conseguiu fazer o som funcionar. Collins tinha partido alguns dias depois que Esther e Nicholas voltaram pelo espelho, primeiro para devolver o carro a suas amigas em Boston e se explicar a elas e à irmã, depois pegando um voo de volta à Biblioteca a fim de assumir a leitura das proteções da propriedade e abrir um lado de um feitiço de espelho diferente com o sangue dele e de Joanna, para não terem que depender do de Maram e de Cecily. E também porque Nicholas não fazia a menor ideia de como administrar uma casa e os empregados já estavam começando a se amotinar sob sua gerência inepta. Ao contrário de Collins, os demais funcionários da Biblioteca tinham sido contratados sob meios mais ou menos legítimos, e reagiram com horror compreensível quando Nicholas magnanimamente declarou que todos estavam "livres para partir".

— Eles não são servos, sua anta — dissera Collins. — São seus funcionários remunerados e você os demitiu. Além disso, o que pretende fazer, preparar seu próprio jantar? Espanar seus próprios lustres? Rá!

Collins, um tanto sem jeito, convidara Joanna a ir com ele, mas ela tinha se recusado. Ainda não estava pronta para deixar sua casa e a memória do pai, que se agarrava a ela como uma mão no ombro, às vezes reconfortante, às vezes constritiva. Nicholas decidira manter as proteções da Biblioteca erguidas por um tempo, mas Joanna não renovara as suas desde a noite em que Collins as roubara. Ele as tinha escondido na floresta, embrulhadas num saco plástico e ocultas no oco úmido e apodrecido de uma árvore, e, embora as tivesse devolvido, ela não usara o livro de novo. Sentia-se exposta sem sua proteção, como uma porta deixada aberta, mas ficava pensando no que Collins tinha dito sobre abrir a tampa do seu mundo, sobre a luz entrar. Até então, a única coisa ruim que acontecera era que ela oficialmente tivera que conectar a casa à rede elétrica, embora houvesse deixado essa tarefa específica para Esther, já que era a área de atuação profissional dela, afinal.

Cecily, é claro, estava em êxtase. Tinha se dissolvido em lágrimas assim que Esther atravessara o espelho, e não parara de chorar por dias. No começo, Esther manteve sua compostura usual; tinha visto Cecily sentada no seu antigo quarto e dito "Oi, mamãe" em uma voz perfeitamente neutra, como se a cumprimentasse após uma ausência de minutos, não anos. Porém, quando Cecily a tocou, foi como se algo nela se quebrasse.

Seu rosto perdeu todo o controle acumulado, estilhaçando ao redor das rachaduras de uma década, e ela começou a soluçar no ombro da mãe.

— Ah, meu bebezinho — disse Cecily, afagando seu cabelo encaracolado. — Está tudo bem, está tudo bem. Você está em casa.

— Você mentiu pra mim — soluçou Esther. — Todos vocês mentiram pra mim.

— Sim — disse Cecily, no mesmo tom apaziguador. — Nós mentimos. Sinto muito.

— Nunca mais minta pra mim.

— Não vou. Prometo que não vou.

Apesar do fluxo quase constante de lágrimas, Cecily estava tão claramente exultante por ter as duas filhas em um só lugar que abraçava e beijava Nicholas e Collins toda vez que os via também. Ela estava encantada não só pela presença de Esther, mas pelo fato de que agora podia aparecer na casa sempre que quisesse, Gretchen com a cabeça peluda para fora da janela do carro, que vinha cheio de Tupperwares de lasanha, salada e curry e todas as outras refeições que ela ansiara por trazer às filhas nos últimos dez anos. Depois da sexta vez que Esther foi dormir atrás de uma porta fechada e acordou com Cecily acariciando carinhosamente seu cabelo, ela sugeriu que as duas tivessem uma conversinha sobre limites – "psicológicos, não mágicos" –, mas isso ainda não acontecera.

Na verdade, Cecily ia morar na casa pelas duas semanas em que Joanna ficaria fora, para alimentar o gato. Depois que ele finalmente se dignou a entrar, foi como se tivesse morado lá a vida toda, e não havia um canto em que não tivesse soltado pelos. Por um tempo, Joanna o usou como desculpa para não visitar a Biblioteca, mas mesmo ela sabia que era só isso: uma desculpa.

A verdade era que estava com medo.

Ela nunca tinha ido a lugar algum, nunca tinha feito nada além de cuidar dos livros, e nunca tinha conhecido ninguém além da própria família. Nem tinha tentado se deixar ser conhecida por outras pessoas. Não sabia se conseguiria.

Mas lá estava ela. Na Inglaterra. Tentando.

Esther avistou o Lexus logo depois de Joanna, mas não estava aflita pelos nervos da irmã e imediatamente gritou "Collins!", acenando como um guarda de trânsito. Joanna estava usando sua roupa de sempre – jeans preto e casaco de lã vermelho (embora tivesse deixado a mãe cortar um pouquinho seu cabelo) –, mas estava preocupada que de alguma forma parecesse diferente de como estivera naquela noite na varanda, que parecesse diferente para Collins.

Ele não parecia igual para ela. Parecia melhor.

Ao som da voz de Esther, ergueu a cabeça e abriu a porta do carro, e um segundo depois Joanna se viu esmagada em um abraço tão forte que teve que bater nas costas dele para fazê-lo afrouxar o aperto.

— Collins, deixa ela respirar — pediu Esther.

— Desculpe, desculpe — disse Collins, então afastou Joanna para poder segurá-la à distância dos braços e encará-la, sorrindo como louco, antes de puxá-la de volta. Ela também estava sorrindo, um sorriso que escondeu contra as dobras suaves da jaqueta preta puffer dele. Ele tinha borrifado uma colônia doce demais que fazia o fundo da garganta dela coçar, mas ela não se importava nem um pouco. Quando a soltou, seus nervos tinham se acalmado e a empolgação havia tomado seu lugar.

Ele também abraçou Esther, que só alcançava suas axilas e foi tão engolida pelo abraço que apenas suas pernas ficaram visíveis, depois levou as duas até o carro e abriu as portas para que elas entrassem.

— Não tem malas, certo? — perguntou, e elas sacudiram a cabeça. Joanna tinha empurrado sua mala através do espelho em Vermont em vez de despachá-la, então não tinha bagagem além de uma mochilinha de couro que comprara anos antes num leilão de bens.

Ela sabia que as pessoas dirigiam do lado contrário, mas ainda pareceu errado entrar no que ela pensava ser o do banco do motorista, Collins atrás do volante à sua direita. Ela passou a mão no painel nervosamente enquanto ele entrava na fila do trânsito que fluía de Heathrow.

— Carro bonito — disse Esther do banco de trás. Ela estava sentada bem no meio do assento, praticamente entre Collins e Joanna.

— Ponha o cinto — mandou Collins. — Temos mais ou menos uma hora e meia de viagem. — Ele ainda estava sorrindo, e abaixou a seta com muito mais força que o necessário. — Bem-vinda à velha e boa Inglaterra. Como foi a primeira viagem de avião do bebê?

— Eu adorei — disse Joanna. — Eles ficavam dando petiscos pra nós. Toma aqui, eu te trouxe um suvenir. — Ela enfiou a mão na mochila e tirou um brownie embrulhado em plástico, que soltou na palma à espera de Collins.

— A primeira classe é uma loucura — elogiou Esther, enquanto Collins rasgava a embalagem com os dentes e cuspia um pedaço de plástico que tinha ficado na língua. — As poltronas são...

Ela se interrompeu abruptamente, e Joanna se virou no banco e encontrou a irmã encarando o celular, o rosto completamente imóvel, os ombros curvados como se contra um golpe. Um alarme ressoou pelo corpo de Joanna.

— O que foi? — perguntou Collins, os olhos voando da estrada ao espelho retrovisor e de volta.

— Pearl me ligou — disse Esther.

Joanna soltou o ar.

— Isso não é bom?

— Não sei ainda.

— Ela deixou recado?

— Não. — Esther levou uma mão à garganta e fechou os olhos. — Ela deve ter lido o livro.

Esther tinha agonizado por dias sobre qual livro mandar à estação de pesquisa, qual livro enviar como prova de magia a Pearl. Tinha que ser romântico, mas não brega; espantoso, mas não perturbador; bonito, mas não assustadoramente bonito. Por fim, escolhera um livro da Biblioteca que Nicholas tinha oferecido, que fazia quase qualquer planta próxima brotar punhados de frutinhas douradas que badalavam como sinos, e o enviou com instruções específicas para Pearl ir à estufa, perfurar o dedo e ler sem parar até acreditar.

Joanna sabia que não era a única magia na qual Esther estava pedindo a Pearl que acreditasse.

De repente, o celular na mão de Esther soltou um trinado longo e baixo, e todo mundo no carro deu um pulo.

— Ai, meu Deus — disse Esther, a voz trêmula, o rosto pálido. — É Pearl. Uma chamada de vídeo. O que eu faço?

Collins ligou o rádio do carro e jogou um cabo do painel para o banco de trás.

— Põe ela no viva-voz!

— Vá se foder. — Esther jogou o cabo de volta, então endireitou a coluna, firmou os ombros e soltou o rabo de cavalo. — Como estou?

— Mágica — disse Joanna.

Esther deslizou o dedão na tela e disse:

— Oi?

Não houve som no carro exceto o giro dos pneus na estrada, e o coração de Joanna começou a afundar... até que, audível mesmo do alto-falante fraco do celular, veio o repique inconfundível de sinos frutosos. Esther pôs uma mão sobre a boca, os olhos enchendo-se de lágrimas, e a voz de uma mulher disse:

— Isso é completamente insano. Os tomates estão *badalando*, Esther.

Collins disse, muito alto:

— Ela é *australiana*?

Esther estava enxugando os olhos e sorrindo largo para o celular.

— Uma hora eles param — disse ela. — Ah, meu Deus, Pearl. Estou tão feliz de ver seu rosto.

— Isso não compensa inteiramente por ter me largado na Antártica sem memória e com um braço quebrado — disse Pearl —, mas é um excelente passo.

— Qual é o próximo passo? — perguntou Esther.

— Vinte e quatro horas de explicações ao vivo e um feitiço para me tornar uma pianista profissional.

Esther ergueu uma sobrancelha para Joanna, que sacudiu a cabeça.

— Não temos nada assim ainda — afirmou Esther —, mas vou trabalhar nisso.

— Espere, onde você está? Está com alguém?

— Estou na Inglaterra, num carro com a minha irmã.

Collins fez um ruído ofendido com a boca cheia de brownie.

— Me mostra! — disse Pearl.

Esther virou o celular e Joanna se viu cara a cara com uma garota loira bonita, com o rosto manchado de lágrimas, em um macacão de trabalho. Ela acenou, hesitante.

— Aww, você parece com a Esther — disse Pearl.

— Obrigada!

Esther virou o celular e disse:

— Vou tirar você do vídeo, tá? — E o repique dos sinos sumiu. Esther ergueu o telefone até o ouvido, espremeu-se num canto do banco de trás como se isso fosse lhe dar mais privacidade e disse em voz baixa: — Senti tanta saudade de você.

Collins, exibindo um tato raro, ligou o rádio, e uma música de violoncelo calorosa encheu o carro enquanto Esther murmurava algo para Pearl.

— Essa música está boa? — perguntou ele. — Você pode colocar numa rádio pop, se quiser. Não é disso que você gosta?

— Acho que minhas sensibilidades para música pop estão meio datadas — disse Joanna. — Essa está ótima.

— Vamos pra Londres mais pro fim da semana — disse Collins, acenando a mão na direção em que Joanna imaginou que ficava a cidade. — Nicholas tem todo um roteiro turístico planejado: Torre de Londres, o Museu Soane, Abadia de Westminster, basicamente um monte de merda sinistra e assombrada que ele acha que você vai gostar. E talvez a gente possa, não sei, comer um jantar. Quer dizer, ir jantar. *Sair* pra jantar. Você e eu. Se você quiser.

— Sim, por favor — respondeu Joanna. Ela foi atingida pelo impulso borbulhante de rir, então riu, e as mãos de Collins relaxaram no volante.

— Nicholas me deu um cartão de crédito — disse Collins. — Ele me disse pra te levar a algum lugar bem chique.

— Eu não preciso de nada chique.

— Ninguém precisa de nada chique, mas talvez você queira. Além disso, desse lado do oceano, *chique* significa que você gosta de alguém. — Ele deu um olhar para ela pelo canto do olho. — Você provavelmente sabe tudo sobre isso dos seus livros de romance, né?

— Sim — disse ela. — Mas os livros só podem te ensinar até certo ponto.

Eles dispararam através de campos levemente embranquecidos de neve, alguns pontilhados com vacas marrons, e a paisagem não era muito diferente da de Vermont, exceto por ter muito menos árvores e nenhuma montanha. Depois de um tempo, Collins parou na estrada vazia e Joanna olhou ao redor, confusa. Havia campos invernais ondulantes até onde o olho podia ver, sem sequer uma casa de fazenda para romper a monotonia de terra e céu. A estrada de interior estreita estendia-se à frente deles e desaparecia em uma colina distante.

— Está pronta? — perguntou Collins, olhando para ela. — Vamos acrescentar seu sangue às proteções assim que chegarmos à casa, para você não ter que passar por isso de novo.

Com um susto, Joanna entendeu o que isso significava.

— Estamos aqui?

— No limite das proteções, é — confirmou ele. — A entrada de carros é bem ali.

Ela apertou os olhos pela janela, seguindo o gesto dele, mas só via grama, neve e arbustos. Quanto mais tentava focar, mais nebulosa ficava sua visão, como se vaselina estivesse lentamente sendo derramada sobre seus olhos, e sua cabeça começou a latejar. Ela nunca tinha estado do outro lado de proteções mágicas.

— Você consegue ver? — perguntou a Esther, girando no banco, embora soubesse a resposta. Esther assentiu.

— Eu vou rápido — disse Collins, e virou à esquerda diretamente contra uma sebe.

Joanna se preparou para o impacto, mas não houve impacto – só uma náusea de revirar o estômago e embaralhar o cérebro, como se sua cabeça tivesse trocado de lugar com os pés e seus órgãos estivessem sendo impossivelmente rearranjados sob a pele, o coração deslizando na direção dos rins, os pulmões se desmanchando e rodopiando braços abaixo. Tudo ficou escuro e molhado, como se seus olhos tivessem rotacionado nas órbitas, e ela se ouviu gemer, um som animalístico saído de uma garganta que mal parecia a sua, uma garganta que ardia com bile enquanto ela tossia com ânsia de vômito, tentando em vão se localizar dentro do próprio corpo enquanto o mundo virava de ponta-cabeça e deslizava ao redor dela.

Então, tão abruptamente quanto o caos começara, tudo acabou, e Joanna ficou ciente de si outra vez. Seu corpo estava curvado, o cinto de segurança sustentando-a enquanto pendia sobre os joelhos, com baba no queixo, cabelo nos olhos e a mão de Esther apertando seu ombro.

— Ai — gemeu ela. Esfregou as costas da mão pela boca, e Esther, que estava inclinada no banco da frente, afastou seu cabelo do rosto. Joanna esperava que Collins não estivesse olhando.

— Acabou — disse Esther, a mão fria na testa dela. — Chegamos. Você está bem?

Joanna engoliu, testando a náusea, mas tinha passado.

— Taí uma experiência que eu gostaria de nunca repetir — disse ela, e desafivelou o cinto, olhando pelo para-brisa.

Ele estavam no que parecia ser uma garagem, um lugar sem janelas e mal iluminado e de concreto. Outro carro preto grande, idêntico ao deles, estava estacionado junto a uma parede. Collins já tinha pulado para fora e vindo abrir a porta dela, oferecendo-lhe uma mão, que ela aceitou porque ainda se sentia um pouco trêmula.

A passagem que saía da garagem era tão escura e estagnada que Joanna parou de chofre, desorientada, quando Collins abriu a porta para um piso de mármore branco e as conduziu a um salão enorme e reluzente. Janelas monumentais emolduravam o campo que tinham acabado de percorrer – as colinas ondulantes, as sebes como costuras em uma colcha, um céu cintilante. A distância, Joanna podia ver um lago imóvel e escuro e uma velha estufa com o vidro quebrado; no interior dela, um emaranhado de vinhas mortas pelo inverno.

Um clique-claque de pequenas unhas em mármore a fez erguer os olhos bem quando Sir Kiwi entrou no salão, Nicholas alguns passos atrás dela, usando sapatos muito azuis e calças muito bem passadas. Joanna o tinha visto no dia anterior mesmo, mas ali, na mansão dele, de repente se sentiu tímida e deslocada. Ela cruzou os braços enquanto ele se aproximava e o sorriso que ele tinha esmoreceu e se transformou em desconfiança súbita, como se a reserva dela fosse contagiosa.

— Olá — disse ele, formal. — Vocês chegaram.

— Chegamos — disse ela. — Obrigada por me receber.

Hesitante, ele estendeu a mão como se fosse bater no seu ombro, mas pareceu mudar de ideia na metade do caminho e a puxou para um abraço, envolvendo os braços apertado ao redor dela. Após um momento, ela retribuiu o abraço, sentindo-se desajeitada e muito satisfeita. Exceto por Collins, ela nunca tinha sido abraçada por ninguém fora da família, e certamente ninguém que cheirava tão caro, como uma loja de departamentos.

— Que suéter macio — disse ela.

— Eu sei — disse ele. — Não acredito que você está aqui. Seu primeiro voo! Como foi? Vamos, eu coloquei suas coisas no seu quarto, te levo até lá. Esther insistiu que vocês dividissem um porque ela tem medo do escuro...

— Eu não tenho medo do escuro, tenho medo da sua mansão assombrada gigante, muito obrigada...

— Mas, se quiser seu próprio espaço, temos de sobra, então é só falar. Está com fome? Sede? O jantar é daqui a uma hora, mas pensei que podíamos beber uns coquetéis na Sala de Inverno primeiro.

— Nicholas — disse Collins.

— O quê? Melhor na sala do café da manhã?

— Não, não. Chega de salas. Deixa elas se sentarem por um segundo antes de atordoar as duas com seu falatório.

— Eu nunca recebi hóspedes em casa — disse Nicholas. — Me perdoe por estar um pouco animado. Este é o salão de baile, obviamente, e ali fica a Sala de Inverno. A cozinha onde fazemos a tinta fica à direita, a cozinha dos empregados é no fim daquele corredor. Vocês duas vão ficar lá em cima, na Ala Leste.

O pescoço de Joanna já estava começando a doer de tanto inclinar a cabeça para olhar; até os tetos eram elaborados, altos e entalhados e revestidos de ouro. Os pisos de pedra polida quase não registravam a passagem dos pés, engolindo o som, mas, conforme eles subiam a escadaria curva, seus passos começaram a ecoar levemente. E havia outro som se tornando conhecido: um zumbido vasto de redemoinho.

Sem querer, Joanna reduziu o ritmo atrás dos outros três, olhando para a direção pela qual tinham vindo. Os livros da Biblioteca estavam abaixo deles; ela podia senti-los tão claramente quanto sentia suas próprias mãos pendendo ao lado do corpo. Era como estar sobre uma colmeia enorme, as vibrações melífluas lentamente pingando pelo seu corpo, todos os seus sentidos atiçados por um vento quente, e ela fechou os olhos, sobrecarregada.

— Você se acostuma — disse Collins, perto dela. Joanna abriu os olhos e o viu esperando ao seu lado. — Temos quartos no último andar, se for demais para você.

— Não — respondeu Joanna depressa. Não era uma sensação ruim, e sim quase tranquilizadora, como um cafuné. — Mas eu quero vê-los.

— Agora?

Ela assentiu. Nicholas, que estava escutando do fim do corredor, voltou até eles a passos ligeiros e ansiosos.

— Para baixo — disse ele, embora Joanna não precisasse da orientação, nem que ele a conduzisse de volta pelo salão de piso de mármore, por um longo corredor com tapete azul-turquesa e pinturas a óleo gigantes, e até uma enorme porta de metal. Ela poderia ter encontrado essa porta com os olhos fechados e as mãos atadas às costas, seguindo apenas aquele oceano de algo que não era bem som, e, quando Nicholas a abriu com um giro de engrenagens e gesticulou com um braço para que ela entrasse primeiro, Joanna o fez avidamente.

Ela entrou num sonho. Luzes se acendiam à medida que seguia em frente, e o lustre de cristal no teto ganhou vida subitamente, iluminando o teto ornamentado e as paredes curvas, as cortinas de brocado pesadas, o tapete luxuosamente estampado, a madeira escura resplandecente, as cadeiras estofadas de veludo, o bronze cintilante. E os livros. Livros em cada parede, uma estante imponente com porta de vidro atrás da outra, arranjadas em colunas sinuosas e labirínticas, livros encarando-a de toda direção, atrás de portas de vidro, sobre suportes, com as capas viradas para fora e cartões explicativos na base de todos.

Joanna pensou no seu porão em casa e no orgulho com o qual sempre cuidara da própria coleção pífia: espanando suas páginas, memorizando suas palavras, o tempo todo acreditando que ela e Abe eram únicos em seu propósito e escolhidos em seu isolamento. Abe sempre soubera que aquele lugar existia e ainda assim encorajara essa crença. Tinha sido para mantê-la segura, para mantê-la estagnada, ou ambos? Ela nunca poderia perguntar.

Ao seu lado, Esther disse baixinho:

— Está pensando no papai?

Joanna virou-se para ela, um nó na garganta. Assentiu.

— Como você sabia?

— Porque eu também penso nele sempre que estou aqui.

Havia muitas coisas que Joanna nunca teria com Abe, mas muitas também que queria ter com a irmã, e, mesmo após vários meses com Esther de volta em sua vida, ainda parecia um milagre pensar que poderia fazer isso. Havia muito ainda não dito entre elas, muito que não sabiam uma sobre a outra, e muito tempo para aprender. Ela se inclinou no ombro da irmã e deixou o calor sólido de Esther firmá-la.

— O que você vai fazer com tudo isso? — perguntou ela.

— Esse tem sido um debate recente — disse Nicholas, ao que Esther bufou. — Como a maior base concentrada de conhecimento mágico no mundo — continuou ele, com um olhar afiado para Esther —, acho que temos certa responsabilidade de garantir que os livros sejam adequadamente arquivados e preservados. Eu tenho muito dinheiro, uma equipe de funcionários completa, e a casa é grande o bastante para abrigar um milhão de hóspedes...

— Vinte e cinco hóspedes — disse Collins. — Trinta, no máximo.

— Então eu estava pensando, não sei, talvez... uma escola?

— Porque a história das escolas internas é tão nobre — disse Esther. — Nem um pouco baseada em colonialismo e assimilação.

— Esther quer que a gente embale cada livro e o mande a seu país de origem — disse Nicholas. — Pessoalmente, acho que pode ser difícil devolver algo para, digamos, a Prússia, ou o Ceilão, ou Bengala, por exemplo, e, enfim, mesmo lugares que ainda existem no mapa precisam de um endereço para envio... alguém que esteja do outro lado para receber os pacotes.

— É por isso que precisamos estabelecer conexões com mais comunidades mágicas do mundo — disse Esther. — Collins concorda comigo nessa, não concorda, Collins?

— Eu nunca disse que era contra fazer mais conexões — protestou Nicholas, enquanto Collins e Esther batiam os punhos fechados.

Collins tinha razão, pensou Joanna. Ela estava se acostumando ao rugido da Biblioteca, deixando o zumbido acomodar-se em seu corpo e pulsar através de suas veias como sangue. Já parecia parte dela.

Eles acabaram bebendo coquetéis na Sala de Inverno, depois jantando em uma sala enorme que Nicholas disse não ser usada havia anos. Os quatro se aglomeraram em uma ponta da enorme mesa, e Joanna tentou não pedir desculpas aos empregados de libré preto que entravam e saíam, servindo vinho, tirando pratos, reclamando em voz baixa para Collins sobre uma chama piloto quebrada e que a próxima ida programada à cidade para repor os estoques estava longe demais.

— As coisas têm sido bem informais por aqui recentemente — disse Nicholas, em tom apologético, como se Joanna soubesse qualquer coisa sobre formalidade ou se importasse com isso. — Collins ainda não pegou o jeito de ser chefe.

— Mas você — disse Collins —, você é um verdadeiro alfa.

Nicholas estava com Sir Kiwi no colo e dava um pedaço de bife para ela.

A comida era muito boa, mas Joanna não conseguiu aproveitar muito. Ficava pensando no que aconteceria depois do jantar, quando leria o feitiço que ela mesma ajudara a escrever, movido pelo sangue da própria irmã.

Esse era, afinal, o motivo de finalmente estar ali.

Nicholas levara muitas semanas para compor o feitiço, em parte porque era complicado, e em parte porque ele tivera que reabastecer alguns glóbulos vermelhos para perdê-los de novo na escrita. O resto do sangue seria de Esther, que era o motivo de o feitiço ser tão desafiador: Nicholas nunca escrevera um feitiço para dois Escribas. Ele tinha jurado não escrever um livro por pelo menos mais um ano depois disso, e por motivos de saúde provavelmente não deveria nem ter escrito esse, mas se mostrara inflexível em sua recusa a esperar.

Joanna entendia por quê. Esse feitiço era o jeito de Nicholas pagar uma pequena penitência pelos danos que a Biblioteca tinha causado ao longo dos últimos séculos, boa parte deles tão emaranhada que era impossível encontrar a ponta do fio para começar a desfazer o nó sórdido. Mas um dos males, pelo menos, podia ser corrigido por um caminho claro.

Fazia dois séculos que Richard lançara o feitiço que confinava todo o talento mágico a linhagens sanguíneas. Poderiam se passar muitos anos até que soubessem se esse novo feitiço teria funcionado. Toda uma nova geração talvez precisasse nascer antes que eles soubessem se tinham tido sucesso em quebrar o feitiço de herança de Richard.

Ou talvez eles mesmos perdessem a magia, Collins e Joanna de repente voltando a ter cinco sentidos, o sangue de Esther e Nicholas subitamente perdendo o poder. Talvez todo o seu poder fosse sifonado para outros corpos, outras vidas, de modo tão aleatório quanto fora nos milhares de anos antes de Richard o concentrar em famílias. Era um risco que todos tinham concordado em assumir, e Joanna saboreou o zumbido da Biblioteca, guardando a sensação na memória para o caso de nunca mais o ouvir.

Finalmente, chegou a hora.

Eles se reuniram na sala que já fora o escritório de Richard e agora era uma bagunça de vidro quebrado, tela rasgada e páginas arrancadas, o chão coberto com os destroços de livros e artefatos. Collins tinha contado a Joanna que vira Nicholas quebrar o jarro que continha seu olho, mas ele não mencionou onde o olho em si tinha ido parar, e ela parou diante das estantes vazias e estremeceu.

Por um momento, teve o impulso de abandonar o livro recém-escrito e deixar aquele lugar onde tantas coisas terríveis tinham sido feitas. Ela entraria em um daqueles grandes carros pretos, de alguma forma sairia das proteções e voltaria ao aeroporto, e voaria para casa, para suas velhas montanhas familiares, o céu, as árvores, o gato, as paredes imutáveis que conhecia tão bem quanto conhecia o próprio rosto.

— Pronta? — perguntou Esther.

Joanna olhou para ela. Dez anos tinham deixado suas marcas, e Esther não era a garota que ela conhecera na infância. Já havia rugas frágeis partindo do canto de seus olhos, dos lados da boca, acomodando-se sobre suas sobrancelhas expressivas, e Joanna as achava tão insuportavelmente lindas que teve que desviar os olhos. Não sabia se iria se acostumar a isso algum dia: sua irmã, crescida. As mudanças no rosto de Esther pareciam uma dádiva.

Nicholas estava sentado de pernas cruzadas sobre a escrivaninha vazia, o queixo na mão, Collins de um lado segurando um pratinho de ervas trituradas, esperando sua deixa para dar um passo à frente. Como Esther, eles estavam observando Joanna, esperando que ela desse o próximo passo.

Joanna pôs a mão na de Esther. O toque de Esther era confiante enquanto pressionava a ponta de uma faca prateada no dedo de Joanna, e o sangue brotou, vermelho vivo, como um botão de flor na pele, tenso na superfície com o ímpeto de escorrer. O zumbido da magia preencheu o ar: o açúcar infinito de um céu azul quente, a batida de mil asas translúcidas, uma brisa que movia tudo na terra que podia ser movido – o que era tudo.

Joanna abriu o livro.

AGRADECIMENTOS

Bem-vindo às páginas de agradecimentos de uma escritora que ama páginas de agradecimentos. Para vocês, leitores elegantes, que preferem uma declaração breve e impactante de gratidão, o resumo é: OBRIGADA A TODOS!!! Para aqueles de vocês que são como eu, isto é, curiosos, continuem lendo para obter respostas para as perguntas mais urgentes do dia, como o nome da minha agente, quem são meus amigos, quais instituições me deram dinheiro e se eu vou ou não agradecer a um animal que não sabe ler (*spoiler*: vou, sim).

Para começar, o nome da minha agente é Claudia Ballard e ela é magnífica. Claudia, sou tão grata a você por ficar comigo ao longo de anos de rascunhos, decepções e uma renúncia completa ao realismo literário pelo qual você assinou um contrato comigo originalmente. Obrigada pelo olhar editorial afiado e pelo entusiasmo inabalável. Também da WME, agradeço a Matilda Forbes Watson pelas negociações emocionantes do outro lado do oceano, Sanjana Seelam pela *finesse* da Costa Oeste, Camille Morgan pelo *brainstorming* incansável para o título, e Caitlin Mahony por levar este livro para o mundo e por uma leitura inicial entusiasmada que alegrou meu coração.

Na William Morrow, agradeço à minha fenomenal editora Jessica Williams por sua visão criativa clara sobre o que era o livro e o que podia ser. Obrigada também a Julia Elliot pela feitiçaria na trama. Obrigada a meus excelentes editores no Reino Unido, Selina Walker na Century e Sam Bradbury na Del Rey – a mansão elegante de Nicholas estaria em ruínas sem vocês.

Obrigada a Melissa Vera na Salta & Sage Books por sua leitura gentil e cuidadosa; e a Ronkwahrhakónha Dube, obrigada pela magia generosa de suas sacadas e questionamentos.

Obrigada a Jacoby Smalls pelas informações sobre a Antártica.

Obrigada a minha mãe, Gail Mooney, por me criar em um lar cheio de livros e por instilar em mim o amor por linguagem, viagens, bons negócios e bons momentos. A meu pai, Frederic Törzs, agradeço pela generosidade de seu amor e por seu humor absurdo. Obrigada a minha irmã divertida, engraçada e sábia, Jesse Törzs. As primeiras histórias foram para você; esta é para você; e toda história, até o fim, é para você.

Obrigada a minha madrasta, Niki; a meu padrasto, Steve; e a minhas irmãs do coração Ella, Sophie e Tessa.

Um agradecimento sincero a Douglas Capra, cujo presente de despedida pagou meus empréstimos estudantis e me permitiu ter tempo para escrever. Dougie, você tinha um gosto excelente para livros, e só posso esperar que teria gostado deste. Sentimos sua falta sempre.

Obrigada a meus primeiros leitores: a Lesley Nneka Arimah, por fornecer o ímpeto e incentivo para começar este romance, para começo de conversa, e a Abbey Mei Otis, por encontros de escrita congelantes no meu trailer inacabado.

Obrigada à turma de 2017 da Clarion West, Time Eclipse: Shweta Adhyam, Elly Bangs, David Bruns, Mark Galarrita, Aliza (A.T.) Greenblatt, Iori Kusano, Patrick Lofgren, Robert Minto, Stephanie Malia Morris, Andrea Pawley, Joanne Lim-Pousard, Vina Jie-Mind Prasad e Gordon B. White. Sou imensamente grata e intensamente orgulhosa de vocês. Obrigada em especial a Andrea Chapela, que escreveu o original em espanhol do parágrafo que Esther traduz no capítulo 4 e me deu uma palestra via Zoom sobre estrutura e ponto de vista que balançou o mundo deste livro. E a Alexandra Manglis, Adam Shannon e Izzy Wasserstein, obrigada por todo o fio em nossa rede de conversas. Sua genialidade, humor, tenacidade e afeto melhoraram minha vida e escrita imensuravelmente.

A Sally Franson, obrigada pelos mergulhos profundos e alegrias concentradas. Obrigada a Nicole Sara Simpkins, guardiã de nossos mitos e memórias. Obrigada a Eric Andersen por tornar a casa um lar, e obrigada também a Nate White, Gabriela Farias, dr. Aaron Mallory e Ashton Kulesa por evitar que eu ficasse solitária mesmo nas profundezas da quarentena da covid-19 e no isolamento de escrever um romance.

Obrigada a minha psicóloga, Heather Smith. Sei que é seu trabalho me ouvir, mas você é ótima no seu trabalho.

Obrigada a Joanna Newson por sair em turnê no outono de 2019.

Obrigada a Lauren Joslin por moldar minha imaginação desde cedo.

Obrigada ao Minnesota State Arts Board, ao Minnesota Regional Arts Council, ao Loft, à Jerome Foundation, à McKnight Foundation, à Norwescon e à National Endowment for the Arts pelo apoio financeiro ao longo dos anos. Obrigada à residência de Norton Island por dar o impulso para este livro empacado depois do verão difícil de 2020 e à Lighthouse Works Fellowship, de onde eu roubei o sobrenome de Daphne (obrigada, Daphne) e onde escrevi "fim" ao som das marés.

Obrigada a meus professores de escrita na Universidade de Montana, especialmente Debra Magpie Earling, pelo incentivo a todas as coisas bruxescas. Obrigada a meus instrutores da Clarion West. Obrigada a Peter Bognanni pelo apoio, primeiro como aluna e agora como colega. Também na Macalester, obrigada a Mark Mazullo pela comida boa e conversas ainda melhores, e obrigada a Matt Burgess, que resolveu a trama fazendo a pergunta: "Quem está escondendo segredos de quem?".

Obrigada a Igor, gato do meu coração e alma, por definir a atmosfera.

Por fim, obrigada a todos que porventura venham a ler este livro, trabalhar nele ou ajudá-lo de qualquer maneira após eu entregar estes agradecimentos. Valorizo imensamente cada um de vocês.